Von Nick Hornby sind außerdem als Knaur-Taschenbuch erschienen:

High Fidelity
About a Boy
Speaking with the Angel

Nick Hornby

How to be Good

Roman

Aus dem Englischen
von Clara Drechsler
und Harald Hellmann

Knaur
Lemon

Der Titel der Originalausgabe lautet »How to be Good«.

Besuchen Sie uns im Internet:
www.knaur-lemon.de

Sagen Sie uns Ihre Meinung zu diesem Buch:
lemon@droemer-knaur.de

Vollständige Taschenbuchausgabe 2003
Droemersche Verlagsanstalt
Th. Knaur Nachf. GmbH & Co. KG, München
Copyright © 2001 by Nick Hornby
Copyright © 2001 by Verlag Kiepenheuer & Witsch, Köln
Umschlaggestaltung: ZERO Werbeagentur, München
Umschlagabbildung: FinePic, München
Druck und Bindung: Clausen & Bosse, Leck
Printed in Germany
ISBN 3-426-61535-5

5 4 3

How to be Good

Für Gil Hornby

Danksagung

Ich danke Tony Lacey, Helen Fraser, Juliet Annan, Joanna Prior, Anya Waddington, Jeremy Ettinghausen, Martin Bryant, Wendy Carlton, Susan Kennedy Petersen, Amanda Posey, Ruth Hallgarten, Caroline Dawnay, Annabel Hardman, Mary Cranitch, Anna Wright und Gaby Chiappe.

Eins

Ich stehe auf einem Parkplatz in Leeds, als ich meinem Mann sage, dass ich nicht länger mit ihm verheiratet sein möchte. Dabei ist Dave noch nicht mal bei mir auf dem Parkplatz. Er ist zu Hause und passt auf die Kinder auf, und ich habe nur angerufen, um ihn daran zu erinnern, dass er Molly eine Nachricht für ihre Klassenlehrerin mitgeben soll. Das andere … flutscht mir einfach so raus. Das ist natürlich ein Fehler. Obwohl ich offensichtlich, und das zu meiner größten Überraschung, ein Mensch bin, der seinem Ehemann sagt, dass er nicht länger mit ihm verheiratet sein möchte, hätte ich wirklich nicht gedacht, dass ich ein Mensch bin, der es am Handy und auf einem Parkplatz sagt. Diese Selbsteinschätzung werde ich jetzt revidieren müssen. Ich würde mich zum Beispiel als einen Menschen beschreiben, der keine Namen vergisst, weil ich Namen Tausende von Malen noch gewusst und nur ein oder zwei Mal vergessen habe. Aber Ehebeendungsgespräche finden bei den meisten Menschen, wenn überhaupt, nur einmal im Leben statt. Wenn man beschließt, seins am Handy und auf einem Parkplatz in Leeds abzuwickeln, kann man nicht unbedingt behaupten, es sei nicht repräsentativ, ebensowenig, wie Lee Harvey Oswald geltend machen konnte, es sei sonst nicht seine Art, Präsidenten zu erschießen. Manchmal müssen wir uns nach unseren einmaligen Aktionen beurteilen lassen.

Später, im Hotelzimmer, als ich nicht schlafen kann – immerhin ein kleiner Trost, dass ich zwar zu einer Frau geworden bin, die Ehen auf dem Parkplatz beendet, aber dann doch so viel Anstand habe, mich anschließend schlaflos im Bett zu wälzen –, gehe ich das Gespräch im Geiste noch einmal so detailliert ich kann durch und versuche dahinter zu kommen, wie wir es in drei Minuten (meinetwegen auch zehn) von da (Mollys Zahnarzttermin) nach hier (sofortige Scheidung) geschafft hatten. Was dann in eine endlose Drei-Uhr-morgens-Grübelei darüber mündete, wie wir es in vierundzwanzig Jahren von da (Kennenlernen auf einer Collegeparty im Jahr 1976) nach hier (sofortige Scheidung) geschafft hatten.

Um die Wahrheit zu sagen, dauert der zweite Teil dieser Selbstreflexion nur deshalb so lange, weil vierundzwanzig Jahre eine lange Zeit sind und mir Unmengen von Einzelheiten ungebeten in den Sinn kommen, kleine Details am Rande, die im Grunde nicht viel zur Story beitragen. Wären meine Gedanken zu unserer Ehe verfilmt worden, würden die Kritiker schreiben, der Film bestehe aus lauter Füllmaterial, habe keinen Plot und ließe sich wie folgt zusammenfassen: zwei Leute lernen sich kennen, verlieben sich, kriegen Kinder, fangen mit Streitereien an, werden fett und übellaunig (er), beziehungsweise gelangweilt, verzweifelt und übellaunig (sie), und trennen sich. Dieser Synopsis könnte ich nichts entgegensetzen. Wir sind nichts Besonderes.

Aber das Telefonat ... Ich komme einfach nicht auf die Verbindung, den Punkt, an dem aus einem relativ harmonischen und vollkommen banalen Gespräch über eine kleinere häusliche Organisationsfrage dieser alles verschlingende, welterschütternde Moment wurde, nach dem nichts mehr so war wie zuvor. An den Anfang erinnere ich mich noch beinahe Wort für Wort:

Ich: »Hiya«.

Er: »Hallo. Wie steht's?«

Ich: »Gut, ja. Mit den Kindern alles okay?«

Er: »Ja. Molly ist hier und sieht fern, Tom ist bei Jamie.«

Ich: »Ich rufe nur an, um dir zu sagen, dass du Molly einen Zettel schreiben musst, den sie morgen mit in die Schule nehmen soll. Wegen dem Zahnarzt.«

Na? Und? Unmöglich, würde man da doch denken, nicht nach so einem Auftakt. Aber von wegen: Wir kriegten das hin. Ich bin fast sicher, dass der erste Sprung hier stattfand, an diesem Punkt; so, wie ich es jetzt in Erinnerung habe, war dort eine Pause, ein ungutes Schweigen am anderen Ende der Leitung. Und dann sagte ich so was wie: »Was?«, und er sagte so was wie: »Nichts«. Und dann sagte ich wieder: »Was?«, und er sagte wieder: »Nichts«, nur dass ihn meine Frage diesmal eindeutig nicht verblüffte oder amüsierte, sondern er sich zierte, was bedeutet, dass man nachbohren muss, oder? Also bohrte ich nach.

»Komm schon.«

»Nein.«

»Komm schon.«

»Nein. Was du gesagt hast.«

»Was habe ich denn gesagt?«

»Dass du nur angerufen hättest, um mir das wegen Mollys Zettel zu sagen.«

»Was ist daran falsch?«

»Es wäre nett, wenn du noch aus einem anderen Grund angerufen hättest. Du weißt schon, nur um dich mal zu melden. Um zu hören, wie es deinem Mann und deinen Kindern geht.«

»Oh, David.«

»Was, ›oh David‹?«

»Das war meine erste Frage. ›Wie geht's den Kindern‹?«

»Ja, okay. ›Wie geht's den Kindern?‹. Nicht, na ja, so
was wie: ›Und wie geht's dir?‹«

Wenn alles gut läuft, führt man nicht solche Gespräche.
Man kann sich unschwer vorstellen, dass in anderen, besseren Beziehungen ein Telefonat, das so anfängt, nicht
dazu führen würde und könnte, dass von Scheidung geredet wird. In besseren Beziehungen würde man den
Zahnarztteil zügig abhaken und zu anderen Themen
kommen – dem Arbeitstag, oder Plänen für den Abend,
oder, in einer sensationell gut eingespielten Beziehung,
vielleicht sogar irgendwas, das sich in der Welt außerhalb
der eigenen vier Wände zugetragen hat, vielleicht ein
Hustenanfall während der Nachrichten – genau so alltäg-
lich, genau so nebensächlich, aber eben Themen, die die
Substanz und vielleicht sogar die Haltbarkeit einer ganz
gewöhnlichen, nicht weiter wichtigen Liebesbeziehung
ausmachen. David und ich allerdings ... so sieht es zwischen uns nicht aus, schon lange nicht mehr. Ein Telefonat wie unseres kommt zustande, wenn man sich jahre-
lang gegenseitig verletzt hat, bis jedes Wort, das man sagt
oder hört, codiert und überfrachtet ist, so kompliziert
und reich an Subtext wie ein anstrengendes und hochin-
telligentes Theaterstück. Als ich in meinem Hotelzimmer
wach lag und versuchte, mir das alles zusammenzurei-
men, musste ich sogar anerkennen, wie clever wir diesen
Code entwickelt hatten: es so weit zu bringen, erfordert
jahrelange verbiesterte Spitzfindigkeit.
    »Es tut mir Leid.«
    »Möchtest du wissen, wie es mir geht?«
    »Um ehrlich zu sein, David, ich brauche nicht zu fragen,
wie es dir geht. Ich höre schon, wie es dir geht. Gesund
und munter genug, um auf zwei Kinder aufzupassen und
mich gleichzeitig anzugiften. Und offensichtlich übellau-

nig, aus Gründen, die sich bislang meiner Kenntnis entziehen. Aber ich bin sicher, du wirst mich bald aufklären.«

»Woraus schliesst du, dass ich übellaunig bin?«

»Ha! Du bist die Übellaunigkeit in Person. Ständig.«

»Blödsinn.«

»David, du verdienst deinen Lebensunterhalt mit Übellaunigkeit.«

Zum Teil stimmt das sogar. Seine einzigen festen Einkünfte bezieht David aus einer Kolumne, die er für unsere Lokalzeitung schreibt. Die Kolumne ziert ein Foto, auf dem er sauer in die Kamera guckt, und hat den Untertitel ›Der zornigste Mann in Holloway‹. Die letzte, die zu lesen ich über mich brachte, war eine Suada gegen alte Leute im Bus: Warum hielten sie nie Kleingeld bereit? Warum setzten sie sich nicht auf die Plätze, die vorne im Bus für sie reserviert waren? Warum mussten sie immer zehn Minuten vor ihrer Haltestelle aufstehen, so dass sie zwangsläufig andauernd in irritierender und unvorteilhafter Weise umfallen mussten? Na ja, man kann es sich in etwa vorstellen.

»Falls es dir entgangen ist, weil du dich zum Beispiel nie dazu herablässt, meine beschissenen Sachen mal zu lesen ...«

»Wo ist Molly?«

»Sitzt im anderen Zimmer vor dem Fernseher. Scheiße. Fuck. Kacke, Pisse, Arsch.«

»Oh, wie erwachsen.«

»... weil du dich nie herablässt, meine Scheiß-Sachen mal zu lesen, meine Kolumne ist ironisch gemeint.«

Ich lachte ironisch.

»Tja, entschuldige vielmals, wenn diese Ironie den Bewohnern des Hauses Webster Road 32 entgeht. Wir wachen jeden Tag unseres Lebens mit dem zornigsten Mann von Holloway auf.«

»Was soll das eigentlich alles?«

Wenn der Drehbuchautor eines Films über unsere Ehe eine günstige Gelegenheit suchen würde, um einer langweiligen, oberflächlichen Streiterei eine etwas tiefsinnigere Wendung zu geben, wäre das der richtige Augenblick: ihr wisst schon – ›Das ist eine gute Frage ... Wohin führt uns das ... Was tun wir hier ... Undsoweiter undsoweiter ... Es ist vorbei‹. Na gut, muss noch ein bisschen überarbeitet werden, aber so würde es hinhauen. Aber da David und ich nicht Tom und Nicole sind, sind wir blind für diese hübschen kleinen metaphorischen Momente.

»Ich weiß nicht, was das alles soll. Du bist sauer, weil ich nicht gefragt habe, wie es dir geht.«

»Ja.«

»Und wie geht's dir?«

»Leck mich am Arsch.«

Ich seufzte, direkt in die Sprechmuschel des Telefons, so, dass er es hören konnte; ich musste das Handy vom Ohr und näher an den Mund nehmen, worunter die Spontaneität etwas litt, aber ich wusste aus Erfahrung, dass mein Handy keine Begabung für nonverbale Nuancen hatte.

»Du lieber Himmel! Was war das denn?«

»Das war ein Seufzen.«

»Klingt, als wärst du einen Berg raufgelaufen.«

Eine Weile lang sagten wir nichts. Er war in einer Küche im Londoner Norden und sagte nichts, und ich war auf einem Parkplatz in Leeds und sagte nichts, und mir stieß ganz plötzlich und widerwärtig auf, wie gut ich diese Stille kannte, wie sie geformt war und wie sie sich anfühlte, all ihre stachligen kleinen Ecken. (Und natürlich ist es in Wirklichkeit gar keine Stille. Man hört den mit Flüchen gespickten Wortschwall des eigenen Ärgers, das Blut, das einem in den Ohren rauscht, und, in diesem

Fall, auch den Motor eines Fiat Uno, der eine Lücke weiter einparkt.) Die Wahrheit ist, es gab keine Verbindung zwischen einer häuslichen Angelegenheit und dem Entschluss, sich scheiden zu lassen. Darum kann ich sie nicht finden. Ich glaube, es war eine Flucht nach vorn.

»Ich hab das so satt, David.«

»Was?«

»Das alles. Immer dieses Streiten. Die Anschweigerei. Die miese Stimmung. Die ganze ... vergiftete Atmosphäre.«

»Oh. Das.« Es hört sich an, als sei die Gehässigkeit durch eine undichte Stelle im Dach in unsere Ehe hineingetropft, das er eigentlich hätte flicken sollen. »Tja. Na. Kann man jetzt nicht mehr ändern.«

Ich holte tief Atem, diesmal für mich und nicht für seine Ohren gedacht, darum behielt ich das Handy am Ohr. »Vielleicht doch.«

»Was soll das bedeuten?«

»Willst du wirklich so den Rest deines Lebens verbringen?«

»Nein, natürlich nicht. Hast du eine Alternative vorzuschlagen?«

»Ja, ich denke schon.«

»Dürfte ich auch erfahren, welche?«

»Das weißt du genau.«

»Natürlich weiß ich das. Aber ich will, dass du es zuerst aussprichst.«

Und als wir so weit gekommen waren, machte es mir nichts mehr aus.

»Willst du dich scheiden lassen?«

»Ich möchte fürs Protokoll festhalten, dass du es zuerst gesagt hast, nicht ich.«

»Meinetwegen.«

»Du, nicht ich.«

»Ich, nicht du. Jetzt komm, David. Ich versuche über ein trauriges, ernstes Thema zu reden, und du willst immer noch Punkte sammeln.«

»Dann kann ich ja allen erzählen, dass du mich um die Scheidung gebeten hast. Aus heiterem Himmel.«

»Ach ja, das kommt für dich also aus heiterem Himmel? Ich meine, es hat ja gar keine Anzeichen gegeben, was, so überglücklich, wie wir zusammen waren. Ist das alles, was dich interessiert? Es allen zu sagen? Geht es dir nur darum?«

»Ich hänge mich ans Telefon, sowie du aufgelegt hast. Ich will meine Version verbreiten, ehe du deine verbreiten kannst.«

»Okay, dann lege ich eben nicht auf.«

Und dann tat ich, angewidert von mir selbst und ihm und allem anderen, genau das Gegenteil, und beendete das Gespräch. So bin ich dann schlaflos in einem Hotelzimmer in Leeds gelandet, wo ich das Gespräch und meinen Anteil daran Schritt für Schritt zurückzuverfolgen versuche, gelegentlich frustriert fluche, weil ich nicht einschlafen kann, Licht und Fernseher an und aus und ganz allgemein meinem Liebhaber das Leben schwer mache. Ach, ihn sollte ich vielleicht noch irgendwo in die Filmhandlung einbauen. Sie heirateten, er wurde fett und mürrisch, sie wurde verzweifelt und mürrisch, sie nahm sich einen Liebhaber.

Dass wir uns richtig verstehen: Ich bin kein schlechter Mensch. Ich bin Ärztin. Einer der Gründe, Ärztin zu werden, war, dass ich glaubte, ich könnte damit *Gutes* tun – GUT, im Gegensatz zu aufregend, gut bezahlt oder glanzvoll. Ich fand, es klang gut: »Ich werde Ärztin«, »Ich studiere Medizin«, »Ich bin Allgemeinmedizinerin mit einer kleinen Praxis im Londoner Norden«. Ich fand, es machte genau den richtigen Eindruck – professionell, irgendwie intellektuell, nicht zu protzig, respektabel, gereift, teilnahmsvoll. Ihr glaubt, Ärzten ist egal, wie Dinge aussehen, weil sie Ärzte sind? Natürlich nicht. Na, wie auch immer. Ich bin ein guter Mensch, Ärztin, ich liege in einem Hotelbett neben Stephen, einem Mann, den ich nicht besonders gut kenne, und ich habe gerade meinen Ehemann um die Scheidung gebeten.

Stephen ist ebenfalls wach – wen wundert's.

»Alles klar bei dir?« fragt er mich.

Ich kann ihn nicht ansehen. Vor ein paar Stunden hatten seine Hände mich überall angefasst, da, wo ich sie haben wollte, aber jetzt will ich ihn nicht in diesem Bett in diesem Zimmer in Leeds haben.

»Bisschen überdreht.« Ich steige aus dem Bett und ziehe mich an. »Ich mache noch einen kleinen Spaziergang.«

Es ist mein Hotelzimmer, also nehme ich die Schlüsselkarte mit, aber schon als ich sie in die Tasche stecke, weiß ich, dass ich nicht zurückkommen werde. Ich will nach Hause, streiten und weinen und mich schuldig fühlen, weil wir kurz davor sind, unsere Kinder fürs Leben zu traumatisieren. Das Zimmer zahlt das Gesundheitsamt. Aber die Rechnung für die Minibar wird Stephen übernehmen müssen.

Ich fahre ein paar Stunden und halte dann an einer Raststätte für eine Tasse Tee und einen Doughnut. Wäre das ein Film, würde auf der Heimfahrt irgendwas passieren, irgendwas, das die Bedeutung dieser Reise unterstreichen oder erhellen würde. Ich würde jemanden treffen, oder beschließen, ein anderer Mensch zu werden, oder in ein Verbrechen verwickelt und eventuell vom Verbrecher verschleppt werden, einem Neunzehnjährigen, der Drogen nimmt und eine schlechte Schulbildung hat, und, wie sich herausstellt, sowohl intelligenter als auch mitfühlender ist als ich – eine Ironie, wenn man bedenkt, dass ich Ärztin bin und er ein bewaffneter Krimineller ist. Und er würde irgendwas von mir lernen, obwohl Gott allein weiß, was, und ich würde was von ihm lernen, und dann würden wir unsere Lebensreisen getrennt fortsetzen, an entscheidenden Punkten subtil verändert durch unsere kurze gemeinsame Zeit. Aber das ist kein Film, wie schon gesagt, darum esse ich meinen Doughnut und trinke meinen Tee und steige wieder ins Auto. (Was hab ich nur immer mit Filmen? Ich bin in den letzten Jahren nur zwei Mal im Kino gewesen, und beide Male waren es Zeichentrickfilme mit Insekten. Was weiß ich, vielleicht handeln die meisten Filme, die im Moment in den Kinos laufen, von Frauen, die ereignislose Fahrten von Leeds nach Nord-London unternehmen und irgendwo auf der M1 Tee und Doughnuts konsumieren.) Die Fahrt dauert nur drei Stunden, inklusive Doughnuts. Um sechs bin ich zu Hause, zu Hause in einem schlafenden Haus, das, wie ich jetzt bemerke, den sauren Geruch der Niederlage anzunehmen beginnt.

Bis viertel vor acht steht hier niemand auf, darum döse ich auf dem Sofa. Ich bin froh, wieder hier zu sein, trotz der Handytelefonate und Liebhaber; ich bin froh, die Wärme meiner nichtsahnenden Kinder durch die knarrenden Dielenbretter nach unten sickern zu fühlen. Ich will nicht in unser Ehebett, nicht heute nacht, nicht heute morgen oder was immer wir gerade haben – nicht wegen Stephen, sondern weil ich mich noch nicht entschieden habe, ob ich je wieder mit David schlafen werde. Was würde das bringen? Aber andererseits, was soll das überhaupt, Scheidung oder keine Scheidung? Das ist alles so fremd für mich – ich habe zahllose Gespräche mit oder über Menschen geführt, die »getrennte Schlafzimmer« haben, als sei in einem Bett zu schlafen das Einzige, was eine gute Ehe ausmacht, aber so schlimm es auch werden kann, gemeinsam in einem Bett zu schlafen, ist immer das geringste Problem gewesen; der Rest des Lebens ist das Schlimme. Es hat in letzter Zeit, seit unsere Probleme angefangen haben, Momente gegeben, in denen ich beim Anblick von David im wachen, aktiven, bewussten, gehenden, sprechenden Zustand hätte kotzen können, so sehr widerte er mich an; aber nachts sieht das ganz anders aus. Wir haben immer noch Sex, in einer leidenschaftslosen, sachlichen Art und Weise, aber der Sex ist es nicht: es liegt eher daran, dass wir in den letzten rund zwanzig Jahren gelernt haben zu schlafen, besonders gemeinsam zu schlafen. Ich habe Parkbuchten für seine Ellbogen, seine Knie und seinen Hintern entwickelt, und niemand sonst ist so gut an mich angepasst wie er, vor allem nicht Stephen, der – obwohl schlanker und größer und was weiß ich was, das ihn nach landläufiger Meinung einer Frau auf der Suche nach einem Bettgenossen empfehlen könnte – irgendwie alle möglichen Körperteile an lauter falschen Stellen hat; gestern Nacht gab es Momente, in denen ich mich düster fragte, ob David wohl der einzige Mensch ist, neben dem ich es je bequem finden werde, ob unsere Ehe und vielleicht zahllose andere Ehen nur überlebt haben, weil irgendein Gewicht/Größen-Verhältnis existiert, das niemals richtig erforscht wurde, und wenn einer der Partner auch nur den Bruchteil eines Millimeters davon abweicht, hat die Beziehung keine Chance. Und es ist nicht nur das. Wenn David schläft, kann ich ihn in den Menschen zurückverwandeln, den ich noch liebe: ich kann meine Vorstellung davon, wie David sein sollte oder irgendwann mal gewesen ist, seiner schlafenden Gestalt überstülpen, und die sieben

Stunden, die ich mit diesem David verbringe, retten mich mit Ach und Krach über den nächsten Tag mit dem anderen David.

Also. Ich döse auf dem Sofa, Tom kommt im Schlafanzug herunter, schaltet den Fernseher ein, holt sich eine Schale Cornflakes, setzt sich in einen Sessel und guckt einen Zeichentrickfilm. Er sieht nicht zu mir hin, sagt nichts.

»Guten Morgen!« sage ich fröhlich.

»Hi.«

»Wie geht's dir?«

»Ganz gut.«

»Wie war es gestern in der Schule?«

Aber er ist schon wieder unerreichbar; die Vorhänge an dem zweiminütigen Zeitfenster, durch das mein Sohn mir morgens Gelegenheit gibt, mit ihm zu kommunizieren, sind zugezogen worden. Ich stehe vom Sofa auf und setze Wasser auf. Molly ist als nächste unten und hat bereits ihre Schuluniform an. Sie macht große Augen, als sie mich sieht.

»Du hast gesagt, du wärst weg.«

»Bin wieder zurückgekommen. Ich hab euch zu sehr vermisst.«

»Wir haben dich nicht vermisst. Oder, Tom?«

Keine Antwort von Tom. Das sind offensichtlich die Alternativen, die ich habe: blanke Aggression seitens meiner Tochter, stumme Gleichgültigkeit von meinem Sohn. Nur ist das natürlich reines Selbstmitleid, und sie sind weder aggressiv noch gleichgültig, sondern einfach Kinder, die nicht plötzlich über Nacht die Intuition von Erwachsenen entwickelt haben, auch nicht, wenn es eine Nacht wie die letzte war.

Und schließlich kommt auch noch David, wie üblich in T-Shirt und Boxershorts. Er will Wasser aufsetzen, macht kurz ein verwirrtes Gesicht, als er merkt, dass das bereits geschehen ist, und lässt dann erst einen verschlafenen Blick durch das Zimmer schweifen, um eine Erklärung für die unerwartete Kesselaktivität zu suchen. Er findet sie lang gestreckt auf dem Sofa.

»Was machst du denn hier?«

»Ich bin nur vorbeigekommen, um zu kontrollieren, wie es ohne mich um deine Qualitäten als Erziehungsberechtigter steht. Ich bin beeindruckt. Du bist als letzter auf, die Kinder machen sich selbst Frühstück, der Fernseher läuft ...«

Ich bin natürlich ungerecht, weil das Leben nun mal so abläuft, ob ich nun hier bin oder nicht, aber warum soll ich erst seinen Angriff abwarten: ich bin ein großer Anhänger von Präventivschlägen.

»Aha«, sagt er. »Diese zweitägige Fortbildung ist einen Tag früher zu Ende. Was war, habt ihr alle doppelt so schnell wie sonst Scheiße geredet?«

»Ich war nicht richtig in Stimmung.«

»Kann ich mir denken. Für was bist du denn in Stimmung?«

»Können wir später darüber reden? Wenn die Kinder in der Schule sind?«

»Oh, ja, natürlich. Später.« Dieses letzte Wort spuckt er geradezu aus, mit tiefster aber eigentlich unerklärlicher Verbitterung – als sei ich bekannt dafür, Dinge »später« zu machen, als sei jedes einzelne unserer Probleme aus meiner fanatischen Angewohnheit, Dinge aufzuschieben, erwachsen. Ich lache ihm ins Gesicht, was wenig dazu beiträgt, die Atmosphäre zu entspannen.

»Was?«

»Was ist falsch daran, wenn ich vorschlage, so etwas später zu besprechen?«

»Erbärmlich«, sagt er, gibt mir aber keinen Anhaltspunkt dafür, warum. Natürlich ist es verlockend, es auf seine Art zu machen und meinen Scheidungswunsch vor unseren beiden Kindern zu besprechen, aber einer von uns muss sich wie ein Erwachsener benehmen, wenn auch nur vorübergehend, also schüttle ich den Kopf und nehme meine Tasche. Ich will nach oben gehen und schlafen.

»Einen schönen Tag noch, Kinder.«

David starrt mich an. »Wo willst du hin?«

»Ich bin hundemüde.«

»Ich dachte, eins der Probleme mit unserer Arbeitsteilung ist, dass du die Kinder nie zur Schule bringen kannst. Ich dachte, da bliebe dir ein grundlegendes mütterliches Recht vorenthalten.«

Ich muss schon in der Praxis sein, bevor die Kinder morgens das Haus verlassen. Und obwohl ich dafür dankbar bin, hat meine Dankbarkeit mich nie daran gehindert, mein Los zu beklagen, wenn wir darüber stritten, wer was zu tun hat. Und David weiß selbstredend, dass ich nicht ernsthaft den Wunsch habe, die Kinder zur Schule zu bringen, was auch der Grund dafür ist, warum er mich jetzt so genüsslich an meine früheren Klagen erinnert. David ist, wie ich, ein Meister in der Kunst des Ehekriegs, und einen Moment lang kann ich aus mir heraustreten und seine boshafte Geistesgegenwart bewundern. Eins zu null für dich, David.

»Ich bin die halbe Nacht auf gewesen.«

»Macht doch nichts. Die Kinder werden begeistert sein.«

Bastard.

Ich habe natürlich schon früher an Scheidung gedacht. Wer hätte das nicht? Ich habe mir schon vorgestellt, geschieden zu sein, bevor ich überhaupt verheiratet war. In meiner Vorstellung war ich eine gute, tolle, allein lebende, berufstätige Mutter, die eine fantastische Beziehung zu ihrem Ex hatte – gemeinsame Teilnahme an Elternsprechtagen, wehmütige Abende mit alten Fotos, so was alles – und eine ganze Reihe von kurzen Affären mit bohemienhaften jüngeren oder älteren Männern (siehe Kris Kristofferson, »Alice lebt hier nicht mehr«, mein Lieblingsfilm, als ich siebzehn war). Ich erinnere mich, diese Vorstellung noch am Vorabend meiner Hochzeit mit David gehabt zu haben, und das hätte mir wahrscheinlich zu denken geben müssen, tat es aber nicht. Ich glaube, was mir Sorgen machte, war das Fehlen von Ecken und Kanten in meiner Biografie: ich wuchs in einer grünen Vorstadt auf (Richmond), meine Eltern waren und sind glücklich verheiratet, in der Schule war ich Klassensprecherin, ich machte meine Hochschulreife, ich studierte, ich fand einen netten Mann, ich verlobte mich mit ihm. Den einzigen Raum für die Art kultivierter, metropolitaner Abwechslung, nach der ich mich sehnte, sah ich im Nach-Eheleben, darum konzentrierte ich darauf meine mentale Energie.

Ich hatte sogar eine Traumvorstellung vom Moment der Trennung. David und ich sehen uns Reiseprospekte an; er will nach New York, ich will auf Safari nach Afrika, und weil das die x-te Irrsinnsdiskussion in Folge ist, sehen wir uns an – dann lachen wir zärtlich, umarmen uns und beschließen, uns zu trennen. Er geht nach oben, packt seine Sachen und zieht aus, möglichst in eine Wohnung nebenan. Später am selben Tag essen wir zusammen zu Abend, gemeinsam mit unseren neuen Lebenspartnern, die wir im Lauf des Nachmittags wunderbarerweise kennen gelernt haben, und alle verstehen sich prächtig und necken einander liebevoll.

Aber jetzt erkenne ich, wie fantastisch diese Fantasie wirklich ist; ich beginne schon zu ahnen, dass aus den sentimentalen Abenden über alten Fotos nichts werden wird. Es ist sogar sehr viel wahrscheinlicher, dass die Fotos mittendurch geschnitten werden – wie ich David kenne, ist das bereits geschehen, gestern abend, kurz nach unserem Telefonat. Nach kurzer Überlegung ist es eigentlich klar: wenn man sich so hasst, dass man nicht mehr im selben Haus leben kann, ist es nicht sehr wahrscheinlich, dass man später zusammen Campingurlaub machen möchte. Das Dumme an meiner Fantasie war, dass sie direkt von der glücklichen Hochzeit zur glücklichen Trennung schaltete – aber zwischen Hochzeiten und Trennungen passieren nun mal unglückliche Dinge.

Ich steige ins Auto, setze die Kinder ab, fahre nach Haus. David ist bereits in seinem Arbeitszimmer und hat die Tür geschlossen. Heute ist kein Kolumnentag, also schreibt er wahrscheinlich entweder an einem Firmenprospekt, an dem er Unsummen verdient, oder an seinem Roman, an dem er gar nichts verdient. Er wendet mehr Zeit für seinen Roman als für die Prospekte auf, was nur dann Anlass zu Streitereien gibt, wenn es schlecht zwischen uns steht; wenn wir uns verstehen, möchte ich ihn unterstützen, für ihn sorgen, ihm helfen, sein Potential voll auszuschöpfen. Wenn nicht, will ich seinen saublöden Roman in Fetzen reißen und ihn zwingen, sich einen vernünftigen Job zu suchen. Ich habe vor einiger Zeit ein bisschen in dem Roman gelesen und fand ihn grauenvoll. Er heißt »Green Keepers« und ist eine Satire auf die englische Post-Diana-Kultur der neuen Empfindsamkeit. Der letzte Abschnitt, den ich las, handelte davon, wie die gesamte Belegschaft von »The Green Keepers«, einer Firma, die Bananen-Ellbogencreme und Brie-Fußlotion und ähnlich amüsant nutzlose Kosmetika verkauft, Hilfe in einer Trauergruppe sucht, als der Esel, den sie adoptiert hat, stirbt.

Es stimmt, ich bin in keinster Weise zur Literaturkritikerin qualifiziert, nicht zuletzt deshalb, weil ich keine Bücher mehr lese. Das habe ich mal getan, früher, als ich ein anderer, glücklicherer, engagierterer Mensch war, aber jetzt schlafe ich jeden Abend mit »Corellis Mandoline« auf der Brust ein, einem Buch, über dessen erstes Kapitel ich immer noch nicht hinaus bin, obwohl ich mich seit sechs Monaten damit abmühe. (Das liegt übrigens nicht am Autor, und ich bin sicher, das Buch ist bis ins Kleinste so genial, wie meine Freundin Becca mir gesagt hat. Es liegt an meinen Augenlidern.) Und trotzdem, obwohl ich längst keine Ahnung mehr habe, was passable Literatur ausmacht, weiß ich, dass »Green Keepers« ein schreckliches Buch ist: mokant, ungnädig, selbstgerecht. Ziemlich genau wie David, beziehungsweise wie der David, der in den letzten Jahren zum Vorschein gekommen ist.

Am Tag, nachdem ich es gelesen hatte, behandelte ich eine Frau, deren Baby im Mutterleib gestorben war; sie musste durch die Geburtswehen, obwohl sie wusste, dass es eine Totgeburt würde. Natürlich riet ich ihr, sich einer Trauergruppe anzuschließen, und natürlich dachte ich dabei an David und sein gehässiges Buch, und natürlich zog ich eine bittere Befriedigung daraus, ihm, als ich nach Hause kam, zu sagen, dass wir nur deswegen jeden Monat pünktlich unsere Raten zahlen könnten, weil ich mein Geld damit verdiente, genau die Dinge zu empfehlen, die er so verächtlich fand. Das war auch so ein reizender Abend gewesen.

Wenn die Tür zu Davids Arbeitszimmer geschlossen ist, bedeutet das, er darf nicht gestört werden, selbst wenn seine Frau ihn um die Scheidung gebeten hat. (Zumindest vermute ich das – es ist nicht so, dass wir für diesen speziellen Fall eine Abmachung getroffen hätten.)

Ich mache mir noch eine Tasse Tee, nehme den Guardian vom Küchentisch und gehe wieder zurück ins Bett.

Ich finde in der Zeitung nur einen Artikel, der mir lesenswert erscheint: eine verheiratete Frau hat Ärger, weil sie einem fremden Mann in der Club Class eines Flugzeugs einen geblasen hat. Der Mann, auch verheiratet, hat ebenfalls Ärger, aber mich interessiert die Frau. Bin ich so? Nicht nach außen, nicht für die Welt, das nicht, aber in Gedanken. Irgendwie habe ich jede Orientierung verloren, und das finde ich beängstigend. Ich kenne Stephen, natürlich kenne ich Stephen, aber wenn man seit zwanzig Jahren verheiratet ist, erscheint einem jeder sexuelle Kontakt mit einem anderen schamlos, ausschweifend, fast schon vertiert. Auf einer Ärztetagung einen Mann kennen zu lernen, mit ihm etwas trinken zu gehen, mit ihm noch mal etwas trinken zu gehen, sich mit ihm zum Abendessen zu verabreden und ihn nachher zu küssen, und schließlich zu arrangieren, nach einer Konferenz in Leeds mit ihm zu schlafen … Das ist mein Äquivalent dazu, mich vor den Passagieren eines vollbesetzten Flugzeugs bis auf BH und Slip auszuziehen und eine »sexuelle Handlung«, wie es in den Zeitungen heißt, an einem Wildfremden vorzunehmen. Ich schlafe umgeben von Seiten des Guardian ein und habe Träume, die sexuell, aber keineswegs erotisch gefärbt sind, Träume, in denen alle möglichen Leute etwas mit anderen Leuten anstellen, wie in der Höllenvision eines Künstlers.

Als ich aufwache, ist David in der Küche und macht sich ein Sandwich.

»Hallo«, sagt er und deutet mit dem Messer auf das Brotschneidebrett. »Auch eins?« Irgendetwas an der entspannten Häuslichkeit dieses Angebots treibt mir die Tränen in die Augen. Scheidung bedeutet, nie mehr ein Sandwich gemacht zu bekommen – jedenfalls nicht von seinem Ex-Ehemann. (Ist das wirklich wahr oder nur sentimentales Geschwafel? Ist es unvorstellbar, dass David mir irgendwann in Zukunft einmal anbieten wird, mir eine Scheibe Käse zwischen zwei Brotscheiben zu legen? Ich sehe David und komme zu dem Schluss, ja, es ist unvorstellbar. Wenn David und ich geschieden sind, wird er für den Rest seines Lebens zornig sein – nicht, weil er mich liebt, sondern weil das genau seine Art ist. Ich kann mir noch gerade eben eine Situation vorstellen, in der er mich nicht überfahren würde, wenn ich die Straße überquere – zum Beispiel wenn Molly müde ist und ich sie trage –, aber es ist schwer vorstellbar, dass er jemals einen schlichten Akt der Freundlichkeit anbieten würde.)

»Nein, danke.«

»Bist du sicher?«

»Ganz sicher.«

»Wie du willst.«

Das passt schon eher. Ein leicht pikierter Unterton hat sich eingeschlichen, als seien seine unermüdlichen Bemühungen, Love not War zu machen, auf fortgesetzte Feindseligkeit gestoßen.

»Willst du drüber reden?«

Er zuckt die Achseln: »Ja. Über was?«

»Na ja. Über gestern. Was ich am Telefon gesagt habe.«

»Was hast du am Telefon gesagt?«

»Ich sagte, dass ich mich scheiden lassen will.«

»Tatsächlich. Mannomann. Nicht sehr nett, oder? Nicht sehr nett von einer Frau, so was zu ihrem Mann zu sagen.«

»Bitte lass das.«

»Was erwartest du von mir?«

»Dass du vernünftig mit mir redest.«

»Okay. Du willst die Scheidung, ich nicht. Und das

bedeutet, so lange du nicht beweisen kannst, dass ich gewalttätig oder gefühlskalt oder was weiß ich bin, oder dass ich mit einer anderen gebumst habe, musst du ausziehen und kannst dann, wenn du fünf Jahre lang woanders gelebt hast, deine Scheidung haben. Wenn ich du wäre, würde ich bald in die Gänge kommen. Fünf Jahre sind eine lange Zeit. So was sollte man nicht aufschieben.«

Natürlich hatte ich an das alles noch nicht gedacht. Irgendwie hatte ich die Vorstellung, es würde reichen, die Worte auszusprechen; schon allein den Wunsch zu äußern, sei Beweis genug, dass meine Ehe nicht funktionierte.

»Was wäre, wenn ich ... du weißt schon.«

»Nein, weiß ich nicht.«

Ich bin auf das alles nicht vorbereitet. Es scheint wie von selbst herauszukommen.

»Ehebruch.«

»Du? Meine kleine Betschwester?« Er lacht. »Zuerst musst du mal einen finden, der mit dir ehebrechen will. Dann musst du aufhören, Dr. Katie Carr, Mutter von zwei Kindern zu sein, und mit ihm ehebrechen. Und selbst dann wäre es egal, weil ich mich trotzdem nicht von dir scheiden lasse. So.«

Ich schwanke zwischen Erleichterung – ich bin gerade eben noch von dem Abgrund zurückgetreten, dem Geständnis, nach dem es kein Zurück gegeben hätte – und Empörung. Er glaubt, ich hätte nicht den Nerv, das zu machen, was ich gestern Nacht gemacht habe! Und was noch schlimmer ist, er glaubt, ich würde sowieso keinen finden, der es mit mir machen würde! Natürlich überwiegt die Erleichterung. Meine Feigheit wiegt schwerer als seine Beleidigung.

»Du willst also das, was ich gestern gesagt habe, einfach ignorieren?«

»Ja. Ich glaub schon. Alles Schwachsinn.«

»Bist du glücklich?«

»Ach du lieber Himmel.«

Es gibt eine bestimmte Gruppe Menschen, die auf die grundlegendsten und drängendsten Fragen mit einer mittelschweren, ungeduldigen Gotteslästerung reagieren; David ist ein eingeschworenes Mitglied dieser Gruppe.

»Was hat das denn damit zu tun?«

»Was ich gestern sagte, habe ich gesagt, weil ich nicht glücklich bin. Und ich glaube, du bist es auch nicht.«

»Scheiße, natürlich bin ich nicht glücklich. Bescheuerte Frage.«

»Warum nicht?«

»Aus den ganzen, beschissenen, üblichen Gründen.«

»Und zwar?«

»Dass meine blöde Frau mich um die Scheidung gebeten hat, zum Beispiel.«

»Mit meiner Frage wollte ich dir dabei helfen zu verstehen, warum deine blöde Frau dich um die Scheidung gebeten hat.«

»Was, du willst dich scheiden lassen, weil ich nicht glücklich bin?«

»Unter anderem, ja.«

»Wie großherzig von dir.«

»Ich bin nicht großherzig. Ich hasse es, mit jemandem zusammenzuleben, der so unglücklich ist.«

»Pech.«

»Nein. Kein Pech. Ich kann was daran ändern. Ich kann nicht mit jemand zusammenleben, der so unglücklich ist. Du machst mich rasend.«

»Ach, Scheiße, mach doch, was du willst.«

Und dann kehrt er mit dem Sandwich zu seinem satirischen Roman zurück.

Wir sind dreizehn Leute hier in der Gemeinschaftspraxis, fünf Allgemeinmediziner und dann all die anderen, die den Laden am Laufen halten – ein Manager, Krankenpfleger und Krankenpflegerinnen, Vollzeit- und Teilzeit-Sprechstundenhilfen. Ich komme so ziemlich mit allen gut aus, aber meine spezielle Freundin ist Becca, eine andere Allgemeinmedizinerin. Wenn es geht, essen Becca und ich zusammen zu Mittag, und einmal im Monat gehen wir eine Pizza essen und was trinken, und sie weiß mehr über mich als jeder andere in der Praxis. Becca und ich sind grundverschieden. Sie hat eine fröhlich-zynische Grundeinstellung zu unserer Arbeit und warum wir sie tun, sieht keinen Unterschied zwischen der Arbeit im medizinischen Bereich oder, zum Beispiel, in einer Werbeagentur, und findet die moralische Befriedigung, die ich aus meiner Arbeit ziehe, zum Totlachen. Allerdings reden wir, wenn wir nicht über die Arbeit reden, meistens über sie. Oh, sie fragt mich immer nach Tom und Molly und David, und ich kann normalerweise mit einem Beispiel für Davids Unhöflichkeit aufwarten, das sie amüsiert, aber irgendwie gibt es über ihr Leben mehr zu erzählen. Sie sieht sich Sachen an, und sie macht Sachen, und ihr Liebesleben ist chaotisch genug, um Stoff für Geschichten mit zeitaufwendigen Verwicklungen und Wendungen zu liefern. Sie ist fünf Jahre jünger als ich und seit einer langwierigen und schmerzlichen Trennung von ihrem Uni-Freund Single. Heute Abend schwelgt sie in Verzweiflung wegen eines Kerls, mit dem sie sich im letzten Monat drei Mal getroffen hat: Sie glaubt nicht, dass irgendwas daraus wird, sie ist nicht sicher, ob sie zusammenpassen, auch wenn sie im Bett harmonieren … Normalerweise fühle ich mich alt und bin brennend interessiert, wenn sie über solche Dinge spricht – geschmeichelt, weil ich ins Vertrauen gezogen werde –, genieße den Nervenkitzel der ganzen Trennungen und Neubekanntschaften aus zweiter Hand und bin sogar unterschwellig eifersüchtig auf die marternde Einsamkeit, die Becca in periodischen Intervallen durchleidet, wenn gerade nichts anliegt. Das alles erscheint mir als Indiz knisternden Lebens, einer elektrischen Aktivität in Kammern des Herzens, die bei mir schon vor langer Zeit stillgelegt wurden. Aber heute Abend langweilt es mich. Wen interessiert das? Triff dich mit ihm oder lass es, ist mir doch egal. Was hast du schon zu verlieren? Ich dagegen, eine verheiratete Frau, die einen Liebhaber hat …

»Na ja, wenn du nicht sicher bist, warum dann eine Entscheidung erzwingen? Warum arrangiert ihr euch nicht einfach eine Zeit lang?« Ich kann den gelangweilten Ton in meiner Stimme hören, aber ihr fällt er nicht auf. Ich langweile mich nicht, wenn ich mich mit Becca treffe. So ist das nicht abgemacht.

»Ich weiß nicht. Ich meine, wenn ich mit ihm zusammen bin, kann ich mit niemand sonst zusammen sein. Ich mache Mit-ihm-Sachen anstatt Single-Sachen. Morgen Abend gehen wir zum Screen on the Green und sehen uns einen chinesischen Film an. Ich meine, dagegen ist nichts zu sagen, wenn man sich bei einem sicher ist. Dann macht man eben so was, oder? Aber wenn man sich nicht sicher ist, ist es bloß vertane Zeit. Ich meine, wen soll ich da schon kennen lernen, beim Screen on the Green? Im Dunkeln? Wo man nicht reden darf?«

Plötzlich überkommt mich das unstillbare Verlangen, mir beim Screen on the Green einen chinesischen Film anzusehen – je chinesischer, desto besser. Das ist auch so eine Kammer meines Herzens, die keine elektrische Aktivität erkennen lässt – die Kammer, die früher flimmernd zum Leben erwachte, wenn ich einen Film sah, der mich bewegte, oder ein Buch las, das mich inspirierte, oder Musik hörte, bei der ich hätte weinen können. Ich hatte diese Kammer selbst stillgelegt, aus den üblichen Gründen. Und ich scheine einen Pakt mit einem kulturlosen Teufel geschlossen zu haben: Wenn ich nicht versuche, sie wieder zu öffnen, wird mir gerade genug Energie und Optimismus zugeteilt, um einen Arbeitstag hinter mich zu bringen, ohne mich aufhängen zu wollen.

»Entschuldige. Das muss sich für dich alles furchtbar dumm anhören. Es hört sich für mich selbst dumm an. Hätte ich gewusst, dass ich mal eine von den Frauen werde, die mit verheirateten Freundinnen zusammenhocken und über ihr Leben als Single jammern, hätte ich mich erschossen. Wirklich. Ich höre damit auf. Auf der Stelle. Ich werde nie wieder davon reden.« Sie holt parodistisch tief Atem und redet dann weiter, noch ehe sie ausgeatmet hat.

»Aber er könnte ja okay sein, oder nicht? Ich meine, woher soll ich das wissen? Das ist das Problem. Ich hetze mich dermaßen ab, dass ich mich nicht entscheiden kann, ob sie nett sind oder nicht. Das ist wie Heiligabend einkaufen gehen.«

»Ich habe eine Affäre.«

Becca lächelt geistesabwesend, hält kurz inne und redet weiter.

»Du knallst alles mögliche in den Korb. Und nach Weihnachten …«

Sie beendet den Satz nicht, wahrscheinlich, weil sie einzusehen beginnt, dass ihre Analogie sie nicht weiter bringt und Männerbekanntschaften nichts mit Weihnachtseinkäufen gemein haben.

»Hast du gehört, was ich gesagt habe?«

Sie lächelt wieder. »Nein. Nicht so richtig.« Ich bin ein Geist geworden, einer von der komisch-hilflosen, unbedrohlichen Sorte, die man aus Kinderbüchern und alten Fernsehserien kennt. So laut ich auch brülle, Becca wird mich nie hören.

»Dein Bruder ist doch Single, oder?«

»Mein Bruder ist ein geringfügig beschäftigter Depressiver.«

»Ist das was Genetisches? Oder bloß die Umstände? Denn wenn es was Genetisches ist ... das wäre ein Risiko. Allerdings erst später. Ich meine, Kinder sind ja eher selten depressiv, oder? So was kommt erst später. Und ich bin schon so alt, dass ich nicht mehr da sein werde, wenn sie depressive Erwachsene geworden sind. Tja. Vielleicht ist der Gedanke doch nicht schlecht. Wenn er will, bin ich dabei.«

»Ich geb's weiter. Ja, ich glaube, er hätte auch gerne Kinder.«

»Gut. Ausgezeichnet.«

»Weißt du, was du nicht gehört hast?«

»Nein.«

»Als ich sagte, ›hast du mir zugehört‹, und du sagtest ›Nein‹.«

»Nein.«

»Also ...«

»Er ist in meinem Alter, oder? Mehr oder weniger?«

Und wir reden über meinen Bruder, seine Depressionen und seinen Mangel an Ehrgeiz, bis Becca jede Lust verloren hat, seine Kinder zu gebären.

Zwei

Ein paar Wochen lang geschieht gar nichts. Wir führen keine weiteren Gespräche; wir halten die Verabredungen ein, die wir bereits getroffen hatten, was bedeutet, Abendessen mit anderen Paaren mit Kindern, die grob geschätzt in derselben Einkommensklasse sind und aus der gleichen Ecke kommen wie wir. Stephen hinterlässt drei Nachrichten auf meinem Handy, und ich reagiere auf keine davon. Niemand hat mein Fehlen beim zweiten Tag der Ärztetagung in Leeds bemerkt. Ich bin ins Ehebett zurückgekehrt, und David und ich haben Sex, einfach, weil wir da sind und nebeneinander liegen. (Der Unterschied zwischen Sex mit David und Sex mit Stephen ist wie der Unterschied zwischen Wissenschaft und Kunst. Bei Stephen ist alles Intuition und Fantasie und Erforschen und der Schock des Neuen, und das Ergebnis ist ... ungewiss, falls ihr mich versteht. Es fasziniert mich, aber ich bin nicht unbedingt sicher, was es zu bedeuten hat. David hingegen drückt einen Knopf, dann einen anderen Knopf, und zack! Es tut sich was. Es ist so romantisch, wie einen Aufzug zu bedienen – aber auch genauso praktisch.)

Wir, die wir in dieser Einkommensklasse sind und aus derselben Ecke kommen, haben größtes Vertrauen in die Macht der Worte: Wir lesen, wir reden, wir schreiben, wir haben Therapeuten und Berater und sogar Priester, die nichts lieber tun, als uns zuzuhören und zu sagen, was wir tun sollen. Daher ist es so etwas wie ein Schock für mich, dass meine Worte, bedeutsame Worte, wie mir in dem Moment schien, Worte, die mein Leben hätten verändern müssen, nicht mehr als Seifenblasen waren: David wedelte sie weg und sie zerplatzten, und nichts lässt darauf schließen, dass es sie je gegeben hat.

Also was nun? Was geschieht, wenn Worte uns nicht weiterhelfen? Würde ich ein anderes Leben in einer anderen Welt leben, einer Welt, in der Taten mehr zählen als Worte und Gefühle, würde ich irgendwas tun, irgendwohin gehen, vielleicht sogar irgendwen schlagen. Aber David weiß, dass ich nicht in der Welt lebe, und hat meinen Bluff durchschaut; er hält sich einfach nicht an die Regeln. Einmal hatten wir Tom zu so einem Totschieß-Spiel auf der Kirmes mitgenommen; man musste einen elektronischen Rucksack anziehen, und wenn man getroffen war, machte er ein Geräusch und man war tot. Man konnte natürlich einfach den Biep ignorieren und weiterspielen, wenn man ein ganz anarchistischer Spielverderber sein wollte, schließlich ist ein Biep ja nur ein Biep. Und wie sich herausstellte, hatte ich genau das getan, als ich David um die Scheidung bat. Ich habe ein biependes Geräusch gemacht, das David nicht zur Kenntnis nimmt.

Es fühlt sich ungefähr so an: Du betrittst einen Raum und die Tür schließt sich hinter dir, und zuerst gerätst du in Panik und suchst nach einem Schlüssel, einem Fenster oder sonst irgendwas, und als dir dann klar wird, dass es keinen Weg hinaus gibt, versuchst du, das Beste aus dem zu machen, was du hast. Du probierst den Stuhl aus, und er ist gar nicht mal unbequem, und da sind ein Fernseher und ein paar Bücher, und ein gut gefüllter Kühlschrank ist auch da. Ihr wisst schon, es gibt Schlimmeres. Und dass ich ihn um die Scheidung gebeten habe, war die Panik, aber ich komme schon bald in das Stadium, in dem ich mich umschaue und sehe, was ich habe. Und was ich habe, stellt sich heraus als zwei wunderbare Kinder, ein hübsches Haus, einen guten Job, einen Mann, der mich nicht schlägt und im Aufzug die richtigen Knöpfe drückt ... das kann ich aushalten, denke ich. Ich kann so ein Leben führen.

Eines Samstagabends gehen David und ich mit Giles und Christine essen, Freunden von uns, die wir seit dem College kennen, und David und ich vertragen uns, es ist ein nettes Restaurant, ein altmodischer Italiener in Chalk Farm, wo es Grissini und Wein in Korbflaschen und wirklich gutes Kalbfleisch gibt (und falls wir uns darauf geeinigt haben, dass Ärzte, solange sie nicht ausgesprochene Dr-Death-Typen sind, die kleine Kinder und alte Menschen totspritzen, einfach keine schlechten Menschen sein können, dann ist mir doch wohl ein bisschen Kalbfleisch von Zeit zu Zeit vergönnt); und irgendwann nach der Hälfte des Abends, David ist gerade mitten in einer seiner Zornigster-Mann-von-Holloway-Tiraden (falls es wen interessiert: eine wüste Hetzrede gegen die Entscheidungsprozesse bei Madame Tussaud's), fällt mir auf, dass Giles und Christine sich vor Lachen krümmen. Und sie lachen noch nicht mal über David, sondern mit ihm. Und obwohl ich Davids Tiraden, seinen wie es scheint unstillbaren und allumfassenden Zorn satt habe, sehe ich plötzlich, dass er über die Gabe verfügt, andere Menschen zu erheitern, und ich empfinde freundliche, beinahe warme Gefühle für ihn, und als wir nach Hause kommen, gönnen wir uns noch eine Runde Knöpfedrücken.

Und am nächsten Morgen gehen wir mit Molly und Tom ins Spaßbad, und Molly wird von einer der mickrigen Wellen umgeworfen, die die Wellenmaschine erzeugt, und verschwindet unter zwanzig Zentimetern Wasser, und wir alle vier, sogar David, müssen kichern, und in dem Moment, als wir uns wieder einkriegen, erkenne ich plötzlich, was für eine furchtbare Meckerziege ich geworden bin. Das ist keine sentimentale Anwandlung: mir ist durchaus bewusst, dass diese Momentaufnahme von der glücklichen Familie genau das ist, eine Momentaufnahme, und ein ungeschnittenes Video noch mehr festgehalten hätte, eine Trotzreaktion von Tom, noch bevor wir im Schwimmbad ankamen (hasst es, mit uns schwimmen zu gehen, wollte lieber zu Jamie), und eine Suada von David nach dem Schwimmen (ich erlaube den Kindern nicht, sich am Automaten Chips zu ziehen, weil wir direkt zum Mittagessen nach Hause fahren; David kann sich nicht verkneifen, mir vorzuhalten, ich sei das lebende Beispiel für den blairistischen Bevormundungsstaat). Ich will damit nicht sagen, dass mein Leben ein einziger langer Sommer ist und ich nur zu selbstbezogen bin, um es zu bemerken (obwohl es durchaus so sein könnte, und ich nur zu selbstbezogen bin, um es zu merken), sondern dass glückliche Momente möglich sind, und solange glückliche Momente möglich sind, habe ich kein Recht, mehr zu verlangen, wenn man den verheerenden Schaden bedenkt, den ich damit anrichten könnte.

An diesem Abend habe ich einen wüsten Streit mit David, und am nächsten Tag taucht Stephen bei der Arbeit auf, und plötzlich habe ich mir das halbvolle Glas über die Bluse gekippt.

Der Streit ist eigentlich nicht der Rede wert: Es ist bloß ein Streit zwischen zwei Leuten, die einander nicht gern genug haben, um nicht zu streiten. Es beginnt mit irgendwas wegen einer Plastiktüte, die ein Loch hatte (ich wusste nicht, dass sie ein Loch hatte und sagte David, er solle sie nehmen, um … Ach, was soll's); es endet damit, dass ich David sage, er wäre ein talentloser und gemeiner

Drecksack, und er mir sagt, er könne meine Stimme nicht mehr hören, ohne kotzen zu müssen. Die Sache mit Stephen ist wesentlich ernster. Am Montagmorgen ist Sprechstunde ohne Termin, und ich bin gerade mit einem Knaben fertig, der plötzlich auf die Idee verfallen ist, er hätte Afterkrebs. (Hat er nicht. Er hat einen Furunkel – die Folge einer etwas unbekümmerten Einstellung zur Körperhygiene, könnte ich mir vorstellen, aber ich will allen weitere Details ersparen.) Und als ich zum Empfang gehe, um das nächste Krankenblatt zu holen, sehe ich Stephen im Wartebereich sitzen, den Arm in einer unverkennbar selbst gebundenen Schlinge.

Eva, unsere Sprechstundenhilfe, lehnt sich über das Pult und beginnt zu flüstern.

»Der Typ mit der Schlinge. Er sagt, er ist gerade erst in die Gegend gezogen, und er hat keine Meldebestätigung und keine Versicherungskarte und will nur mit Ihnen sprechen. Sagt, jemand hätte Sie ihm empfohlen. Soll ich ihn zum Teufel schicken?«

»Nein, ist schon gut. Ich nehme ihn sofort dran. Wie heißt er?«

»Mmmm ...« Sie schaut auf den Notizblock, der vor ihr liegt. »Stephen Garner.«

Das ist sein richtiger Name, obwohl ich ja nicht wissen konnte, dass er ihn benutzen würde. Ich sehe zu ihm hin.

»Stephen Garner?«

Er springt auf. »Ja, hier.«

»Kommen Sie bitte mit durch?«

Als ich durch den Flur gehe, entgeht mir nicht, dass sich mehrere Leute im Wartezimmer drohend an Eva wenden, um sich über Mr. Garners Vordrängen zu beschweren. Ich fühle mich schuldig und möchte mich außer Hörweite begeben, aber wir kommen nur langsam voran zum Sprechzimmer, weil Stephen, mit offensichtlichem Vergnügen, auch noch ein Hinken vortäuscht. Ich schiebe ihn ins Zimmer, und er setzt sich breit grinsend hin.

»Was fällt dir eigentlich ein?« frage ich ihn.

»Wie sollte ich dich sonst wiedersehen?«

»Nein, verstehst du, das war die Botschaft, die ich damit rüberbringen wollte, dass ich dich nicht zurückgerufen habe. Ich will dich nicht sehen. Fertig. Aus. Ich habe einen Fehler gemacht.«

Ich klinge wie ich selbst, kühl und etwas widerborstig, aber ich fühle mich nicht wie ich. Ich bin ängstlich, nervös, und ich fühle mich viel jünger, als ich bin, und die Halbwüchsige, die sich da herausschält, ertappt sich dabei, dass sie fragt, ob Eva wohl bemerkt hat, wie attraktiv Mr. Garner ist. (Ich wünsche mir, dass sie heute irgendwann sagt: »Hast du den Typ mit der Armschlinge gesehen? Woooow!« Und ich könnte mich gerade noch zurückhalten, etwas Selbstgefälliges darauf zu sagen.)

»Können wir irgendwo eine Tasse Kaffee trinken gehen und darüber reden?«

Stephen ist Pressesprecher einer Interessengruppe, die sich für politische Flüchtlinge einsetzt. Er macht sich solche Sorgen über das Asylrecht und den Kosovo und Ost-Timor, dass er manchmal nachts nicht schlafen kann, wie er mir gestanden hat. Er ist, wie ich, ein guter Mensch. Aber in einer Arztpraxis aufzutauchen und eine Verletzung vorzutäuschen, um eine der Ärztinnen zu belästigen ... Das ist nicht gut. Das ist böse. Ich bin verwirrt.

»Ich habe da draußen ein Wartezimmer voll Patienten. Im Gegensatz zu dir geht es ihnen allen ausnahmslos nicht sehr gut. Ich kann mich nicht einfach in die Kaffeepause verdrücken, wenn ich Lust habe.«

»Gefällt dir meine Schlinge?«

»Bitte geh wieder.«

»Sobald du mir gesagt hast, wann wir uns treffen können. Warum bis du mitten in der Nacht aus dem Hotel verschwunden?«

»Ich hatte ein ungutes Gefühl.«

»Weswegen?«

»Mit dir zu schlafen, obwohl ich einen Mann und zwei Kinder habe, wahrscheinlich.«

»Oh. Deshalb.«

»Ja. Deshalb.«

»Ich gehe nicht weg, bis wir uns verabredet haben.«

Der Grund dafür, dass ich ihn nicht rausschmeißen lasse, ist, dass ich das alles eigenartig prickelnd finde. Vor ein paar Wochen, ehe ich Stephen kennen lernte, gehörte ich nicht zu den Frauen, die Männer dazu bringen, Verletzungen vorzutäuschen, nur um sich ein paar kostbare Sekunden zu erschleichen. Ich meine, ich sehe absolut präsentabel aus, und ich weiß, dass ich, wenn ich mir Mühe gebe, meinem Ehemann eine gewisse mürrische Bewunderung abringen kann, aber bis heute mache ich mir keine Illusionen über mein Talent, im anderen Geschlecht rasendes Verlangen zu wecken. Ich war Mollys Mama, Davids Frau, die Ärztin um die Ecke; ich war zwei Jahrzehnte lang monogam. Das heißt nicht, dass ich asexuell wäre, denn ich hatte Sex, aber Sex mit David, und Anziehungskraft und der ganze Rest haben nichts mehr damit zu tun: wir schlafen miteinander, weil wir uns geeinigt haben, nicht mehr mit anderen zu schlafen, nicht, weil wir die Hände nicht voneinander lassen können.

Und jetzt, wo Stephen bettelnd vor mir steht, kann ich mich eines winzigen Anflugs von Eitelkeit nicht erwehren. Eitelkeit! Ich sehe mich zufällig im Spiegel in meinem Sprechzimmer, und einen Moment lang, nur für eine Sekunde, kann ich sehen, warum sich jemand die Mühe macht, seinen Arm in eine Schlinge zu stecken. Immerhin bin ich nicht monströs eitel: ich sage ja nicht, dass ich sehe, warum jemand sich von einer Klippe stürzt, sich zu Tode hungert oder zu Hause hockt, dabei traurige Musik hört und eine Flasche Whisky leert.

Die Schlinge anzulegen, kann ihn höchstens zwanzig Minuten gekostet haben, und dabei ist ein gewisser Grad an Inkompetenz bereits einkalkuliert; nehmen wir noch die Fahrt von Kentish Town dazu, und wir reden über einen Aufwand von maximal fünfundvierzig Minuten, minimale Kosten und keinerlei Schmerzen. Das kann man wohl kaum verhängnisvolle Affäre nennen, oder? Nein, ich sehe das durchaus realistisch, und obwohl es überheblich von mir wäre, anzunehmen, ich sei mehr wert als eine falsche Armschlinge, habe ich plötzlich das Gefühl, immerhin das wert zu sein, und das ist ein ganz neues und nicht unwillkommenes Gefühl.

Wäre ich Single oder hätte ich mich gerade erst auf eine weitere Beziehung eingelassen, würde ich Stephens Verhalten lächerlich, bedrohlich oder zumindest lästig finden; aber ich bin kein Single, ich bin eine verheiratete Frau, und in paradoxer Konsequenz daraus sage ich ihm, dass ich mich nach Feierabend auf einen Drink mit ihm treffe.

»Wirklich?« Er klingt erstaunt, als wüsste er, dass ich die Grenze übertreten habe und keine Frau im Vollbesitz ihrer geistigen Kräfte unter diesen Umständen eine Einladung annehmen würde; einen Moment lang gerät mein neu gewonnenes sexuelles Selbstbewusstsein ins Wanken.

»Ja, wirklich. Ruf mich später unter der Handynummer an. Aber bitte geh jetzt und lass mich jemanden behandeln, dem wirklich etwas fehlt.«

»Soll ich die Schlinge abnehmen? Damit es so aussieht, als hättest du mich kuriert?«

»Lass den Quatsch. Aber das Hinken könntest du lassen, wenn du raus gehst.«

»Zu dick aufgetragen?«

»Zu dick aufgetragen.«

»Na schön. Bis später.«

Und dann spaziert er fröhlich aus dem Zimmer.

Mit dem Timing einer Choreografin kommt Becca nur Sekunden später hereinspaziert – sie muss unterwegs an Stephen vorbeigekommen sein.

»Ich muss mit dir reden«, sagt sie. »Ich muss mich bei dir entschuldigen.«

»Wofür?«

»Hast du das auch schon mal, dass du im Bett liegst und, weil du nicht schlafen kannst, irgendwann anfängst, Gespräche aus der letzten Zeit aufzuschreiben? Dass sie wie ein Theaterstück aussehen?«

»Nein.« Ich liebe Becca, aber manchmal habe ich den Verdacht, sie hat sie nicht alle.

»Tja, solltest du mal machen. Macht Spaß. Ich verwahre sie. Sehe sie mir noch manchmal an.«

»Du solltest den, mit dem du das Gespräch geführt hast, einladen und seinen Part laut lesen lassen.«

Sie sieht mich an und macht ein Gesicht, als sei ich diejenige, die sie nicht alle hat.

»Was hätte ich davon? Na egal. Du weißt doch noch, das letzte Mal, als wir zusammen Pizza essen waren?«

»Ja.«

»Ich schrieb gerade unser Gespräch auf. Und mir fiel das alles mit deinem Bruder wieder ein. Aber – lach nicht, okay – hast du da irgendwas von einer Affäre gesagt?«

»Scht! Scht!« Ich drücke die Tür hinter ihr zu.

»Mein Gott! Du hast wirklich eine, oder?«

»Ja.«

»Und ich habe dich einfach überhört.«

»Ja.«

»Katie, es tut mir so Leid. Was ist da bloß in mich gefahren.«

Ich ziehe ein Gesicht, um ihr zu zeigen, dass ich ihr da auch nicht weiterhelfen kann.

»Alles in Ordnung?«

»Ja. So einigermaßen.«

»Also, was spielt sich da ab?«

Es ist interessant, auf die Untertöne in ihrer Stimme zu hören. Und die sind unzweifelhaft gemischt. Da ist natürlich der quiekende Kleinmädchen-Ooooh-sag-bloß-ich-will-alles-darüber-hören-Ton, aber sie kennt David, sie kennt Molly und Tom, also schwingt auch Vorsicht mit und Besorgnis und wahrscheinlich Missbilligung.

»Ist es was Ernstes?«

»Ich möchte nicht darüber reden, Becca.«

»Das hast du schon.«

»Ja, habe ich. Aber jetzt weiß ich nicht, was ich dazu sagen soll.«

»Warum machst du das?«

»Ich weiß nicht.«

»Bist du in ihn verliebt?«

»Nein.«

»Was denn dann?«

»Ich weiß es nicht.«

Aber ich glaube, ich weiß es doch. Es ist nur etwas, das Becca nicht verstehen würde. Und wenn sie es könnte, würde sie mich mehr bemitleiden, als ich zu ertragen imstande wäre. Ich könnte ihr von den aufregenden letzten paar Wochen erzählen, der traumartigen Entrücktheit des Liebemachens. Aber ich könnte ihr nicht erzählen, dass Stephens Interesse an mir, dass er etwas an mir findet, das Einzige ist, was mir ein Gefühl von Zukunft gibt. Das ist zu armselig. Das würde ihr nicht gefallen.

Ich bin nervös, als ich Stephen nach der Arbeit wiedertreffe, weil ich das Gefühl habe, ich begebe mich in Phase zwei von irgendwas, und Phase zwei scheint potentiell sehr viel ernster als Phase eins zu sein. Ich weiß natürlich, dass Phase eins bereits verschiedenste schwerwiegende Dinge beinhaltet hat – Untreue und Falschheit, um nur zwei zu nennen –, aber sie war beendet, und mir war es sehr recht, dass sie beendet war; ich dachte, die Sache mit Stephen sei etwas, das ich wegwischen könnte wie einen Krümel, ohne dass irgendwelche Spuren zurückblieben. Aber wenn es ein Krümel gewesen wäre und ich ihn weggewischt hätte, wäre er nicht heute morgen mit einem Arm in der Schlinge in meine Praxis gekommen. Die Sache sieht immer weniger wie ein Krümel und immer mehr wie ein Rotweinfleck aus, oder ein Fettfleck, ein abscheulicher und unübersehbarer Klecks indischer Sauce vom Takeaway. Na ja. Der Punkt ist, dass ich nervös bin, und ich bin nervös, weil ich Stephen nicht in der Absicht treffe, ihm zu sagen, dass ich ihn nie wiedersehen will.

Ich möchte nicht, dass er mich von der Arbeit abholt, weil die Leute neugierig sind, also verabreden wir uns in einer ruhigen Wohnstraße um die Ecke; um uns nicht zu verpassen, machen wir ein Haus aus, vor dem wir warten wollen. Und auf dem Weg dorthin versuche ich, an den Mann mit dem Furunkel zu denken, weil das, was ich tue, schlecht ist, schlecht, hinterhältig, verlogen, und man gut sein muss, um sich Furunkel am Rektum anzusehen (außer man ist ein sehr, sehr schlechter Mensch, vermute ich, krank, verkommen und dekadent), also bin ich, als ich Stephens Auto sehe, nicht in der rechten Verfassung, um mir klarzumachen, was ich tun oder wie ich mich ihm gegenüber verhalten soll. Ich steige ein, und wir fahren los, bis raus nach Clerkenwell, weil Stephen dort eine stille Bar in einem schicken neuen Hotel kennt, und erst später wundere ich mich, dass ein Mann, der für eine Interessengruppe mit Sitz in Camden arbeitet, etwas von schicken neuen Hotels in Clerkenwell weiß.

Aber es ist der passende Ort für uns, diskret und ohne Atmosphäre und voll von Deutschen und Amerikanern, und sie bringen einem ein Schälchen Nüsse zum Getränk, und als wir eine Weile dasitzen, fällt mir zum ersten Mal auf, wie wenig ich diesen Mann eigentlich kenne. Denn was soll ich jetzt sagen? Mit David kann ich Gespräche über unsere Beziehung führen, weil ich weiß, wie ich das anfange – oh Gott, das sollte ich jetzt eigentlich tun –, aber dieser Typ … Ich kenne nicht mal den Namen seiner Schwester, wie kann ich da mit ihm darüber reden, ob ich meinen Mann und meine beiden Kinder verlassen soll?

»Wie heißt deine Schwester?«

»Bitte?«

»Wie heißt deine Schwester?«

»Jane. Warum?«

»Nur so.«

War wohl kein guter Einstieg.

»Was willst du?«

»Bitte?«

»Von mir. Was willst du von mir?«

»Wie meinst du das?«

Er macht mich wütend, obwohl es ihn sicherlich überraschen würde, dass sein bis hierher minimaler Beitrag zu unserem Gespräch – ein paar Mal »Bitte?« und der auf Nachfrage geäußerte Name seiner Schwester – diese Reaktion provoziert haben sollte. Irgendwie scheint er es einfach nicht zu kapieren. Ich stehe vor der Zerstörung all dessen, was mir lieb und teuer ist, beziehungsweise lieb und teuer war, na ja, und er sitzt da und trinkt sein Designerbier, empfänglich für nichts außer der gediegenen Umgebung und der Freude über mein Hiersein. Ich habe Angst, er könnte sich jeden Moment in den Sessel fallen lassen, zufrieden seufzen und sagen: »Ach, ist das nett.« Ich will Selbstquälerei, Schmerz, Verwirrung.

»Ich meine, willst du, dass ich zu Hause ausziehe? Mit dir zusammenlebe? Mit dir durchbrenne? Oder was?«

»Du lieber Himmel.«

»›Lieber Himmel?‹ Ist das alles, was dir dazu einfällt?«

»Über all so was habe ich noch gar nicht nachgedacht, um ehrlich zu sein. Ich wollte dich einfach sehen.«

»Vielleicht solltest du dir darüber Gedanken machen.«

»Auf der Stelle?«

»Du weißt, dass ich verheiratet bin und zwei Kinder habe, oder?«

»Ja, aber …« Er seufzt.

»Aber was?«

»Aber ich will jetzt nicht darüber nachdenken. Ich möchte dich erst besser kennen lernen.«

»Du Glücklicher.«

»Glücklich, wieso?«

»Nicht jeder kann sich so viel Zeit lassen.«

»Was, du willst erst mit mir durchbrennen und mich dann erst kennen lernen?«

»Du willst also nur eine Affäre.«

»Ist das jetzt der richtige Moment, um dir zu sagen, dass ich heute hier übernachte?«

»Wie bitte?«

»Ich habe ein Zimmer hier gebucht. Nur für alle Fälle.« Ich kippe meinen Drink runter und gehe.

(»Was sollte das eigentlich?« fragt er mich beim nächsten Mal, als ich ihn sehe – weil es ein nächstes Mal gibt, und das wusste ich schon, als ich in das Taxi stieg, das mich zu meinem Mann und meiner Familie zurückfuhr. »Warum bist du im Hotel einfach abgehauen?« Und ich mache einen schwachen Für-was-für-eine-Sorte-Mädchen-hältst-du-mich-Witz, aber natürlich gibt es da eigentlich nicht viel zu witzeln. Es ist alles viel zu traurig. Es ist traurig, dass er nicht weiß, warum seine schmierigen Nachtclubbesitzer-Gesten bei mir nicht angekommen sind; es ist traurig, dass ich mir schließlich irgendwie einrede, der Mann, der sich diese Gesten erlaubte, sei eine bedeutsame und wichtige Figur in meinem Leben. Über traurige Dinge reden wir allerdings nicht. Wir haben eine Affäre. Es macht zu viel Spaß.)

Als ich nach Hause komme, hat David sich wieder den Rücken verknackst. Ich kann noch nicht ahnen, dass sich das irgendwann als der Wendepunkt in unserem Leben erweisen wird – woher auch? Davids Rücken ist uns allgegenwärtig, und obwohl ich ihn lieber nicht so sehe wie jetzt – mit Schmerzen, bewegungslos auf dem Boden, ein paar Bücher unter dem Kopf und das schnurlose Telefon, dessen Batterie mal wieder aufgeladen werden müsste (daher wahrscheinlich auch keine Nachricht auf meiner Handy-Mail-Box), auf dem Bauch –, habe ich ihn oft genug so gesehen, um mir keine Sorgen deswegen zu machen.

Er ist noch wütender, als ich erwartet habe. Er ist wütend auf mich, weil ich zu spät komme (aber glücklicherweise so wütend, dass es ihn nicht interessiert, wo ich gewesen bin und was ich getrieben habe), wütend auf mich, weil ich es ihm überlassen habe, sich in seiner hilflosen Lage um die Kinder zu kümmern, wütend, dass er

älter wird und sein Rücken ihm immer öfter Schwierigkeiten macht.

»Wie kommt es, dass du als Ärztin nie irgendwas für
meinen Scheiß-Rücken tun kannst?«

Ich ignoriere ihn.

»Soll ich dir hochhelfen?«

»Natürlich sollst du mir nicht hochhelfen, du dummes
verdammtes Weib. Ich will bleiben, wo ich bin. Ich will
allerdings nicht bleiben, wo ich bin, und mich noch um
zwei verdammte Kinder kümmern müssen.«

»Haben sie schon was gegessen?«

»Oh ja. Natürlich. Sie haben ein paar von diesen Fischstäbchen gegessen, die allein in den Ofen hüpfen und
sich braten.«

»Tut mir Leid, wenn das eine dumme Frage war. Ich
wusste ja nicht, seit wann du es am Rücken hast.«

»Seit einer verfickten Ewigkeit.«

Unanständige Worte werden in diesem Haus nicht
leichtfertig in den Mund genommen; das ist alles sehr
bewusst gemacht. Wenn David so vor den Kindern
flucht – die nur so tun, als sähen sie fern, danach zu urteilen, wie ihre Köpfe sofort herumfliegen, wenn sie ein
Wort hören, das sie nicht hören sollen –, teilt er uns allen
mit, dass er unglücklich ist, dass sein Leben schrecklich
ist, dass er mich hasst, dass alles so schlimm ist, dass er
seine Wortwahl nicht mehr kontrollieren kann. Das kann
er natürlich doch und tut es die meiste Zeit auch, also
hasse ich ihn wiederum für sein Kalkül.

»Hör auf, David.«

Er seufzt und murmelt irgendwas vor sich hin, voller
Verzweiflung über meine Zimperlichkeit und Herzlosigkeit.

»Was möchtest du also von mir?«

»Mach ihnen was zu essen und lass mich allein. Ich bin

bald so weit, dass ich wieder aufstehen kann. Hauptsache, ich kann hier ruhig liegen bleiben.« Als wollte ich ihn auffordern, Limbo mit mir zu tanzen, oder ein paar Bücherregale aufzbauen, oder mich nach oben zu tragen und Liebe zu machen.

»Möchtest du die Zeitung haben?«

»Hab ich schon gelesen.«

»Dann mache ich das Radio an.«

Also hören wir uns diese Kultursendung auf Radio 4 an, und wir hören uns die Simpsons an, und wir hören die Fischstäbchen im Backofen brutzeln, und ich versuche, nicht auf meinen Ehemann zu treten, und sehne mir dabei die Hotelzimmer in Leeds und Clerkenwell herbei – nicht wegen dem, was sich in ihnen abspielte, sondern wegen der Räume selbst: die Ruhe, die Bettwäsche, die Ahnung eines besseren, leereren Lebens als diesem.

David verbringt die Nacht auf dem Futon im Gästezimmer; ich muss ihm beim Ausziehen helfen, also bleibt es nicht aus, dass ich schließlich über Bedürfnisse und Wünsche und Rechte und Pflichten und Männer mit Furunkeln am Rektum nachdenke, obwohl mich das nicht weiterbringt. Und dann gehe ich mit der Zeitung ins Bett, und der Erzbischof von Canterbury hat über Scheidung geschrieben, über das Kirschen-in-Nachbars-Garten-Syndrom, und er wolle niemandem das Recht absprechen, eine gewalttätige und demütigende Ehe zu beenden, aber … (Warum ist jede Zeitung voll mit Zeug über mich, mich, mich? Ich will von Zugunglücken lesen, die mir erspart geblieben sind, von Risikofleisch, das ich nicht essen werde, Friedensverhandlungen an Orten, wo ich nicht lebe; stattdessen fällt mein Blick unweigerlich auf Artikel über Oralsex und das Auseinanderbrechen der modernen Familie.) Da bleibt es nicht aus, dass ich schließlich über gewalttätige und demütigende Ehen nachgrübel, und ob ich in so einer lebe, und egal, was ich mir einzureden versuche – *aha, aber die Worte »gewalttätig« und »demütigend« bedeuten in unserer Ecke etwas anderes, er nennt mich dummes verdammtes Weib, er sorgt für eine gespannte Atmosphäre, wenn meine Familie zu Besuch kommt, er hat eine negative Einstellung zu allem, was mir teuer ist, er findet, alte Leute sollten auf den eigens für sie reservierten Plätzen im Bus sitzen bleiben –*, weiß ich, dass meine Ehe nicht so ist. Meine Beziehung zu David ist weder gewalttätig noch demütigend; es ist nur so, dass sie mir nicht besonders gefällt, und das ist eine Klage ganz anderer Art.

Was genau ist eigentlich der Sinn und Zweck einer Affäre? Im Lauf der nächsten drei Wochen habe ich zwei Mal Sex mit Stephen und komme kein einziges Mal (nicht, dass Kommen alles wäre, obwohl es das auf lange Sicht wohl ist); wir verbringen die Zeit damit, über Ferien in der Kindheit, meine Kinder, sein früheres Zusammenleben mit einer Frau, die zurück in die Staaten zog, unsere gemeinsame Antipathie gegen Leute, die keine Fragen stellen, zu reden … Bringt mich das alles irgendwie weiter? Und wo will ich überhaupt hin? Es stimmt, dass ich mit David in jüngster Zeit nicht mehr über Ferien in der Kindheit geredet habe, warum, liegt auf der Hand, aber ist es das, was in meiner Ehe wirklich fehlt – die Möglichkeit, versonnen ins Leere zu starren und elegisch von den Felsenbecken an der kornischen Küste zu schwärmen? Vielleicht sollte ich es versuchen, so wie einem sonst geraten wird, es mit Wochenenden außer Haus und ohne Kinder zu versuchen. Vielleicht sollte ich nach Hause kommen und sagen: »Ich weiß, du hast sie schon oft gehört, aber darf ich dir noch mal die Geschichte erzählen, wie ich eine halbe Krone unter einer Krabbe gefunden habe, die anzufassen mein Dad mir verboten hatte?« Aber die Geschichte war schon beim ersten Mal öde gewesen, und nur durch Davids unerschöpfliche Begeisterung für absolut alles, was ich vor unserem Kennenlernen je erlebt hatte, war sie erträglich geworden. Heute könnte ich von Glück reden, wenn ich mit einem Seufzer und einer gemurmelten Obszönität davonkommen würde.

Was ich also wirklich will, und was mir Stephen bietet, ist die Möglichkeit, mich von Grund auf neu aufzubauen. Davids Bild von mir ist komplett, und ich bin ziemlich sicher, dass es keinem von uns beiden sehr gefällt; ich möchte die Seite ausreißen und auf einem neuen Blatt noch einmal anfangen, so wie als Kind, wenn ich ein Bild verpatzt hatte. Es ist ganz gleichgültig, wer dieses leere Blatt ist, also lohnt es sich nicht, darüber nachzudenken, ob ich Stephen mag oder ob er weiß, was er im Bett mit mir anstellen soll, oder irgendwas sonst in der Art. Ich will nur seine gebannte Aufmerksamkeit, wenn ich ihm erzähle, dass ›Middlemarch‹ mein Lieblingsbuch ist, und ich will nur dieses Gefühl, das Gefühl, noch keinen falschen Schritt gemacht zu haben, und das gibt er mir.

Ich entschließe mich, meinem Bruder von Stephen zu erzählen. Mein Bruder ist jünger als ich, hat keine Kinder, im Moment keine Beziehung; ich bin fast sicher, dass er mich nicht verurteilen wird, obwohl er Molly und Tom liebt und sogar gelegentlich mit David etwas trinken oder essen geht, wenn ich nicht da bin. Mark und ich stehen uns nahe, und ich gelobe, auf das zu vertrauen, was er sagt, seiner Intuition zu folgen.

Was er sagt ist: »Du bist wohl völlig verrückt geworden.« Wir sind in einem Thai-Restaurant in Muswell Hill, um die Ecke von seiner Wohnung, und bis jetzt sind noch nicht mal die Vorspeisen gekommen; ich wünschte, ich hätte mir den komplizierten Teil des Abends für später aufgehoben. (Nur hatte ich ja nicht gedacht, dass es kompliziert werden würde. Wie konnte ich mich so irren? Warum hatte ich geglaubt, mein Bruder würde das alles mit einem Achselzucken abtun? Ich hatte mir einen halb geflüsterten, scherzhaften, konspirativen Schwatz bei einem kalten Bier und ein paar Sate-Spießchen vorgestellt, aber jetzt sehe ich ein, dass das ziemlich dumm von mir war und mein Bruder kein anständiger Bruder wäre, wenn er nur lächeln und freundlich mit dem Kopf wackeln würde.)

Ich sehe ihn an und lächle matt. »Ich weiß, dass es für dich so aussehen muss«, sage ich. »Aber du verstehst das nicht richtig.«

»Okay. Erklär's mir.«

»Ich war so deprimiert«, sage ich. Für Depressionen hat er Verständnis. Er ist so was wie das schwarze Schaf der Carr-Familie: »unkonventionelle« Karrierebiografie, unverheiratet, Pillen, Therapie.

»Dann verschreib dir irgendwelche Pillen. Oder red mit irgendwem. Ich weiß nicht, wie eine Affäre da weiterhelfen soll. Und eine Scheidung erst recht nicht.«

»Du willst mir nicht zuhören, was?«

»Natürlich höre ich zu. Aber Zuhören bedeutet nicht, dass ich dich auch noch anfeuern muss, oder? Das kann bestimmt eine deiner Freundinnen übernehmen.«

Ich denke an Becca und schnaube.

»Wem hast du es sonst noch erzählt?«

»Niemandem. Na ja, jemandem. Aber sie hat mir wohl nicht zugehört.«

Mark schüttelt ungeduldig den Kopf, als spräche ich in femininen Metaphern.

»Was bedeutet das?«

Ich mache eine hilflose Geste. Mark hat mich immer um meine Beziehungen zu Menschen wie Becca beneidet; er würde mir kaum glauben, dass sie mich lediglich nachsichtig angesehen hat, als sei ich eine ungereimtes Zeug brabbelnde Schlaganfall-Patientin.

»Du lieber Himmel, Kate. David ist ein Freund von mir.«

»Ach ja?«

»Gut, na schön, nicht so was wie mein bester Freund. Aber er ist, na ja, er gehört zur Familie.«

»Und das bedeutet, er muss in alle Ewigkeit ein Familienmitglied bleiben? Weil er dein Schwager ist und ihr beide ein paar Mal zusammen beim Inder wart? Ganz egal, was er mir antut?«

»Was tut er dir denn an?«

»Es liegt … es ist nicht das, was er tut. Keiner, den wir kennen ›tut‹ einem anderen irgendwas. Er ist nur … Er macht mich immer runter.«

»Mumpitz.«

»Oh Gott, Mark, du klingst wie er.«

»Vielleicht solltest du dich von mir auch scheiden lassen. Renn vor jedem weg, der nicht jede Sekunde des Tags alles, was du tust, hundertprozentig gutheißt.«

»Er nimmt mir jeden Enthusiasmus. Er zermürbt mich. Nie mache ich ihm irgendwas recht, ich mache ihn nicht glücklich …«

»Hast du mal an eine Eheberatung gedacht?«

Ich schnaube verächtlich, und Mark erinnert sich, dass wir ja von David sprechen, und sagt »Neiiiin« wie Homer Simpson, und für einen Moment sind wir wieder Bruder und Schwester.

»Okay, okay«, sagt er. »Dumme Idee. Soll ich mal mit ihm reden?«

»Nein.«

»Warum nicht?«

Ich sage nichts; ich weiß nicht, warum nicht. Nur dass ich nichts von dieser Unterhaltung nach außen in die wirkliche Welt dringen lassen möchte. Ich möchte nur meinen Bruder in diese kleine, wunderliche Blase hereinholen, in der ich einen Abend lang lebe. Ich möchte Verständnis, keine Intervention.

»Was wäre für dich denn wichtig?«

Die Antwort darauf kenne ich. Ich habe darüber nachgedacht und weiß es aufs Wort genau.

»Ich will, dass David nicht mehr David ist.«

»Ah. Und wer soll er dann sein?«

»Ein anderer. Jemand, der mich richtig liebt, und bei dem ich mich wohl fühle, der mich bewundert und mich ganz toll findet.«

»Er findet dich ganz toll.«

Ich muss lachen. Es ist kein ironisches oder bitteres Lachen, obwohl es sicher keinen geeigneteren Moment für bitteres Lachen geben könnte als diesen; es ist ein herzhaftes Lachen. Das ist mit das Lustigste, was ich seit Monaten gehört habe. Es gibt nicht vieles, worin ich mir im Moment sicher bin, aber ich weiß mit jeder Faser meines Herzens, dass David mich nicht ganz toll findet.

»Was ist? Was habe ich gesagt?«

Ich brauche eine Weile, um mich zu beruhigen. »Es tut mir Leid. Nur der Gedanke, David fände mich ganz toll.«

»Ich weiß, dass er es tut.«

»Woher?«

»Na, eben ... du weißt schon.«

»Nein. Weiß ich eben nicht. Darum geht es ja gerade, Mark.«

Es stimmt, ich möchte nicht mehr, dass David weiter David ist. Ich will, dass alles strukturell bleibt wie es ist – ich möchte ihn als Vater meiner Kinder, ich möchte seit zwanzig Jahren mit ihm verheiratet sein, mich stören noch nicht mal das Übergewicht und der kaputte Rücken. Ich will nur diese Stimme nicht mehr, diesen Tonfall, diese permanente Missbilligung. Im Grunde hätte ich es gerne, dass er mich mag. Ist das wirklich zu viel verlangt von einem Ehemann?

Drei

Als ich von der Arbeit nach Hause komme, stürzt David geradezu aus seinem Arbeitszimmer, um mich zu begrüßen. »Kuck mal«, sagt er und fängt an, energische Bücklinge vor mir zu machen, als sei ich die Queen und er ein geistig umnachteter Royalist.

»Was?«

»Mein Rücken. Ich spüre nichts. Nicht das kleinste Zwicken.«

»Warst du bei Dan Silverman?« Dan Silverman ist ein Osteopath, an den wir unsere Patienten überweisen, und ich habe David seit Monaten gebeten, sich bei ihm einen Termin geben zu lassen. Vielleicht sogar seit Jahren.

»Nein.«

»Was ist denn dann passiert?«

»Ich war bei jemand anderem.«

»Bei wem?«

»So einem Typ.«

»Was für einem Typ?«

»Ein Typ in Finsbury Park.«

»In Finsbury Park?« Dan Silverman hat eine Praxis in der Harley Street. In Finsbury Park gibt es, soweit ich weiß, nichts mit der Harley Street Vergleichbares. »Wie bist du an den gekommen?«

»Hing ein Zettel im Fenster vom Zeitschriftenladen.«

»Im Fenster vom Zeitschriftenladen? Welche Qualifikation hat er denn?«

»Keine wie auch immer geartete.« Die Information erreicht mich in einem stolzen und aggressiven Tonfall, wie zu erwarten. Medizinische Qualifikationen gehören auf meine Seite der großen ehealltäglichen Wasserscheide und sind daher abzulehnen.

»Du lässt also einen vollkommenen Laien an deinem Rücken rumpfuschen. Eine weise Entscheidung, David. Er hat dich wahrscheinlich fürs Leben verkrüppelt.«

David fängt wieder mit der Verbeugerei an. »Sehe ich aus, als wäre ich verkrüppelt?«

»Nein, heute nicht. Aber niemand kann einen kaputten Rücken mit einer einzigen Behandlung kurieren.«

»Tja, GoodNews schon.«

»Was ist GoodNews?«

»Das ist sein Name. GoodNews. Großes G, großes N, alles in einem Wort. DJ GoodNews, wie er mit vollem Namen heißt.«

»DJ. Nicht DR?«

»Na ja, ich glaube, das ist so aus der Clubszene. Ich glaube, er hat mal in einer Disco gearbeitet oder so.«

»Immer nützlich, wenn man Rückenprobleme behandelt. Na, wie auch immer, du bist zu jemandem namens GoodNews gegangen.«

»Als ich zu ihm ging, wusste ich noch nicht, dass er GoodNews heißt.«

»Nur aus reiner Neugier – was stand denn auf dem Reklamezettel?«

»So was wie, weiß ich nicht. ›Rückenprobleme? Ich kuriere Sie in nur einer Behandlung.‹ Und dann seine Telefonnummer.«

»Und das hat Eindruck auf dich gemacht?«

»Klar. Natürlich. Warum erst lange suchen?«

»Dieser so genannte GoodNews ist doch nicht etwa Heilpraktiker?« Es wird euch nicht überraschen, dass David bis heute kein großer Anhänger alternativer Medizin war, gleich welcher Art; er hat sowohl mir wie den Lesern seiner Zeitungskolumne gegenüber vehement vertreten, dass er kein Interesse an irgendeinem Medikament hat, das unschädlich für Kinder und schwangere Frauen ist, und dass jeder, der irgendwas anderes behauptet, ein Kretin sei. (David ist nämlich in allem außer Politik fanatisch konservativ. Mir ist aufgefallen, dass es heute viele solche Leute gibt, Leute, die zornig genug sind, um die Wiedereinführung der Todesstrafe oder die Repatriierung von Afro-Kariben zu fordern, sich aber zurückhalten, weil sie, wie alle aus unserer Ecke, Liberale sind und ihrem Zorn deshalb auf anderem Wege Luft machen müssen. Man begegnet ihnen jeden Tag in den Kolumnen und auf den Leserbriefseiten unserer liberalen Tageszeitungen, wo sie sich über Filme ärgern, die sie nicht mögen, oder über Komiker, die sie nicht lustig finden, oder über Frauen, die Kopftücher tragen. Manchmal denke ich, das Leben wäre für mich und David einfacher, wenn David eine politische Wende um 180 Grad machen würde und endlich sauer auf Schwule und Kommunisten sein könnte, anstatt auf Homöopathen, alte Leute im Bus und Restaurantkritiker. Es muss sehr unbefriedigend sein, für diesen übermächtigen Zorn nur solche winzigen Ventile zu haben.)

»Ich weiß nicht, wie du ihn nennen würdest.«

»Hat er dir Medikamente gegeben?«

»Nee.«

»Ich dachte, das sei deine Definition von Alternativmedizin. Einer, der dir keine Medikamente gibt.

»Das Einzige, was wichtig ist, ist doch, dass er mich wieder hingekriegt hat. Im Gegensatz zum völlig unfähigen Medizinbetrieb.«

»Und wie oft hast du es beim unfähigen Medizinbetrieb versucht?«

»Zwecklos. Der ist unfähig.«

»Und was hat dieser Typ nun gemacht?«

»Hat mir nur ein bisschen den Rücken mit Wärmesalbe eingerieben und mich nach Haus geschickt. Nach zehn Minuten.«

»Wie viel?«

»Zweihundert Pfund.«

Ich starre ihn an. »Du machst Witze.«

»Nein.«

Er ist stolz auf diese absurde Summe, ich sehe es ihm an. Zu jeder anderen Zeit hätte er einem unqualifizierten Wunderdoktor, der ihm für zehn Minuten Arbeit zweihundert Pfund abnehmen will, ins Gesicht gelacht, vielleicht sogar geschlagen, aber jetzt fungiert GoodNews (sollte GoodNews von jetzt an regelmäßig in unseren Gesprächen auftauchen, werde ich mir einen anderen Namen für ihn ausdenken müssen) als nützliche Waffe im Kampf gegen mich. Ich halte zweihundert Pfund für zu viel, deshalb latzt er mit hämischer Genugtuung die zweihundert Pfund. Wenn man es richtig bedenkt, ist die Perversität dieser Logik jetzt schon beängstigend, denn wo soll das enden? Wäre es zum Beispiel denkbar, dass er die Kinder – für einen lächerlich geringen Betrag – an einen Pädophilenring verkauft, nur weil er weiß, dass ich mich darüber sehr ärgern würde? Sicher, er liebt seine Kinder. Aber mich hasst er leidenschaftlich, da kann man nie wissen.

»Zweihundert Pfund.«

»Ich kann jederzeit wieder hingehen. Wegen allem. Ohne zu bezahlen.«

»Aber er kriegt doch alles mit einer Behandlung hin. Also ist das nicht nötig.«

»Darum ist er sein Geld wert. Darum kassiert er so viel.«

Er beugt und streckt sich wieder, runter rauf runter rauf, und grinst mich an; ich schüttle den Kopf und sehe nach den Kindern.

Später schauen wir zusammen fern, als ganze Familie, und ich wundere mich nicht zum ersten Mal in letzter Zeit, wie ein Abend so gewöhnlich-häuslich ablaufen kann, wenn das Leben es nicht ist. Selbst während der letzten Wochen haben wir, trotz Stephen, trotz des ganzen Gegiftes, eine neue Montagabendtradition eingeführt, wir balancieren das Abendessen auf den Knien vor »Im Reich der Dinosaurier«. Familienrituale müssen wohl so was wie außergewöhnlich widerstandsfähige Wüstenpflanzen sein, die darauf programmiert sind, noch in den unwirtlichsten Gebieten auszutreiben.

David versucht immer noch, die Harmonie zu stören – erst, indem er auf dem Boden liegt und so tut, als mache er Sit-ups (dabei behindern ihn sein Rettungsring und seine generelle körperliche Verfassung weit mehr als sein Rücken, aber weil es nicht der Rücken ist, der in aufzuhören zwingt, singt er minutenlang ein Loblied auf Good-News' Talente und muss von den Kindern zum Schweigen gebracht werden), und dann durch Witzeleien über den Kommentar aus dem Off. »Drei Wochen später kehrt das Männchen zurück, um einen zweiten Paarungsversuch zu unternehmen«, sagt die Stimme von Kenneth Brannagh. »Bist du sicher, dass es nicht vierzehn Tage waren, Kenny?« fragt David. »Ist ja schließlich hundert Millionen Jahre her. Da vertut man sich schnell mal um eine Woche.«

»Sei still, David. Ihnen macht es Spaß.«

»Ein bisschen kritische Distanz wird sie nicht umbringen.«

»Genau das, was Kinder brauchen. Kritische Distanz.«

Aber schließlich vertragen wir uns, sehen uns die Sendung an, baden die Kinder, bringen sie ins Bett, verzehren ein beinahe schweigendes Mahl. Und die ganze Zeit bin ich kurz davor, etwas zu sagen, etwas zu tun, nur weiß ich nicht, was ich sagen oder tun soll.

Am nächsten Morgen starrt Tom mich und David während des ganzen Frühstücks an, und nach einer Weile bringt es mich aus der Ruhe. Tom ist ein beunruhigendes Kind – er ist still, hat eine rasche Auffassungsgabe, ist direkt bis an die Grenze zur Unhöflichkeit. Er hat die Persönlichkeit eines Wunderkinds, aber keinerlei erkennbares Talent.

»Was ist los mit dir?« frage ich ihn.

»Nichts.«

»Warum starrst du uns dann die ganze Zeit an?«

»Ich will sehen, ob ihr euch scheiden lasst.«

Wäre das ein Film, würde ich gerade eine Kaffeetasse an die Lippen führen, Toms Worte würden ein großes Komödienprusten auslösen, und mir würde der Kaffee aus der Nase kommen und über die Bluse laufen. Aber so wie es ist, stecke ich gerade Toast in den Toaster und wende Tom den Rücken zu.

»Warum sollten wir uns scheiden lassen?«

»Hat mir einer in der Schule erzählt.«

Er sagt das ohne eine Spur von Bedauern; wenn mir jemand bei der Arbeit erzählen würde, ich ließe mich scheiden, und ich hätte vorher nicht die geringste Ahnung von meinen Eheproblemen gehabt, würde mir als erstes die Quelle der Information Sorgen machen. Aber natürlich ist die Kindheit eine Zeit, in der einem von allen Seiten Informationen zufliegen, und für Tom ist es einerlei, ob er diese Neuigkeit von seinen Eltern oder vom kleinen Billy aus der 2c hört.

»Wer?« sagt David in einem etwas zu aggressiven Ton, der ihn auf der Stelle als die undichte Stelle entlarvt.

»Joe Salter.«

»Wer zum Teufel ist Joe Salter?«

»So ein Junge aus der Schule.«

»Was geht den das an?«

Tom zuckt die Achseln. Joe Salter interessiert ihn nicht. Ihn interessiert, ob David und ich uns trennen. Ich kann es ihm nicht verdenken.

»Natürlich lassen wir uns nicht scheiden«, sage ich. David sieht mich triumphierend an.

»Und warum hat Joe Salter das dann gesagt?« fragt Tom.

»Ich weiß nicht«, sage ich. »Aber da wir es nicht tun, kommt es eigentlich nicht darauf an, was Joe Salter sagt, oder?«

Bis vor drei Minuten ist mir Joe Salters Name noch nicht begegnet, und jetzt habe ich ihn bereits gründlich satt. Vor meinem inneren Auge sehe ich deutlich das Bild eines selbstgefälligen, bösartigen, kleinen, blonden Jungen, von engelhaftem Aussehen für alle, außer für seine Klassenkameraden und jetzt für David und mich, die wir einen Blick in seine stinkende, vergiftete Seele haben tun dürfen. »Ich meine, wir wissen darüber besser Bescheid als er. Und wir bleiben verheiratet, stimmt's, David?«

»Wenn du das sagst.« Er kostet das richtig aus, und ich kann es ihm nicht übel nehmen.

»Werdet ihr euch irgendwann mal scheiden lassen?« fragt Molly. Oh Gott. Jetzt merke ich zum ersten Mal, warum man schlafende Hunde keinesfalls wecken soll.

»Haben wir nicht vor«, sage ich ihr.

»Bei wem würden wir wohnen, wenn ihr es doch machen würdet?«

»Bei wem würdet ihr denn wohnen wollen?« fragt David. Das ist eine Frage, die selbst in den brutalsten Büchern zur Kindererziehung nicht empfohlen wird.

»Daddy!« sagt Molly. Und dann, als ihr noch etwas einfällt: »Aber nicht mit Tom.«

»Dann kann Tom ja bei Mummy wohnen. Das ist gerecht geteilt.«

»Daddy macht Witze«, sage ich schnell zu Tom, aber ich fürchte, der Schaden ist bereits angerichtet: David hat es schneller als man eine Schale Golden Grahams essen kann geschafft, Bruder und Schwester, Tochter und Mutter, Sohn und Vater zu entzweien. Und ich habe gerade versprochen, mich nicht scheiden zu lassen. »Dfff!« wie mein Bruder, mein Sohn und Homer Simpson sagen würden.

Auf mein Drängen kommt David in der Mittagspause in die Praxis, und wir gehen in eine fettige Imbissbude um die Ecke, um über das zu reden, was beim Frühstück zur Sprache kam. David ist uneinsichtig. (Oder besser: David ist UNEINSICHTIG. So wie James Bond 007 ist.)

»Wenn wir uns nicht scheiden lassen, was kann es dann schon schaden? Es ist eine rein hypothetische Situation.«

»Hör auf, David. Das habe ich von dir schon besser gehört.«

»Was? Was hab ich denn gemacht?«

»Fallen gestellt.«

»Was, meinst du die Stelle, wo wir uns nicht scheiden lassen? Das war eine Falle?«

»Du willst nur, dass ich sage: ›Ja, aber vielleicht tun wir es doch‹, und dann machst du mich nieder, weil ich inkonsequent bin und dir das eine erzähle und den Kindern etwas anderes.«

Ich habe schon seit einiger Zeit für Davids verbale Landminen nur noch Verachtung übrig, zu offensichtlich kommen sie daher (und es sollte nicht überraschen, dass der Autor von »Green Keepers« im Gespräch ebenso offensichtlich ist, wie in seiner Prosa). Aber ich habe mich wohl einlullen lassen, weil David sich mit einem Eifer auf meine letzte Bemerkung stürzt, der vermuten lässt, dass er gehofft hatte, ich würde genau das sagen.

»Moment mal, Moment mal. Was hast du mir gesagt, als du aus Leeds angerufen hast?«

»Ich habe nicht ... Doch, schon, aber ich wollte nur ...«

»Nein. Was hast du gesagt?«

»Du weißt, was ich gesagt habe.«

»Sag es noch mal.«

»Das kannst du ruhig sein lassen, David. Du weißt, was ich damals gesagt habe, und du weißt, was ich heute morgen zu den Kindern gesagt habe.«

»Und das ist konsequent, ja?«

»Ich verstehe ja, dass das aus deiner Sicht inkonsequent erscheinen muss.«

»Und aus deiner Sicht? Das interessiert mich nämlich wirklich. Ich wüsste gerne, wie man einen erst um Scheidung bitten und dann sagen kann, man wolle keine, ohne inkonsequent zu wirken.«

»Um das alles geht es doch gar nicht.« Und das ist mein Ernst. Ich will wissen, wie er von unserer Tochter fordern kann, sich zwischen einem von uns zu entscheiden, wie er so unbedacht grausam zu Tom sein kann, und warum er den Eltern eines kleinen Jungen namens Joe Salter, oder Freunden der Eltern eines kleinen Jungen namens Joe Salter, oder sogar einem kleinen Jungen namens Joe Salter selbst etwas über unsere ehelichen Differenzen erzählt. Es ist doch mein gutes Recht, dass ich das von ihm wissen will, genau wie es sein gutes Recht ist, von mir zu erfahren, warum ich ihm – anscheinend aus heiterem Himmel – gesagt habe, ich wolle unsere Ehe beenden;

aber wir haben nur eine Mittagspause lang Zeit. Und plötzlich kommt es mir so vor, als würde ein ganzes Leben nicht dafür ausreichen, geschweige denn eine Mittagspause, denn wenn man ein Frühstücksgespräch in so viele Puzzlestücke zerlegen kann, dass man keine zwei wieder zusammengesetzt bekommt, aus wie vielen Puzzlestückchen muss dann das letzte Vierteljahrhundert bestehen? Er sagte und ich sagte und er sagte und ich sagte und er dachte und ich dachte und er dachte und ich dachte und er hat das gemacht und ich hab dies gemacht … So sollte es nicht sein. So war das nicht geplant. Würde es an irgendwas liegen, was einer von uns gedacht oder getan hat, dann gäbe es da nichts zu streiten, weil wir es gemeinsam gedacht oder getan hätten, aber das Einzige, was uns gemeinsam gelungen ist, ist, einen riesigen Schlamassel anzurichten, und ich sehe einfach nicht, wie …

»David, ich sehe einfach nicht, wie wir aus diesem Schlamassel rausfinden sollen.«

»Wovon redest du jetzt wieder?«

Ich versuche, die Worte auszusprechen – die Worte, die ich schon mal benutzt und erst heute morgen zurückgenommen habe –, aber glücklicherweise wollen sie mir nicht über die Lippen, und ich breche stattdessen in Tränen aus und heule und heule und heule, während David mich aus dem Café auf die Straße führt.

Gut möglich, dass ich verrückt werde; oder aber, dass ich nur verwirrt und unglücklich bin; oder aber, dass ich genau weiß, was ich will, und mich nur nicht dazu durchringen kann, weil es so viel Schmerz bereiten würde, und die Spannung zwischen diesen zwei Seinszuständen bringt mich beinahe zum Explodieren. Aber als David mich auf diese Art berührt, voller Zärtlichkeit, mit Liebe und Anteilnahme, zerfällt das alles in Nichts, und ich möchte für den Rest meines Lebens mit ihm und meinen Kindern zusammen sein. Ich will Stephen nicht berühren, ich will nicht über etwas streiten, das David zu anderen Leuten gesagt oder nicht gesagt haben könnte, oder das, was er definitiv zu Molly und Tom gesagt hat. Ich will nur tagsüber arbeiten, abends Dinosaurier gucken und nachts neben David schlafen. Nichts anderes ist mir wichtig. Ich muss mich nur an diesem Gefühl festhalten, dann kann mir nichts mehr passieren.

Wir bleiben eine Weile im Wagen sitzen, und David lässt mich weinen.

»Ich kann nicht zulassen, dass das so weitergeht«, sagt er.

»Wird es nicht. Damit ist es vorbei.«

»Willst du mir erzählen, was passiert ist?«

Typisch David. Typisch Mann. Wenn jemand in diesem Zustand ist, muss vorher etwas ›passiert‹ sein ... Nur dass er eben Recht hat und etwas vorgefallen ist, etwas, das ohne jeden Zweifel zu meinem Unglücklichsein in letzter Zeit beigetragen hat. Plötzlich, nach der Dinosaurier-Entscheidung und weil David so nett zu mir ist, und wegen meiner festen Überzeugung, dass meine Tränen dem Ganzen ein Ende setzen, erscheint es mir ganz klar, was ich tun und sagen muss.

»David ... es gab da jemanden.«

Ich sage ihm das in dem Wissen, dass es jetzt niemanden mehr gibt, und weil ich jetzt weiß, was ich will, und weil ich weiß, dass sich das David mitteilen wird. Ich komme keinen Moment auf die Idee, dass mein Geständnis für David den Anfang und nicht das Ende von etwas markiert, und dass die Tatsache, dass er mich seit fünfundzwanzig Jahren kennt, nicht bedeuten muss, dass er mich jetzt versteht. Er ist einen Augenblick still, dann sagt er: »Kannst du heute abend früher nach Hause kommen?«

»Ja. Sicher. Wir reden dann darüber.«

»Es gibt nichts zu reden. Aber ich möchte etwas wegen Mollys Neurodermitis unternehmen, und ich brauche dich, um auf Tom aufzupassen.«

Ich mache ein kleines Gedankenspiel, nur um mal auszuprobieren, was es für ein Gefühl ist. Das Spiel geht so: Ich sitze nicht in der Küche unseres gemeinsamen Hauses und sehe meinem Sohn zu, wie er Hausaufgaben macht, sondern in der Küche einer kleinen Wohnung in der Nähe. In dem Spiel lebe ich jetzt dort, nach der Trennung. Molly ist nicht da, weil sie sich im Moment weigert, mit mir zu sprechen; sie gibt mir die Schuld an dem, was passiert ist (David muss ihr einen sehr verkürzten Bericht von dem, was vorgefallen ist, gegeben haben), und wann immer ich sie ansprechen will, dreht sie mir den Rücken zu. Davids schrecklicher Witz über die mitten durchgerissene Familie hat sich als prosaische und gar nicht so weit hergeholte Voraussage erwiesen.

Das Spiel ist in mehrfacher Hinsicht lehrreich. Warum stelle ich mir zum Beispiel diese Küche als andere Küche vor? Anders gesagt, warum ist es denn für mich so schwer vorstellbar, dass ich im Falle eines ehelichen SuperGAUs bleibe, wo ich bin? Weil ich nicht nur der »schuldige« Teil bin (obwohl mildernde Umstände vorliegen und ich nicht ganz so schuldig bin, und meine Ehe irgendwie schon brutal und demütigend ist, wenn auch zugegeben in einer Mittelstandsversion), sondern weil ich die Ernährerin der Familie bin. David bringt die Kinder zur Schule, David macht ihnen das Essen und macht mit ihnen die Hausaufgaben; David holt sie bei ihren Freunden ab, Freunde, die ich nie gesehen habe. Wenn

David und ich uns trennen würden, würde mein Auszug nur minimale Wellen schlagen, wohingegen ich, wenn er auszöge, nicht wüsste, wie wir zurechtkommen sollten. Ich bin der Mann. Ich bin Daddy. Nicht, weil ich einen Job habe, sondern weil David keinen hat, jedenfalls keinen richtigen, und daher die Haupt-Bezugsperson ist. Darum kann ich mir so leicht vorstellen, dass ich ausziehe – denn die Väter ziehen immer aus. Und darum ist es so einfach, sich vorzustellen, dass Molly nicht mit mir spricht – sie würde sich nie für mich und gegen David entscheiden, und überhaupt weigern sich Töchter immer, mit ihrem Vater zu sprechen, nachdem sie entdeckt haben, dass er fremdgegangen ist. Da läuft dieser ganze Film ab, dieses freudianische Ding. Ist es übertrieben, wenn ich annehme, dass Molly tatsächlich Sexualneid mir gegenüber empfindet?

»Tom?«

»Yo.«

»Bin ich für dich deine Mum oder dein Dad?«

»Was?«

»Denk nicht lange darüber nach, sag einfach das erste, was dir einfällt.«

»Mum.«

»Bist du sicher? Du musstest nicht erst ein paar Sekunden darüber nachdenken, weil du dir nicht sicher warst?«

»Nein. Für mich bist du meine Mum und Dad ist mein Dad.«

»Warum?«

»Mum, ich hab wirklich zu tun, okay?« Und er schüttelt mitleidig den Kopf.

Molly hat schon immer an Neurodermitis gelitten, schon seit sie ganz klein war. Sie bekommt überall Ausschlag – Hände, Arme, Beine, Bauch – und noch so viele Salben oder Diäten oder homöopathische Mittel haben nichts dagegen ausrichten können. Heute morgen rieb ich ihr, ehe sie in die Schule ging, die Hände mit einer sehr wirkungsvollen und wahrscheinlich schädlichen Kortisonsalbe ein, weil sie voller schmerzhaft aussehender Risse waren. Aber als sie jetzt nach Hause kommt, rennt sie durch den Flur auf mich zu und streckt mir ihre Hände entgegen, und es ist keine Spur mehr davon zu sehen. Ich hebe ihren Fleecepulli hoch, und auf ihrem Bauch dasselbe; sie zeigt mir ihre Kniekehlen, und auch da ist nichts. Und natürlich zog sich mein Magen zusammen, als ich Molly und David hereinkommen hörte, und natürlich habe ich panische Angst davor, was der Abend bringen könnte; aber alles, worüber wir reden werden, ist das, was mit Mollys hässlichen roten Schrunden passiert ist. (Und wenn Mollys Neurodermitis wichtiger als mein Fremdgehen ist, was soll dieses Fremdgehen dann überhaupt?)

»Das ist verblüffend«, sage ich.

»Er hat es nur angefasst, dann war es weg«, sagt Molly. »Ich konnte sehen, wie es wegging.«

»Er hat es nicht nur angefasst«, sagt David. »Er hat eine Salbe benutzt.«

»Hat er nicht, Daddy. Ich hab zugesehen. Er hat nichts gemacht. Er hat es nur angefasst.«

»Mit der Salbe.«

»Er hat es nur angefasst, Mummy.«

»Wer hat es nur angefasst?«

»DJ GoodNews.«

»Ah. DJ GoodNews. Das hätte ich wissen müssen. Gibt es nichts, was DJ GoodNews nicht kann?«

»Er hatte zufällig erwähnt, dass er gut bei Neurodermitis ist«, sagt David. »Da dachte ich, ein Versuch kann nicht schaden.«

»Rückenschmerzen und Neurodermitis. Das ist eine ziemlich ungewöhnliche Kombination von Spezialgebieten.«

»Gegen Daddys Kopfschmerzen hat er auch was gemacht«, sagt Molly.

»Was für Kopfschmerzen?« frage ich David.

»Bloß ganz normale Kopfschmerzen. Ich sagte nur ganz beiläufig, dass ich Kopfschmerzen hatte, und er hat … meine Schläfen massiert. Es hat geholfen.«

»Kopf, Neurodermitis und Rückenschmerzen also. Er ist ein wahrer Zauberer, oder? Noch mal zweihundert Pfund?«

»Meinst du nicht, dass es das wert ist?«

Ich schnaube, obwohl ich nicht genau weiß, was dieses Schnauben heißen soll. Ich weiß nicht, warum ich mich so anstelle. Ich hätte das Doppelte gezahlt, um Molly zu kurieren, aber die Gelegenheit zu einer schnippischen Bemerkung kann ich nicht verstreichen lassen, ganz gleich, wie die Umstände sind.

»Du solltest da auch hingehen, Tom«, sagt Molly. »Es ist toll. Man wird ganz warm.«

»Das ist die Salbe«, sagt David. »Das hat er auch mit meinem Rücken gemacht.«

»Er hat keine Salbe genommen, Daddy, warum sagst du dauernd, er hätte Salbe genommen, obwohl das nicht stimmt?«

»Du konntest nicht sehen, was er gemacht hat.«

»Konnte ich wohl. Außerdem weiß ich, wie sich Salbe anfühlt. Sie fühlt sich salbig an …«

»Pfff«, sagt Tom. (Kleine Hilfe für diejenigen unter euch, die mit scheinbar sinnentleerten Prä-Teen-Einsilbigkeiten nicht vertraut sind: »Pfff!« ist etwas vollkommen anderes als »Dfff!«. Soweit ich es verstehe, ist Letzteres ein Eingeständniss von Dummheit auf seiten des

Sprechers, Ersteres hingegen weist darauf hin, dass ein anderer dumm ist. Ersteres ist übrigens von einem eher unvorteilhaften Gesichtsausdruck begleitet – schielende Augen, vorstehende Zähne –, der besagte Dummheit illustrieren soll.) Molly ignoriert ihn. »… und seine Hände haben sich nicht salbig angefühlt.«

Irgendetwas Sonderbares geht hier vor, weil David nicht bereit ist, es auf sich beruhen zu lassen; offenkundig wird dieses Gespräch so lange weitergehen, bis Molly ihre eigenen Sinneseindrücke leugnet.

»Das ist völliger Unsinn, Molly. Noch mal zum Mitschreiben: Er … hat … Salbe … benutzt.«

»Ist das so wichtig?« frage ich ihn sanft.

»Natürlich ist das wichtig!«

»Warum?«

»Sie flunkert. Und Flunkern mögen wir nicht, stimmt's, Molly?«

»Ja«, sagt Tom hämisch. »Flunkerliese! Lügnerin!«

Molly bricht in Tränen aus, schreit: »Das ist ungerecht! Ich hasse euch alle!« und rennt nach oben in ihr Zimmer; und so wurde aus der ersten guten Nachricht seit Wochen wieder eine Quelle von Streit und Ärger.

»Das hat du mal wieder toll hingekriegt, David.«

»Sie sollte eben nicht flunkern, oder, Dad?«

»Er hat eine Salbe benutzt«, sagt David zu niemand Bestimmtem. »Ich habe es gesehen.«

David entschuldigt sich bei Molly (allerdings nicht, wie ich anmerken muss, weil er es selbst will, sondern weil ich ihm zu verstehen gebe, dass das die angemessene, reife und väterliche Reaktion ist), Tom entschuldigt sich bei Molly, Molly entschuldigt sich bei uns, und wir beruhigen uns wieder. Und genau das stellt im Moment für mich Frieden dar: Die zwei Stunden zwischen dem Streit über den Wunderdoktor und seine Salben und der Diskussion über meine Affäre mit einem anderen Mann und ob sie das Ende meiner Ehe darstellt.

»Sollen wir jetzt reden?« frage ich David, als die Kinder im Bett sind.

»Worüber?«

»Über das, was ich dir in der Mittagspause gesagt habe.«

»Was möchtest du denn dazu sagen?«

»Ich hätte gedacht, du würdest dazu was sagen wollen.«

»Nein.«

»Willst du es einfach dabei belassen?«

»Ich will es bei gar nichts belassen. Ich erwarte nur von dir, dass du innerhalb der nächsten paar Tage auziehst.« Irgendetwas an David ist anders, aber ich weiß nicht was. Ich war ganz sicher, dass er seine David-Masche abziehen würde, die etwas Gift, reichlich Galle, mehrere Millionen beißende Bemerkungen und jede Menge Verachtung für Stephen beinhaltet hätte. Aber es kommt nichts in der Art; es ist fast, als interessiere es ihn nicht mehr.

»Die Affäre ist vorbei. In dieser Sekunde.«

»Dazu kann ich nichts sagen. Aber was ich sagen kann, ist, dass niemand Elvis Presley bittet, umsonst aufzutreten.«

Ich verspüre Übelkeit und Panik, und jetzt verstehe ich weder den Sinn seiner Worte noch seinen Tonfall.

»Was soll das bedeuten?«

»Das hat Colonel Tom Parker dem Weißen Haus mitgeteilt.«

»Bitte red vernünftig mit mir.«

»Nixons Leute haben Colonel Tom Parker angerufen

und ihn um einen Auftritt im Weißen Haus vor dem Präsidenten gebeten. Und Parker sagte: ›Na gut, aber was kriegen wir dafür?‹ Und Nixons Gefolgsmann sagte: ›Colonel Parker, niemand nimmt Gage für einen Auftritt vor dem Präsidenten‹, und Parker sagte: ›Dazu kann ich nichts sagen, aber niemand bittet Elvis Presley, umsonst zu spielen.‹«

»Ich verstehe dich nicht! Bitte hör damit auf! Es ist wichtig!«

»Ich weiß. Mir fiel nur diese Story ein, und ich dachte, ich gebe sie weiter. Das ist meine Art, dir zu sagen, dass nichts, was du tust oder willst, irgendetwas zählt. Du bist der Präsident, ich bin der King. Ich habe das Kommando, und deine Koffer stehen schon vor der Tür. Und tschüss. Danke und auf Wiedersehen.«

»Das meinst du doch nicht so.«

Das sage ich, obwohl ich fast sicher bin, dass er es genau so meint. Er gehört zu dieser Sorte Mann. Wenn man es genau nimmt, ist das der einzige Bereich, in dem Männer aus unserer Ecke nicht »neu« sind. Sie wissen, wie man Windeln wechselt und über Gefühle und berufstätige Frauen und andere Basics redet, aber er zieht trotzdem lieber hier einen Schlussstrich, als die leiseste Möglichkeit von Zweifeln, Verwirrung und Verletztheit zuzulassen, ganz egal, wie sehr das, was ich getan habe, an ihm frisst. Und er hat es mir schon einmal gesagt, darum bin ich sicher, er wird noch darauf zu sprechen kommen …

»Warum glaubst du, dass ich es nicht so meine? Erinnerst du dich nicht? Wir haben darüber gesprochen.«

»Ich erinnere mich.«

»Na also.«

Wir waren im Bett und hatten gerade miteinander geschlafen – Tom war schon geboren, Molly noch nicht, also muss es irgendwann 1992 gewesen sein –, und ich fragte David, ob die Aussicht, für den Rest seines Lebens ausschließlich mit mir und niemandem sonst Sex zu haben, ihn deprimieren würde. Und er hatte darauf untypisch nachdenklich reagiert: Er sagte, es würde ihn manchmal bedrücken, aber die Alternativen seien zu grauenvoll, um darüber nachzudenken, und überhaupt wüsste er, dass er bei mir nie etwas anderes als Monogamie tolerieren könnte und daher schwerlich Freizügigkeit für sich selbst beanspruchen könnte. Natürlich spielten wir dann schließlich das Spiel, das alle Liebespaare früher oder später spielen, und ich fragte ihn, ob es Umstände gäbe, unter denen er mir einen Seitensprung verzeihen könnte – zum Beispiel wenn nach einem betrunkenen One-Night-Stand am nächsten Morgen sofortige, bittere Reue folgte. Er wies mich darauf hin, dass ich mich nie betrank und nie in meinem Leben einen One-Night-Stand gehabt hätte, was es schwierig mache, sich diesen speziellen Umstand vorzustellen; er sagte, wenn ich untreu würde, hätte das andere Gründe, und diese anderen Gründe röchen nach Ärger – Ärger, über den er nicht nachdenken wollte. Ich bescheinige David wirklich selten weise Voraussicht, aber jetzt muss ich den Hut vor ihm ziehen: Ich war nicht betrunken. Es war kein One-Night-Stand. Ich habe mit Stephen aus allen möglichen Gründen geschlafen, von denen jeder einzelne nach Ärger roch.

»Hast du schon darüber nachgedacht, wo du wohnen willst?« fragt er – immer noch scheinbar unbekümmert.

»Nein, natürlich nicht. Willst du damit sagen, ich bin diejenige, die ausziehen muss?«

David sieht mich nur an, und dieser Blick ist so verächtlich, dass ich nur noch vor allem – meinem Ehemann, meinem Haus, meinen Kindern – weglaufen und nie mehr zurückkommen will.

Ich bin ein guter Mensch. In vielen Dingen. Aber ich beginne zu verstehen, dass es nicht zählt, in vielen Dingen gut zu sein, wenn man in einer Hinsicht ein schlechter Mensch ist. Denn die meisten Menschen sind gute Menschen, oder nicht? Die meisten Menschen wollen anderen Menschen helfen, und wenn ihre Arbeit es ihnen nicht erlaubt, tun sie es auf andere Weise – indem sie einmal im Monat Telefondienst bei der Telefonseelsorge machen, für einen guten Zweck wandern oder per Dauerauftrag spenden. Was nützt es, wenn ich euch sage, dass ich Ärztin bin, denn Ärztin bin ich nur werktags. Mit einem anderen als meinem Mann geschlafen habe ich nach Feierabend – ich bin nicht so verdorben, es während der Arbeitszeit zu tun –, und Ärztin zu sein kann das im Moment nicht wett machen, und wenn ich noch so viele rektale Furunkel behandle.

Vier

David teilt mir mit, dass er einige Nächte weg bleibt. Er sagt nicht, wohin er geht, und will auch keine Nummer hinterlassen – für den Fall einer Familienkatastrophe nimmt er mein Handy mit –, aber ich vermute, er geht zu seinem Freund Mike (geschieden, wohnt nicht weit weg, guter Job, nette Wohnung, freies Zimmer). Ehe er geht, sagt er mir, ich hätte achtundvierzig Stunden Zeit, mit den Kindern zu reden; damit setzt er unausgesprochen voraus, dass ich meine Sachen packe und ausziehe, sobald ich ihnen gesagt habe, wie unartig ich gewesen bin. In dieser ersten Nacht schlafe ich überhaupt nicht und habe das Gefühl, niemals zur Ruhe kommen zu können, ehe ich nicht alle Fragen beantwortet habe, die in meinem Kopf zappeln wie Fische in einem Schleppnetz. Die meisten dieser Fragen (wird David mir erlauben, montagabends zum Dinosaurier-Gucken zu kommen?) verenden kläglich; aber einige, die größeren, hartnäckigeren, weigern sich einfach, Ruhe zu geben. Ein Beispiel: Welche Rechte habe ich? Versteht ihr, ich will ja keine Scheidung. Okay, ich weiß, was ich getan habe, vorher, als ich nicht wusste, was es bedeutete, und nicht wusste, was es für ein Gefühl sein würde, und nicht wusste, wie grauenvoll die Aussicht auf Scheidung wäre – aber jetzt weiß ich es, und ich bin (fast) absolut sicher, dass ich (fast) absolut alles tun würde, um meine Ehe wieder in Ordnung zu bringen. Und wenn das so ist, warum soll ich dann diejenige sein, die es den Kindern erzählt? Wenn er eine friedliche Lösung nicht mal in Erwägung zieht, warum soll ich dann die schmutzige Arbeit für ihn machen? Und was wäre, wenn ich einfach nicht ginge? Und eine andere Endlosschleife dreht sich auch in meinem Kopf: Wir werden aus diesem Schlamassel nie rauskommen, es ist zu viel passiert, es ist immer schlimm, wenn so etwas passiert, also machen wir es kurz und schmerzhaft ... Und die ganze Zeit sagt mir eine innere Stimme, dass ich nie in der Lage sein werde, mich hinzusetzen und meinen Kindern zu sagen, dass ich sie verlasse.

»Wo ist Dad?« fragt Molly am nächsten Morgen. Es ist wie immer Molly, die diese Frage stellt, besonders seit Davids salomonischer Entscheidung gestern; Tom scheint es schon nicht mehr zu interessieren.

»Er ist beruflich unterwegs«, sage ich, als sei David ein völlig anderer Mensch. Es ist eine aus Schlafmangel geborene Antwort, denn auf Davids Leben und Arbeit trifft sie nie und nimmer zu. Während der letzten fünf Jahre haben die Kinder ihn murren hören, weil er die paar Meter zum Zeitungsladen gehen musste, um dort zu fotokopieren; wie soll er also plötzlich zu einem Mann geworden sein, der in Hotels in den Metropolen Europas absteigt und Power-Frühstücke zu sich nimmt?

»Er hat keinen Beruf«, stellt Tom sachlich fest.

»Hat er doch«, sagt Molly süß und loyal.

»Und was für einen?« Tom zieht im Moment vielleicht seine Mutter seinem Vater vor, aber seine Unfähigkeit, eine grausame Bemerkung hinunterzuschlucken, wenn sie ihm auf der Zunge liegt, hat er, behaupte ich mal, nicht von mir.

»Warum bist du immer so gemein zu Daddy?«

»Warum ist es gemein, zu fragen, was er für einen Beruf hat?«

»Weil du weißt, dass er keinen hat, und du darauf rumreitest.«

Tom sieht mich an und schüttelt den Kopf.

»Du bist zu blöd zum Streiten, Molly.«

»Warum?«

»Weil du gerade gesagt hast, dass er keinen Beruf hat. Das ist genau das, was ich gesagt habe und weswegen du mir gesagt hast, dass ich gemein bin.«

Molly schweigt, denkt einen Moment lang nach, sagt Tom, dass sie ihn hasst und geht weg, um sich für die Schule fertig zu machen. Armer David! Selbst seine standhafteste Verteidigerin kann sich nicht wirklich einreden, dass das, was er macht, ein ordentlicher Daddy-Job sei. Wäre ich eine anständige Mutter, würde ich mich einschalten, erklären, dass Väter ganz verschiedene Sachen machen können, aber im Moment hasse ich David so sehr, dass ich keine Lust dazu habe.

»Und wo ist er wirklich?« fragt mich Tom.

»Er ist eine Zeit lang zu einem Freund gezogen.«

»Weil ihr euch scheiden lasst?«

»Du hast doch auch schon bei Freunden geschlafen. Heißt aber nicht, dass du dich scheiden lässt.«

»Ich bin nicht verheiratet. Und wenn ich bei einem Freund schlafe, sage ich euch, dass ich hingehe und sage auf Wiedersehen.«

»Macht dir das Sorgen? Dass er dir nichts davon gesagt hat?«

»Ist mir egal, ob er was gesagt hat oder nicht. Aber ich weiß, dass was nicht stimmt.«

»Daddy und ich haben uns gestritten.«

»Na bitte. Ihr lasst euch scheiden.«

Ich könnte jetzt bequem irgendwas erzählen. Bequem nicht im Sinne von gemütlich, sondern im Sinne von logisch, natürlich, angemessen, richtig, keine ruckartigen Manöver: Tom weiß, dass irgendwas los ist, wahrscheinlich werde ich ihm irgendwann sowieso irgendetwas sagen müssen, David wird den Kindern wahrscheinlich selbst alles erzählen, wenn er heimkommt ...

»Tom! Wie oft denn noch! Und musst du nicht bald in die Schule?«

Er wirft mir einen langen Blick zu und dreht sich dann abrupt auf dem Absatz um, um seinen Ärger auszudrücken, ohne ungezogen zu sein. Ich möchte in die Praxis und nur noch arbeiten. Ich wünsche mir einen so unerfreulichen und aufreibenden Arbeitstag, wie man ihn sich nur vorstellen kann, so dass ich am Abend ein Stück meiner selbst zurückgewonnen haben werde. Ich will mir blockierte Darmausgänge und nässende Warzen und andere Dinge, bei denen sich dem Rest der Welt der Magen umdreht, ansehen, und hoffen, dass ich mich danach wieder wie ein guter Mensch fühle. Eine schlechte Mutter, vielleicht, eine schreckliche Ehefrau, zweifellos – aber ein guter Mensch.

Auf dem Weg zur Arbeit überkommt mich plötzliche Panik, Stephen könnte die Handynummer anrufen, darum rufe ich ihn an, sobald ich in der Praxis bin, und er will wissen, was los ist, und ich will nicht darüber reden, und er fragt, ob wir uns sehen können, und am Schluss arrangiere ich ein Treffen und bestelle einen Babysitter.

»Wo gehst du hin?« fragt Tom, als ich mich zum Ausgehen fertig mache.

»Ich gehe mit einem Freund was trinken.«

»Mit welchem Freund?«

»Niemand, den du kennst.«

»Dein neuer Freund?«

Molly hält das für einen der komischsten Sätze, den sie je gehört hat, aber Tom meint es nicht witzig. Er will, dass ich ihm die Frage beantworte.

»Wovon redest du, Tom?«

Tom wird mir langsam unheimlich. Ich habe das Gefühl, als könnte er mir jeden Moment sagen, dass Stephen Stephen heißt und wie er aussieht.

»Und, wie heißt der?«

»Stephen.«

»Und wie heißt seine Frau?«

»Er hat keine ...« Von einem Zehnjährigen ausgetrickst. »Er hat keine Frau. Seine Freundin heißt Victoria.« Seine Freundin heißt Victoria, weil Victoria Adams und David Beckham auf dem Titel der Zeitschrift sind, die auf dem Küchentisch liegt; hätte Tom mich heute morgen gefragt, als ich mich nicht gerade intelligent fühlte, hätte ich ihm gesagt, Stephens Freundin hieße Posh.

»Kommt sie auch?«

»Ich hoffe es. Sie ist nett.«

»Glaubst du, er wird sie heiraten?«

»Ich habe keine Ahnung, Tom. Ich frage ihn heute abend, wenn du willst.«

»Ja, bitte.«

»Na schön.«

Über den Rest des Abends lohnt es sich kaum ein Wort zu verlieren, so trist ist er in seiner Vorhersagbarkeit. Stephen schmeichelt mir, ich fühle mich begehrt und animiert, ich sehe, als wäre es das erste Mal, wie unglücklich ich mit David bin, und als ich nach Hause gehe, will ich nur weg von ihm. Oh, und als ich dann nach Hause komme, wartet David dort auf mich, und alles ist wieder völlig anders.

Ich habe Angst, als ich ihn da sitzen sehe, und zuerst ist die Angst tröstlich für mich, weil sie doch wohl beweist, dass mein Ehemann brutal ist und der Erzbischof von Canterbury daher meine Scheidung gutheißen wird. Aber bei näherer Betrachtung sehe ich ein, dass drohende

Gewalt in der Ehe eine weniger wahrscheinliche Erklärung für meine Angst ist als andere Faktoren: Die Existenz von Stephen zum Beispiel, oder dass ich versäumt habe, mit den Kindern über das Vorgefallene zu reden, und ich spüre, dass sich die Zustimmung des Erzbischofs so schnell verflüchtigt, wie sie gekommen ist.

»Hattest du einen schönen Abend?« fragt David. Er fragt es ganz ruhig, und ich fasse diese Ruhe als Drohung auf.

»Ja. Danke. Ich war … Ich bin aus …« Aus irgendeinem Grund versuche ich mir den Namen von Stephens Freundin ins Gedächtnis zu rufen, bis mir wieder einfällt, dass sie zu einer ganz anderen Lüge jemand anderem gegenüber in einer anderen Situation gehörte.

»Das ist nicht wichtig«, sagt er. »Hör mal. Ich habe dich nicht genug geliebt.«

Ich starre ihn mit offenem Mund an.

»Ich habe dich nicht genug geliebt, und es tut mir aufrichtig Leid. Ich liebe dich, und das habe ich nicht richtig oder nachdrücklich genug zum Ausdruck gebracht.«

»Nein. Na ja. Danke.«

»Und es tut mir Leid, dass ich gesagt habe, ich wolle mich scheiden lassen. Ich weiß nicht, was ich mir dabei gedacht habe.«

»Na gut.«

»Und möchtest du morgen abend mit mir ins Theater gehen? Ich habe Karten für das Tom-Stoppard-Stück reservieren lassen. Ich weiß, dass du gerne reingehen wolltest.«

Über das Theater hat David mehr Gift und Galle gespuckt, als über irgendetwas anderes in seiner langen Gift- und Galle-Karriere, mit Ausnahme der Deutschen möglicherweise. Er hasst das Theater. Er hasst die Stückeschreiber, er hasst die Stücke, er hasst die Schauspieler, er hasst die Kritiker, er hasst das Publikum, er hasst die kleinen Eisbecher, die in den Pausen verkauft werden. Einmal hat er versucht, eine Kolumne zu schreiben, warum er eiserne Vorhänge hasst, aber er kam nicht ganz auf die erforderlichen 800 Wörter.

»Oh. Danke.«

»Ich fände es schön, wenn wir ins Bett gehen und in getrennten Zimmern schlafen würden, und wenn wir morgen früh wach werden, versuchen wir, noch mal von vorne anzufangen. Unser Leben wieder in den Griff zu kriegen.«

»Okie-dokie.« Wahrscheinlich glaubt er, ich wollte sarkastisch sein, aber das bin ich nicht. Eine stupide, fröhliche Phrase wie ›Okie-dokie‹ erscheint mir in just diesem Moment die einzige angemessene Antwort auf Davids fröhlichen und blauäugigen Vorschlag, der die ganze Kompliziertheit und Verbitterung der letzten Jahre unseres Zusammenlebens ignoriert.

»Gut. Dann gehe ich jetzt ins Bett. Gute Nacht.« Er kommt um den Tisch herum und küsst mich auf die Wange, drückt mich und will nach oben gehen.

»In welchem Zimmer schläfst du?« frage ich ihn.

»Oh. Entschuldige. Mir ist es egal. Welches wäre dir lieber?«

»Soll ich im Gästezimmer schlafen?« Mir macht es auch nichts aus, und es käme mir ungehobelt vor, diesen höflichen, entgegenkommenden Mann, wer immer er ist, aus seinem eigenen Bett zu vertreiben.

»Wenn du wirklich willst?« Er sagt es aus Fürsorglichkeit – er will sich dessen nur vergewissern und nicht die Aufmerksamkeit darauf lenken, wie gekränkt er ist, dass ich Fahnenflucht begehe.

Ich zucke die Achseln. »Klar.«

»Okay. Wenn du sicher bist. Schlaf gut.«

Als ich aufwache, bin ich fast sicher, dass er mich mit einer Gehässigkeit und einer Beleidigung begrüßen wird, möglicherweise gefolgt von der Forderung, das Haus bis heute Abend verlassen zu haben, aber er macht mir Tee und Toast, gibt den Kindern Müsli, wünscht mir einen schönen Tag. Nach der Arbeit gehe ich sofort nach Hause, wir essen früh zu abend und fahren dann ins Theater. Er fragt, wie es in der Praxis war, lacht sogar über eine Geschichte, die ich ihm erzähle, die von dem Mann mit einer chronischen Bronchitis, der tatsächlich nie davon gehört hatte, dass Rauchen der Gesundheit schadet. (Ich kann David nicht zum Lachen bringen. Niemand kann David zum Lachen bringen, außer den Leuten, denen David zugesteht, dass sie lustiger sind als er, namentlich Woody Allen, Jerry Seinfeld, Tony Hancock und Peter Cook, 1960er Modell. Leute zum Lachen zu bringen, ist sein Job.) Wir fahren mit der Tube zum Theater, und er bleibt seiner Linie treu: Er ist freundlich, interessiert, er hört zu, er stellt Fragen, er kauft mir eins der vielgehassten Eisbecherchen. (Wohl wahr, er kauft es von meinem Geld – wie sich herausstellt, hat er seine Brieftasche vergessen –, aber es kommt nicht darauf an, ob er spendabel ist, sondern darauf, dass er sich herablässt, eins der zahllosen Verbrechen des Londoner Theaterbetriebs zu ignorieren.) Mir wird ganz leicht zumute, und ich fange an, durcheinanderzubringen, mit wem ich zusammen bin. So was ist sonst Stephens Art, deshalb fand ich die Idee mit Stephen ja überhaupt so verführerisch, und es macht mir Sorgen, dass die Grenzen zwischen meinem Liebhaber und meinem Ehemann verschwimmen. Vielleicht ist das der Sinn und Zweck. Vielleicht ist das Davids bislang bösartigste und intriganteste Tat: so zu tun, als sei er ein netter Mensch, damit … was? Damit ich ebenfalls nett bin? Damit ich mit ihm verheiratet bleibe? Ist das wirklich so boshaft und intrigant, wenn er versucht, unsere Ehe wieder einzurenken? In den meisten Fällen würde man dies verneinen, aber mein Misstrauen gegen David sitzt tief.

Ich genieße jede Sekunde des Stücks. Ich schlürfe es, wie ein völlig Dehydrierter vielleicht ein Glas Eiswasser schlürfen würde. Ich liebe es, mit den Gedanken bei etwas anderem als bei meinem Beruf und bei meiner Ehe zu sein, und ich liebe das Geistreiche und Engagierte daran, und ich gelobe zum millionsten Mal, mir so etwas regelmäßiger zu gönnen, obwohl ich jetzt schon weiß, dass ich morgen mit meinem ungelesenen Roman auf dem Bauch aufwachen werde. Ich verwende allerdings fast genauso viel Zeit darauf, schnelle Blicke auf Davids Profil zu werfen, wie auf die Bühne zu sehen. Es ist unbestreitbar etwas Unheimliches vorgegangen, denn der innere Kampf, den Abend zu geniessen, steht David ins Gesicht geschrieben: Hinter dieser Stirn, um die Augen und die Lippen herum tobt ein Krieg. Der alte David möchte stirnrunzeln und verächtlich schnauben und Gesichter schneiden, um seine Verachtung für das alles auszudrücken; der neue versucht sich offenkundig beizubringen, wie man es genießt, in einem Musentempel das brillante neue Stück von einem der führenden Dramatiker der Welt zu sehen. Manchmal nehmen seine autodidaktischen Versuche die Form simpler Imitation an – wenn er daran denkt, gestattet er es sich, mit dem Publikum zu lachen, obwohl sein Einsatz nie ganz rechtzeitig kommt, und das erinnert mich daran, wie Tom und Molly Songs mitzusingen versuchten, als sie noch klein waren – und manchmal versucht er es im Alleingang, als könnten ein Kopfnicken hier und die Andeutung eines Lächelns dort seine verkümmerte Fähigkeit zu friedvollem statt hämischem Vergnügen anregen. Und manchmal vergisst er sich, dann provoziert die ein oder andere Zeile eine flüchtige Grimasse von Gift und Galle. (Ich bin so intim vertraut mit Davids Gift und Galle, dass ich genau sagen kann, welche Zeilen das sind: Diejenigen, die dem intellektuellen Dünkel des Publikums schmeicheln, ihnen das Gefühl vermitteln, wenn sie nicht lachten, würden sie ihre Unwissenheit verraten. Ich mag das auch nicht besonders, aber ich greife deswegen nicht gleich zur Waffe und bringe Leute um.) Aber selbst dann ist es, als würden zwei unsichtbare Hände in Davids Gesicht fassen und es wieder in Form ziehen, glätten, ihn wieder aussehen lassen wie jemanden, der eine angemessene Summe gezahlt hat, um sich einen schönen Abend zu machen, und daher entschlossen ist, ihn sich nicht verderben zu lassen. Das ist ihm so unähnlich, dass es mir unheimlich wird.

Wir treten hinaus in die Kälte wie die anderen Paare zufriedener Theaterbesucher, und ich kann nicht widerstehen zu fragen.

»Hat es dir gefallen?«

»Oh ja. Sehr gut.«

»Wirklich? Sehr gut?«

»Ja.«

»Du hasst doch das Theater.«

»Ich glaube ... ich glaube, ich glaubte, ich würde das Theater hassen. Es war, es war so ein Vorurteil, das ich nicht richtig hinterfragt hatte.«

»Mit so was solltest du vorsichtig sein.«

»Warum?«

»Wenn du anfängst, deine ganzen Vorurteile zu hinterfragen, ist bald nichts mehr von dir übrig.«

Er lächelt nett und wir gehen weiter. Wir sehen uns nach einem Taxi um, was wir nach einem Abend im West

End immer machen – hin mit der Tube, zurück gönnen wir uns was –, und plötzlich habe ich das Gefühl, ich brauche noch in dieser Sekunde den Anblick eines gelben Taxilichts, weil ich so müde und desorientiert bin und weil mir bei der Aussicht graut, mich auf einer Rolltreppe an einem Freitagabend zwischen lauter Betrunkenen drängen zu müssen.

Und dann geschieht etwas Seltsames, und es wird klar, dass mit David etwas Seltsames geschehen ist, dass die Veränderung nicht das Resultat von Innenschau und Selbstzucht sein kann. Es passiert Folgendes. Wir kommen an einem obdachlosen Jungen vorbei, der in seinem Schlafsack eingerollt in einem Hauseingang kauert, und David kramt in seinen Taschen, anscheinend nach Kleingeld. (Um fair zu David zu sein: Das tut er immer. Wie durch ein Wunder hat er keinen »Standpunkt« zu Obdachlosen.) Er findet nichts, und er bittet mich um mein Portemonnaie, wobei er sich vielmals entschuldigt und erklärt, warum er annahm, seine Brieftasche bei sich zu haben, obwohl er sie nicht hatte. Ich denke mir nichts dabei – warum auch? –, und gebe ihm meine Geldbörse, und er schickt sich an, dem Jungen alles zu geben, was drin ist – etwa achtzig Pfund in Scheinen, weil ich heute beim Geldautomaten war, und drei oder vier Pfund in Münzen. Soweit ich es überblicke, sind wir jetzt mittellos.

»Was tust du da?«

Ich reiße dem Jungen die Scheine aus der Hand. Ein vorbeikommendes Paar mit einem Programmheft von dem Stoppard-Stück in den Händen, bleibt stehen, als es sieht, wie ich einem Obdachlosen Geld wegnehme, und ich habe den Wunsch, ihnen zu sagen, dass ich Ärztin bin. David nimmt mir das Geld ab, gibt es dem Jungen wieder und versucht mich die Straße runter zu schieben. Ich sträube mich.

»David, was tust du? Wir haben noch nicht mal genug übrig, um mit der Tube zu fahren!«

»Ich hab einen Fünfer behalten.«

»Ich wollte ein Taxi nehmen.« Das Paar starrt mich immer noch an, und mir gefällt der quengelnde Ton in meiner Stimme nicht.

»Ich wette, der Junge da würde liebend gerne ein Taxi nehmen«, sagt David mit aufreizend milder Stimme. »Aber das kann er nicht.«

»Und wo soll er in einem verdammten Taxi hinfahren?« brülle ich. »Er hat nichts, wo er hinfahren könnte! Darum schläft er ja hier.« Ich verstehe nicht, warum ich so bin, aber ich verstehe ja auch nicht, warum David so ist.

»Das ist ja reizend«, sagt die männliche Hälfte des Theaterbesucher-Paars.

»Mein Ehemann hat gerade alles verschenkt, was wir hatten«, sage ich zu ihm.

»Das ist einfach nicht wahr«, sagt David. »Unser Haus? Das Geld auf dem Girokonto? Das Geld auf dem Sparkonto? Morgen werden wir den Verlust schon vergessen haben.«

Zwei oder drei Leute sind stehen geblieben, um zuzusehen, und mir wird klar, dass ich dieses Streitgespräch nicht gewinnen kann – nicht hier, nicht jetzt –, also gehen wir zur U-Bahn-Station.

»Du kannst nicht rumlaufen und achtzig Pfund an Obdachlose verschenken!« zische ich.

»Mir ist bewusst, dass ich nicht jedem Obdachlosen achtzig Pfund in die Hand drücken kann. Ich wollte es nur dieses eine Mal tun. Ausprobieren, was es für ein Gefühl ist.«

»Und was für ein Gefühl ist es?«

»Ein gutes.«

Ich kapiere das alles nicht. »Wann hattest du je den Wunsch, gut zu sein?«

»Ich habe nicht davon geredet, gut zu sein. Ich rede von einem guten Gefühl.«

»Na ... dann betrink dich. Oder bekiff dich. Hab Sex. Aber gib nicht dein gesamtes Geld weg.«

»Ich habe das alles satt. Ich war festgefahren. Ich muss mal etwas anderes machen.«

»Was ist mit dir passiert? Was ist passiert, während du weg warst? Wo warst du.«

»Nichts ist verdammt noch mal mit mir passiert.« Da ist der alte David wieder – mit Pauken und Trompeten. »Bloß weil ich im Theater war und einem Straßenkind ein paar Pfund gegeben habe? Du lieber Himmel.« Er holt tief Luft. »Es tut mir Leid. Ich weiß, dass mein Verhalten verwirrend für dich sein muss.«

»Willst du mir nicht sagen, was los gewesen ist?«

»Ich weiß nicht, ob ich es kann.«

Wir erreichen die U-Bahn-Station Leicester Square und versuchen, die Fünf-Pfund-Note in den Fahrkartenautomaten zu schieben, aber sie ist zu verknittert, und der Automat spuckt sie wieder aus. Wir stellen uns in die Schlange, hinter zweihundert skandinavische Touristen und dreihundert britische Betrunkene. Und ich säße immer noch gerne in einem Taxi.

Auf der Heimfahrt – keine Sitzplätze in der Tube, zumindest nicht bis King's Cross – vertieft sich David in das Programmheft, ein offensichtlicher Versuch, weitere Fragen abzuwehren. Wir plündern die Notfallkasse in der Vorratsdose, um den Babysitter zu bezahlen, und dann sagt David, er sei müde und wolle sofort ins Bett.

»Wirst du morgen mit mir reden?«

»Ich weiß nicht, was ich sagen soll. Etwas, das du verstehen würdest.«

»Und wie ist es mit unseren Schlafarrangements?«

»Ich fände es schön, wenn du bei mir schlafen würdest. Aber kein Zwang.«

Ich bin nicht sicher, ob ich bei David schlafen möchte, wegen Stephen und weil in mir Chaos herrscht und so was allem, aber es ist nicht nur dieser David, neben dem ich nicht schlafen will. Da ist auch noch dieser andere Mann, der, der gerne ins Theater geht und Geld verschenkt und nett zu anderen Menschen sein will, und auch bei ihm bin ich nicht sicher, ob ich bei ihm schlafen will, weil ich ihn nicht richtig kenne und er mir ein bisschen unheimlich ist. Einen der beiden nicht zu mögen, darf als unglücklich gelten, aber beide nicht zu mögen, sieht nach Unachtsamkeit aus.

Man soll sich eben nie leichtfertig etwas wünschen ... Ich wollte nicht mehr, dass David David war. Ich wollte, dass im Prinzip alles blieb, wie es war – ich wollte nur nicht mehr diese Stimme, diesen Tonfall, diese permanente Missbilligung. Ich wollte, dass er mich mag, und das tut er jetzt. Ich gehe nach oben in unser Schlafzimmer.

Wahrscheinlich will niemand wissen, wie Liebemachen in der guten alten Zeit vor sich ging – der Prä-Stephen, Post-Kinder-Zeit, nicht die ganz alte gute Zeit, in der Liebemachen noch etwas anderes bedeutete –, aber ich werde es trotzdem schildern. Wir saßen zum Beispiel lesend im Bett, und wenn mir nach Sex zumute war, ließ ich meine Hand beiläufig in seinen Schritt wandern, und wenn ihm nach Sex zumute war, ließ er seine Hand beiläufig zu einer meiner Brustwarzen wandern (immer die rechte Brustwarze, weil er links von mir liegt, und es eindeutig bequemer für ihn ist, über mich weg zu greifen als an die ihm zugewandte Seite, wozu ein unbequemes Verrenken des Arms nötig gewesen wäre). Und wenn der jeweils andere Lust hatte, ging es danach seinen Gang, und Bücher, Zeitschriften oder Zeitungen landeten auf den praktischen Nachttischen. Okay, man möchte das nicht unbedingt in einem Pornofilm nachgestellt sehen, es sei denn, man ist aktiver Verächter von Pornovideos, aber bei uns funktionierte es.

Aber heute nacht ist es anders. Ich greife nach meinem Buch, und David küsst sanft meinen Nacken; dann zieht er mich an sich und will mir einen langen, besinnungslos machenden Kuss auf den Mund geben, wie ein horizontaler (und leicht übergewichtiger) Clark Gable. Es kommt mir vor, als hätte er in einem Frauenmagazin aus den 50er Jahren einen Artikel gelesen, wie man die Romantik in die Ehe zurückbringt, und ich bin durchaus nicht sicher, ob ich die Romantik in unsere Ehe zurückbringen will. Ich war durchaus zufrieden mit Davids routiniertem Knopfdrücken, das zumindest den Vorteil hatte, effektiv zu sein; jetzt sieht er mich an, als sei das unser erstes Mal in einem Bett, und wir stünden kurz davor, eine unvergessliche Reise in unser Innenleben anzutreten.

Ich schiebe ihn ein Stück weg, damit ich ihn ansehen kann.

»Was machst du da.«

»Ich will mit dir schlafen.«

»Na ja, dann bitte. Mach ruhig. Aber dazu ist doch nicht so ein Theater nötig.« Ich höre selbst, wie ich klinge – wie Joyce Grenfell in ›Neuneinhalb Wochen‹ –, und finde es grässlich, weil ich schließlich kein asexueller Blaustrumpf bin, der sich hinlegt und an England denkt. Aber die Wahrheit ist, dass wir mittlerweile bereits fertig

wären, wäre das der alte David. Ich wäre gekommen, er
wäre gekommen, und das Licht wäre aus.

»Aber ich will Liebe mit dir machen. Nicht nur Sex
haben.«

»Und was ist dazu erforderlich?«

»Kommunikation. Intensität. Ich weiß nicht.«

Mir wird ganz anders. Zu den Vorteilen, wenn man erst
vierzig ist, zählen für mich: keine Windeln mehr wech-
seln, nirgendwo hingehen müssen, wo Leute tanzen,
keine Intensität zwischen mir und meinem Lebenspartner.

»Bitte versuch es auf meine Art«, bettelt David. Also
tue ich es. Ich sehe ihm in die Augen, ich küsse ihn so, wie
er geküsst werden will, wir nehmen uns laaaange für alles
Zeit, und am Ende (ohne Orgasmus meinerseits, nebenbei gesagt) liege ich an seine Brust geschmiegt und er
streicht über mein Haar. Ich lasse es einigermaßen
gefasst über mich ergehen, aber ich sehe nicht, was das
soll.

Während des ganzen Frühstücks am nächsten Morgen
summt David, lächelt und versucht, mit seinen Kindern in
Beziehung zu treten, die genauso verblüfft sind wie ich,
besonders Tom.

»Was hast du heute, Tom?«

»Schule.«

»Ja, aber was in der Schule?«

Tom sieht mich beklommen an, als müsste ich mich
da einschalten, seinen Vater davon abhalten, ihm völlig
unverfängliche, beiläufige Fragen zu stellen. Ich starre
zurück und versuche, sperrige, komplizierte Botschaf-
ten mit meinen Augen zu übermitteln: »Ich kann nichts
dafür, ich weiß nicht, was los ist, sag ihm einfach deinen Stundenplan und iss deine Cornflakes, er hat eine

vollständige Charaktertransformation durchgemacht …«
Diese Art von Blick, die Art, die mehrere Augen und
Augenbrauen von der Agilität einer osteuropäischen
minderjährigen Kunstturnerin erfordert.

»Keine Ahnung«, sagt Tom. »Mathe glaub ich. Englisch.
Mmmmmmm …« Er sieht verstohlen zu David, um fest-
zustellen, ob er genügend Details geliefert hat, aber
David lächelt ihn immer noch hoffnungsvoll an. »Sport
vielleicht.«

»Kannst du bei irgendwas Hilfe brauchen? Ich meine,
dein alter Herr ist zwar nicht Englands Superhirn, aber in
Englisch ist er nicht schlecht. Schreiben und so.« Und er
kichert – warum, bleibt uns schleierhaft.

Tom sieht jetzt nicht mehr beklommen aus; die
Beklommenheit ist so etwas wie blankem Entsetzen
gewichen. David tut mir beinahe Leid – schließlich ist es
traurig, dass ein offensichtlich aufrichtig gemeinter Versuch, Wärme und Interesse zu zeigen, auf solches unver-
hohlenes Misstrauen stößt –, aber zehn Jahre miese
Laune sind nicht leicht zu vergessen, und David war übellaunig, seit Tom auf der Welt ist.

»Ja«, sagt Tom, offensichtlich nicht überzeugt. »Beim
Schreiben hab ich keine Probleme, danke. Du kannst mir
bei Sport helfen, wenn du willst.«

Das ist Toms kleiner Witz, und nicht mal ein schlechter – ich muss jedenfalls lachen –, aber die Zeiten haben
sich geändert.

»Klar«, sagt David. »Willst du, tja, ich weiß nicht, nach
der Schule ein bisschen mit mir kicken?«

»Ja, wegen mir«, sagt Tom.

»Schön«, sagt David.

David weiß, was »Wegen mir« bedeutet; er hat die Formulierung in den letzten paar Jahren mehrmals täglich
gehört, und hat noch nie ein »schön« darauf erwidert.

»Sarkastische kleine Ratte«, »undankbarer Bengel« oder einfach »halt die Klappe« – das ja; »Schön« – nein. Warum zieht er es also vor, den Tonfall und das, was Tom, wie David sehr gut weiß, damit sagen wollte, zu ignorieren und unverdrossen weiter nachzuhaken? Mir kommt der Verdacht, dass es eine unheilvolle medizinische Erklärung für Davids Verhalten gibt.

»Ich gehe heute noch los und kauf mir ein paar neue Turnschuhe«, fügt er noch hinzu. Tom und ich sehen uns an und versuchen dann, uns auf den vor uns liegenden Tag einzustellen, als sei es ein Tag wie jeder andere.

Stephen hinterlässt in der Praxis eine Nachricht für mich. Ich ignoriere sie.

Als ich von der Arbeit nach Hause komme, finde ich zwei Kinder und einen Erwachsenen vor, die am Küchentisch »Cluedo« spielen, und ein Dutzend Nachrichten auf dem Anrufbeantworter. Das Telefon klingelt wieder, als ich meinen Mantel ausziehe, aber David macht keine Anstalten, dranzugehen, und alle hören zu, wie Nigel, Davids Redakteur von der Zeitung, versucht, die Aufmerksamkeit des »Zornigsten Manns von Holloway« zu erregen.

»Ich weiß, dass du da bist, David. Heb den verdammten Hörer ab.«

Die Kinder kichern. David würfelt.

»Warum gehst du nicht dran?«

»Daddy hat aufgehört zu arbeiten«, sagt Molly stolz.

»Ich habe nicht aufgehört zu arbeiten. Ich habe nur mit dieser Arbeit aufgehört.

Nigel plärrt immer noch im Hintergrund. »Geh DRAN … geh DRAAAN du Arschloch!«

»Du schreibst keine Kolumnen mehr? Warum nicht?«

»Weil ich nicht mehr zornig bin.«

»Du bist nicht mehr zornig.«

»Nein.«

»Wegen nichts mehr?«

»Nein. Ist alles verschwunden.«

»Und wohin?«

»Weiß ich nicht. Aber es ist weg. Merkst du doch auch, oder?«

»Ja. Ich merke es.«

»Also kann ich keine zornige Kolumne mehr schreiben.«

Ich seufze schwer.

»Ich dachte, du würdest dich freuen.«

Ich hatte auch gedacht, ich würde mich freuen. Hätte mir vor ein paar Wochen jemand einen Wunsch gewährt, hätte ich mir wahrscheinlich genau das gewünscht, weil mir unmöglich etwas hätte einfallen können, das mein – unser – Leben ähnlich dramatisch verbessern würde, noch nicht einmal Geld. Oh, natürlich, ich hätte irgendwas von Mittel gegen Krebs und Weltfrieden murmeln können, aber insgeheim hätte ich gehofft, der Flaschengeist würde nicht zulassen, dass ich auf Gutmensch mache. Insgeheim hätte ich gehofft, der Flaschengeist würde zu mir sagen: »Nein, Sie sind Ärztin, Sie tun jetzt schon genug für die Welt, denken Sie nur an die ganzen Furunkel. Wählen Sie etwas für sich.« Und ich hätte nach reiflicher Überlegung gesagt: »Ich wünsche mir, dass David nicht mehr zornig ist. Ich wünschte, er würde merken, dass sein Leben ganz in Ordnung ist, seine Kinder wundervoll sind, dass er eine loyale, liebende und – verdammt, sei's drum – nicht unattraktive und unintelligente Frau hat, und genug Geld für Babysitter und Essengehen und die Raten fürs Haus … ich will diese ganze Galle weg haben, jeden Zentimeter, jede Unze, jeden Milliliter davon (Ich stelle mir Davids Galle in diesem Zustand zwischen flüssig und fest vor, wie nicht ganz ausgehärteten Beton.) Und der Flaschengeist hätte sich den Bauch gerieben, und, hey presto! wäre David ein glücklicher Mensch gewesen.

Und hey presto! ist David ein glücklicher Mensch, oder zumindest ein entspannter Mensch, hier, jetzt, in der Realität, und das Einzige, was ich tue, ist seufzen. Ich bin Rationalistin, und ich glaube nicht an Flaschengeister oder plötzliche Persönlichkeitsveränderungen. Ich wollte Davids Zorn erst nach langen Jahren in der Therapie verrauchen lassen.

»Ich freue mich ja«, sage ich nicht sehr überzeugend. »Ich wünschte nur, du hättest die Courage, es Nigel zu sagen.«

»Nigel ist ein zorniger Mann«, sagt David traurig. »Er würde es nicht verstehen.« Zumindest letztere Beobachtung ist unstrittig, da Nigel seinen Versuch, Davids Aufmerksamkeit zu erregen, mit einem Schwall unflätiger Beschimpfungen aufgegeben hat. Er hat sogar ein böses Wort benutzt, das wir alle tunlichst überhörten.

»Warum spielst du nicht mit uns ›Cluedo‹, Mummy?«

Und das tue ich, bis es Zeit für den Tee wird. Und nach dem Tee spielen wir Junior Scrabble. Wir sind die ideale Kleinfamilie. Wir essen zusammen, wir spielen lehrreiche Brettspiele, anstatt fernzusehen, wir lächeln oft. Ich fürchte, ich könnte jeden Moment jemanden umbringen.

Fünf

Am nächsten Tag gehen Becca und ich die Straße runter, um uns ein Sandwich zu holen, und ich erzähle ihr von GoodNews, dem Theaterabend und dem Straßenjungen und sogar vom Liebemachen. (»Brrr«, sagt sie. »Dein eigener Mann? Wie abstoßend!«) Und dann packt sie mich plötzlich am Arm.

»Katie! Mein Gott!«

»Was?«

»Scheiße.«

»Was? Du machst mir Angst.«

»David ist krank.«

»Wie kommst du darauf?«

»Persönlichkeitsveränderung. Hast du nicht irgendwas von Kopfschmerzen gesagt?«

Mein Magen macht einen Satz. Das ist wie aus dem Lehrbuch. Das ist die unheilvolle medizinische Erklärung für sein Verhalten. David hat mit einiger Sicherheit einen Gehirntumor. Wie konnte ich nur so blind sein!

Ich renne zurück in die Praxis und rufe ihn an.

»David. Ich möchte nicht, dass du dich übermäßig aufregst, aber bitte hör mir gut zu und mach genau das, was ich dir sage. Du hast wahrscheinlich einen Gehirntumor. Du musst im Krankenhaus eine Kernspintomografie machen lassen, dringend. Wir können dir hier eine Überweisung ausstellen, aber...«

»Katie...«

»Bitte hör zu. Wir können dir hier eine Überweisung schreiben, aber...«

»Katie, mir fehlt nichts.«

»Na, wollen wir's hoffen. Aber es sind die klassischen Symptome.«

»Sagst du das, weil ich angefangen habe, nett zu dir zu sein?«

»Na ja – ja. Und dann das Theater.«

»Du glaubst, ich müsste einen Hirntumor haben, um ein Theaterstück genießen zu können?«

»Und das Geld. Und der Sex gestern Nacht.«

Es folgt eine lange Pause.

»Katie, es tut mir so Leid.«

»Und das kommt noch dazu. Du entschuldigst dich andauernd. David, unter Umständen bist du schwer krank.«

»Das ist sehr deprimierend.«

»Es muss nicht so sein. Aber ich glaube ...«

»Nein, nein, nicht das. Es ist sehr deprimierend, dass dir als Erklärung für all das nur einfällt, dass ich wahrscheinlich sterben muss. Das muss ich wirklich nicht, versprochen. Wir sollten darüber reden.«

Und dann legt er auf.

David ist nicht bereit, über seinen Hirntumor zu sprechen, bis wir allein sind, und selbst dann kapiere ich nicht richtig, was er sagt.

»Er hat tatsächlich keine Salbe benutzt«, fängt er an.

»Bitte?«

»DJ GoodNews. Er hat keine Salbe benutzt.«

»Ah ja. Also ...« versuche ich das Wichtige an dieser zweifellos wichtigen Mitteilung auszumachen und scheitere. »Also ... hatte Molly Recht? Ist es das?«

»Oh. Ja. Sicher. Absolut. Sie hatte die ganze Zeit Recht. Aber verstehst du nicht? Er hat nur seine Hände benutzt.«

»Ah ja. Keine Salbe also.«

»Nein.«

»Okay. Danke, dass du es mir erzählst. Ich ... ich kann mir jetzt ein klareres Bild von der ganzen Sache machen.«

»Daher kommt das alles. Jedenfalls hat es damit angefangen.«

»Was alles?«

David wedelt ungeduldig mit den Händen, zeigt auf den ganzen Rest der Welt.

»Ah ... tja, ich. Das. Das mit dem Geld neulich nachts. Das ... das Problem bei meiner Kolumne. Das alles. Die Veränderung ... ich weiß nicht, die veränderte Atmosphäre. Die veränderte Atmosphäre hast du mitbekommen, nehme ich an? Ich meine, deshalb dachtest du, ich wäre krank, stimmt's? Tja. Das kommt alles davon. Daher kommt das.«

»Das kommt alles daher, weil dein Freund GoodNews keine Salbe benutzt hat?«

»Ja. Irgendwie ja. Ich meine, keine Salbe war ... Das war der ... Ach, ich kann das nicht erklären. Ich dachte, ich könnte es, aber ich kann's nicht.« Ich kann mich nicht erinnern, David je so erlebt zu haben – sprachlos, zerfahren, offenkundig verlegen. »Es tut mir Leid.«

»Das ist okay. Lass dir Zeit.«

»Da bin ich gewesen. Während der zwei Tage. Ich habe bei GoodNews gewohnt.«

»Oh. Gut.« Es wird uns beigebracht, so zu reagieren: aufmerksam zuhören, was der Patient sagt, nicht unterbrechen, ausreden lassen, selbst wenn der Patient dein Ehemann und total verrückt geworden ist.

»Glaubst du, ich bin total verrückt geworden?«

»Nein. Natürlich nicht. Ich meine, wenn du meinst, dass es das war, was du wolltest, und es geholfen hat ...«

»Er hat mein Leben verändert.«

»Ja. Tja. Schön für dich! Und schön für ihn!«

»Du bist ganz schön herablassend.«

»Es tut mir Leid. Mir fällt es schwer, das alles zu begreifen.«

»Das kann ich verstehen. Es ist ... alles ein bisschen absonderlich.«

»Darf ich mal was fragen?«

»Ja. Natürlich.«

»Erklärst du mir das mit der Salbe?«

»Er hat keine benutzt.«

»Ja, sicher, soviel habe ich verstanden. Er hat keine Salbe benutzt. Ich versuche nur, die Verbindung herzustellen ... zwischen der Tatsache, dass er keine Salbe benutzt, und der Tatsache, dass du diesem obdachlosen Jungen achtzig Pfund gibst. Auf den ersten Blick sehe ich keine.«

»Ja. Schön. Okay.« Er holt tief Luft. »Eigentlich bin ich nur zu ihm gegangen, weil ich dachte, es würde dich ärgern.«

»Das hab ich mir gedacht.«

»Na ja. Tut mir Leid. Ist ja auch egal. Er lebt in einer kleinen Wohnung über einem Minicab-Büro hinter der Station Finsbury Park, ein richtiges Loch, und ich wollte schon wieder nach Haus gehen. Aber irgendwie tat er mir Leid, und da ... habe ich ihm von meinem Rücken erzählt und wo es weh täte, und ich habe ihn gefragt, wie er mir helfen könne. Denn wenn er gesagt hätte, er würde irgendwas mit mir anstellen oder, na ja, irgendwas tun, wovon es hätte schlimmer werden können, hätte ich mich von ihm nicht anfassen lassen. Aber er sagte, er würde mich nur berühren, und die Schmerzen würden verschwinden. Er sagte, er würde dafür nur ein paar Sekunden brauchen, und wenn nichts passiere, müsse ich auch nichts zahlen. Da dachte ich, warum nicht, und außerdem ist er ja bloß ein dünner kleiner Kerl und ... ist ja egal. Ich hab mein Hemd ausgezogen und mich mit dem Gesicht nach unten auf die Couch gelegt – er hat noch nicht mal einen Behandlungstisch oder so was –, und seine Hände wurden irrsinnig heiß.«

»Woher weißt du, dass sie nicht schon heiß waren?«

»Sie waren kalt, als er ... als er sie auf meinen Rücken legte, und dann erwärmten sie sich einfach. Darum dachte ich auch, er würde so eine Wärmesalbe verwenden. Aber er hat mich nicht massiert oder mit irgendwas eingerieben. Er hat mich nur berührt, sehr behutsam, und ... und der ganze Schmerz ging weg. Einfach weg. Wie Magie.«

»Der Typ ist also ein Heiler. Ein Geistheiler oder so.«

»Ja.« Er denkt einen Moment lang nach, als suchte er nach etwas, dass es zwei studierten, prosaischen Mittelstandsmenschen wie uns leichter verständlich macht – womit ich eigentlich meine, dass er gerne etwas finden würde, das es schwieriger klingen lässt – weniger simpel, komplizierter, raffinierter. Schließlich braucht man nicht viel, um zu kapieren, dass jemand ein Heiler ist: Er berührt dich, dir geht es besser, du gehst nach Hause. Was gibt es da nicht zu verstehen? Nur gerät damit alles, was du je über das Leben gedacht hast, ins Wanken. David gibt den verzweifelten Versuch der Verkomplizierung achselzuckend auf. »Ja. Es ist einfach ... verblüffend. Er hat eine Gabe.«

»Aha. Toll. Ein Hoch auf GoodNews. Er hat deinen Rücken kuriert und er hat Mollys Neurodermitis kuriert. Ein Glück für uns, dass du ihn entdeckt hast.« Ich versuche das alles in einem Ton zu sagen, der einen Schlussstrich unter das gesamte Gespräch zieht, aber ich vermute, das ist nicht das Ende der Geschichte.

»Ich wollte gar nicht, dass er ein Heiler ist.«

»Was wolltest du denn, dass er ist?«

»Bloß ... ich weiß nicht. Alternativ. Darum hatten Molly und ich den Streit über die Salbe. Es hat mich ein bisschen erschreckt, und ich wollte, dass es so was wie ... eine tibetische Wundersalbe oder so was gibt, von der die Schulmedizin keine Ahnung hat. Ich wollte nicht, dass es nur seine Hände waren. Verstehst du das?«

»Ja. So halb und halb. Wundersalbe ist dir lieber als heilende Hände. Ist es das?«

»Salbe hat nichts mit Magie zu tun, oder? Bloß mit ... Medizin.«

Das ist typisch für ignorante Rationalisten. Nach ihrem Verständnis könnte Aspirin das durchschlagendste Beispiel für weiße Magie sein, das die Menschheit kennt, aber weil man es einfach so kaufen kann, zählt es nicht.

»Sie hätte was mit Magie zu tun, wenn sie Rückenschmerzen und Neurodermitis heilen würde.«

»Na ja. Es hat mich ein bisschen erschreckt. Und dann das mit den Kopfschmerzen ...«

»Die Kopfschmerzen hatte ich vergessen.«

»Damit wurde es dann wirklich sonderbar. Weil ... ich nicht mal genau weiß, warum ich ihm von den Kopfschmerzen erzählt habe, aber ich hab's getan, und er sah mich an und sagte, ich kann Ihnen bei vielen Dingen helfen, die Sie plagen, und er hat mich berührt ... an den ... hier ...«

»Den Schläfen.«

»Genau, er hat mich an den Schläfen berührt, und die Kopfschmerzen gingen weg, aber ich fing an, mich ... anders zu fühlen.«

»Wie anders?«

»Einfach ... gelassener.«

»Das war, als du mir gesagt hast, du würdest weggehen,

und ich den Kindern sagen sollte, dass wir uns scheiden lassen.«

»Ich war gelassen. Ich habe mich nicht künstlich aufgeregt. Ich bin nicht sarkastisch geworden.«

Ich erinnere mich, dass er mir damals irgendwie anders vorgekommen war, und der Gedanke daran gibt mir neuen Anlass zu Traurigkeit, Reue und Selbstmitleid: Mein Ehemann besucht einen Heiler, wie von Zauberhand ist er fortan gelassener, und das Einzige, was ich davon habe, ist, dass er mir ganz ohne Bosheit seinen Trennungswunsch mitteilt. Nur haben sich die Dinge seitdem entwickelt, jetzt ergeben sich daraus zahllose Verbesserungen für mich, und ich kann mich über keine davon richtig freuen. Mir klingt das »Mumpitz« meines Bruders in den Ohren.

»Und dann hast du dich bei ihm einquartiert?«

»Ich wusste da noch nicht, dass ich bei ihm bleiben würde. Ich wollte nur … nur mal sehen, ob er das mit dem Kopf wiederholen könnte, und vielleicht dahinter kommen, was genau er dabei macht. Ich hab daran gedacht, über ihn zu schreiben, über den Ausschlag und alles, und … dann bin ich einfach ein paar Tage dageblieben und hab geredet.«

»Wie das so geht.«

»Bitte, Katie. Ich weiß selbst nicht, wie ich das in Worte fassen soll. Mach es mir nicht noch schwerer.«

Und warum nicht? liegt mir auf der Zunge. Warum sollte ich es dir nicht schwer machen? Wie oft hast du es mir denn leicht gemacht?

»Entschuldige«, sage ich. »Red weiter.«

»Er redet nicht viel. Er sieht dich nur mit seinen durchdringenden Augen an und hört zu. Ich bin nicht mal sicher, ob er besonders helle ist. Also habe ich die ganze Zeit geredet. Er hat es nur irgendwie aus mir rausgesogen.«

»Er scheint alles aus dir rausgesogen zu haben.«

»Ja, hat er auch. Alles Schlechte. Ich konnte es fast aus mir rauskommen sehen wie einen schwarzen Nebel. Mir war nicht klar, dass so viel von diesem Mist in mir steckte.«

»Und was macht ihn so besonders? Wie kommt es, dass er das kann und niemand sonst?«

»Ich weiß nicht. Er hat einfach so eine Aura um sich. Das klingt bestimmt blöd, aber … er hat wieder meine Schläfen berührt, während ich mit ihm redete, und ich fühlte irgendwie so eine erstaunliche Wärme, die mich durchströmte, und er sagte, das sei die reine Liebe. Und so fühlte es sich auch an. Kannst du dir vorstellen, was für eine Panik das in mir ausgelöst hat?«

Das kann ich mir vorstellen, und zwar nicht nur, weil David ein untypischer Kandidat für ein Bad in reiner Liebe ist. In Liebe baden … ist einfach nicht unser Ding. In Liebe baden ist was für die Leichtgläubigen, die Gutgläubigen, geistig Armen, Leute, deren Gehirn von weichen Drogen so durchlöchert ist wie kariöse Zähne, Leute, die Tolkien und Erich von Däniken lesen, obwohl sie alt genug sind, Auto zu fahren … seien wir ehrlich: Leute, die die Weisheit nicht gerade mit Löffeln gefressen haben. Es ist schon beängstigend genug, sich Davids Geschichte anzuhören, aber die Erfahrung am eigenen Leib zu machen, muss schrecklich gewesen sein.

»Und was nun?«

»Direkt danach dachte ich erst, ich müsste alles anders machen. Alles. Was ich getan habe, ist nicht genug. Nicht genug für dich. Nicht genug für mich. Nicht genug für die Kinder oder die Welt oder … oder …«

Er kommt wieder ins Stocken, wahrscheinlich, weil es, obwohl die Gesetze von Rhetorik und Rhythmus ein drittes Substantiv erfordern, nach dem Wort »Welt« nicht mehr weiter geht, es sei denn, er will anfangen, über das Universum zu schwafeln.

»Ich verstehe noch immer nicht, worüber du zwei Tage lang geredet hast.«

»Ich auch nicht. Ich weiß nicht, wo die Zeit geblieben ist. Ich war erstaunt, als er mir sagte, es sei Dienstag Nachmittag. Ich redete über … vieles, und dass ich dich nicht gut behandelt habe. Und ich habe über meine Arbeit geredet, meine Schreiberei, und irgendwann hörte ich mich sagen, dass ich mich dafür schämte, und dass ich sie wegen ihrer, ach, ich weiß nicht, ihrer Unfreundlichkeit, ihres mangelnden Mitgefühls hasste. Hin und wieder ließ er mich … Gott, ist mir das peinlich.«

Ein plötzlicher Gedanke – es mag eine Befürchtung sein oder nicht, damit werde ich mich später befassen müssen – kommt mir in den Kopf.

»Da geht doch nichts Komisches vor, oder?«

»Was meinst du?«

»Du schläfst nicht mit ihm, oder?«

»Nein«, sagt er, aber ausdruckslos, ohne eine Spur von Erheiterung oder Empörung oder Abwehrhaltung. »Nein, tue ich nicht. So was ist das nicht.«

»Entschuldige. Was ließ er dich?«

»Er ließ mich auf dem Boden knien und seine Hand halten.«

»Und dann?«

»Er hat mich nur aufgefordert, mit ihm zu meditieren.«

»Ah ja.«

David ist nicht homophob, obwohl er gelegentlich Unverständnis für die Schwulenkultur und schwule Praktiken durchblicken ließ (besonders die Sache mit Cher befremdete ihn), aber er ist eindeutig heterosexuell, bis zu seinen ausgeleierten Feinripp-Unterhosen und seiner Vorliebe für Wright's Teerseife. Da gibt es keinerlei Grauzone, falls ihr mir folgen könnt. Trotzdem fällt es mir leichter, ihn mir mit GoodNews' Schwanz im Mund vorzustellen, als kniend und meditierend auf dem Fußboden.

»Und das war okay, ja? Als er dich zum Meditieren aufgefordert hat? Du hast ihn nicht ... äh ... geschlagen oder so?«

»Nein. Der alte David hätte das getan, ich weiß. Und das wäre falsch gewesen.« Er sagt das mit einer solchen Ernsthaftigkeit, dass ich kurzfristig versucht bin, meine Haltung zur Gewalt in der Ehe zu vergessen. »Ich muss zugeben, zuerst fühlte ich mich dabei etwas unwohl, aber es gibt so viel nachzudenken, oder?«

Ich stimme zu, dass es, ja, wahnsinnig viel gibt, worüber man nachdenken muss.

»Ich meine, wenn man nur über das eigene, ganz persönliche Umfeld nachdenkt ...« (»Das eigene persönliche Umfeld?« Wer ist dieser Mann, der in seinem eigenen Bett mit seiner eigenen Frau in Phrasen aus dem »Wort zum Sonntag« redet?) »... das kann einen schon stundenlang beschäftigen. Tagelang. Und dann ist da noch alles andere ...«

»Was, die Welt und so? Leid, Elend und so weiter?« Ich finde es zusehends schwieriger, mich nicht über jemanden lustig zu machen, dem selbst offenbar jede Spur von Witz, jedes Atom Selbstironie abhanden gekommen ist.

»Ja, natürlich. Ich hatte keine Vorstellung davon, wieviel menschliches Leid es gibt, bis man mir die Zeit und den Raum gab, darüber nachzudenken.«

»Und was jetzt?« Ich will diesen Prozess nicht durchlaufen. Ich will abkürzen und direkt zu dem Teil kommen, wo mir erklärt wird, was das alles für mich, mich, mich bedeutet.

»Ich weiß nicht. Ich will nur eins, ein besseres Leben führen. Ich will, dass wir ein besseres Leben führen.«

»Und wie machen wir das?«

»Ich weiß es nicht.«

Ich kann mir nicht helfen, für mich klingt das alles sehr ominös.

Stephen hinterlässt mir eine Nachricht auf dem Handy. Ich rufe nicht zurück.

Als ich am nächsten Abend nach Hause komme, höre ich schon, dass es Ärger gibt; ich höre Tom brüllen und Molly weinen, als ich den Schlüssel ins Schloss stecke.

»Was ist denn hier los?« David und die Kinder sitzen um den Küchentisch herum, David am Kopfende, Molly zu seiner Linken, Tom zur Rechten. Der Tisch wurde von den sonst üblichen Ablagerungen wie Post, alten Zeitungen und kleinen Plastikspielsachen aus Müslipackungen befreit, offenbar der Versuch, eine Konferenzatmosphäre zu schaffen.

»Er hat meinen Computer verschenkt«, sagt Tom. Tom weint nicht oft, aber seine Augen glitzern, schwer zu sagen, ob von Zorn oder Tränen.

»Und jetzt muss ich meinen mit ihm teilen«, sagt Molly, deren Fähigkeit zu weinen immer außer Frage stand, und die jetzt aussieht, als würde sie den Verlust ihrer gesamten Familie bei einem Autounfall beweinen.

»Wir brauchten keine zwei«, sagt David. »Zwei sind … nicht gerade obszön, aber auf jeden Fall unbescheiden. Sie sitzen nie gleichzeitig an diesen Dingern.«

»Also hast du einfach einen verschenkt. Ohne es mit ihnen abzusprechen. Oder mit mir.«

»Ich hatte das Gefühl, Absprachen wären zwecklos gewesen.«

»Weil sie dann nicht gewollt hätten, dass du es tust?«

»Weil sie vielleicht nicht verstanden hätten, warum ich es tue.«

Es war selbstverständlich David gewesen, der darauf bestanden hatte, dass beide letztes Jahr einen eigenen Computer zu Weihnachten bekamen. Ich hatte gewollt, dass sie sich einen teilen, nicht, weil ich gemein bin, sondern weil ich mir Sorgen machte, wir könnten sie zu sehr verwöhnen, und der Anblick der beiden riesigen Kartons neben dem Baum (unter den Baum passten sie nämlich nicht) änderte nichts an meinem Unbehagen. Ich erinnere mich, wie ich dachte, dass ich genau die Sorte Mutter nicht sein wollte, als Tom und Molly mit einer Rabiatheit, die mich abstieß, gegen die Quadratmeter von Geschenkpapier losgingen; David sah meinen Gesichtsausdruck und flüsterte mir zu, ich sei die typische freudlose Liberale, ein Mensch, der seinen Kindern nichts gönnt und sich selbst alles. Und sechs Monate später sitze ich hier, stinksauer, weil mein Sohn und meine Tochter nicht das behalten dürfen, was ihnen gehört, und bin trotzdem irgendwie auf der falschen Seite, ein Handlanger der Mächte des Bösen.

»Wo hast du ihn hingebracht?«

»Zum Frauenhaus in Kentish Town. Ich habe in der Lokalbeilage davon gelesen. Sie hatten da überhaupt nichts für die Kinder.«

Ich weiß nicht, was ich sagen soll. Die verängstigten, unglücklichen Kinder verängstigter, unglücklicher Frauen haben nichts; wir haben von allem zwei. Wir geben einen winzigen Bruchteil ab von dem, was wir zu viel haben. Worüber kann ich da sauer sein?

»Warum müssen wir diejenigen sein, die ihnen was geben? Kann das nicht die Regierung machen?«

»Die Regierung kann nicht für alles aufkommen«, sagt David. »Manche Sachen müssen wir selbst bezahlen.«

»Haben wir ja«, sagt Tom. »Wir haben den Computer selbst bezahlt.«

»Ich meine«, sagt David, »wenn wir uns Sorgen machen, was mit den armen Leuten passiert, können wir nicht darauf warten, dass die Regierung etwas tut. Wir müssen tun, was wir für richtig halten.«

»Also, ich finde es nicht richtig«, sagt Tom.

»Warum nicht?«

»Weil es mein Computer ist.«

David lächelt ihn nur durchgeistigt an.

»Warum ist das nicht einfach Pech für sie?« fragt ihn Molly, und ich muss lachen. »Das ist eben Pech für dich« war noch bis vor kurzem Davids Standardantwort, wenn unsere Kinder fragten, warum sie keinen Dreamcast besaßen, kein neues Arsenal-Auswärtstrikot oder sonst irgendwas, das alle anderen in der Schule hatten.

»Diese Kinder haben bis jetzt schon nicht viel Glück gehabt«, erklärt David mit der langsamen, selbstgerechten Geduld eines frisch ernannten Engels. »Ihre Väter haben ihre Mütter geschlagen, und sie mussten von zu Hause weglaufen und sich verstecken und konnten ihre Spielsachen nicht mitnehmen ... und euch geht es so gut. Wollt ihr ihnen nicht helfen?«

»Ein bisschen«, sagt Tom mürrisch. »Aber nicht mit einem ganzen Computer.«

»Gehen wir sie doch besuchen«, sagt David. »Dann kannst du ihnen das selbst sagen. Du kannst ihnen sagen, dass du ihnen ein bisschen helfen willst, und ihnen dann deinen Computer wieder wegnehmen.«

»David, das ist einfach ungeheuerlich.«

»Warum?«

»Du kannst deine Kinder moralisch nicht so erpressen.«

Ich fühle mich schon etwas besser. Eine Zeit lang war

ich ein bisschen unter Druck geraten, an die Wand gedrückt worden von der moralischen Wucht von Davids Argumenten, aber jetzt wird mir klar, dass er verrückt geworden ist, dass er uns alle in eine peinliche Lage bringen will. Wie konnte ich vergessen, dass es bei Eiferern immer so kommt? Sie gehen zu weit, sie verlieren jeden Sinn für Verhältnismäßigkeit und Vernunft, und am Ende interessieren sie sich nur noch für sich und ihre eigene Frömmelei.

David trommelt mit den Fingern auf den Tisch und denkt angestrengt nach.

»Ja, es tut mir Leid, du hast Recht. Das war unverschämt. Ich bin zu weit gegangen. Bitte verzeiht mir.«

Scheiße.

Es wird ein verdrießliches Abendessen im Familienkreis. David ist es irgendwie gelungen, Molly auf seine Seite zu ziehen – möglicherweise weil sie eine Gelegenheit wittert, Tom zu ärgern, möglicherweise weil Molly nie gelernt hat, in ihrem Vater irgendetwas anderes als den perfekten und durch und durch vernünftigen Mann zu sehen, möglicherweise, weil der Computer, den David verschenkt hat, in Toms Zimmer stand und nicht in ihrem, obwohl der, den wir behalten haben, jetzt auf neutralem Territorium im Gästezimmer steht. Tom allerdings hält ungerührt an seinen westlich-materialistischen Überzeugungen fest.

»Du bist einfach nur egoistisch, Tom. Stimmt's nicht, Dad?«

David lässt sich da nicht hineinziehen.

»Es gibt Kinder, die nichts haben«, fährt sie fort. »Und du hast ganz viel.«

»Ich habe jetzt gar nichts mehr. Er hat alles verschenkt.«

»Und was sind das dann für Sachen in deinem Zimmer?« fragt David sanft.

»Und du hast einen halben Computer.«

»Kann ich aufstehen?« Tom hat kaum etwas gegessen, aber er hat offensichtlich genug von den großen, dampfenden Schüsseln voll frommer Denkungsart, die ihm von allen Seiten vorgesetzt werden, und ich kann es ihm nicht verdenken.

»Iss dein Abendessen auf«, sagt David. Er öffnet schon den Mund, um noch etwas zu sagen – sicher irgendwas darüber, welches Glück Tom habe, vor einem Teller mit lauwarmer Spaghetti Bolognese zu sitzen, wenn man bedenkt, in welchem Elend bla bla bla –, aber er fängt meinen Blick auf und besinnt sich gerade noch.

»Willst du wirklich nichts mehr?« frage ich Tom.

»Ich will an den Computer, ehe sie drangeht.«

»Na, dann geh.« Tom zischt davon.

»Das hättest du ihm nicht erlauben sollen, Mummy. Jetzt glaubt er, er muss nie mehr sein Abendessen aufessen.«

»Molly, halt den Mund.«

»Sie hat Recht.«

»Und du halt auch den Mund.«

Ich muss nachdenken. Ich brauche seelischen Beistand.

Ich bin ein guter Mensch, ich bin Ärztin, aber jetzt plädiere ich für Besitzgier gegen Selbstlosigkeit, für die Besitzenden gegen die Besitzlosen. Nur plädiere ich ja für gar nichts, oder? Schließlich stelle ich mich nicht vor meinen unerträglich selbstgefälligen Ehemann und meine – jetzt – unerträglich selbstgefällige achtjährige Tochter und sage: »Passt mal auf, wir haben verflixt hart gearbeitet, um diesen Computer bezahlen zu können, und wenn manche Weiber so dämlich sind, mit Männern zusammenzuziehen, die sie verprügeln, ist das ja wohl nicht unsere Schuld.« Das hieße für etwas plädieren. Ich tue nichts anderes, als unwürdige Gedanken zu hegen, die niemand mithören kann, und mich über stehen gelassene Spaghetti Bolognese zu mokieren. Hätte ich eine echte Überzeugung, würde ich ihnen irgendeine widerliche selbstgestrickte Weisheit auftischen, zum Beispiel, dass der gute Samariter es sich nur leisten konnte, ein guter Samariter zu sein, weil er seinen alten Computer behielt und ... und ... ihn erst dann der Karitas spendete, als er es hinter sich hatte. Irgendsowas jedenfalls.

Aber woran glaube ich eigentlich? Offensichtlich an nicht viel. Ich bin überzeugt, es sollte keine Obdachlosigkeit geben, und ich wäre jederzeit bereit, mit jemandem, der etwas anderes sagt, kontrovers zu diskutieren. Gewalt in der Ehe, dito. Dito Rassismus, Armut und Sexismus, was weiß ich. Ich glaube, dass der staatliche Gesundheitsdienst unterfinanziert ist und dass der Red-Nose Day eigentlich eine gute Sache ist, auch wenn es ein wenig nervt, wenn als Patsy und Edina aus »Absolutely Fabulous« verkleidete junge Männer sich in Waitrose auf dich stürzen und Eimer vor deinem Gesicht schwenken. Schließlich und endlich bin ich der einigermaßen vernünftigen Überzeugung, dass Toms Weihnachtsgeschenke ihm gehören und nicht anderweitig verschenkt werden sollten. Da habt ihr's. Das ist mein Manifest. Wählt mich.

Drei Tage später scheinen die Kinder vergessen zu haben, dass sie jemals zwei Computer hatten – Molly hat ihr ohnehin geringes Interesse vollständig verloren, und Tom verbringt die meiste Zeit mit Pokémon – und wir erhalten einen Brief vom Frauenhaus, das uns mitteilt, dass wir für einige sehr unglückliche junge Leben enorm viel bewirkt haben. An die anderen Dinge glaube ich trotzdem noch, das mit der Armut und dem unterfinanzierten Gesundheitsdienst. Diese felsenfesten Überzeugungen bringt keiner ins Wanken – außer natürlich, er hat überzeugende Argumente für das genaue Gegenteil.

David hat jetzt neben seiner Kolumne auch seinen Roman ad acta gelegt. »Nicht mehr das Richtige« – wie so ziemlich alles, was er je gedacht oder getan oder gewollt hat. Tagsüber sitzt er, soweit ich es mitbekomme, lesend in seinem Arbeitszimmer; am späten Nachmittag kocht er, spielt mit den Kindern, hilft ihnen bei den Hausaufgaben, will darüber reden, wie der Tag für die anderen war … kurz gesagt, er ist der ideale Ehemann und Vater geworden. Als einen solchen habe ich ihn Becca neulich beschrieben, und dabei kam mir ungebeten das Idealbild des vorbildlichen Ehemanns und Vaters in den Sinn: dieses Modell ist allerdings aus Plastik, und seine Gesichtszüge sind in einem permanenten Ausdruck der Sorge und Rücksichtnahme erstarrt. Aus David ist eine Art frisch-fromm-fröhlich-freie Kirchentags-Variante von Barbies Ken geworden, nur ohne Kens unverschämt gutes Aussehen und seinen makellos gebauten Körper.

Ich glaube auch gar nicht, dass David religiös geworden ist, obwohl sich schwer abschätzen lässt, was genau er geworden ist. Ihn direkt zu fragen, bringt keine Klärung. Am Abend, nachdem wir den Brief vom Frauenhaus bekommen haben, stellt Tom die weinerliche, aber, wie ich finde, aufschlussreiche Frage, ob wir ab jetzt alle in die Kirche gehen müssen.

»Kirche?« fragt David – aber freundlich, nicht mit der Explosion von Ärger und Geringschätzung, die dieses Wort noch vor ein paar Wochen in jedwedem Kontext begleitet hätte. »Natürlich nicht. Warum? Möchtest du zur Kirche gehen?«

»Nee. Natürlich nicht.«

»Warum hast du dann gefragt?«

»Weiß nich«, sagt Tom. »Ich dachte bloß, das müssten wir jetzt machen.«

»Warum denn gerade jetzt?«

»Weil wir Sachen verschenken. Das machen sie doch in der Kirche, oder?«

»Nicht dass ich wüsste.«

Und damit ist das vom Tisch; Toms Ängste sind beschwichtigt. Später allerdings, als David und ich alleine sind, stelle ich eigene Nachforschungen an.

»Das war komisch, was? Dass Tom dachte, wir müssten jetzt in die Kirche gehen?«

»Ich habe nicht verstanden, wie er darauf kommt. Bloß weil wir jemandem einen Computer geschenkt haben?«

»Ich glaube, es ist nicht nur das.«

»Was denn sonst noch?«

»Sie wissen beide davon, dass du Geld verschenkt hast. Und außerdem ist es so … Du hast mich gefragt, ob mir atmosphärische Veränderungen aufgefallen sind. Also, ich denke, ihnen sind sie auch aufgefallen. Und sie bringen das irgendwie mit Kirche in Verbindung.«

»Warum?«

»Ich weiß nicht. Ich vermute … Du hast so die Ausstrahlung von jemandem, der eine religiöse Bekehrung hinter sich hat.«

»Tja, habe ich aber nicht.«

»Du bist kein praktizierender Christ geworden?«

»Nein.«

»Was bist du dann?«

»Was ich bin?«

»Ja, was bist du? Du weißt doch, Buddhist oder, oder …« Ich bin auf der Suche nach einer anderen Weltreligion, die ins Bild passen könnte, und mir fällt keine ein.

Moslem ... kommt irgendwie nicht hin, Hindu auch nicht ... Vielleicht ein Hare-Krishna-Ableger, oder irgendwas mit asketischem Lebenswandel und einem vollgefressenen Guru, der einen Alfa Romeo fährt?

»Ich bin gar nichts. Ich bin nur zur Vernunft gekommen.«

»Aber was bedeutet das?«

»Wir haben alle ein falsches Leben geführt, und das will ich korrigieren.«

»Ich habe nicht das Gefühl, ich hätte ein falsches Leben geführt.«

»Da bin ich anderer Meinung.«

»Ach, tatsächlich?«

»Ich nehme an, während der Arbeitszeit hast du das richtige Leben geführt. Aber den Rest der Zeit ...«

»Was ist damit?«

»Da sind zum Beispiel deine sexuellen Kontakte.«

Meine sexuellen Kontakte. Einen Moment lang vergesse ich, dass ich die letzten zwanzig Jahre mit meinem Ehemann in einer monogamen Partnerschaft gelebt habe, die erst jüngst durch eine flüchtige und eher glücklose Affäre unterbrochen wurde (was wurde eigentlich aus ihm, mal nebenbei gefragt? Ein paar unerwiderte Anrufe scheinen seine Glut beträchtlich abgekühlt zu haben.) Der Ausdruck macht es mir möglich, in mir jemanden zu sehen, der sich womöglich in eine dieser Kliniken für Sexsüchtige einweisen lassen sollte, in die Hollywoodstars dauernd müssen, jemand, der trotz bester Absichten einfach nicht das Höschen anbehalten kann. Das ergibt ein elektrisierendes Bild, dessen Hauptzweck, soviel ist mir klar, darin besteht, mich zu überzeugen, dass David grotesk übertreibt; die Wahrheit ist, dass ich eine verheiratete Frau bin, die erst vor wenigen Wochen mit einem anderen geschlafen hat. Davids Ausdrucksweise mag pompös sein, aber ich schätze, ich muss dazu Stellung nehmen.

»Du wolltest nie darüber reden.«

»Es gibt nicht viel darüber zu reden, oder?«

Ich lasse mir das durch den Kopf gehen und muss ihm recht geben. Ich könnte weiter über die Umstände faseln, aber die kennt er bereits; der Rest ist eine kurze und banale Geschichte ohne große Auswirkungen.

»Und was mache ich sonst noch falsch?«

»Es geht nicht darum, was du falsch machst. Es geht darum, was wir alle falsch machen.«

»Und das wäre?«

»Wir sind zu gleichgültig. Wir denken nur an uns selbst und ignorieren die Schwachen und Armen. Wir verabscheuen unsere Politiker dafür, dass sie nichts tun, und glauben, das allein würde schon genügen, um unsere Anteilnahme zu beweisen, während wir in zentralgeheizten Häusern wohnen, die zu groß für uns sind ...«

»He, Moment mal ...« Es war unser Traum – bevor DJ GoodNews in unser Leben trat –, aus dem mickrigen Reihenhaus in etwas Größeres umzuziehen, wo wir uns umdrehen könnten, ohne dabei ein Kind umzustoßen. Und plötzlich schwirren wir durch die zugigen Hallen von Holloways Gegenstück zu Graceland. Aber ich komme nicht dazu, irgendwas davon auszusprechen, denn David ist nicht mehr zu halten.

»Wir haben ein Gästezimmer und ein Arbeitszimmer, während da draußen Menschen auf dem Gehweg schlafen. Wir kratzen vollkommen genießbare Lebensmittel in deinen Komposter, während an der nächsten Straßenecke Menschen um den Gegenwert einer Tasse Tee und einer Tüte Fritten betteln. Wir haben zwei Fernseher, wir hatten drei Computer, bis ich einen weggegeben habe – und anscheinend ist es schon ein Verbrechen, die Anzahl

117

der Computer, die einer vierköpfigen Familie zur Verfügung steht, um ein Drittel zu reduzieren. Wir denken uns nichts dabei, uns für zehn Pfund pro Nase etwas beim Inder zu bestellen ...«

Dessen bekenne ich mich schuldig. Ich dachte, David würde sagen, vierzig Pfund für ein Essen in einem schicken Restaurant ausgeben, was wir verschiedentlich getan haben – und was jedesmal Anlass für alle möglichen Zweifel und Bedenken war. Aber zehn Pfund für ein Take-away? Ja, ich bekenne mich schuldig: Ich habe mir wiederholt nichts dabei gedacht, zehn Pfund für ein Essen zum Mitnehmen auszugeben, und mir ist nie in den Sinn gekommen, meine Gedankenlosigkeit könnte in irgendeiner Weise fahrlässig oder strafwürdig sein. Immerhin muss man Davids Gründlichkeit respektieren.

»Wir geben dreizehn Pfund für CDs aus, die wir bereits in einem anderen Format besitzen ...«

»Du vielleicht, ich nicht.«

»... wir kaufen Filme für unsere Kinder, die sie bereits im Kino gesehen haben und sich nie wieder ansehen werden ...« Es folgt eine lange Aufzählung ähnlicher Verbrechen, die sich allesamt ziemlich marginal und für andere Familien völlig legal anhören, in Davids verzerrter Darstellung aber plötzlich egoistisch und verabscheuenswert erscheinen. Ich höre eine Weile lang nur mit halbem Ohr zu.

»Ich bin der schlimmste Alptraum eines jeden Liberalen«, sagt David am Schluss seiner Litanei, mit einem Lächeln, das man, wäre man unfreundlich oder paranoid gesinnt, durchaus boshaft nennen könnte.

»Was bedeutet das?«

»Ich denke genau das, was du denkst. Aber ich werde meinen Worten Taten folgen lassen.«

Am Sonntag kommen meine Mutter und mein Vater zum Mittagessen. Sie kommen nicht sehr oft – normalerweise müssen wir alle zu ihnen –, und ich habe mir gestattet, wenn sie ab und zu mal kommen, den Tag als »festlichen Anlass« zu begehen und damit meine Kinder genau den Qualen auszusetzen, denen ich in meiner Kindheit bei ähnlichen Anlässen ausgesetzt war: gekämmte Haare, die besten Anziehsachen, Mithilfe beim Aufräumen, Zwangsanwesenheit am Tisch für die gesamte Dauer des Essens, auch wenn meine Mutter so viel redet, dass der letzte Happen Viennese Whirl erst Stunden, nachdem alle anderen aufgegessen haben, in ihrer Kehle verschwindet, zumindest kommt es einem so vor. Und natürlich der Sonntagsbraten, den mein Bruder und ich verabscheuten (höchstwahrscheinlich deshalb, weil er mit schöner Regelmäßigkeit abscheulich war: faseriges, trockenes Lamm, klumpige Tütensoße, fettige und zerfallende Bratkartoffeln, die übliche Kriegsverpflegung der sechziger Jahre), die Tom und Molly jedoch lieben. (Anders als meine Eltern können David und ich beide kochen; anders als meine Eltern verschwenden wir diese Gabe sehr selten an unsere Kinder.)

Irgendwann ist der Streit um die Klamotten überstanden, es ist alles aufgeräumt, meine Eltern sind eingetroffen, und wir sitzen im Wohnzimmer, trinken trockenen Sherry und essen Salznüsse. David ist gerade in die Küche gegangen, um das Fleisch aufzuschneiden und die Soße zu machen. Nur Augenblicke später – viel zu rasch, um vollbracht zu haben, wozu er uns verlassen hat – kommt er zurück.

»Roastbeef und Bratkartoffeln? Oder Lasagne aus der Gefriertruhe?«

»Roastbeef und Bratkartoffeln!« schreien die Kinder fröhlich, und meine Eltern kichern.

»Das meine ich auch«, sagt David und verschwindet wieder.

»Euer Dad ist ein Schelm, was?« sagt meine Mum zu Tom und Molly – was in jeder anderen Familie eine angemessene Reaktion auf das gerade Gesehene und Gehörte gewesen wäre, nicht aber bei uns. David ist kein Schelm. Er war nie ein Schelm (er hat bisher die Besuche meiner Eltern gehasst und wäre nie imstande gewesen, die Art von unbekümmerter Gutmütigkeit aufzubringen, die man braucht, um andere zu verulken), und er ist erst recht kein Schelm, seitdem sein Humor zusammen mit seinen Rückenschmerzen in DJ GoodNews Fingerspitzen verschwunden ist. Ich entschuldige mich und gehe in die Küche, wo David gerade alles, was wir in den letzten paar Stunden vorbereitet haben, in die größte unserer Le Creuset-Auflaufformen umfüllt.

»Was machst du da?« frage ich ruhig.

»Ich kann das nicht«, sagt er.

»Was?«

»Ich kann nicht hier sitzen und das essen, während es da draußen Leute gibt, die nichts haben. Haben wir Pappteller?«

»Nein, David.«

»Wir müssen welche haben. Wir hatten noch unheimlich viele von der Weihnachtsfeier.«

»Ich spreche nicht von den Papptellern. Das kannst du nicht machen.«

»Ich muss.«

»Ich … ich verstehe, wenn du das nicht essen kannst.« (Ich verstehe natürlich gar nichts, aber ich versuche ihn durch Zureden vom Fenstersims zu locken.) »Du könntest es stehen lassen, und … und … uns dann erklären, warum.« Es hat keinen Zweck, sich ausgerechnet jetzt über das entsetzliche Mittagessen, das vor uns liegt, Sorgen zu machen, über die Peinlichkeit und das Unverständnis, wenn meine armen Eltern (beide sind Tories, aber dennoch nicht abgrundtief böse im landläufigen, nicht-davidschen Sinne) sich einen Vortrag über ihren gottlosen Lebenswandel anhören müssen. Ja, ich gelobe im Stillen, mir um gar nichts mehr Sorgen zu machen, wenn wir nur zu unserem Mittagessen kommen, wenn diese Mahlzeit tatsächlich auf echten Tellern serviert wird und Menschen (und damit meine ich Menschen, die ich kenne, Gott vergebe mir) sich hinsetzen, um zu essen; ich werde mir Davids Ansichten mit Sympathie und Interesse anhören. Ich sehe zu, wie David die Bratkartoffeln à la Delia in die Schüssel klatscht. Die mit viel Liebe zubereiteten knusprig-goldenen Muscheln beginnen auseinanderzufallen, als er versucht, sie neben den Braten zu quetschen.

»Ich muss das hier weggeben«, sagt David. »Ich habe aus dem Kühlschrank den Bratenfond geholt und sah das ganze Zeug da drin, und … mir ist einfach klar geworden, dass ich meine Einstellung nicht länger beibehalten kann. Die Obdachlosen …«

»ICH SCHEISSE AUF DEINE EINSTELLUNG! ICH SCHEISSE AUF DIE OBDACHLOSEN!« Ich scheiße auf die Obdachlosen? Was ist nur aus mir geworden! Hat je in der Geschichte des liberalen Großstadtuniversums eine den *Guardian* lesende Labourwählerin diese Worte gebrüllt und sie ernst gemeint?

»Katie! Was treibt ihr da?« Meine Eltern und meine Kinder haben sich im Türrahmen versammelt, um nach uns zu sehen; mein Vater, seit zehn Jahren pensioniert, aber immer noch mit jedem Zoll Schuldirektor, hat vor Wut einen roten Kopf.

»David ist verrückt geworden. Er will unser Mittagessen verschenken.«

»An wen?«

»Penner. Alkis. Drogensüchtige. Leute, die in ihrem ganzen Leben keinen Tag richtig gearbeitet haben.« Ein verzweifelter und allzu offensichtlicher Versuch, meinen Vater auf meine Seite zu ziehen; ich bin nicht stolz darauf, aber ich will meinen Sonntagsbraten. ICH WILL MEINEN SONNTAGSBRATEN.

»Kann ich mit, Daddy?« sagt Molly, die mir auf die Nerven zu gehen beginnt.

»Natürlich«, sagt David.

»Bitte, David«, sage ich noch einmal. »Bitte lass uns schön zu Mittag essen.«

»Wir können schön zu Mittag essen. Nur eben nicht dieses Mittagessen.«

»Und warum können die nicht das andere Mittagessen bekommen?«

»Ich wollte ihnen das warme Essen geben.«

»Das andere Zeug können wir warm machen. Die Lasagne. Wir machen es in der Mikrowelle warm und bringen es ihnen heute nachmittag. Die ganze Familie.«

David hält inne. Jetzt haben wir, scheint mir, den Moment im Film erreicht, in dem der bewaffnete, aber verängstigte Kriminelle, der mit seiner Waffe auf die unbewaffnete Polizistin zielt, zu zweifeln beginnt, ob das, was er tut, wirklich klug ist; die Szene endet meistens damit, dass er die Waffe auf den Boden wirft und in Tränen ausbricht. In unserer Variante wird David die Lasagne aus dem Tiefkühlfach nehmen und in Tränen ausbrechen. Wer sagt eigentlich, man könne keine authentischen britischen Thriller drehen? Was könnte thrillender sein als das?

David denkt nach. »Ist irgendwie praktischer für sie, Lasagne, oder?«

»Auf jeden Fall.«

»Weil man sie nicht schneiden muss.«

»Genau. Man kann einfach die Kelle nehmen.«

»Genau. Oder auch diesen Dings, diesen Spachtel.«

»Wenn man möchte.«

Er glotzt noch einen Moment lang auf den Braten und die zermatschten Bratkartoffeln.

»Na, dann okay.«

Die unbewaffnete Polizistin in meiner Mum, meinem Dad und mir atmet auf, und wir setzen uns und essen schweigend.

Sechs

Keiner von uns hat an diesem Abend großen Appetit – aber es ist ja sowieso nicht viel zu essen da. Ich hatte vorgehabt, die Tiefkühl-Lasagne in die Mikrowelle zu stecken, aber von der ist nichts mehr übrig. Sie wurde bereits nach Finsbury Park kutschiert und dort auf Papptellern an die versoffenen Penner verteilt, die auf den Bänken gleich am Anfang der Seven Sister Road kampieren. (David verteilte sie alleine, während wir anderen im Wagen sitzen blieben. Molly wollte mit ihm gehen, aber ich habe es ihr nicht erlaubt – um ehrlich zu sein, weniger deswegen, weil ich es zu gefährlich fand, sondern weil sie im Moment auch so schon widerwärtig genug ist. Ich befürchtete, wenn ich mit ansehen müsste, dass sie die Armen speist wie eine achtjährige Wohltäterin aus einem Dickens-Roman, würde ich sie zu sehr hassen, um ihr noch die nötige mütterliche Zuwendung angedeihen zu lassen.)

Als wir wieder zu Hause sind, entschuldige ich mich und lege mich mit den Sonntagszeitungen aufs Bett, aber ich kann sie nicht mehr normal lesen. Die Artikel handeln nicht mehr von mir, mir, mir, sondern von David und den Sachen, an denen er ETWAS ÄNDERN WÜRDE. Sehr schnell stelle ich fest, dass ich die Zeitungsartikel nicht mehr auf ihren Informationsgehalt hin lese, sondern nur noch die möglichen Folgen für meine Familie und die Gefahren für meinen Kontostand bzw. Kühlschrankinhalt sehe. Einen Artikel über eine Gruppe afghanischer Flüchtlinge, die in einer Kirche in Bethnal Green Zuflucht gesucht haben, reiße ich sogar heraus und werfe ihn weg, weil er genug Not und Elend enthält, um uns alle in den Hungertod zu treiben.

Ich betrachte das klaffende Loch in der Zeitung und fühle mich plötzlich sehr müde. Wir können so nicht leben. Stimmt natürlich nicht, denn das können wir, sogar bequem – vielleicht weniger bequem als vorher, aber doch bequem –, wir werden nicht verhungern, egal wie viel Lasagne wir verschenken. Okay. Meinetwegen, wir können es zwar, aber ich will es nicht. Das ist nicht das Leben, das ich mir ausgesucht habe. Nur stimmt das auch nicht ganz, denn man könnte sagen, ich habe es mir ausgesucht, als ich sagte, ich würde David in guten wie in schlechten Zeiten, in Gesundheit und Krankheit lieben und ehren, bis dass der Tod uns scheidet: Das kann man nicht auf die leichte Schulter nehmen, weil es sehr gut sein kann, dass er krank ist und dass uns schlechte Zeiten bevorstehen.

Was habe ich mir eigentlich ausgesucht, als ich David heiratete? Was suchen wir uns überhaupt aus? Wenn ich heute die diffusen Fantasien, die ich damals hatte, zu rekapitulieren versuche, würde ich sagen, meine Rechnung ging eher bei Geld und Gesundheit nicht auf als bei irgendwas Kompliziertem. Ich dachte vermutlich, wir würden anfangs arm, aber glücklich sein – will sagen, wir würden in einer kleinen, gemütlichen Wohnung leben und viel Zeit mit fernsehen verbringen, im Pub ein kleines Bier bestellen und mit den ausrangierten Möbeln unserer Eltern auskommen. Mit anderen Worten, die Schwierigkeiten, die ich in den frühen Jahren meiner Ehe zu tolerieren bereit war, waren im Wesentlichen romantischer Natur, inspiriert von der klischeehaften Darstellung jungverheirateter Paare in Fernsehcomedys – oder auch, da die meisten Fernsehcomedys sehr viel raffinierter und komplexer sind als meine Fantasien, den Werbespots von Bausparkassen. In späteren Jahren, dachte ich, würden dann diese ersten Schwierigkeiten (in einer winzigen Wohnung fernsehen und von gebackenen Bohnen auf Toast leben) anderen Schwierigkeiten weichen: den Schwierigkeiten, die es mit sich brachte, zwei süße, intelligente und gesunde Kinder zu haben. Das wären dann matschverdreckte Fußballschuhe und pubertierende Töchter, die das Telefon blockieren, und Ehemänner, die man vom Fernseher wegzerren muss, damit sie den Abwasch machen ... Junge, Junge, Probleme dieser Art würden kein Ende nehmen, und ich hatte mich keinen Illusionen hingegeben: matschverdreckte Fußballschuhe würden unglaublich stressig werden. Aber ich war ja gut vorbereitet. Ich war kein unerfahrenes junges Ding. Ich war nicht von gestern. Ich würde nie so dumm sein, weiße Teppiche zu kaufen ...

Was man bei seiner Hochzeit nicht einmal ahnen kann – wie auch? – ist die Tatsache, dass man an manchen Tagen seinen Ehepartner hasst, dass man ihn ansieht und bereut, je ein Wort mit ihm gewechselt, geschweige denn den Ring und Körperflüssigkeiten ausgetauscht zu haben. Ebenso wenig vorhersehbar sind die Verzweiflung und die Depressionen, das Gefühl, das Leben sei vorbei, der gelegentliche unbändige Wunsch, seine winselnden Kinder zu schlagen, obwohl man immer genau wusste, dass man seine Kinder niemals schlagen würde. Und natürlich denkt man nicht an Seitensprünge, und wenn man den Lebensabschnitt erreicht, wo sie passieren (und dieser Abschnitt kommt früher oder später für jeden), denkt man nicht an das ungute Gefühl im Magen, das man dabei hat, an die vorprogrammierte Trostlosigkeit. Und man rechnet auch nicht damit, dass der Ehemann morgens als jemand aufwacht, den man nicht kennt. Würde irgendwer mit diesen Dingen rechnen, würde niemand heiraten, selbstverständlich nicht; im Gegenteil, der

Impuls zu heiraten hätte denselben Ursprung wie der Impuls, Chlorbleiche zu trinken, und Impulse dieser Art ignorieren wir tunlichst, anstatt sie zu feiern. Darum können wir es uns nicht leisten, über diese Dinge nachzudenken, denn zu heiraten – oder einen Partner zu finden, mit dem man den Rest seines Lebens verbringt und Kinder hat – ist in unserem Leben fest eingeplant. Wir wissen, dass wir es eines Tages tun, und würde man uns diese Gewissheit nehmen, bliebe uns nichts als der Beruf und die Chance auf einen Lottogewinn, und das ist nicht genug, darum reden wir uns ein, es sei möglich, eine solche Beziehung einzugehen und auf keine größeren Probleme als Matschbeseitigung zu stoßen, und dann werden wir unglücklich und nehmen Prozac, und dann lassen wir uns scheiden und sterben einsam.

Vielleicht verliere ich den Sinn für Verhältnismäßigkeit. Vielleicht ist dieses ganze Nachdenken über Chlorbleiche trinken und Prozac schlucken und einsam sterben eine überzogene Reaktion auf das Verbrechen, eine Lasagne an hungernde Penner zu verschenken. Am Tag unserer Hochzeit ermahnte uns der Pfarrer während des Teils der Zeremonie, wo er mit Braut und Bräutigam allein spricht, die Gedanken, Ideen und Vorschläge des anderen zu achten. Damals schien das eine nicht allzu ausgefallene Sache, der man ohne Bedenken entsprach: David zum Beispiel schlägt vor, in ein Restaurant zu gehen, und ich sage: »Dann gehen wir«. Oder er hat eine Idee für ein Geburtstagsgeschenk für mich. So was in der Art. Mittlerweile ist mir klar, dass ein Mann seiner Frau alle möglichen Vorschläge machen kann, und nicht alle es verdienen, geachtet zu werden. Er könnte ja vorschlagen, wir sollten etwas Grässliches essen, Schafshirn oder so, oder eine Neonazi-Partei gründen. Dasselbe muss doch auch für Gedanken und Ideen gelten? Ich bin gerade dabei, das alles mit zwanzigjähriger Verspätung dem Pfarrer auseinander zu setzen, als es an der Tür klingelt. Ich reagiere nicht darauf, aber ein paar Minuten später ruft David von unten, ich hätte Besuch.

Es ist Stephen. Meine Beine geben fast nach, als ich ihn sehe, neben meinem Ehemann, zwischen meinen Kindern, die um ihn herumrennen, wie in einer Szene aus einem Film, die einfach deshalb so hypnotisch wirkt, weil sie weit jenseits der eigenen Vorstellungskraft liegt.

Ich will gerade meinen Liebhaber mit meinem Mann bekannt machen, als mich David unterbricht.

»Ich weiß, wer er ist«, sagt er gelassen. »Stephen hat sich mir schon vorgestellt.«

»Oh. Ach ja.« Ich möchte fragen, ob Stephen ihm seinen Namen und seinen gegenwärtigen Status genannt hat, aber die Atmosphäre sagt mir alles, was ich wissen muss.

»Ich möchte mit dir reden«, sagt Stephen. Ich sehe in banger Erwartung zu David. »Mit euch beiden«, ergänzt Stephen, aber wenn mich das beruhigen soll, hat es keinen Erfolg. Ich will nicht reden. Ich will, dass David und Stephen zusammen in ein Zimmer gehen, wieder rauskommen und mir sagen, was ich zu tun habe. Und daran würde ich mich auch halten – alles, worauf sie sich geeinigt haben, solange ich nicht mit beiden an einem Küchentisch sitzen muss. David führt Stephen herein, und wir setzen uns an den Küchentisch.

David bietet Stephen etwas zu trinken an, und ich bete, dass er nichts möchte. Ich habe eine grässliche Vision des Lebensabschnitts, in dem wir alle darauf warten, dass der Teekessel pfeift, während David in den Schubfächern des Gefrierschranks nach Eiswürfeln sucht und dann zehn Minuten lang darauf rumhämmert.

»Kann ich einfach ein Glas Wasser haben?«

»Kommt sofort.«

Ich springe auf, reiße ein Glas aus der Spülmaschine, spüle es aus, fülle es am Wasserhahn, ohne das Wasser erst kaltlaufen zu lassen, und knalle es vor ihm auf den Tisch. Kein Eis, keine Zitrone, ganz bestimmt keine gute Miene – doch die Hoffnung, ich könnte damit die Dinge beschleunigen, wird von David zunichte gemacht, der aufsteht.

»Was ist mit dir, Katie? Eine Tasse Tee? Soll ich eine Kanne Kaffee machen?«

»Nein!« kreische ich.

»Wie wär's, wenn ich für alle Fälle den Wasserkocher ...«

»Bitte setz dich.«

»Na schön.«

Er setzt sich, und wir starren uns alle an.

»Na, wer will den Anfang machen?« fragt David relativ aufgeräumt. Ich versuche, in seinem Gesicht zu lesen. Ich bin nicht ganz sicher, ob er den Ernst der Lage erfasst hat. (Oder bin ich melodramatisch, will mich vielleicht sogar nur interessant machen? Vielleicht ist das nichts Ernstes. Vielleicht tun die Menschen in der Welt da draußen so was andauernd, daher Davids Unbekümmertheit. Nehme ich wie üblich alles viel zu wichtig?)

»Vielleicht sollte ich das tun«, sagt Stephen. »Da ich nun mal dieses Treffen anberaumt habe.« Die beiden Männer lächeln, und ich schließe daraus, dass ich eben den richtigen Instinkt hatte: Ich nehme alles viel zu ernst, und offensichtlich passieren solche Dinge ständig, und mein Unbehagen ist Anzeichen für die Art von katastrophaler, peinlicher Spießigkeit, die mit dem zwanzigsten Jahrhundert gestorben ist. Vielleicht ruft Stephen die Männer der Frauen, mit denen er geschlafen hat, einmal wöchentlich an. Vielleicht ... vielleicht macht David es auch so, und das ist der Grund, warum er zu wissen scheint, was man tut und sagt und wie man sich gibt.

»Ich wollte bloß irgendwie sehen, wo wir stehen«, sagt Stephen freundlich. »Es tut mir Leid, dass ich nicht vorher angerufen habe oder so, aber ich habe Katie ein paar Nachrichten hinterlassen und sie hat nicht zurückgerufen, also dachte ich, warum nicht irgendwie einfach den Stier bei den Hörnern packen?«

»Mit Betonung auf ›Hörner‹. Habe ich aufsitzen.«

»Bitte?«

»Hörner aufsetzen. Der betrogene Ehemann. Tut mir Leid, blöder Witz.«

Stephen lacht höflich. »Oh, verstehe. Der war gut.«

»Danke.«

Vielleicht liegt es an mir. Vielleicht hat es nichts damit zu tun, dass in Nord-London gegenwärtig Moralvorstellungen herrschen, von denen ich nichts weiß, vielleicht hat es auch nichts mit GoodNews und seiner Wirkung auf David zu tun; vielleicht liegt es daran, dass ich einfach nicht aufregend genug bin, als dass jemand meinetwegen hitzig würde. Okay, ich bin gerade so attraktiv, dass Stephen mit mir schlafen will, aber was rasende Eifersucht, irrsinnig besitzergreifendes Verhalten und liebeskranke Melancholie betrifft, habe ich einfach nicht das gewisse Etwas. Ich bin Katie Carr, nicht die schöne Helena oder Patti Boyd oder Elizabeth Taylor. Männer kämpfen nicht um mich. Sie kommen am Sonntagabend auf einen Sprung vorbei und reißen lahme Witze.

»Wenn ich mal eine Sekunde unterbrechen darf«, sage ich gereizt, »ich würde die Dinge gerne beschleunigen. Stephen, was zum Teufel hast du hier verloren?«

»Ah«, sagt Stephen. »Das ist die 64-Millionen-Pfund-Frage. Okay. Tief durchatmen. David, es tut mir Leid, falls es ein Schock für dich ist, denn du scheinst als Typ ganz in Ordnung zu sein. Aber, tja … Ich bin zu der Auffassung gekommen, dass Katie nicht mit dir zusammen sein will. Sie will mit mir zusammen sein. Es tut mir Leid, aber so sind die Fakten. Ich möchte darüber reden, wie … also, wie wir jetzt damit umgehen. Von Mann zu Mann.«

Und als ich aus Stephens Mund jetzt diese »Fakten« höre, lösen sich die Aspekte der Ehe, die zum Chlorbleiche-Trinken sind, in Luft auf. Sie weichen Aspekten von Stephen, die zum Chlorbleiche-Trinken sind, und ich gerate in Panik.

»Das ist Blödsinn«, sage ich jedem, der bereit ist, mir zuzuhören. »Stephen, du solltest jetzt gehen, ehe du dich zum Idioten machst.«

»Ich wusste, dass sie das sagen würde«, sagt Stephen mit einem Seufzer und einem traurigen Oh-wie-gut-ich-dich-kenne-Lächeln. »David, vielleicht sollten du und ich das unter vier Augen bereden.«

Diese unverfrorene Frechheit bringt mich auf die Palme – oh, ja, na sicher, ich verlasse das Zimmer und ihr sagt mir dann, bei wem ich bleibe, wenn ihr euch geeinigt habt –, aber um die Wahrheit zu sagen, am liebsten würde ich wirklich gehen, wer würde das nicht. Ich habe keine Lust, die nächsten grässlichen Minuten dieser Unterhaltung zu durchleben. Ich erinnere mich, dass ich bei Toms Geburt ähnliches empfunden habe: irgendwann zwischendurch war ich in dem benebelten Zustand von Gas und Sauerstoff und dann der Epiduralanästhesie überzeugt, dass weniger das Baby als das Geburtszimmer meine Schmerzen hervorriefe, und wenn ich das Zimmer verließe, könnte ich mich um die ganze Sache herumdrücken. Stimmte damals nicht und stimmt auch heute nicht – die Quälerei muss sein, gleichgültig, wo ich bin.

Dass ich Stephen über den Mund gefahren bin, scheint ihn nur ermutigt und gelockert zu haben.

»David«, sagt er, »es könnte weh tun, aber ich weiß aus meinen Gesprächen mit Katie während der letzten paar Monate, dass ... Also, es gibt da Einiges, was nicht stimmt.«

David unterbricht ihn freundlich, ehe Stephen dazu kommt, alle Probleme aufzuzählen, die wir ihm zufolge haben. »Katie und ich haben darüber gesprochen. Wir arbeiten daran.«

In diesem Moment kann ich nicht anders, als David zu lieben. Er ist ruhig, während er jedes Recht hätte, auf alles und jeden wütend zu sein, und im Ergebnis habe ich zum ersten Mal seit langer Zeit das Gefühl, dass wir eine Einheit sind, ein Paar, ein Ehepaar, und dass diese Ehe immer noch etwas Erstrebenswertes ist. In exakt diesem Moment bin ich froh, verheiratet zu sein, mich mit meinem Partner gegen diesen destruktiven und gefährlichen Außenstehenden zur Wehr setzen zu können, mit dem ich zufällig Sex hatte. Die Alternative wäre Dreiecks-Anarchie, und für die bin ich zu ängstlich und zu müde.

»Es gibt einige Dinge, an denen ihr nicht arbeiten könnt«, sagt Stephen. Er weicht unseren Blicken aus; er starrt in sein Glas.

»Zum Beispiel?«

»Sie liebt dich nicht.«

David sieht mich an und erwartet irgendeine Reaktion. Ich versuche es mit Kopfschütteln und Augenrollen – eine, wie ich hoffe, angemessen mehrdeutige Antwort auf eine doch sehr komplizierte Frage (vor zwei Sekunden liebte ich ihn, vor zwanzig Minuten hasste ich ihn, davor, am Nachmittag, weder – noch, und so weiter, und so weiter, das reicht wahrscheinlich bis damals in die Zeit der College-Disco) –, aber weder Kopfschütteln noch Augenrollen bringen mich weiter, denn jetzt sehen sie mich beide an.

»Das habe ich nie gesagt«, werfe ich optimistisch ein.

»Das musstest du auch nicht«, sagt Stephen, und ich kann nicht leugnen, dass, wann immer ich David erwähnt habe, niemand auf die Idee hätte kommen können, ich sei verrückt nach ihm. »Und dann noch der Sex ...«

»Ich habe definitiv niemals etwas ...«

»Doch, das hast du, Katie. Du hast irgendwas gesagt über den Unterschied zwischen Kunst und Wissenschaft, und dass dir Kunst lieber sei.«

Oh. Oh je. Völlig ausgeschlossen, dass das ein Zufallstreffer ist. Mir ist zwar nicht bewusst, dass ich meine Kunst vs. Wissenschaft-Theorie je laut geäußert hätte, aber anscheinend ist es so.

»Ich habe nie gesagt, mir sei Kunst lieber.«

»Du sagtest, du wärst Wissenschaftlerin, darum brauchtest du nicht auch noch Wissenschaft im Bett.«

Jetzt, wo er es erwähnt, erinnere ich mich, etwas in dem Sinne gesagt zu haben, aber damit hatte ich nur Stephen darüber hinwegtrösten wollen, dass sich bei mir nichts tat. Die Ironie dabei ist, dass es nun als Waffe gegen David eingesetzt wird, der es immer geschafft hat, dass sich bei mir etwas tat. (Für alle, die es interessiert, es existiert noch eine Ironie der Ironie, denn David ist eingefleischter Wissenschaftsgegner und reitet dauernd auf der Überlegenheit der Kunst über die Wissenschaft herum, alle Wissenschaftler sind Idioten und so weiter und so fort. Er ist also im Moment nicht nur unwissentlich ins feindliche Lager gewechselt und selbst Wissenschaftler geworden, nein, nachdem er übergelaufen ist und den Künstler ausgestochen hat – auch wenn da vielleicht nur die Wissenschaftlerin aus mir spricht –, wird er dafür angegriffen.)

»Es tut mir Leid«, sagt David milde. »Ich komme nicht mehr mit.«

Weder Stephen noch ich haben den Mut, es ihm zu erklären, also lassen wir diese klagende (und, seien wir ehrlich, vollkommen verständliche) Verwirrung in der Luft hängen. Aber ich hasse das Gefühl, dass Stephen und ich plötzlich die Einheit sind und Davids Nichtverstehen ihn ausschließt. Ich will keine wie auch immer geartete Allianz mit diesem Schwachkopf bilden. Nicht mehr.

»Stephen, ich wollte nur nett zu dir sein, als ich das gesagt habe. Es war eine Ausrede, weil ich nicht gekommen bin.« Ich werfe David einen schnellen Blick zu, in der Hoffnung, dass diese brutal ehrliche Information ihn aufmuntert und diese Aufmunterung sich in seinem Gesicht widerspiegelt, aber er bleibt ausdruckslos und stumm. Ich möchte etwas tun, damit er sich besser fühlt, als er sich fühlen muss, aber ich merke schon, dass die Erwähnung meiner sexuellen Beziehung mit Stephen, wenn sie auch eher unbefriedigend verlief, nicht der richtige Weg ist.

»Das sagst du jetzt«, sagt Stephen. In seiner Stimme ist ein quengelnder Tonfall, den ich nie zuvor gehört habe, und er gefällt mir nicht. »Als du in Leeds auf mir gelegen hast, hast du etwas ganz anderes gesagt.«

David schaut kurz weg, ein Muskelzucken, als die Nadel schließlich die Haut durchstößt. »Ja, damals habe ich etwas ganz anderes gesagt«, sage ich in scharfem Ton. Jetzt werde ich langsam wirklich sauer. »Wir wissen, was ich damals gesagt habe. Ich sagte damals etwas über Kunst und Wissenschaft. Darüber reden wir gerade. Wir interpretieren die Worte, von denen wir wissen, dass ich sie gesagt habe. Bist du so weit mitgekommen, Stephen?«

»Oh, tut mir schrecklich Leid, wenn ich dir nicht fix genug bin.« Wir funkeln uns wütend an, und das gibt David wieder Oberwasser.

»Tut mir Leid, wenn ich euch unterbreche«, sagt er, »aber ihr beide wirkt auf mich nicht wie ein Paar, das große Aussichten auf eine glückliche und erfolgreiche Beziehung miteinander hat. Ihr scheint euch nicht besonders zu vertragen. Und dazu solltet ihr in diesem Stadium noch fähig sein. Ganz am Anfang. Erste Begeisterung und so.«

Es ist eine so nahe liegende und willkommene Feststellung, dass ich lächeln muss, obwohl ich an »ihr beide« und »Paar« schwer zu schlucken habe.

»Ich meine ... um ehrlich zu sein, Stephen, Katie scheint dich nicht sehr zu mögen. Das muss sie natürlich selbst sagen, aber ich glaube nicht, dass sie besonders wild darauf ist, mit dir durchzubrennen. Und ... du weißt schon. Es sollte doch ein gewisser Grad an ... Einmütigkeit vorhanden sein. Andernfalls wird nichts draus, oder?«

»Du hast verdammt Recht, daraus wird nichts«, sage ich.

»Katie ...« Stephen greift nach meiner Hand, und ich ziehe sie ruckartig weg. Ich kann nicht glauben, dass er darüber diskutieren will.

»Ich bin keine sechzehn mehr, Stephen. Es geht hier nicht darum, mit dir ins Kino zu gehen. Ich habe einen Mann und zwei Kinder. Glaubst du, ich sehe plötzlich ein, dass du Recht hast, und verlasse sie? ›Oh, stimmt, du hast ja Recht, ich will mit dir zusammen sein. Ich Dummerchen.‹ Ich habe einen Fehler gemacht. Ich muss damit leben, und David ebenfalls. Bitte geh jetzt.«

Das tut er, und ich sehe ihn nie wieder. (Oh, ich denke schon noch an ihn. In dieser Geschichte spielt er keine Rolle mehr, aber in den kommenden Monaten und Jahren werde ich mich gelegentlich fragen, ob er eine Partnerin hat, ob er sich an mich erinnert, ob ich eine kleine, unschöne Narbe hinterlassen habe ... Ich habe nicht mit genug Männern geschlafen, um irgendeinen zu vergessen, besonders den letzten nicht. Also glaubt nicht, es wäre wieder, als hätte es ihn nie gegeben, nur weil ihr nicht mehr viel von ihm hören werdet.)

»Ich danke dir«, sage ich zu David, als wir die Tür zuschlagen hören. »Danke, danke, danke.«

»Wofür?«

»Das muss schrecklich für dich gewesen sein.«

»Das ... war es wirklich. Ich war rasend eifersüchtig. Ich fand ihn so widerlich. Was hast du dir nur dabei gedacht?«

»Ich weiß es nicht.« Ich weiß es wirklich nicht. Stephen scheint jetzt gar kein Mensch mehr zu sein, sondern das Wahnprodukt irgendeiner Krankheit. »Du warst große Klasse. Und es tut mir Leid, dass ich dich in so eine unmögliche Lage gebracht habe.«

Er schüttelt den Kopf und schweigt einen Moment. »Habe ich mir das nicht auch selbst zuzuschreiben? Wäre nie passiert, wenn ich dich glücklich gemacht hätte. Also tut es mir ebenfalls Leid.«

Und jetzt fühle ich mich wirklich in seiner Schuld. Nicht wegen des lange zurückliegenden Eheversprechens, sondern wegen dem, was er vor fünf Minuten getan hat. Ganz so, wie es sein sollte, oder? Als ich an diesem Abend ins Bett gehe, habe ich das Gefühl, ich würde alles für ihn tun.

»Ich wollte dich übrigens noch um einen Gefallen bitten«, sagt er, als wir das Licht ausmachen, und ich freue mich darüber. Ich bin in der Stimmung für Gefälligkeiten.

»Klar.«

»Ich habe gestern mit GoodNews geredet, und ... Also, er hat keine Bleibe. Sein Vermieter hat ihm gekündigt. Da habe ich gedacht, er könnte vielleicht ein paar Nächte bei uns übernachten.«

Ich will GoodNews nicht hier haben, natürlich nicht: die Aussicht erfüllt mich mit großer Besorgnis. Aber mein Ehemann hat sich heute Abend ziemlich lange höflich angehört, wie mein Ex-Liebhaber ihm seine Versäumnisse aufzählte, und jetzt fragt er mich, ob ein Freund eine Zeit lang bei uns wohnen kann: Man muss keine religiöse Erweckung hinter sich haben, um hier die richtige Entscheidung zu treffen.

Ist ein komischer kleiner Mann, dieser GoodNews. Um die dreißig, erstaunlich mager; er wäre schlecht beraten, sich auf einen Kampf mit Tom einzulassen. Er hat riesige, hellblaue, verschreckt blickende Augen und sehr viele lockige, schmutzigblonde Haare, obwohl ich argwöhne, dass Körperpflege bei ihm momentan nicht unbedingt an erster Stelle steht, und ich mir erst dann ein Urteil über die Haarfarbe erlauben sollte, wenn man ihn dazu gebracht hat, sich zu duschen. Ein unkluger und bemerkenswert erfolgloser Versuch, sich ein Ziegenbärtchen stehen zu lassen, hat genau unterhalb der Mitte der Unterlippe ein undefiniertes flaumiges Büschel hinterlassen, das in jeder Mutter den Impuls weckt, es mit Spucke wegzuwischen. Was einem zuerst auffällt, sind aber die gepiercten Augenbrauen, und es scheint, als würde er unter beiden Augen eine Brosche tragen. Die Kinder sind davon besonders fasziniert, wer könnte es ihnen verübeln.

»Sind das Schildkröten?« fragt Tom noch bevor er guten Tag sagt. Ich wollte eigentlich nicht auf die Augenbrauenzierde glotzen, aber jetzt sehe ich, dass Tom Recht hat: Der junge Mann trägt Abbilder von Haustieren in seinem Gesicht.

»Nee«, sagt GoodNews verächtlich, als zeuge Toms Irrtum von extremer Ignoranz, und will gerade zu einem längeren Vortrag ansetzen, als Molly sich einschaltet.

»Das sind Wasserschildkröten«, sagt sie. Im ersten Moment bin ich beeindruckt von ihrer Kompetenz, bis mir wieder einfällt, dass sie GoodNews ja bereits kennen gelernt hat.

»Was ist denn da der Unterschied?«

»Na, Wasserschildkröten können schwimmen«, sagt David übertrieben fröhlich, als wolle er eine ganz andere Stimmung in uns wecken – als würden wir nicht zusammen Pizza essen und uns einen Tierfilm ansehen und einen Geistheiler, dem Tiere an den Augenbrauen baumeln, in unserem Haus willkommen heißen. Ich sehe ihm an, dass die Fröhlichkeit einer Verlegenheit entspringt – schließlich hat er mit dem Mann verdammt viel Zeit kniend auf dem Boden verbracht und damit verdammt viel Grund, verlegen zu sein.

»Warum wolltest du Wasserschildkröten und keine normalen Schildkröten?« fragt Tom. Diese Frage wäre mir nicht als erstes in den Sinn gekommen, aber GoodNews ist ein so kurioses Geschöpf, dass jede Information, die er uns zu geben geruht, unendlich faszinierend ist.

»Lachst du auch nicht, wenn ich es dir sage?« Ich lache noch bevor er es uns sagt. Ich kann nicht anders. Die Vorstellung, dass jemand wegen der Erklärung für die Wasserschildkröten lachen könnte, über die Wasserschildkröten selbst aber nicht, ist an sich schon komisch genug. GoodNews macht ein gekränktes Gesicht.

»Es tut mir Leid«, sage ich.

»Das ist ganz schön unhöflich«, sagt GoodNews. »Ich muss mich über dich wundern.«

»Kennst du mich denn?«

»Ich habe das Gefühl, als würde ich dich kennen. David

hat viel von dir erzählt. Er liebt dich sehr, aber in letzter Zeit gab es zwischen euch Spannungen, ja?«

Im ersten Moment glaube ich, er würde eine Bestätigung von mir erwarten – »Volltreffer!« – begreife dann aber, dass das »Ja?« nur eine der nervenden verbalen Macken ist, die sich in seiner Generation ausbreiten wie Kopfläuse. So jemandem wie GoodNews bin ich noch nie begegnet. Er redet wie ein unglaubwürdiger greiser Pfarrer, nichts als Wichtigtuerei und verdächtige Hilfsbereitschaft gepaart mit einer feuchten Aussprache.

»Na, jedenfalls«, sagt er. »Also die Wasserschildkröten. Das war total schräg, ja? Ich hatte nämlich von blauen Wasserschildkröten geträumt, und dann kam von Sting, dem Sänger, kennst du ja, also, ich mag den nicht besonders, als Junge mochte ich Police, aber seine Solosachen sind sorry einfach nur Scheiße, jedenfalls bringt er ein Album raus, das ›Dream of Blue Turtles‹ heißt. Also ...«

Er zuckt die Achseln. Der Rest – die gepiercten Brauen und die Broschen – soll sich anscheinend von selbst erklären, obwohl ich mich des Eindrucks nicht erwehren kann, dass er irgendwo ein paar Stadien des Entscheidungsprozesses ausgelassen hat.

»Und irgendwie hatte ich immer schon was für Wasserschildkröten übrig. Ich hab immer geglaubt, dass sie Sachen sehen, die wir nicht sehen, ja?«

Die Kinder starren, offenkundig baff, ihren Vater an.

»Was können sie sehen?« fragt Molly.

»Gute Frage, Molly.« Er zeigt mit dem Finger auf sie. »Du bist gut. Du bist verdammt schlau. Ich werde dich im Auge behalten müssen.« Molly macht ein zufriedenes Gesicht, auch wenn das ihre Frage nicht ansatzweise beantwortet.

»Er weiß es gar nicht«, schnaubt Tom.

»Oh doch, ich weiß es wohl. Aber vielleicht ist jetzt nicht die Zeit dafür.«

»Und wann ist die Zeit dafür?«

»Möchtet ihr GoodNews sein Zimmer zeigen?« fragt David die Kinder, ein klarer Versuch, das Thema Wasserschildkröten und ihre übernatürlichen Kräfte abzuschließen; und da GoodNews sich sowieso nicht weiter über seine Theorien auslassen will, nimmt er seine Taschen und geht nach oben.

David dreht sich zu mir um.

»Ich weiß, was du denkst.«

»Und was denke ich angeblich?«

»Ich weiß, dass er manchmal Unsinn redet. Halt dich nicht mit diesem Esoterikkram auf.«

»Und was bleibt dann übrig?«

»Spürst du nicht seine Ausstrahlung?«

»Nein.«

»Oh. Na dann ...« Mit anderen Worten: Einige Menschen – die sensiblen, seelenvollen, spirituellen unter uns – können eine Ausstrahlung wahrnehmen, andere – die eindimensionalen, stumpfsinnigen, prosaischen wie ich – können es nicht. Ich hasse das.

»Was für eine Ausstrahlung müsste ich denn dir zufolge spüren?«

»Nicht mir zufolge. Sie ist da. Es ist interessant, dass Molly und ich sie wahrnehmen, Tom und du aber nicht.«

»Woher weißt du, dass Tom sie nicht wahrnimmt? Woher weißt du, dass Molly es tut?«

»Ist dir nicht aufgefallen, dass Tom unfreundlich zu ihm war? Wenn man seine Ausstrahlung spürt, will man nicht unfreundlich sein. Molly ist nicht unfreundlich. Sie hat es schon beim ersten Treffen mit ihm raus gehabt.«

»Und ich? War ich unfreundlich?«

»Nicht unfreundlich. Aber skeptisch.«

»Und das ist falsch?«

»Man kann es fast sehen, das, was er hat. Wenn man gelernt hat, hinzuschauen.«

»Und du glaubst, ich kann das nicht.« Ich weiß nicht, warum mich das so ärgert, aber das tut es. Ich will wissen, wie man richtig hinschaut; zumindest will ich, dass David mich für einen Menschen hält, der gelernt hat, hinzuschauen.

»Reg dich nicht auf. Das macht dich nicht zu einem schlechteren Menschen.«

»Aber das stimmt doch gar nicht, oder, wenn's nach dir geht? Genau das macht mich zu einem schlechten Menschen. Dass ich nur die Augenbrauen gesehen habe, nicht die … Aura.«

»Wir können nicht alle alles sein.« Dann schenkt er mir dieses Lächeln und geht den anderen nach.

»Es gibt da ein paar Dinge, mit denen GoodNews Probleme hat«, sagt David, als alle wieder unten sind.

»Ich bedaure, das zu hören«, sage ich.

»Ich halte eigentlich nichts von Betten«, sagt Good-News.

»Oh«, sage ich. »Macht es dir was aus, wenn wir darin schlafen?« Ich möchte trocken und leicht klingen, wie ein schöner Weißwein, aber ich fürchte, was dabei herauskommt, ist eher Essig.

»Was andere Menschen tun, ist deren Sache«, sagt GoodNews. »Ich finde einfach, Betten verweichlichen. Lenken einen zu sehr davon ab, wie die Dinge wirklich sind.«

»Und wie sind die Dinge?«

David durchbohrt mich mit einem Blick. Nicht dem altmodischen Ich-hasse-dich-und-wünschte-du-wärst-tot-Blick, den ich früher abbekommen hätte; das ist der brandneue Ich-bin-ja-sooooo-enttäuscht-Blick, und einen Moment lang denke ich sehnsüchtig an die Zeit zurück, als Hass unsere gemeinsame Währung war. Damals war es eine Währung, die funktionierte, genau wie irgendwann Schweine oder Säcke mit Korn funktioniert haben. Es ist zwar nachvollziehbar, warum man von Schweinen abgekommen ist, aber zumindest hatten sie den Vorzug, unkompliziert zu sein.

»Das ist eine große Frage, Katie«, sagt GoodNews. »Und ich weiß nicht, ob du bereit für die große Antwort bist.«

»Doch, das bist du, oder, Mum?« sagt Tom loyal.

»Na, egal«, sagt David. »GoodNews hätte es gerne, wenn das Bett aus dem Gästezimmer entfernt werden könnte. Weil er sonst auf dem Boden keinen Platz zum Schlafen hat.«

»Na gut. Und wo soll es dann hin?«

»Ich stelle es in mein Arbeitszimmer«, sagt David.

»Kann ich mein Bett rausstellen?« fragt Molly. »Ich mag es nicht.«

»Was stimmt denn nicht mit deinem Bett?« Das ist eher an David als an Molly gerichtet, damit er mal sehen kann, wie sein Freund die Welt durcheinander bringt.

»Ich halte nichts von Betten«, sagt Molly.

»Und warum hältst du nichts von ihnen?«

»Einfach so. Sie sind falsch.«

»Wenn du eine eigene Wohnung hast, kannst du meinetwegen auf Nägeln schlafen. Solange du hier bist, schläfst du in einem Bett.«

»Es tut mir Leid«, sagt GoodNews. »Ich mache Probleme, oder? Bitte, vergesst es. Ist cool so.«

»Bist du sicher?« fragt David.

»Doch, wirklich, ich komme auch mit einem Bett klar.« Eine Pause, dann sieht er rüber zu David, der offensichtlich GoodNews' Botschafter auf Erden geworden ist.

»Die andere Sache, über die GoodNews – über die wir beide uns Sorgen machen, ist, wo er die Leute heilen soll.«

»Hat er die Absicht, sie hier zu heilen?«

»Ja, wo denn sonst?«

»Ich dachte, er bleibt nur für ein paar Nächte hier?«

»Wahrscheinlich schon. Aber er braucht seine Arbeit. Und außerdem hat er eine Verpflichtung den Menschen gegenüber. Darum, verstehst du. Falls es doch länger als für ein paar Tage ist ...«

»Und das Gästezimmer ist ungeeignet?«

David sieht ihn an, und er zuckt die Achseln.

»Nicht ideal«, sagt GoodNews. »Wegen dem Bett. Aber wenn es nicht anders geht ...«

»Dank einer komischen Fügung haben wir zufällig einen leeren Heilraum, den wir nie benutzen.«

»Ich fürchte, Sarkasmus ist eine von Kates Schwächen«, sagt David.

»Ich habe noch zahllose andere. Millionen.« Und dann fällt mir ein, dass eine meiner jüngsten Schwächen uns gerade erst zu Hause besucht und David sich unheimlich nett verhalten hat, und ich komme mir schäbig vor. »Sorry. Vielleicht ist dein Schlafzimmer erst mal der beste Ort.«

»Wunderbar. Dort kann ich gute Arbeit leisten. Es hat eine nette Atmosphäre, weißt du?«

»Und als letzter Punkt, GoodNews ist Vegetarier.«

»Alles klar.«

»Eigentlich Veganer, um genau zu sein.«

»Gut. Sehr vernünftig. Viel gesünder. Ist das alles?«

»Ich glaube schon. Fürs Erste.«

»Ich hoffe, es wird dir bei uns gefallen«, sage ich zu

GoodNews, der den Eindruck macht, als würde er sich hier sehr wohl fühlen. Ich für meinen Teil bin überzeugt, dass er nie wieder weggehen wird.

David kocht Hähnchenteile für uns und Gemüse für alle, wobei er und GoodNews sich in der Küche unterhalten, und dann nehmen wir unsere erste gemeinsame Mahlzeit ein. Das Hauptgesprächsthema ist GoodNews: GoodNews und die Wasserschildkröten (wie sich herauskristallisiert, ist das, was sie sehen, in Worten irgendwie nicht wirklich zu vermitteln), GoodNews und wie die Dinge wirklich sind (»Übel, Mann. Aber es gibt Hoffnung, weißt du? Sobald du weißt, wo du sie finden kannst.«), GoodNews und seine heilenden Hände: Molly möchte, dass er sie hier und auf der Stelle warm werden lässt, aber David erklärt ihr, dass so was kein Partyspiel ist.

»Hast du das schon immer gekonnt? Konntest du das schon, als du so alt warst wie ich?«

»Nein. Ich konnte es nicht, bis ich so fünfundzwanzig war.«

»Wie alt bist du jetzt?«

»Zweiunddreißig.«

»Und wie hast du dann gemerkt, dass du es konntest?« Das kommt von Tom, der auf GoodNews' Charme bisher unempfänglich bis zurückhaltend reagiert.

»Meine damalige Freundin – sie hatte einen verspannten Rücken und hat mich gebeten, sie zu massieren, und ... und dann wurde alles total komisch.«

»Wie komisch?«

»Komisch komisch. Die Glühbirnen wurden heller, das Zimmer wurde warm. Es war echt irre.«

»Und was glaubst du, wie du zu dieser Gabe gekommen bist?« Ich stelle befriedigt fest, dass nun wesentlich weniger Säure in meiner Stimme liegt. Ich lerne. Ich bin noch immer kein sehr guter Weißwein, aber ich bin trinkbar. Zumindest könnte man mich in eine Bowle kippen.

»Ich weiß, wie, aber ich kann es vor den Kinder nicht erzählen. Schlechter Stil.«

Ich habe keine Ahnung, was das bedeutet, aber wenn GoodNews der Meinung ist, dass die Geschichte, wie er zum Heiler wurde, nichts für Kinderohren ist, habe ich nicht vor, mit ihm darüber zu streiten, auch wenn die Kinder es tun.

»Nein«, sagt GoodNews. »Das ist mein Ernst. Fragt mich was anderes.«

»Wie hieß deine Freundin?« fragt Molly.

»Das ist eine saublöde Frage«, schnaubt Tom. »Wer will so was wissen? Doofi.«

»He, Tom, Mann. Wenn diese Information für jemanden wichtig ist, wie können wir uns da ein Urteil anmaßen?« sagt GoodNews. »Dass Molly den Namen meiner Freundin wissen will, kann alle möglichen Gründe haben. So wie ich Molly kenne, wahrscheinlich sehr gute Gründe. Also wollen wir doch andere nicht Doofi nennen, hm? Sie hieß Andrea, Molly.«

Molly nickt altklug, Toms Gesicht verzerrt sich zu einem Bild glühenden Hasses – ein Bild, das in einer Zeitung einen Artikel über die ethnischen Säuberungen in Ex-Jugoslawien illustrieren könnte –, und ich weiß, dass DJ GoodNews sich einen Feind gemacht hat.

Für den Rest der Mahlzeit gelingt es uns, strittige Punkte zu vermeiden; GoodNews fragt höflich nach unseren Jobs, unseren Schulen und unseren Mathelehrern, und wir alle antworten höflich (wenn auch manchmal etwas gezwungen), und so kriegen wir die Zeit herum, bis der letzte Bissen aufgegessen ist und der Tisch abgeräumt werden kann.

»Ich wasche ab«, sagt GoodNews.

»Wir haben eine Spülmaschine«, erkläre ich ihm, und GoodNews sieht mit banger Erwartung zu David. Es ist nicht schwer, vorauszusagen, was als Nächstes kommt, also tue ich es.

»Du hältst nichts von Spülmaschinen«, sage ich mit müder Stimme, die ich leicht übertreibe, um zu verstehen zu geben, dass GoodNews' diverse Antipathien irgendwann nervend werden könnten.

»Nein«, sagt GoodNews.

»Du hältst von vielen Dingen nichts, mit denen viele andere keine Probleme haben«, konstatiere ich.

»Stimmt«, gibt er zu. »Aber nur, weil viele Leute mit irgendwas kein Problem haben, heißt das nicht, dass sie Recht haben, oder? Ich meine, viele Leute haben geglaubt, dass … dass Sklaverei in Ordnung ist, aber, klar, oder? Sie hatten Unrecht, oder? Sie hatten so Unrecht, das ist schon nicht mehr wahr. Weil es nicht in Ordnung war, ja? Das war echt schlimm, Mann. Sklaven. Die Härte.«

»Findest du, dass Sklaverei und Spülmaschinen ein und dasselbe sind, GoodNews? Oder vielleicht doch nicht ganz dasselbe?«

»Für mich ist es vielleicht dasselbe.«

»Für dich ist vielleicht alles Mögliche dasselbe. Vielleicht ist für dich Pädophilie dasselbe wie … wie … Seife. Vielleicht ist Faschismus dasselbe wie Toiletten. Aber das heißt nicht, dass ich meine Kinder in den Garten pinkeln lasse, nur weil dein eigentümlicher Moralkodex das vorschreibt.« »Vielleicht ist Faschismus dasselbe wie Toiletten.« Ich habe das tatsächlich gesagt, gerade eben. Das ist die Welt, in der ich mich plötzlich bewege, eine Welt, in der so was als vernünftiges Argument durchgehen könnte.

»Das ist doch Unsinn. Und sarkastisch«, sagt David.

Sarkasmus – meine fürchterliche Schwäche. »Oh, ich rede also Unsinn, ja? Ich und nicht dieser Mann, der nicht auf einem Bett schläft, weil das irgendwie weniger real ist?« Ich schäme mich. Ich sollte in der Lage sei, die Diskussion Sklaverei gegen Spülmaschine zu führen, ohne mich in kindische Beleidigungen zu flüchten.

»Ich versuche, ohne Dinge auszukommen, die nicht alle haben«, sagt GoodNews. »Ich mache da nicht eher mit, bis alle alles haben. Wenn der letzte Kleinbauer im brasilianischen Regenwald eine Spülmaschine oder, äh, eine Espressomaschine hat, oder einen von den Fernsehern, die so groß sind wie ein Haus, dann bin ich dabei, ja? Aber bis es so weit ist, leiste ich Widerstand.«

»Das ist sehr nobel von dir«, sage ich. »Schwachkopf«, denke ich mit ungeheurer Erleichterung. Man kann also doch nichts von diesem Menschen lernen, er kann mir unmöglich das Gefühl geben, zu klein oder im Unrecht oder unedel oder luxusverwöhnt zu sein: Er ist einfach ein Bekloppter, den ich guten Gewissens ignorieren kann.

»Alle auf der Welt haben eine Spülmaschine«, sagt Molly offenkundig verwirrt, und die vielen Male, bei denen ich das Gefühl hatte, als Mutter versagt zu haben, sind nichts im Vergleich zu diesem einen, demütigenden Moment.

»Das stimmt nicht, Molly«, sage ich schnell und scharf. »Das weißt du doch.«

»Wer hat denn keine?« Sie will nicht frech sein. Ihr fällt nur niemand ein.

»Sei nicht albern«, sage ich, aber ich versuche nur Zeit zu gewinnen, um mich an irgendwen aus ihrem Kosmos zu erinnern, der sein Geschirr von Hand spült. »Was ist mit Danny und Charlotte?« Danny und Charlotte gehen auf Mollys Schule und wohnen in einer Sozialwohnung

ein Stück die Straße runter, und noch während ich es ausspreche, wird mir bewusst, dass ich mich haarsträubends-
ter Klassenvorurteile schuldig mache.

»Sie haben alles«, sagt Molly.

»Sie haben DVD und OnDigital«, sagt Tom.

»Okay, okay. Was ist mit den Kindern, denen Daddy
Toms Computer geschenkt hat?«

»Die zählen nicht«, sagt Molly. »Die haben gar nichts.
Noch nicht mal ein eigenes Zuhause. Und ich kenne keinen von denen. Ich möchte sie auch gar nicht gerne kennen lernen, nein danke, denn es klingt so, als wären sie
ein bisschen zu grob für mich. Obwohl sie mir Leid tun
und ich froh bin, dass sie Toms Computer haben.«

Das ist meine Tochter?

Es war mir immer wichtig, meinen Kindern moralische
Werte zu vermitteln. Ich habe mit ihnen über den staatlichen Gesundheitsdienst geredet und darüber, warum
Nelson Mandela so wichtig ist; wir haben natürlich über
Obdachlose, über Rassismus, Sexismus, Armut, Geld und
gerechte Chancenverteilung gesprochen. David und ich
haben ihnen so gut wir konnten erklärt, warum wir
jemanden, der konservativ wählt, in unserem Haus nicht
mit offenen Armen empfangen können, auch wenn wir
für Oma und Opa eine Sonderregelung vereinbart haben.
Und obwohl mich ihr salbungsvolles Theater wegen des
Computers und der Lasagne anwiderte, dachte doch ein
Teil von mir, ja, sie entwickelt sich gut, sie kapiert es, die
vielen Gespräche und Fragen waren nicht umsonst. Jetzt
erkenne ich in ihr die stinkreiche, gönnerhafte Dame der
Gesellschaft, die in zwanzig Jahren im Komitee irgend-
eines widerwärtigen Wohltätigkeitsballs sitzt, das Flücht-
lingselend bejammert und ihre abgelegten Pashminas
ihrer Putzfrau schenkt.

»Da siehst du es«, sagt GoodNews. »Darum spiel ich

das Spiel nicht mit. Das Spiel um Besitz. Weil ich glaube, dass es die Menschen faul und verwöhnt und gleichgültig macht.«

Ich sehe mir meine faule, gleichgültige und verwöhnte Tochter an und sage ihm, dass meine Kinder ihm liebend gern beim Abwaschen helfen werden.

Sieben

Ich habe um die zwölfhundert Patienten. Einige Patienten sehe ich oft, andere sehe ich fast nie, und es gibt einige, denen ich helfen kann, und andere, denen ich nicht helfen kann, und die Patienten, die mich am meisten belasten, sind die, die oft kommen und denen ich nicht helfen kann. Wir nennen sie Jammergestalten, die Gründe liegen auf der Hand, und jemand hat einmal geschätzt, dass die meisten Ärzte in einer Gemeinschaftspraxis wie unserer etwa fünfzig solcher Jammergestalten in der Kartei haben. Sie kommen herein, setzen sich und sehen mich an, und wir beide wissen, dass es hoffnungslos ist, und ich fühle mich schuldig und traurig und verlogen und, wenn ich ehrlich bin, ein wenig verfolgt. Diese Menschen konsultieren niemand anderen, der ihnen nicht helfen kann, der sie enttäuscht, mit so schöner Regelmäßigkeit. Der Fernsehmechaniker, der das Bild nicht einstellen kann, der Klempner, der ein Leck nicht abdichten kann, der Elektriker, der es nicht schafft, dass das Licht wieder angeht ... Die Beziehung zu diesen Leuten endet irgendwann, weil sie nichts für einen tun können. Aber meine Beziehung zu den Jammergestalten endet nie. Sie werden bis in alle Ewigkeit dasitzen und mich vorwurfsvoll ansehen.

Ich weiß, und ich hoffe, Miss Cortenza weiß es auch, dass ich nichts für sie tun kann. Ihre Gelenke schmerzen, sie kann vor Schmerzen nicht schlafen, und die Schmerzmittel wirken nicht mehr, und sie kommt immer wieder, und wir reden und reden, und ich überlege und überlege, und mir fällt nichts ein, was hilft (und währenddessen schaffe ich Kosten, Kosten und wieder Kosten, für Medikamente und Röntgenbilder und Untersuchungen), und jetzt wünsche ich mir nur noch, sie würde sich einen anderen Arzt suchen und mich in Ruhe lassen, mich die Patienten behandeln lassen, bei denen ich eine Chance habe. Hoffnungsvolle Menschen, jüngere Menschen, denn Mrs. Cortenza ist alt, noch älter als ihre dreiundsiebzig Jahre, und ihr Alter und ein langes Leben als Putzfrau in den Häusern anderer Leute haben sie kaputt gemacht. (Seien wir ehrlich: Die Häuser gehören Leuten wie mir, was den Kreislauf wieder schließt. Wenn wir alle damit aufhören würden, gut zu sein und die Welt retten zu wollen, statt dessen zu Hause blieben und unsere Häuser selbst in Ordnung hielten, brauchten Menschen wie Mrs. Cortenza keine Ärzte. Vielleicht hätte die so von ihren Schmerzen und ihrer häuslichen Fron befreite Mrs. Cortenza einen wertvollen sozialen Beitrag geleistet. Vielleicht hätte sie ihr Leben in den Dienst der Erwachsenenbildung gestellt oder mit durchgebrannten Teenagern gearbeitet, wenn ich nicht so darauf versessen wäre, sie zu heilen, und deshalb nie Zeit habe, meinen Fußboden selbst zu putzen.)

Am Morgen nach GoodNews' Einzug kommt Mrs. Cortenza hereingeschlurft, grau vor Alter und Mühsal, lässt sich auf den Stuhl fallen, schüttelt den Kopf, und alles ist ein Jammer, wie es sich bei einer Jammergestalt gehört. Wir schweigen einige Minuten, bis sie wieder zu Atem gekommen ist; während des Schweigens deutet sie auf die Fotos von Molly und Tom, die an der Pinnwand hängen, und deutet dann auf mich, ich lächle und nicke, und sie lächelt und hebt anerkennend den Daumen und deutet mit der Hand an, wie groß sie geworden sind. Ich bin sicher, dass uns in diesem Moment beiden der gleiche Gedanke durch den Kopf geht: Sie waren noch nicht so groß, als sie zum ersten Mal in meine Sprechstunde kam. Damals zeigte das Foto an der Pinnwand wahrscheinlich zwei Säuglinge, und so fungieren meine Kinder als weiteres Beispiel für meine Unfähigkeit.

»Wie geht es Ihnen, Mrs. Cortenza?« frage ich, als das Keuchen sich so weit gelegt hat, dass ein Gespräch möglich wird. Sie schüttelt den Kopf. Es geht ihr nicht gut.

Ich schaue in ihr Krankenblatt. »Wie waren denn die Tabletten, die ich Ihnen beim letzten Mal verschrieben habe?« Sie schüttelt wieder den Kopf. Sie haben nichts genützt.

»Schlafen Sie denn gut?« Sie kann nicht schlafen. Ihr Schlaf ist nicht gut. Nichts ist gut. Ich sehe sie an, so lange ich kann, ohne dass es peinlich wird, und dann sehe ich mit starrem Blick in ihr Krankenblatt, als könnte es darin irgendetwas geben, das nicht nur Mrs. Cortenzas Probleme, sondern gleich die der ganzen Welt lösen wird.

Und plötzlich dämmert mir, dass bei mir zu Hause etwas rumsitzt, das zumindest einem schon geholfen hat, und wenn ich mich noch Ärztin nennen will, dann muss ich es auf diesem Weg versuchen. Ich rufe David an und bitte ihn, GoodNews zu mir in die Praxis zu bringen.

»Du musst ihn bezahlen«, sagt er.

»Wovon? Aus meinem Geistheilerbudget?«

»Das ist mir egal. Aber du wirst ihn nicht ausbeuten.«

»Wie wäre es damit: Er behandelt Mrs. Cortenza, und wir berechnen ihm nichts für Übernachtung und Verpflegung. Oder für Strom. Oder für Unannehmlichkeiten ganz allgemein.«

»Aber du schleppst ihn nicht jeden Tag da hin.«

»Ich werde ihn nicht jeden Tag hier brauchen. Ich bin eine durchaus fähige Ärztin, weißt du. Ich habe tatsächlich gelegentlich das ein oder andere Antibiotikum verschrieben, das angeschlagen hat.« Aber noch während ich es sage, mache ich eine Liste meiner anderen Jammergestalten. Man stelle sich vor: ein Arbeitstag ohne Mr. Arthurs! Oder ohne Mrs. McBride! Oder den bekloppten Brian Beech, wie wir ihn hier nennen, und zwar nicht im Geringsten liebevoll.

GoodNews ist innerhalb von fünfzehn Minuten da, einer Viertelstunde, die ich mir gerne nehme, obwohl sie mir so lang vorkommt wie ein normaler Termin mit Mrs. Cortenza (aber auch nicht länger). Von der Anmeldung muss ich mir ein paar komische Blicke gefallen lassen, aber niemand erhebt Einwände.

Mrs. Cortenza starrt mit unverholener Feindseligkeit auf GoodNews' Augenbrauen-Broschen.

»Hallo, meine Hübsche«, sagt GoodNews. »Sie sind ja ein Prachtstück. Wie heißen Sie?«

Sie starrt ihn nur an.

»Das ist Mrs. Cortenza.«

»Nicht den Namen. Den richtigen Namen. Ihren Vornamen.«

Ich habe natürlich keine Ahnung. Woher auch? Sie kommt ja erst seit fünf Jahren zu mir. Ich sehe meine Notizen durch.

»Maria.«

»Maria«, sagt GoodNews, und dann sagt er es noch einmal, diesmal mit einem übertrieben kontinentaleuropäischen Allzweckakzent. »Marrrrrriaaaaaaaa. Was machen wir nur mit Maria, hm? Kennen Sie das Lied? ›West Side Story‹?«

»Das ist aus ›Sound of Music‹«, berichtige ich ihn. »Das aus ›West Side Story‹ geht anders.« Einen Moment lang frage ich mich, ob das die einzige Demonstration meines fundierten Wissens während der ganzen Behandlung bleiben wird.

»Dann sind also schon zwei Lieder über Sie geschrieben worden?« sagt GoodNews. »Das wundert mich nicht. Ein hübsches Mädchen wie Sie.«

Mrs. Cortenza lächelt schüchtern. Ich möchte sie würgen für ihre Leichtgläubigkeit.

»Also, was muss hier gemacht werden? Was können wir tun, damit Maria wieder tanzen kann?«

»Sie hat chronische Arthritis in fast allen Gelenken. Hüften, Knie. Starke Rückenschmerzen.«

»Ist sie traurig?«

»Das nehme ich doch an, bei dem, was sie zu leiden hat.«

»Nein, mehr mental, meine ich.«

»Ob sie mental traurig ist? Meinst du traurig im Kopf im Gegensatz zu traurig in den Knien?«

»Ja, schon gut, ich bin nicht so gut im Reden wie du, Dr. Allwissend. Sehen wir doch mal, wer von uns beiden etwas für sie tun kann.«

»Warum, muss sie erst unglücklich sein, ehe du sie behandeln kannst?«

»Es hilft, wenn ich mich so richtig reindenken kann, ja.«

»Sind Sie traurig, Mrs. Cortenza?« frage ich sie.

Sie sieht mich an. »Traurig? Traurigkeit?« Weder ihr Gehör noch ihr Englisch sind einwandfrei, darum lässt sich schwer sagen, welches der beiden Probleme die Verwirrung auslöst.

»Ja. Traurigkeit.«

»Oh ja«, sagt sie so genüsslich, wie es nur die Alten bei einem solchen Thema können. »Sehr, sehr traurig.«

»Warum?« fragt GoodNews.

»Zu viele Sachen«, sagt sie. Sie deutet auf ihre Kleidung – sie trägt schwarz, seit ich sie kenne –, und ihr treten Tränen in die Augen. »Mein Mann«, sagt sie. »Meine Schwester. Meine Mutter. Mein Vater. Zu viele Sachen.«

Man möchte sich ja nicht Herzlosigkeit vorwerfen lassen, und es hilft sicher nicht weiter, Leuten in ihrem Kummer Vorschriften zu machen, aber man fragt sich, ob Mrs. Cortenza sich nicht mittlerweile damit abgefunden haben müsste, Vollwaise zu sein. »Mein Sohn«, fährt sie fort.

»Ihr Sohn ist tot?«

»Nein, nein, nicht tot. Sehr schlimm. Ist nach Archway gezogen. Ruft nie an.«

»Reicht das an Traurigkeit?« frage ich GoodNews. Mir war nicht klar, dass wir uns in die Traurigkeit reindenken müssen, und plötzlich wirkt die Vorstellung, den bekloppten Brian von GoodNews behandeln zu lassen, weniger attraktiv. Ich könnte mir vorstellen, dass der bekloppte Brian jede Menge Traurigkeit in sich trägt und nicht alles davon angenehm zu hören ist.

»Ja, das dachte ich mir fast«, sagt GoodNews. »Das meiste davon kann ich spüren. Erklären Sie ihr, dass ich ihre Schultern, ihren Nacken und ihren Kopf berühren muss.«

»Ich verstehe«, sagt Mrs. Cortenza etwas pikiert.

»Ist das in Ordnung?« frage ich sie.

»In Ordnung. Ja.«

GoodNews setzt sich ihr gegenüber und schließt für eine Weile die Augen; dann steht er auf, stellt sich hinter sie und beginnt ihre Kopfhaut zu massieren. Er flüstert dabei, aber ich kann nicht verstehen, was er sagt. »Sehr heiß!« sagt Mrs. Cortenza plötzlich.

»Das ist gut«, sagt GoodNews. »Je heißer, desto besser. Es tut sich was.«

Er hat Recht. Es tut sich etwas. Vielleicht ist es nur die momentane Intensität der Erfahrung, vielleicht ist es nur die kollektive Konzentration, aber es kommt mir vor, als sei es im Raum wärmer geworden, viel wärmer, und für einen Augenblick scheint es auch heller zu werden. Ich will diese Wärme nicht spüren, und ich will nicht bemerken, dass die Wattzahl der Glühbirne sich von ihren blassen vierzig auf gleißende einhundert erhöht zu haben scheint; all das zu spüren und zu sehen, ist mir zu nahe daran, noch ganz andere, kompliziertere Dinge zu spüren und zu sehen, und das möchte ich wirklich lieber nicht, wenn es sich vermeiden lässt. Also werde ich es so gut ich kann vergessen.

Sehr viel schwieriger zu vergessen sein wird das: Nach einigen Minuten leichter Massage und der damit einhergehenden Phänomene steht Mrs. Cortenza auf, streckt sich behutsam und sagt zu GoodNews: »Vielen Dank. Ist jetzt sehr besser. Sehr sehr besser.« Dann nickt sie mir zu – ich mag paranoid sein, aber das Nicken wirkt recht unterkühlt, als sollte es mir mitteilen, wie geringfügig ihre Beschwerden waren und wie leicht zu beheben, würde ich irgendwas von meinem Fach verstehen – und sie verlässt das Zimmer in etwa dem fünffachen Tempo, in dem sie hereingekommen ist.

»So«, sage ich. »Du kannst die Leute also vom Alter heilen. Gut gemacht. Bravo. Mit so was müsste sich doch Geld machen lassen.«

»Nee, geheilt ist sie nicht«, sagt GoodNews. »Natürlich ist sie nicht geheilt. Ihr Körper ist am Arsch. Aber das Leben wird ihr sehr viel leichter fallen.« Ich sehe ihm an, dass er sich freut, aufrichtig freut – nicht seinetwegen, sondern für Mrs. Cortenza, und ich komme mir unbedeutend und kleinlich und unfähig vor.

»Jetzt kannst du es mir ja sagen«, sage ich, als er gehen will. »Die Kinder sind nicht da. Was ist das Geheimnis?«

»Ich weiß nicht, was das Geheimnis ist. Das war es nicht, was ich euch nicht erzählen konnte.«

»Dann erzähl mir das, was du uns nicht erzählen konntest.«

»Drogen.«

»Was meinst du mit Drogen? Drogen und was?«

»So hat es angefangen. Ecstasy. Glaube ich jedenfalls. Ich hab irre viel davon gefressen, und das lief immer so ›ich liebe dich, du bist mein Freund‹ in den Clubs Freitag nachts, und … na ja, ich bin wie eine Figur aus einem amerikanischen Comic. Spiderman und so. Hat meine Molekularstruktur verändert. Dadurch hab ich Superkräfte bekommen.«

»Ecstasy hat dir Superkräfte verliehen.«

»Denke ich.« Er zuckt die Achseln. »Verrückt, oder? Ich meine, du bist zur Uni gegangen und hast den ganzen Kram studiert, das ist der Daumen, der schüttelt die Pflaumen … und was man da so lernt. Und ich hab mir im Club ein bisschen was eingeklinkt. Und wir kommen beide am selben Punkt raus. Ich meine, versteh mich nicht falsch, ich finde, es gibt immer noch eine Berechtigung für das, was du machst.«

»Danke. Das ist sehr großzügig von dir.«

»Nein, nein, nichts zu danken. Wir sehen uns nachher auf der Ranch.«

Später beobachte ich Molly in der Badewanne, und suche vergeblich nach irgendeiner Spur ihrer Ekzeme.

»Molly. Erinnerst du dich, wie du bei GoodNews warst?«

»Ja. Klar.«

»Weißt du noch, was er zu dir gesagt hat? Hat er dich etwas gefragt?«

»Was denn?«

»Ich weiß nicht. Hat er gefragt, wie es dir geht?«

»Hmmmmm. Oh ja. Er hat mich gefragt, ob ich traurig wäre.«

»Und was hast du gesagt?«

»Ich hab gesagt, manchmal wäre ich ein bisschen traurig.«

»Und wegen was?«

»Ich bin traurig wegen Oma Parrot.« Davids Mutter, die
letztes Jahr starb, so genannt, weil ein steinerner Papagei
ihren Eingang zierte.

»Ja. Das war traurig.«

»Und wegen Poppy.« Familienkatze, kurz nach Oma
Parrot zu Tode gekommen. Molly hat beide Todesfälle
sehr viel unmittelbarer mitbekommen, als wir es uns
gewünscht hätten, in einer idealen Welt. Oma Parrot
brach zusammen, als sie bei uns zu Besuch war, und
obwohl sie erst später in der Nacht im Krankenhaus
starb, ging es ihr eindeutig nicht gut, als sie weggebracht
wurde; und für die verschollene Poppy organisierten
wir – dumm von uns, im Nachhinein – einen Suchtrupp.
Molly und ich fanden die Katze auf der Straße (und in der
Straße, und um sie herum). Ich wünschte, sie hätte keinen
der beiden Todesfälle mit angesehen.

»Das war auch wirklich traurig.«

»Und dein Baby.«

»Mein Baby?«

»Das gestorbene Baby.«

»Oh. Das Baby.«

Ich hatte eine Fehlgeburt, achtzehn Monate, bevor ich
Tom bekam. Eine ganz alltägliche Erstes-Baby-Fehlge-
burt in der zehnten Woche, damals verstörend, aber mittlerweile fast völlig vergessen; ich kann mich beim besten
Willen nicht erinnern, Molly davon erzählt zu haben,
aber es muss wohl so sein, und sie hat es behalten und auf
ihre Art getrauert.

»Hat dich das traurig gemacht?«

»Ja. Natürlich. Das war doch mein Bruder oder meine
Schwester.«

»Na ja, so ähnlich.« Ich würde ihr gerne sagen, dass es wirklich nicht so schlimm ist, ohne mit einer langen Aufklärung über Seelen und Föten und alle möglichen anderen Dinge anzufangen, die Achtjährigen so lange es geht erspart bleiben sollte. Ich wechsele das Thema. »Gibt es noch etwas?«

»Ich war auch traurig wegen dir und Papa.«

»Warum warst du unseretwegen traurig?«

»Weil ihr euch vielleicht scheiden lasst. Und ihr müsst auf jeden Fall mal sterben.«

»Oh, Molly.«

Ich weiß, dass es darauf ungeheuer viele Antworten gibt, aber einen Moment lang scheinen sie fundamental unwahr zu sein, und ich bringe es nicht über mich, das jetzt angebrachte elterliche Trostprogramm abzuspulen. Wir lassen uns vielleicht scheiden; wir müssen auf jeden Fall sterben. Das scheint mir in meiner plötzlich lebensüberdrüssigen und tristen Gemütslage eine präzise Zusammenfassung der Sachlage zu sein, und mir ist nicht danach, Molly irgendetwas anderes zu erzählen. Stattdessen strecke ich die Hand aus und berühre ihre Stirn, wie GoodNews es vielleicht tun würde, ein von vornherein zum Scheitern verurteilter Versuch, diese Gedanken zu vertreiben. Es kommt mir vor, als sei das der einzige physische Kontakt, den ich mir gestatten kann; jedes bisschen mehr würde einen nicht versiegenden Sturzbach von Leid und Verzweiflung auslösen.

»Aber über alles das mache ich mir jetzt keine Sorgen mehr«, sagt Molly fröhlich, als sei es ihre Aufgabe, mich zu trösten, und nicht umgekehrt.

»Wirklich?«

»Ja. Wirklich. GoodNews hat gemacht, dass alles weggeht.«

Nachdem die Kinder im Bett sind, möchte ich nicht zu David und GoodNews nach unten, darum setzte ich mich für einen Moment ins Schlafzimmer und denke nach. Meine Unterhaltung mit Molly hat es mir unmöglich gemacht, nicht zu denken, obwohl Nicht-Denken gegenwärtig meine Lieblings-Beschäftigung ist. Und was ich denke, ist ungefähr Folgendes: Wir leben ein Leben, das sehr viele andere als ganz normal bezeichnen würden. Es gibt zwar Leute – Rocksänger, Romanautoren, junge Zeitungskolumnisten, all die also, die von sich behaupten, sie würden alles, was mit Kindern, Achtstundentag und Pauschalurlaub zusammenhängt, als langes und qualvolles geistiges Absterben betrachten –, für die wären wir unter aller Kritik: zu bereitwillig haben wir uns ein gewisses konservatives Lebensideal zu eigen gemacht. Und es gibt andere, ihr wisst, wen ich meine, die uns als Glückspilze betrachten würden, gesegnet, verwöhnt durch unsere Kinderstube und Hautfarbe, unsere Schulbildung und unser Einkommen. Ich liege nicht im Clinch mit denen der zweiten Kategorie – wie könnte ich? Ich weiß, was wir haben und welche Erfahrungen wir nicht machen mussten. Aber die anderen … da bin ich mir nicht so sicher. Weil mir scheint, als hielte das normale Leben, oder die Art von »normalem« Leben, das diese Menschen verabscheuen, schon mehr als genug bereit, was einen vor einem qualvollen geistigen Absterben bewahrt, und mehr als genug, was einfach nur qualvoll ist, und welches Recht haben diese Leute, über andere zu urteilen?

Was ist Molly in ihren ersten acht Lebensjahren widerfahren? Nichts, mehr oder weniger. Wir haben sie nach besten Kräften vor der Welt beschützt. Sie ist in einem liebevollen Zuhause aufgewachsen, sie hat zwei Elternteile, sie hat nie hungern müssen, und sie erhält eine Ausbildung, die sie auf den Rest des Lebens gut vorbereitet; trotzdem ist sie traurig, und eigentlich ist diese Traurigkeit noch nicht einmal unbegründet. Die Beziehung ihrer Eltern macht ihr Sorgen, sie hat eine nahe Angehörige (und eine Katze) verloren und ihr ist klar geworden, dass solche Verluste unvermeidlich ein Teil ihres zukünftigen Lebens sein werden. Es kommt mir jetzt vor, als sei schon die Tatsache, ein menschliches Wesen zu sein, dramatischer, als man sich wünschen könnte; man muss nicht heroinsüchtig oder Performancepoet sein, um Extremerfahrungen zu machen. Man muss nur jemanden lieben.

Und mein anderer Gedanke ist, dass ich meine Tochter im Stich gelassen habe. Erst acht Jahre alt, und sie ist traurig ... Das habe ich nicht gewollt. Als sie geboren wurde, war ich sicher, ich könnte das verhindern, aber dazu war ich nicht in der Lage, und auch wenn ich weiß, dass die Aufgabe, die ich mir gestellt hatte, unrealistisch und unerfüllbar war, macht das keinen Unterschied: Trotz allem habe ich daran mitgewirkt, ein weiteres verstörtes und angsterfülltes menschliches Wesen zu erschaffen.

Dann habe ich lange genug allein im Dunkeln gesessen; es wird Zeit, wieder ins normale Leben einzusteigen. Also gehe ich nach unten, um mit meinem Ehemann und unserem Haus-Guru mit den Augenbrauen-Broschen zu essen und darüber zu reden, dass jeder, der auf unserer Straße wohnt, für ein Jahr ein Straßenkind bei sich aufnehmen sollte.

Sie meinen es ernst; das wird mir sofort klar. Die Pläne sind bereits so weit gediehen, dass sie alle Häuser auf unserer Straße und alle Informationen über deren Bewohner, die David besitzt, aufgelistet haben. Keiner der beiden nimmt von mir Notiz, als ich in die Küche komme, also bleibe ich hinter David stehen, höre zu und gucke über seine Schulter, um mitzulesen. Die Liste sieht so aus:

1. Unbekannt.
3. Unbekannt.
5. Unbekannt.
7. Alte Dame (und alter Mann? Egal, wenn in einem Bett)
9. Unbekannt.
11. Richard, Mary, Daniel, Chloe
13. Nette asiatische Familie (4?)
15. Unbekannt.
17. Unbekannt.
19. Wendy und Ed
21. Martina
23. Hugh
25. Simon und Richard
27. Nicht-nette asiatische Familie (6? + Schäferhund)
29. Ros und Max
31. Annie und Pete + 2
33. Roger und Mel + 3
35. Zu verkaufen

Und noch mal dasselbe für die andere Straßenseite. Einen Moment lang wandern meine Gedanken zu dem typisch kleinkarierten Schema unserer Bekanntschaften – wir kennen die Leute, die neben uns und uns gegenüber wohnen, aber von den Leuten, die sechzig oder siebzig Meter weiter leben, wissen wir so gut wie nichts –, ehe die blanke Irrsinnigkeit der Unterhaltung mich wieder zurück ins Zimmer holt.

»Nach meiner Schätzung befinden sich in dieser Straße mindestens vierzig freie Schlafzimmer«, sagt David gerade. »Ist das nicht unglaublich? Vierzig freie Schlafzimmer, wo da draußen Tausende von Menschen kein

Bett haben? So habe ich das früher noch nie betrachtet. Ich meine, wenn ich leere Häuser sehe, macht es mich sauer, aber leere Häuser sind eigentlich gar nicht der Punkt, oder? Wenn es in dieser Straße vierzig leere Zimmer gibt, müsste alleine unser Postbezirk den Großteil aller Straßenkids da draußen aufnehmen können.«

»Wir sollten uns vornehmen, etwa zehn davon vollzubekommen«, sagt GoodNews. »Mit zehn wäre ich schon sehr zufrieden.«

»Wirklich?« Dave sieht ein wenig enttäuscht aus, als sei es genau der schreckliche Kompromiss, den er nicht hatte eingehen wollen, nur zehn seiner Nachbarn zu überreden, jemanden aufzunehmen, den sie nicht kennen. So weit ist es also bei uns gekommen: der Geistheiler, der sich nicht mit Spülmaschinen abfinden kann, ist jetzt der kaltschnäuzige Realist in unserem Haus, und mein Ehemann ist der blauäugige Optimist. »Aber würden wir dabei nicht unsere, äh, Position aufgeben? Denn die ist doch ziemlich zwingend, wenn wir sie richtig verkaufen.«

»Einige werden es einfach nicht schnallen«, sagt Good-News.

»Einige werden ihre freien Zimmer für andere Zwecke brauchen«, sage ich.

»Und für welche zum Beispiel?« fragt David leicht aggressiv. Exakt diesen Ton hat er angeschlagen, wenn er in den alten Zeiten Streit mit mir anfing – zum Beispiel, weil ich den Kindern etwas über andere Religionen beibringen wollte (er wollte, dass sie über keine etwas erfuhren), oder weil ich zu einer Lesung von Maya Angelou gehen wollte (»Was, bist du jetzt eine schwarze Feministin?«). Ich hatte vergessen, wie zermürbend dieser Tonfall war.

»In einem von unseren hast du zum Beispiel gearbeitet.«

»Okay, fünf von den vierzig werden also als Arbeitszimmer genutzt.«

»Und was ist, wenn Leute ihre Eltern zu Besuch haben?«

»Gott, du bist vielleicht prosaisch.«

»Was ist prosaisch daran, wenn ich sage, dass Menschen Eltern haben?«

»Darum geht es nicht. Es geht um die Einstellung. Du bist einfach negativ.«

»Du hast keine Ahnung vom Leben dieser Leute. Du kennst nicht mal ihre Namen.« Ich deute auf das Blatt Papier, das vor ihm liegt. »Aber mir erzählst du fröhlich, was für sie ein echtes Problem ist und was nicht. Woher nimmst du das Recht dazu?«

»Was gibt ihnen das Recht, halbleere Häuser zu besitzen, wenn da draußen Menschen in Pappkartons leben?«

»Was ihnen das Recht gibt? Ihre gottverdammten Ratenzahlungen geben ihnen das Recht. Die Häuser gehören ihnen. Und es ist nicht so, dass es gigantische Kästen wären. Warum gehst du nicht Bill Gates auf die Nerven? Oder Tom Cruise? Wie viele leere Zimmer haben die?«

»Wenn sie um die Ecke wohnen würden, würde ich ihnen auf die Nerven gehen. Aber das tun sie nicht. Und wir brauchen sie auch nicht, weil wir gleich hier mehr als genug Platz für alle haben. Du hast nur Angst, es könnte peinlich für dich sein.«

»Das ist nicht wahr.« Aber natürlich ist es nur zu wahr. Ich habe eine Todesangst vor den Peinlichkeiten, von denen wir ganze LKW-Ladungen zu erwarten haben. Ich kann schon die Dieselmotoren brummen hören. »Wie wollt ihr überhaupt vorgehen?«

»Ich weiß nicht. Von Tür zu Tür gehen.«

»Wie wäre es mit einer Party?« sagt GoodNews strahlend. »Wir machen hier eine Party, auf der ihr mit allen reden könnt, und … und das wird toll!«

»Grandios«, sagt David mit der Miene eines Mannes, der sich in Gesellschaft eines Genies weiß.

»Grandios«, sage ich mit der Miene einer Frau, die ihren Kopf in den Gasofen stecken möchte. Aber diese Miene interessiert sie nicht im mindesten.

Okay: sie haben Unrecht, ganz klar. Und sind außerdem völlig verrückt. Ich kann mir nur nicht ganz darüber klar werden, warum. Was macht es für einen Unterschied, ob man 1940 Evakuierten die freien Zimmer gegeben hat oder im Jahr 2000 Obdachlosen die freien Zimmer gibt? Man könnte geltend machen, die Evakuierten seien damals in Lebensgefahr gewesen; David und GoodNews würden dagegenhalten, dass die Straßenkinder eine niedrigere Lebenserwartung haben als irgendeiner von uns. Man könnte argumentieren, dass 1940 der Wunsch, den eigenen Leuten zu helfen, die Nation zusammenschweißte, sie würden sagen, das sei genau der Geist, den wir jetzt brauchen, aus eben diesen Gründen. Man könnte sie auslachen und ihnen vorwerfen, sie seien frömmlerisch und moralinsauer, Jesuslatschen, bigotte Erpresser, Eiferer; sie würden dir sagen, dass es ihnen egal ist, was man von ihnen hält, dass ein höheres Gut auf dem Spiel stünde. Und haben wir denn das Recht, ein leer stehendes Zimmer als Rumpelkammer zu nutzen, als Musikzimmer oder für Übernachtungsgäste, die niemals kommen, und das im Februar, während es draußen friert und regnet und Menschen auf dem Gehweg liegen? Warum ist ein Dauerauftrag für die Obdachlosenhilfe nicht genug? Und was wäre, wenn sich herausstellte, dass mein Mann oder GoodNews oder beide Jesus oder Gandhi oder Bob Geldof sind? Was wäre, wenn das Volk nach einer solchen erneuernden

Kraft gerufen hätte, und sie die Art und Weise revolutionieren würden, wie wir über Privateigentum denken, und Obdachlosigkeit nie wieder ein Problem wäre, nicht in London, nicht in Großbritannien, nicht in der gesamten westlichen Welt? Wie peinlich wäre mir das erst?

Ich habe auf diese Fragen keine Antworten. Ich weiß nur eins: Ich will diese Party nicht, ich will meinen Nachbarn das nicht zumuten, und ich wünschte, man könnte David und GoodNews dafür interessieren, eine Internet-Firma zu gründen und ein paar Millionen Pfund zu verdienen, die sie für Seite-Drei-Mädchen, Swimmingpools, Kokain und Designeranzüge ausgeben können. Das würden die Leute verstehen. Das würde die Nachbarn nicht aufregen.

David und GoodNews erzählen den Kindern am nächsten Morgen nach dem Frühstück von der Party. Molly ist neugierig; Tom sitzt scheinbar desinteressiert am Tisch und beschäftigt sich abwechselnd mit seinem Gameboy und seinen Zerealien. Ich sitze zwischen beiden, während die Männer Seite an Seite mit den Hintern gegen die Arbeitsplatte gelehnt stehen und Fragen beantworten. Es ist nicht zu übersehen, wie das Gefüge dieses Haushalts sich verschoben hat, dass mein Platz jetzt bei den Kindern ist. Und das meine ich noch nicht mal im mütterlichen Sinn; es erinnert mich eher an große Familienfeiern, als ich vierzehn oder fünfzehn war und man nie entscheiden konnte, ob ich beim Essen bei den jüngeren Vettern und Kusien oder bei meinen Onkeln und Tanten sitzen sollte.

»Zieht bei uns auch ein Obdachloser ein?« fragt Molly.

»Natürlich«, sagt David.

»Haben wir nicht schon einen?« frage ich mit vielsagendem Blick zu denen, die es angeht.

»Und wer kriegt noch einen?«

»Alle, die einen haben möchten«, sagt David, und bei seiner Antwort muss ich unwillkürlich prusten. »Alle, die einen haben möchten« … Es ist Weihnachten, und dieses Jahr wünscht sich jeder einen Obdachlosen, genau wie sie vor ein paar Jahren alle einen Buzz Lightyear wollten. Nur dass der Obdachlosenladen nie Lieferschwierigkeiten hat.

»Würdest du uns mitteilen, was so komisch ist, Katie?«

Genau das sagt er, ich schwöre es. Und er klingt sogar wie ein Lehrer: humorlos, etwas geistesabwesend, einem vor hundert Jahren geschriebenen Drehbuch folgend.

»Der Satz geht aber anders«, sage ich. Ich finde plötzlich, da ich das älteste Kind bin, obliegt es mir auch, das frechste zu sein. »Richtig muss es heißen: ›Möchtest du den Witz nicht der ganzen Klasse erzählen?‹«

»Wovon redest du?«

»Ich weiß es«, sagt Tom. »Kapierst du es nicht, Dad? Du bist der Lehrer, und Mum ist ungezogen.«

»Sei doch nicht albern.«

»Es ist wahr«, sagt Tom. »So hörst du dich an.«

»Na, das tut mir Leid. War keine Absicht. Na, egal. Sind damit alle einverstanden?«

»Ich habe eine Frage.« Am Tisch bei den Kindern zu sitzen und wie ein Kind zurechtgewiesen zu werden, hat mich befreit; der Verlust meiner bürgerlichen Ehrenrechte war zugleich eine Ermächtigung.

»Ja, Katie?«

»Was passiert, wenn ein Obdachloser oder eine Obdachlose in das Haus eines Nachbarn zieht und es ausräumt?« Nur ein Kind kann das Unsagbare sagen.

»Was meinst du damit?«

»Ich meine … na ja, sage ich doch. Was ist, wenn wir

einen Einbrecher ins Haus eines Nachbarn einschleusen? Einen Drogensüchtigen, der verzweifelt Geld braucht?«

»Du scherst alle Obdachlosen über einen Kamm, Katie. Ich bin wirklich nicht sicher, ob das der richtige Weg ist.«

»Ich bin mir bewusst, was ich tue, David. Es ist nur … Der typische Fußballfan ist jemand, der sich besäuft und Flaschen auf den Köpfen anderer Leute zerschlägt. Ich weiß, dass es ein Klischee ist, und ich kenne viele Leute, die zu Arsenal gehen, die ganz anders sind. Nur … könnte es ja einen oder zwei geben, die tatsächlich so sind. Und ich weiß nicht recht, ob ich Ros und Max sagen möchte, dass sie mit so einem zusammenwohnen müssen.«

»Ich glaube wirklich nicht, dass dieses Gespräch uns weiter bringt.«

»Hast du überhaupt mal darüber nachgedacht?«

»Natürlich nicht.«

»Schön. Wirst du darüber nachdenken?«

»Nein.«

»Warum nicht?«

»Weil ich die Denkweise der Menschen ändern will. Und ich kann ihre Denkweise nicht ändern, wenn ich genau so denke wie sie, oder? Ich möchte von allen das Beste denken. Was hat das alles sonst für einen Zweck?«

Es gäbe viele, viele Antworten auf diese letzte rhetorische Frage, aber ich kann mich nicht überwinden, sie zu äußern. Ich schüttle den Kopf, stehe vom Tisch auf und gehe zur Arbeit, damit ich wieder zur Erwachsenen werden kann.

Nur sind die Umstände zu Hause natürlich nicht ohne Auswirkung auf meine Arbeit geblieben, und als ich in die Praxis komme, steht Dawn, die Sprechstundenhilfe, mit offenem Mund und gerunzelten Brauen hinter der

Rezeption und versucht, aus einer großen Gruppe sehr alter Kontinentaleuropäerinnen schlau zu werden, die alle mit den Händen fuchteln, »Heiß! Sehr heiß!« sagen, und versuchen, plötzliche, neu erwachte Spannkraft darzustellen (was sie, da sie keinerlei Spannkraft haben, hauptsächlich mit den Augen bewerkstelligen müssen), beziehungsweise traurig auszusehen.

Dawn sieht mich verzweifelt an. »Was haben Sie bloß angestellt?« fragt sie.

»Nichts«, sage ich so schnell, dass Dawn sofort das Gegenteil vermuten muss. »Na ja, ich habe gestern so einen Typ herkommen lassen. Einen Masseur. Für Mrs. Cortenzas Rücken. Sind sie deshalb hier?«

»Ist er besonders schnuckelig oder so?«

»Oh, ich glaube nicht, dass es daran liegt. Ich glaube, er benutzt – « und als ich es ausspreche, ist es wie ein plötzliches Déjà vu – »Ich glaube, er benutzt da so eine Salbe, und … ich vermute, sie könnte bei alten Damen eine gewisse Wirkung zeigen.«

»Und was soll ich ihnen nun sagen?«

»Oh, einfach … Ich weiß nicht. Sagen Sie ihnen, sie sollen sich was zum Einreiben kaufen. Das hätte denselben Effekt. Schreiben Sie irgendwas auf einen Zettel und schicken Sie sie zum Teufel.« Und damit enteile ich durch den Flur, in der schwachen Hoffnung, dass ich die ganze unselige Episode hinter mir lassen kann, indem ich mich vom Ort des Geschehens entferne, aber noch ehe eine Stunde vergangen ist, taucht Becca bei mir auf.

»Im Wartezimmer kursiert das Gerücht, jemand hätte eine unserer Patientinnen geheilt«, sagt sie anklagend. »Jemand, der irgendwas mit dir zu tun hat.«

»Es tut mir Leid. Wird nicht wieder vorkommen.«

»Das will ich hoffen. He, diese ganzen alten Damen kommen zu mir und brabbeln irgendwas von einem Typ mit heißen Händen, der ein Freund von dir sein soll. Ist das der Bewusste?«

»Welcher Bewusste?«

»Die Affäre?«

»Nein. Es ist ... ein anderer.«

»Echt ein anderer? Oder angeblich ein anderer, aber in Wirklichkeit, nur unter uns, und wenn ich verspreche, nichts weiter zu sagen, derselbe?

»Wirklich ein anderer. Die Affäre gibt's nicht mehr. Das ist jetzt der Geistheiler. Der, von dem David den Hirntumor hat. Er ist bei uns eingezogen.«

»Und du schläfst nicht mit ihm?«

»Nein, ich schlafe nicht mit ihm. Du lieber Himmel. Ich dachte, es würde dich mehr interessieren, dass er anscheinend unsere Patienten heilen kann, als mit wem er schläft.«

»Irgendwie nicht. Ich bin nur gekommen, weil ich wissen wollte, wie Sex mit einem Typ mit heißen Händen ist. Aber du sagst ja, du weißt es nicht.«

»Nein, ich weiß es nicht.«

»Sagst du es mir, wenn du es rausfindest?«

»Becca, du scheinst dem Missverständnis erlegen zu sein, dass ich nur wegen ... äh ... der jüngsten Ereignisse jetzt ständig irgendeinen Liebhaber haben muss. Fremdgehen ist kein Hauptberuf, verstehst du? Und das, was vorher passiert ist, ist mir sehr peinlich. Könntest du bitte aufhören, Witze darüber zu machen?«

»Tut mir Leid.«

»Was soll ich wegen dem Typ unternehmen?«

»Welchem? Es sind so viele.«

»Halt den Mund.«

»Schon gut, tut mir Leid.«

»Soll ich ihn weiter machen lassen?«

»Um Gottes willen, nein.«

»Warum nicht?«

»Wir sind Schulmediziner, Katie. Wir haben ein siebenjähriges Studium hinter uns. Ich bin sicher, die Welt ist voller Menschen, die besser heilen können, aber wir können nicht zulassen, dass die Patienten das erfahren, sonst ist es aus.«

Sie hat natürlich Recht. Ich will GoodNews nicht jeden Tag hier haben, selbst dann nicht, wenn er die Macht hat, meine Patienten gesund zu machen. Erst recht nicht, wenn er die Macht hat, meine Patienten gesund zu machen. Das ist mein Job, nicht seiner, und er hat mir auch so schon zu viel weggenommen.

Acht

Tom besitzt keinen Gameboy. Ich wusste das, David wusste es, und wir sahen ihn während des ganzen Frühstücks damit spielen, aber dass wir etwas ganz Unmögliches sahen, fiel keinem von uns beiden auf. Ich wurde auch nicht während der Arbeit plötzlich von einem vage beunruhigenden Bild abgelenkt, einer ganz minimalen Abweichung, auf die ich nicht den Finger hätte legen können. Ich würde gerne von mir sagen, dass mütterliche Intuition mich bewogen hat, nach dem Hörer zu greifen, weil es mir keine Ruhe lässt, aber dem ist nicht so: Ich gehe nur ans Telefon, weil es klingelt, und dass Tom keinen Gameboy besitzt, wird mir erst klar, als David dran ist und mir sagt, dass wir in die Schule kommen sollen, um mit seiner Klassenlehrerin über die Diebstähle zu reden, die unser Sohn seit neuestem begeht.

»Was hat er denn geklaut?« frage ich David.

»Diesen Gameboy zum Beispiel«, sagt er.

Erst da bimmeln die mütterlichen Alarmglocken.

Als wir um vier in die Schule kommen, liegt auf dem Lehrerpult eine stattliche Sammlung gestohlener Gegenstände ausgebreitet wie zu einem Memory-Spiel: einmal der Gameboy, aber auch ein paar Videos, eine S Club 7-CD, ein Tamagotchi, ein ganzer Haufen Pokémon-Kram, ein Manchester United-Trikot, ein paar halb leere Beutel mit Süßigkeiten und außerdem bizarrerweise ein Umschlag, der Ferienfotos eines Klassenkameraden enthält.

»Was wolltest du denn mit denen?« frage ich Tom, aber wie zu erwarten, weiß er es selbst nicht und zuckt die Achseln. Er weiß, dass er etwas falsch gemacht hat, und sitzt ganz klein eingesunken mit verschränkten Armen auf dem Stuhl; aber etwas in ihm ist auch wütend. Eins der Dinge, die mir bei Tom immer zu Herzen gehen, ist sein durchdringender Blick, wenn er Ärger hat, und eines Tages habe ich begriffen, dass er Nachgiebigkeit suchte, ein Indiz dafür, dass man ihn trotz aller Missbilligung seiner Ungezogenheit noch liebte. Aber heute interessiert es ihn nicht. Er will keinem im Raum in die Augen sehen.

»Er hat so ziemlich alles geklaut, was nicht niet- und nagelfest ist«, sagt die Klassenlehrerin. »Er ist im Moment bei seinen Klassenkameraden nicht sehr beliebt, wie Sie sich denken können.« Sie ist eine nette, intelligente, freundliche Frau, diese Jeanie Field, und sie hat sich immer sehr wohlwollend über unsere Kinder geäußert, ich vermute, zum Teil deswegen, weil sie sie so wenig fordern. Sie kommen in die Schule. Sie haben Spaß am Unterricht. Sie schlagen niemanden. Sie gehen nach Hause. Und jetzt ist aus Tom doch jemand geworden, der an ihrer Zeit und ihrer Energie zehrt, und das macht mir mindestens so zu schaffen wie alles andere.

»Hat sich bei Ihnen zu Hause irgendwas in letzter Zeit verändert?«

Wo soll man da anfangen? Mit der Bekehrung seines Vaters vom Saulus zum Paulus? Der Diskussion darüber, bei welchem Elternteil er im Falle einer Scheidung lieber wohnen würde? Dem Auftauchen von GoodNews? Ich sehe David an, um ihm zu verstehen zu geben, dass er die zweifelhafte Ehre hat, die Ereignisse der letzten Monate so zu schildern, dass sie niemandem im Zimmer peinlich sind, und er rutscht unbehaglich auf seinem Stuhl hin und her.

»Ja, wir haben einige Probleme gehabt.« Ich sehe mit Entsetzen, dass David es seit seiner Begegnung mit

GoodNews für eine bourgeoise Zeitverschwendung hält, Peinlichkeiten zu umgehen, und sich nicht damit aufhalten will.

»Tom, würdest du bitte draußen warten?« sage ich hastig. Tom rührt sich nicht, also packe ich ihn an der Hand, ziehe ihn vom Stuhl und führe ihn nach draußen. David will protestieren, aber ich schüttle nur den Kopf, und er bleibt stumm.

»Ich bin sicher, es macht Katie nichts aus, wenn ich sage, dass sie eine Affäre hatte«, sagt David gerade, als ich zurück in den Raum komme.

»Doch, es macht mir sehr wohl etwas aus.« Ich möchte, dass er das weiß, nur für die Akten.

»Oh«, sagt David verblüfft. »Es war allerdings meine Schuld. Ich war ein unaufmerksamer und unleidlicher Ehemann. Ich habe sie nicht genug geliebt, oder sie nicht richtig zu schätzen gewusst.«

»Das ... Tja, so etwas kann vorkommen«, sagt Jeanie, die sich offenkundig wünscht, sie hätte die messerwetzenden, drogendealenden Eltern eines sexuell gestörten Analphabeten vor sich sitzen.

»Aber ich ... also, ich ... äh ... Als ich einen Geistheiler kennenlernte, wurden mir für meine Versäumnisse die Augen geöffnet, und ich glaube, ich habe mich verändert. Würdest du nicht auch sagen, Katie?«

»Oh, ja, du hast dich geändert«, sage ich müde.

»Dieser Geistheiler lebt im Moment bei uns, und wir ... wir sind dabei, vieles an unserer Lebensweise zu überdenken, und ... Es könnte sein, dass einiges davon Tom durcheinander gebracht hat.«

»Ich würde sagen, das ist eine Möglichkeit, doch, ja«, sagt Jeanie. Ich sehe sie an, aber nichts in ihrem Gesicht spiegelt die Trockenheit ihrer Bemerkung. Sie hat das Weißwein-Ding wirklich drauf.

Es klopft an der Tür, und Tom kommt wieder herein.

»Seid ihr fertig?« fragt er. »Ich meine, seid ihr fertig mit den Sachen, die ich nicht hören darf? Über Mums Freund und so?«

Wir starren alle auf unsere Fußspitzen.

»Setz dich, Tom«, sagt Jeanie. Er setzt sich auf einen Stuhl in der Ecke des Zimmers, und wir müssen uns alle umdrehen, um ihn anzusehen. »Wir haben darüber gesprochen, was dich dazu gebracht haben könnte, so etwas zu tun. Ob es zu Hause oder in der Schule etwas gibt, womit du vielleicht nicht zurecht kommst, oder ...«

»Ich habe überhaupt keine Sachen mehr«, sagt Tom abrupt und wütend.

»Was meinst du damit?« fragt ihn Jeanie.

»Ich habe überhaupt keine Sachen zu Hause. Er ver-schenkt immer alles.« Er deutet mit dem Kopf auf seinen Vater.

»Oh, Tom«, sagt David verletzt. »Das ist doch Unsinn. Du hast so viel. Darum haben wir beschlossen, einiges davon wegzugeben.«

»Halt, halt, halt.« Da habe ich irgendwas nicht mitbe-kommen. »Tom, willst du damit sagen, dass ihr außer dem Computer noch andere Sachen verschenkt habt?«

»Ja. Unheimlich viele Sachen.«

»Es waren nicht unheimlich viele«, sagt David, aber die Ungeduld in seiner Stimme verrät ihn.

»Wann war das?«

»Letzte Woche. Wir mussten unsere Spielsachen durchsehen und die Hälfte davon abgeben.«

»Warum hast du mir das nicht gesagt?« Der Adressat meiner Frage ist eher Tom als David, was sicher etwas zu bedeuten hat.

»Er hat uns gesagt, das sollen wir nicht.«

»Warum hörst du auch auf ihn? Du weißt doch, dass er spinnt.«

Jeanie steht auf. »Ich denke, das sind Dinge, die sich besser zu Hause besprechen lassen«, sagt sie freundlich. »Wie mir scheint, gibt es da einiges aufzuarbeiten.«

Wie sich herausstellt, war das meiste, was sie weggegeben haben – wiederum ans Frauenhaus – alter Plunder, oder zumindest Sachen, mit denen sie sowieso nicht mehr spielten. David behauptet, es sei Molly gewesen, die noch eins draufsetzen wollte: Sie fand, die Spenden seien nichts wert, wenn es nicht richtig gutes Spielzeug wäre, etwas, womit sie beide gerne spielten. Also traf man die Vereinbarung (eine Vereinbarung, die Tom anscheinend eher schweren Herzens mitgetragen hatte), auch etwas vom derzeitigen Lieblingsspielzeug zu verschenken. Er gab sein ferngesteuertes Auto ab und bereute es fast augenblicklich. Und hier liegt auch die komplexe psychologische Begründung für seine Verbrecherlaufbahn: Er hat Sachen weggegeben und wollte sie durch andere Sachen ersetzen.

Als wir wieder zu Hause sind, sprechen wir mit Tom und ringen ihm die notwendigen Zusagen ab, sich künftig zu benehmen; außerdem einigen wir uns auf eine gerechte und angemessene Strafe (eine Woche gar kein Fernsehen, einen Monat lang keine Simpsons). Aber es ist nicht mein Sohn, mit dem ich ein ernstes Wort zu reden habe.

»Ich blicke nicht mehr durch«, sage ich zu David, als wir alleine sind. »Das musst du mir mal erklären. Ich verstehe nicht, was das alles soll.«

»Was alles?«

»Deine Erziehung macht aus unseren Kinder Verrückte.« Bitte sag jetzt nicht, dass eigentlich alle anderen verrückt sind, bitte bitte sag das nicht. Denn das stimmt doch gar nicht, hm? Das kann nicht stimmen, es sei denn, das Wort »verrückt« hat keinerlei Bedeutung. (Aber andererseits – ist es verrückt, dass man nicht »Wer wird Millionär?« sehen will, obwohl es alle anderen tun? Ist es verrückt, Big Macs ungenießbar zu finden, wenn Millionen von Menschen praktisch nichts anderes essen? Aha: Nein, das ist es nicht, denn ich brauche nur einen Kreis innerhalb eines Kreises zu ziehen – einen Kreis um meinen eigenen Zustellbezirk – um wieder zu einer Mehrheit und nicht zu einer Minderheit zu gehören. Jedenfalls würde der Kreis, den ich um Menschen ziehen könnte, die ihr Sonntagsessen und das Spielzeug ihrer Kinder verschenken, nur mein eigenes Haus umfassen. Das ist meine Definition von »verrückt«. Darüber hinaus wird daraus zusehends meine Definition von »einsam«.)

»Ist es wirklich verrückt, sich Gedanken darüber zu machen, was da draußen passiert?«

»Es stört mich nicht, wenn du dir Gedanken machst. Du kannst dir Gedanken machen, bist du schwarz wirst. Dass du versuchst, etwas daran zu ändern, verursacht die ganzen Probleme.«

»Sag mir, welche Probleme du meinst.«

»Welche Probleme ich meine? Siehst du denn gar keine?«

»Ich sehe, was für dich vielleicht Probleme sein könnten. Aber für mich sind es keine Probleme.«

»Das dein Sohn zum Langfinger wird, ist für dich kein Problem?«

»Er wird schon nichts mehr klauen. Und es geht mir um etwas Wichtigeres.«

»Und da komme ich nicht mehr mit. Ich verstehe nicht, was das sein soll.«

»Ich kann es nicht erklären. Ich versuche es und kann

es doch nicht erklären. Es ist halt … Es ist halt, ein anderes Leben führen zu wollen. Ein besseres Leben. Wir haben falsch gelebt.«

»Wir? Wir? Du warst doch derjenige, der an einem jämmerlichen Roman geschrieben hat. Du warst es doch, der in seiner Zeitungskolumne geschrieben hat, wie schwachsinnig alles ist. Ich habe versucht, Kranke gesund zu machen.« Ich weiß, wie das klingt, aber er macht mich so wütend. Ich bin ein guter Mensch, ich bin Ärztin, ich weiß, ich hatte eine Affäre, aber das macht mich nicht zum schlechten Menschen, das bedeutet nicht, dass ich alles verschenken muss, was ich besitze …

»Ich weiß, dass ich viel verlange. Vielleicht zu viel. Vielleicht ist es unfair, und vielleicht kommst du zu dem Schluss, dass du es nicht mit tragen kannst. Das ist deine Sache. Aber daran kann ich nichts ändern. Es ist einfach … Es ist mir wie Schuppen von den Augen gefallen, Katie. Ich habe mein Leben verschwendet.«

»Aber wohin wird dich das nun bringen?«

»Darum geht es nicht.«

»Worum geht es denn? Bitte erklär es mir, denn ich verstehe es nicht.«

»Es geht darum … es geht darum, wie mir zumute ist. Mir ist egal, was ich erreiche. Ich möchte nur nicht in dem Bewusstsein sterben, es nicht versucht zu haben. Ich glaube nicht an den Himmel oder so. Aber ich möchte trotzdem jemand sein, der sich qualifiziert hat reinzukommen. Verstehst du das?«

Natürlich verstehe ich das. Ich bin schließlich Ärztin.

Später, im Halbschlaf, träume ich, dass alle auf der Welt, die ein böses Leben führen – die ganzen Drogendealer und Rüstungsfabrikanten und korrupten Politiker, die zynischen Drecksäcke – von GoodNews berührt werden und sich ändern, wie sich David geändert hat. Der Traum ängstigt mich. Denn ich brauche diese Leute – sie sind mein moralischer Kompass. Genau im Süden sind die Heiligen, die Krankenschwestern und die Lehrer an Schulen in sozialen Brennpunkten; ganz im Norden sind die Direktoren der Tabakfirmen und zornigen Zeitungskolumnisten. Bitte nehmt mir nicht meinen Norden, sonst irre ich orientierungslos durch ein Land, in dem die Dinge, die ich getan oder nicht getan habe, wirklich von Bedeutung sind.

Der nächste Tag ist ein Donnerstag, an dem ich nachmittags frei habe, daher nehme ich Tom, als er aus der Schule kommt, auf einen Spaziergang mit. Er sträubt sich vehement gegen diesen Vorschlag, der ihn zutiefst verwirrt – »Was machen wir denn auf dem Spaziergang? Wohin spazieren wir denn?« –, und wäre er in der Lage, sich zu weigern, würde er es tun. Aber er hat Schwierigkeiten und weiß das auch, und er ist klug genug, zu begreifen, dass sich ein Umweg durch den nächsten Park lohnt, wenn ihm das irgendwie helfen kann.

Es schmerzt und bekümmert mich, es zugeben zu müssen, aber ich finde Tom und Molly nicht mehr ganz so entzückend. Ich hatte das schon vor einiger Zeit bemerkt und immer angenommen, es sei völlig normal – wie sollte ich für diesen verschlossenen, gelegentlich mürrischen Jungen dasselbe empfinden, wie für den lächelnden, zauberhaften Zweijährigen, der er einmal war? Aber jetzt bin ich mir nicht mehr sicher. Nun beginne ich mich zu fragen, ob er nicht liebenswerter sein müsste, als er ist, und ob dieser Mangel an Liebenswertheit auf etwas Unschönes an ihm oder etwas Unmütterliches an mir zurückzuführen ist.

»Es ist nicht meine Schuld, also schieb es nicht auf

mich«, sagt er, kaum dass wir zehn Meter vom Haus weg sind. Nein, kein Zweifel: Er müsste netter sein.

»Wieso ist es nicht deine Schuld?«

»Weil es Dads Schuld ist. Und die von GoodNews.«

»Haben die die Sachen gestohlen?«

»Nein. Aber sie haben mich dazu gebracht, sie zu stehlen.«

»Sie haben dich dazu gebracht. Wie haben sie das gemacht?«

»Du weißt, dass sie mich dazu gebracht haben.«

»Erklär mir das mal.«

»Sie haben mich unterprivilegiert.«

»Und was bedeutet ›unterprivilegiert‹?«

»Wie diese Kinder in der Schule. Du hast gesagt, die sind unterprivilegiert.«

Er hatte mich irgendwann mal gefragt, warum eine bestimmte Gruppe von Jungs an seiner Schule ständig Ärger hatte, und ich hatte ihm – was im Nachhinein betrachtet wohl ein Fehler war – erklärt, sie seien unterprivilegiert. Ich hatte geglaubt, nur meine Pflicht als rechtschaffene Mutter zu tun; jetzt stellt sich heraus, dass ich meinem eigenen Sohn nur strafmildernde Ausreden für seine Verbrechen geliefert habe.

»Das ist was anderes.«

»Warum?«

»Weil …«

»Du hast gesagt, sie hätten zu Hause nicht viel und würden deswegen Ärger machen. Ich hab zu Hause auch nicht viel. Und deswegen mache ich jetzt Ärger.«

»Meinst du nicht, dass du zu Hause ziemlich viel hast?«

»Jetzt nicht mehr.«

Die liberale Einstellung habe ich langsam herzlich satt. Sie ist kompliziert und ermüdend und wird leicht missverstanden und missbraucht … von hinterhältigen, verzogenen Blagen. Außerdem ist sie ein Nährboden für Zweifel, und Zweifel sind mir auch zuwider; ich will Gewissheit, so wie David oder Margret Thatcher Gewissheit haben. Wer will schon sein wie ich? Oder wie wir? Denn wir sind fast immer sicher, dass wir unrecht haben; wir sind fast immer überzeugt, wir würden in die Hölle kommen, obwohl ein unverhältnismäßig großer Teil unseres bewussten Denkens gerade auf das Gegenteil abzielt. Wir wissen zwar, was richtig ist, aber wir tun es nicht, weil es zu mühsam ist oder uns zu viel abverlangt, und selbst der Versuch, Mrs. Cortenza oder den bekloppten Brian zu heilen, garantiert für gar nichts, und so habe ich am Ende jedes Tages eher ein Minus als ein Plus auf dem Konto. Heute habe ich gelernt, dass ich mein Kind nicht wirklich mag und es irgendwie ermutigt habe, seine Klassenkameraden zu bestehlen; David hingegen hat in der Zwischenzeit Pläne geschmiedet, um die Obdachlosen zu retten. Und dennoch klammere ich mich an den Glauben, dass ich besser bin als er. »Du entwickelst dich zu einem schrecklichen, quengeligen Jungen, Tom«, sage ich zu ihm ohne weitere Begründung und ohne jede Rücksicht darauf, dass schreckliche, quengelige Eltern ihn dazu gemacht haben. Wir beenden unseren Spaziergang schweigend.

Wir waren seit Beginn der Ära GoodNews nicht mehr zum Essen bei Freunden, aber am Freitagabend gehen wir zu unseren Freunden Andrew und Cam. GoodNews macht den Babysitter: er hat es angeboten, den Kindern scheint es recht zu sein, und da wir es versäumt haben, uns um eine Alternative zu kümmern, nehmen wir das Angebot dankbar an.

Andrew und Cam sind »Leute wie wir«, und zwar auf besorgniserregende Weise: Andrew hat in der Medien-

branche auf der wackeligen untersten Sprosse der Karrie-
releiter Fuß gefasst, was nun aber so riskant auch nicht ist,
denn falls er abrutscht, kann er weder tief fallen noch sich
oder seiner Familie großen Schaden zufügen. Er schreibt
Bücherrezensionen in einer monatlich erscheinenden Fit-
nesszeitschrift für Männer und ist damit wohl der seltenst-
gelesene Literaturkritiker der Welt. Selbstredend schreibt
er noch etwas anderes – glücklicherweise ein Drehbuch
und keinen Roman, so dass David ihn bemitleiden kann,
anstatt sich bedroht zu fühlen, und sie können – konnten – beide glücklich gemeinsam darüber ablästern, was
für grässliche Filme sie gesehen oder schreckliche Romane sie gelesen hatten, und ihr Geläster wirkte wie
durch ein Wunder wechselseitig aufbauend und kame-
radschaftlich, anstatt einfach nur unangenehm. Cam arbeitet beim staatlichen Gesundheitsdienst und ist ganz
nett, aber so schrecklich viel haben wir nicht gemeinsam:
sie ist vom staatlichen Gesundheitsdienst besessen und
wollte niemals Kinder, während ich für jede Gelegenheit
dankbar bin, bei der ich über ein anderes Thema als meine
Arbeit reden kann, und wenn es die Kinder sind. Wir sind
nett zueinander, weil wir beide um den Wert dieser Beziehung für unsere zornigen, frustrierten Kerle wissen.

Nur dass mein Mann jetzt plötzlich weder zornig noch
frustriert ist. Andrew weiß noch nichts davon. Er rief an,
er lud uns ein, ich nahm an, ich legte auf, und es ergab
sich keine Gelegenheit, das Wunder von Finsbury Park zu
erwähnen. David schien das nicht zu kümmern. Im Auto
auf der Fahrt dorthin (normalerweise nehmen wir ein
Minicab, aber David will nicht mehr als ein, zwei Glas
Wein trinken und fährt deswegen selbst), frage ich ihn
höflich, ob er Andrew von GoodNews erzählen will.

»Wieso?«

»Nur so.«

»Meinst du, das sollte ich nicht?«

»Nein. Ich meine ... Weißt du, wenn du es möchtest, solltest du es auch tun.«

»Ich will ganz ehrlich zu dir sein, Katie. Ich habe festgestellt, dass ich nur schwer darüber reden kann. Ohne wie ein Irrer dazustehen.«

»Ja.«

»Was glaubst du, woher das kommt?«

»Ich habe keine Ahnung.«

»Die Leute tragen solche Scheuklappen, meinst du nicht?«

»Das wird es sein. Vielleicht erwähnst du das Thema besser gar nicht.«

»Ich glaube, du hast Recht. Bis ich ... bis ich die richtige Sprache gefunden habe, in der ich vernünftig darüber reden kann.«

Alle erdenklichen Muskeln in mir entspannen sich (ich hatte nicht mal bemerkt, dass ich verspannt war), trotzdem habe ich immer noch das Gefühl, der Abend könnte kompliziert werden. »Was meinst du, worüber du dann reden willst?«

»Wie bitte?«

»Was meinst du, worüber wir uns unterhalten werden? Was werden wir für Gesprächsthemen haben?«

»Woher soll ich das wissen? Was für eine komische Frage, Katie. Du warst doch schon früher mal zum Essen eingeladen. Du weißt, wie das so läuft. Man kommt auf irgendein Thema und diskutiert es dann.«

»In der Theorie stimmt das schon.«

»Was soll das heißen?«

»Nun ja, so funktioniert es meistens. Aber wenn wir Andrew und Cam treffen, dann kommen wir rein, und dann sagt Andrew, dass der-und-der ein Wichser und sein neues Buch grottenschlecht ist, und du sagst, der neue Film von So-und-so sei unfreiwillig komisch – obwohl ich bei neun von zehn Fällen weiß, dass du ihn gar nicht gesehen hast –, und Cam und ich sitzen grinsend dabei und lachen ab und zu, wenn ihr mal originell statt einfach nur gehässig seid, und dann bist du betrunken und redest Andrew ein, er sei ein Genie, und dann ist er betrunken und redet dir ein, du wärst ein Genie, und dann fahren wir nach Hause.«

David kichert. »Unsinn.«

»Wie du meinst.«

»Im Ernst? Ist das dein Eindruck von unseren Abenden mit Andrew und Cam?«

»Es ist mehr als ein Eindruck.«

»Es tut mir Leid, wenn du das so siehst.«

»Ich sehe es nicht so. Das ist das, was passiert.«

»Wir werden sehen.«

Wir gehen rein, wir bekommen einen Drink, wir setzen uns.

»Wie geht's euch?« fragt Cam.

»Ganz gut, würde ich sagen«, erwidere ich.

»Also besser als J___, diesem Schwachkopf«, sagt Andrew schadenfroh. »Ganz gut« – mehr ist gar nicht nötig, denn dass es uns gut geht, gibt ihm die Gelegenheit, über einen anderen zu reden, dem es nicht gut geht: J___ ist ein bekannter Autor, für den es in letzter Zeit sagenhaft schlecht gelaufen ist. Sein neuer Roman hat durch die Bank miserable Kritiken bekommen und es nicht in die Bestseller-Listen geschafft; und zwischendurch hat ihn auch noch seine Frau für einen seiner jüngeren Konkurrenten verlassen. Für den alten David wäre dies ein innerer Vorbeimarsch gewesen, aber der neue David guckt nur leicht verwirrt.

»Ja«, sagt David milde. »Er hat es ziemlich schwer zur Zeit, nicht wahr?«

»Ja«, sagt Andrew. Und dann – wohl weil David zwar auf die ihm eigene Weise auf die Stelle eingegangen ist, dass J___ es zur Zeit schwer hat, nicht aber auf die Stelle, dass J___ ein Schwachkopf ist, fügt er optimistisch hinzu: »Der Schwachkopf.«

»Wie geht es euch beiden?« fragt David.

Andrew sieht verwirrt aus: Zweimal hat er ihm die Hand zu Gehässigkeiten gereicht, zweimal wurde sie ausgeschlagen. Er versucht es noch einmal. »Sogar uns geht es besser als diesem Schwachkopf J___«, sagt er und lacht über seinen eigenen Scherz.

»Das ist fein«, sagt David. »Das freut mich.«

Andrew lacht schadenfroh vor sich hin, als habe David den Köder geschluckt.

»Hast du die Besprechung in der *Sunday Times* gelesen? Mann, ich hätte meinen Computer aus dem Fenster geschmissen und wär ausgewandert.«

»Die habe ich nicht gelesen.«

»Ich hab sie noch irgendwo. Ich wollte sie mir schon einrahmen lassen. Soll ich sie raussuchen?«

»Danke, nicht nötig.«

Normalerweise hätten Cam und ich sie nun mit diesem Thema sich selbst überlassen, und wir vier hätten uns fein säuberlich entlang der Geschlechtergrenze in zwei Paare geteilt, aber diesmal gibt es kein Thema, bei dem wir sie sich selbst überlassen können, und so sitzen wir schweigend da und hören zu.

»Wieso hast du die verpasst?«

»Ich … naja, ich habe aufgehört, Kritiken zu lesen. Bin zu beschäftigt.«

»Ooooh, schon kapiert. Da hast du's mir aber gegeben.«

»Nein, nein, tut mir Leid. Damit wollte ich auf gar keinen Fall sagen, alle, die die Zeit haben, Kritiken zu lesen, seien faul. Ich maße mir kein Urteil über andere an.«

»Du maßt dir kein Urteil über andere an?« Andrew lacht herzhaft. Dass David, der Mann, der den Vorsitz der obersten Urteilsanmaßungsinstanz inne hat, behauptet, er wolle sich kein Urteil über jemanden anmaßen! Man sieht Andrew an, dass er das für Ironie auf einem neuen, bislang nie gekannten Verfeinerungsniveau hält.

»Schön. Wie kommt's, dass du plötzlich zu beschäftigt bist, um Kritiken zu lesen? Was treibst du?«

»Im Moment versuche ich … tja, ich versuche, so eine Art Patenschaft für obdachlose Jugendliche bei uns im Viertel klarzumachen.«

Es entsteht eine Pause, in der Andrew und Cam Davids Gesichtszüge inspizieren, bevor erneut Gelächter einsetzt, diesmal von beiden. Das Gelächter tut David unverkennbar weh: seine Ohren werden rot, als hätte das Lachen kleine Stacheln, die ihn stechen, als es in seinen Kopf eindringt.

»Wenn du sagst, du willst das klarmachen«, sagt Andrew, »meinst du damit … äh … du willst es unterbinden?«

»Nein«, sagt David sanftmütig. »Ich versuche es auf den Weg zu bringen.«

Erste Spuren des Zweifels zeichnen sich in Andrews Gesicht ab.

»Wie meinst du das?«

»Ach, das ist eine lange Geschichte. Erzähl ich dir ein andermal.«

»Na schön.«

Ein langes, langes Schweigen folgt.

»Wer will was zu essen?« fragt Cam.

Hier eine Liste der Menschen, die Andrew und David bislang für untalentiert, überbewertet oder schlicht für Wichser gehalten haben: Oasis, die Stones, Paul McCartney, John Lennon, Robbie Williams, Kingsley Amis, Martin Amis, Evelyn Waugh, Auberon Waugh, Salman Rushdie, Jeffrey Archer, Tony Blair, Gordon Brown, William Shakespeare (auch wenn sie – um fair zu bleiben – nur die Komödien und ein paar der historischen Stücke schlecht finden), Charles Dickens, E.M. Forster, Daniel Day-Lewis, das Monty-Python-Team, Gore Vidal, John Updike, Thomas Harris, Gabriel García Márquez, Milan Kundera, Damien Hirst, Tracey Emin, Melvyn Bragg, Dennis Bergkamp, David Beckham, Ryan Giggs, Sam Mendes, Anthony Burgess, Virginia Woolf, Michael Nyman, Philip Glass, Steven Spielberg, Leonardo DiCaprio, Ted Hughes, Mark Hughes, Sylvia Plath, Stevie Smith, Maggie Smith, The Smiths, Alan Ayckbourn, Harold Pinter, David Mamet, Tom Stoppard und natürlich auch alle anderen zeitgenössischen Dramatiker, Garrison Keillor, Sue Lawley, James Naughtie, Jeremy Paxman, Carole King, James Taylor, Kenneth Branagh, Van Morrison, Jim Morrison, Courtney Love, Courteney Cox und die gesamte Besetzung von ›Friends‹, Ben Elton, Stephen Fry, Andre Agassi, Pete Sampras und alle zeitgenössischen Tennisspieler, Monica Seles und alle anderen Tennisspielerinnen, die es jemals gegeben hat, Pele, Maradona, Linford Christie, Maurice Greene (»Wie kann man einen Sprinter, der schneller läuft als alle anderen, überschätzen?« hatte ich einmal entnervt gefragt, jedoch keine zufriedenstellende Antwort erhalten), TS Eliot und Ezra Pound, Gilbert and Sullivan, Gilbert und George, Ben and Jerry, Powell und Pressburger, Marks and Spencer, die Coen-Brüder, Stevie Wonder, Nicole Farhi und alle, die davon leben, gottverdammte Anzüge zu entwerfen, Naomi Cambell, Kate Moss, Johnny Depp, Stephen Sondheim, Bart Simpson (aber nicht Homer Simpson), Homer, Vergil, Coleridge, Keats und alle anderen Dichter der

Romantik, Jane Austen, alle Brontës, alle Kennedys, die Leute, die »Trainspotting« verfilmt haben, die Leute, die »Lock, Stock and Two Smoking Barrels« gemacht haben, Madonna, den Papst, jeden, der mit ihnen auf der Schule oder Uni war und sich nun einen Namen im Journalismus, beim Fernsehen oder in der Kunst macht, und noch viele, viele mehr, viel zu viele, um sie hier alle aufzuzählen. Da ist es schon leichter, die Handvoll Leute in der Geschichte der Menschheit aufzuzählen, die sie beide mögen: Bob Dylan (wenn auch zuletzt weniger), Graham Greene, Quentin Tarantino und Tony Hancock. Ich kann mich nicht daran erinnern, dass sonst noch jemand je das beiderseitige Okay dieser Wächter unserer Kultur bekommen hätte.

Ich war es zwar leid gewesen, ständig zu hören, warum alle hoffnungslose Fälle und schauderhaft und völlig unbegabt und grässlich sind, dass sie nichts von dem Guten verdient hätten, das ihnen widerfahren ist, das Schlechte jedoch voll und ganz, aber an diesem Abend sehne ich mich nach dem alten David – ich vermisse ihn etwa so, wie man eine Narbe vermisst, oder ein Holzbein, etwas Entstellendes aber Charakteristisches. Beim alten David wusste man, woran man war. Und in Verlegenheit hat er mich nie gebracht. Resignierte Verzweiflung habe ich empfunden, das ja, zweifellos auch den gelegentlichen schlechten Geschmack im Mund, und Anflüge von Reizbarkeit praktisch unentwegt, aber nicht Verlegenheit. Ich hatte mich mit seinem Zynismus abgefunden, und außerdem sind wir ja heutzutage alle zynisch, auch wenn mir das erst heute richtig klar wurde. Zynismus ist unsere gemeinsame Sprache, ein Esperanto, das sich wirklich durchgesetzt hat, und auch wenn ich darin nicht perfekt bin – ich mag zu viele Dinge und bin nicht auf genügend Menschen neidisch –, komme ich doch damit zurecht. Und ganz ohne Zynismus und Häme auszukommen, ist sowieso unmöglich. Ob man sich nun über die Bürgermeisterwahlen in London oder Demi Moore oder Posh und Becks und Brooklyn unterhält, man ist zu ätzenden Bemerkungen verpflichtet, schon um zu beweisen, dass man ein funkionstüchtiger und denkfähiger Weltstädter ist.

Ich kenne den Mann, mit dem ich zusammenlebe, kaum noch, aber ich kenne ihn noch gut genug, um zu wissen, dass dieser Abend sich nahezu unausweichlich auf einen Punkt zuspitzt, auf den Moment, an dem Davids neu entdeckte Besonnenheit, sein Wunsch, auch noch das missratenste unter Gottes Geschöpfen zu lieben und zu verstehen, auf blankes Unverständnis prallt. Wie es der Zufall will, ist dieses missratene Geschöpf der Präsident der Vereinigten Staaten, und es ist Cam, nicht Andrew, die mit Davids furchteinflößender Lauterkeit konfrontiert wird. Wir unterhalten uns gerade – so gut wir es auf der Basis unserer nahezu abgrundtiefen Unkenntnis können – über das amerikanische Grundschulsystem, und Cam sagt, es sei ihr eigentlich egal, wer der nächste Präsident würde, solange er sein Ding in der Hose lassen und keine jungen Praktikantinnen damit bedrohen würde, und David windet sich auf seinem Stuhl und fragt schließlich mit offenkundigem Widerstreben, welches Recht wir hätten, über ihn zu urteilen, und Cam lacht ihn aus.

»Im Ernst«, sagt David, »ich will nicht länger Menschen verurteilen, über deren Leben ich eigentlich gar nichts weiß.«

»Aber ... aber das ist doch die Grundlage jeder Unterhaltung!« sagt Andrew.

»Ich habe es satt«, sagt David. »Wir wissen doch gar nichts über ihn.«

»Wir wissen schon mehr, als wir eigentlich wollen.«

»Was weißt du denn über ihn?« fragt ihn David.

»Wir wissen, dass er ein geiler Bock ist.«

»Tun wir das? Und wenn ja, wissen wir, warum er das ist?«

»Was meinst du damit?« sagt Cam. »Dass die Gesellschaft Schuld ist? Oder Hillary? Ich kann's nicht fassen, David.«

»Was kannst du nicht fassen?«

»Du ergreifst Partei für Clinton.«

»Ich ergreife nicht Partei für ihn. Ich kann nur diese ganze Häme nicht mehr ertragen. Das ständige Kritisieren, die billigen Witze, das Aburteilen von Leuten, die wir gar nicht kennen, diese grenzenlose Gehässigkeit. Da hab ich das Gefühl, ich müsste ein Bad nehmen.«

»Fühl dich wie zu Hause«, sagt Andrew. »Oben sind saubere Handtücher.«

»Aber Bill Clinton!« sagt Cam. »Wenn man über den nicht herziehen darf, über wen denn bitte dann?«

»Ich kenne die Hintergründe nicht. Du kennst die Hintergründe nicht.«

»Die Hintergründe? Der mächtigste Mann der Welt – der mächtigste verheiratete Mann der Welt – lässt sich von einem Mädchen Anfang zwanzig einen blasen und leugnet es anschließend auch noch.«

»Ich glaube, er muss ein sehr unglücklicher, von Sorgen zerfressener Mann sein«, sagt David.

»Ich traue meine Ohren nicht«, sagt Andrew. »Du hast mir doch dauernd schmutzige Clinton-und-Lewinsky-Witze ge-e-mailt.«

»Ich wünschte, ich hätte das nicht getan«, sagt David mit einem Nachdruck, der auf einigen Gesichtern am Tisch unübersehbare Verwirrung auslöst. Wir gucken alle angestrengt auf unsere Pasta in drei Farben.

Ich äußere mich rundum anerkennend zur frisch renovierten Küche unserer Gastgeber, und für eine Weile sind wir glücklich, aber uns allen ist zugleich bewusst, dass es nur sehr wenige Themen gibt, die uns so viel Harmonie ermöglichen, und hier und da unterläuft einem von uns dreien ein Patzer, als litten wir an einem kulturellen Tourette-Syndrom. Ich mache eine geringschätzige Bemerkung über die literarischen Qualitäten von Jeffrey Archer (eine beiläufige Bemerkung – eigentlich nicht mal eine Bemerkung, eher ein Vergleich – verborgen in einem ansonsten untadeligen Gedankenaustausch über eine Fernsehsendung), und David erklärt mir, dass ich keine Vorstellung davon habe, wie schwer es sei, ein Buch zu schreiben. Cam macht einen Witz über einen Politiker, der kürzlich wegen Unterschlagung hinter Gitter musste, ein Mann, dessen Name zum Synonym für Unglaubwürdigkeit geworden ist, und David plädiert für Vergebung. Andrew erlaubt sich einen kleinen Scherz über die Rolle von Ginger Spice bei der UN, und David sagt, es sei besser, als gar nichts zu tun.

Anders gesagt, es ist ein Ding der Unmöglichkeit: Wir funktionieren einfach nicht richtig, und der Abend endet in Verwirrung und Verlegenheit und ausgesprochen früh. In unserer Ecke herrscht Konsens darüber, dass Menschen wie Ginger Spice, Bill Clinton und Jeffrey Archer jenseits von Gut und Böse sind, und wenn nun jemand kommt und eine Lanze für sie bricht, scheitert dieser Konsens, und es herrscht nur noch Anarchie. Kann man sich nur deswegen von einem Mann scheiden lassen, weil er nicht über Ginger Spice herziehen will? Ich fürchte ja.

Neun

Die Einladungen zur Party sind rausgeschickt, und an den meisten Abenden schließen sich David und GoodNews in Davids Arbeitszimmer ein, um an ihrer Angriffstaktik zu feilen. Gestern hatte ich versucht, diese Formulierung scherzhaft anzubringen, aber die beteiligten Generäle sahen mich nur ausdruckslos an – nicht nur, weil sie auf die meisten meiner Versuche, einen Scherz zu machen, so reagieren, sondern weil sie dies wirklich als einen Feldzug betrachten, als Kreuzzug im klassischen Sinne, wie im elften Jahrhundert. Unsere Nachbarn sind zu Ungläubigen geworden, zu Barbaren; GoodNews und David werden mit den Köpfen der Obdachlosen ihre Tore einrammen.

»Kannst du es nicht einfach als Party betrachten und dich amüsieren?« fragt David beim Frühstück, als ich mich ein Mal zu oft beschwere. »Du magst doch Partys. Ignorier den anderen Teil einfach.«

»Ich soll den Teil ignorieren, in dem du unseren Freunden und Nachbarn in meiner Küche eine Predigt wegen der Obdachlosen hältst?«

»Erst einmal ist es unsere Küche. Zweitens halte ich ihnen keine Predigt – ich rede mit ihnen, mache Vorschläge, wie wir in unserer Straße für eine bessere Gesellschaft arbeiten können. Und drittens werde ich das im Wohnzimmer tun und dabei auf einem Stuhl stehen.«

»Das überzeugt mich ja jetzt völlig«, sage ich. »Was darf ich dazu beitragen?«

»Wir machen Käsestangen«, sagt Molly. »Du könntest die Sandwiches machen.«

»Ich mache keine Käsestangen«, sagt Tom.

»Warum nicht?« Molly ist aufrichtig verblüfft, dass jemand so trotzig ist, wo man doch so viel Spaß haben könnte.

»Bescheuert.«

»Was willst du denn statt dessen machen?«

»Ich will überhaupt nichts machen. Ich will diese Party überhaupt nicht.«

»Dad, Tom sagt, er will diese Party überhaupt nicht.« An den Schluss dieser Meldung setzt sie ein kleines, ungläubiges Lachen.

»Nicht alle von uns empfinden auf die gleiche Weise, Molly«, sagt David.

»Schenkst du wieder irgendwelchen Leuten meine Sachen?«

»Darum geht es diesmal nicht«, sagt David und schafft es irgendwie, dabei mitklingen zu lassen, später könnte es durchaus wieder darum gehen.

GoodNews kommt herein, als wir alle gerade zur Arbeit und zur Schule aufbrechen wollen. Er steht um halb sechs auf, kommt aber nie vor halb neun runter; ich weiß nicht, was er da oben drei Stunden lang treibt, aber ich hege den Verdacht, es ist etwas, das selbst die Spirituellsten unter uns nicht länger als ein paar Minuten aushalten würden. Molly und David begrüßen ihn herzlich, ich nicke, Tom blickt ihn finster an.

»Wie steht's, wie geht's?«

»Yeah, gut«, sagt David.

»Ich werde Käsestangen machen«, sagt Molly.

»Das ist toll«, sagt GoodNews, für den jede Nachricht eine gute Nachricht ist. »Ich habe nachgedacht. Wie wäre es mit einer Art Medaille? Für die, die sich sofort freiwillig melden?«

Ich will nichts von Medaillen hören. Ich will nichts von

Partys oder Käsestangen hören, und ich male mir aus, den Abend mit einer Freundin in einer Cocktail-Bar zu verbringen und gemächlich einen Skrewdriver oder irgendeinen ähnlich vulgären und obdachlosenfeindlichen Drink in mich reinzukippen, hoffentlich für sieben Pfund das Glas. Ich verabschiede mich von meinen Kindern, aber nicht von meinem Ehemann oder GoodNews, und gehe zur Arbeit.

Als ich den Gartenweg hinunterkomme, hält mich eine Frau an, die ich nicht kenne: Mitte vierzig, mit leicht säuerlicher Miene, zu viel Lippenstift und Falten um den Mund, die den Verdacht nahe legen, dass sie die letzten Jahrzehnte damit zugebracht hat, missbilligend die Lippen zu schürzen.

»Haben Sie mich zu einer Party eingeladen?«

»Ich nicht. Mein Ehemann.«

»Ich habe eine Einladung bekommen.«

»Ja.«

»Warum?« Das ist eine Frage, die die meisten unserer Nachbarn gern beantwortet hätten, die aber nur die unfreundlichen oder verrückten tatsächlich stellen.

»Was meinen Sie mit warum?«

»Warum hat mich Ihr Mann zu einer Party eingeladen? Er kennt mich gar nicht.«

»Nein. Aber er würde Sie gerne kennen lernen.«

»Warum?«

Ich schaue sie an und kann die Aura von Unliebenswürdigkeit förmlich über ihrem Kopf schweben sehen; ich nehme an, dass dieses letzte »warum« rein rhetorisch gemeint ist und noch nie jemand den Wunsch verspürt hat oder je verspüren könnte, sie kennen zu lernen.

»Weil er die verrückte Vorstellung hat, dass sich alle auf dieser Straße lieben und miteinander vertragen sollen und die Webster Road ein wunderbares, glückliches Wohnidyll werden kann, in dem wir ständig in den Häusern und womöglich sogar Betten der anderen ein- und ausgehen und auf jeden Fall immer füreinander da sind. Und er möchte wirklich, dass Sie … Wie ist Ihr Name?«

»Nicola.«

»Er möchte wirklich, dass Sie, Nicola, an all dem teilhaben.«

»An welchem Abend ist das? Donnerstag?«

»Donnerstag.«

»Donnerstags hab ich was vor. Da mach ich Selbstverteidigung für Frauen.«

Ich hebe bedauernd die Hände und mache ein betrübtes Gesicht, und sie geht weiter. Aber ich bin ihr zu großem Dank verpflichtet: Ich kann das Komische an der Sache sehen. Wer hätte gedacht, der Wunsch, die Welt zu verbessern, könnte so aggressiv wirken? Vielleicht hat sich David überhaupt nicht geändert. Vielleicht wollte er nie mehr, als Leute aus der Fassung zu bringen, die es nötig haben, aus der Fassung gebracht zu werden.

»Würden Sie gerne zu unserer Party kommen?«

Mr. Chris James starrt mich an. Wir haben uns gerade zehn Minuten lang gestritten, weil ich mich weigere, ihm eine Krankmeldung auszustellen, die seine Abwesenheit von der Arbeit während der letzten vierzehn Tage erklärt; meiner Überzeugung nach war er nicht krank. (Meiner Überzeugung nach war er in Florida oder sonstwo in Urlaub, denn als er in seinen Taschen nach einem Kugelschreiber kramte, schaffte er es, eine ganze Hand voll amerikanisches Münzgeld auf dem Fußboden zu verteilen, und wurde äußerst defensiv, als ich ihn fragte, woher er das habe.)

»Was für eine Art von Party?«

»Die übliche. Getränke, Essen, Gespräche, Tanzen.«
Natürlich würde es kein Tanzen geben – es ist eher die
Rumstehen - und - einem - Mann - zuhören - der - auf - ei-
nem-Stuhl-steht-und-einen-belehrt-Party als eine Tanz-
party –, aber das muss Mr. James ja nicht wissen. (Er muss
auch nicht wissen, dass es wahrscheinlich nicht viele
Gespräche geben wird, bedenkt man den Anlass, aber
wenn ich die Wahrheit sage, hört sich die Einladung
nicht besonders toll an.)

»Warum laden Sie gerade mich ein?«

»Ich lade alle meine Stammkunden ein.« Das ist natürlich auch gelogen, obwohl ich ernsthaft vorhabe, die Patienten einzuladen, die ich nicht besonders mag, und das
könnten dann durchaus meine Stammkunden sein, von
denen ich viele nicht zu mögen gelernt habe.

»Ich will zu keiner Party. Ich will ein ärztliches Attest.«

»Sie werden sich mit einer ärztlichen Einladung begnü-
gen müssen.«

»Stecken Sie sich die sonstwo hin.«

Ich hebe bedauernd die Hände und mache ein betrübtes Gesicht, und Mr. James marschiert aus meiner Praxis.
Das ist ja klasse! Zwar töte ich die Leute nicht direkt mit
Freundlichkeit, aber die ein oder andere Fleischwunde
hinterlasse ich doch. Ich bin bekehrt.

Der bekloppte Brian Beech, Jammergestalt Nummer eins,
ist vorbeigekommen, um zu fragen, ob er mir beim Ope-
rieren helfen darf.

»Das richtige Schneiden würd ich gar nicht machen
wollen. Nicht direkt am Anfang. Ich würde nur nachsehen, was raus müsste und so.«

»Ich bin praktische Ärztin«, erkläre ich ihm. »Ich ope-
riere nicht.«

»Wer denn?«

»Chirurgen. In Krankenhäusern.«

»Das sagen Sie bloß«, sagt er. »Das sagen Sie bloß, weil Sie nicht wollen, dass ich Ihnen helfe.«

Es stimmt, dass meine Wahl nicht gerade auf den bekloppten Brian als Assistent fallen würde, wenn ich Chirurgin wäre, aber da das nicht der Fall ist, muss ich darüber nicht diskutieren. Ich muss bloß diese Diskussion hier führen, die schon aufreibend genug ist.

»Geben Sie mir doch eine Chance«, sagt er. »Bloß eine Chance. Wenn ich es verpatze, frage ich auch nie wieder.«

»Wollen Sie auf unsere Party kommen?« frage ich ihn. Er starrt mich an, plötzlich aller chirurgischen Ambitionen ledig, und ich habe mein Nahziel, Brian von einer möglichen Medizinerlaufbahn abzubringen, schon erreicht. Ich habe ihn jedoch zu einer Party in mein Haus eingeladen – etwas, woran ich zuvor nie gedacht habe. Allerdings ist es nicht meine Party. Es ist Davids Party.

»Wie viele Leute kommen auf so eine Party? Mehr als siebzehn?«

»Zu dieser werden höchstwahrscheinlich mehr als siebzehn kommen. Wieso?«

»Ich kann nirgendwo hingehen, wo mehr als siebzehn Leute sind. Verstehen Sie, deswegen könnte ich auch nicht im Supermarkt arbeiten. Da sind ja irre viele Leute, stimmt's?«

Ich räume ein, dass Supermarkt-Belegschaft und Kunden zusammen meistens mehr als siebzehn ergeben.

»Da sehen Sie's«, sagt er. »Könnte ich nicht vielleicht am Tag darauf kommen, wenn alle weg sind?«

»Dann wäre es aber keine Party mehr.«

»Nein.«

»Wir werden sehen, ob wir auch mal eine für siebzehn geben. Ein anderes Mal.«

»Das würden Sie?«

»Ich schau mal, was ich tun kann.«

Zum ersten Mal überhaupt verlässt Brian glücklich die Praxis. Und das stimmt mich wiederum glücklich, bis ich begreife, dass dieses ganze Glücklichsein eine direkte Folge von Davids Verrücktheit ist, und dass ich Davids Pläne de facto billige, anstatt sie zu sabotieren. Ich war gerade nett zu genau der Art Mensch, zu der ich nach Davids Ansicht nett sein sollte, und als Konsequenz davon hat sich das Leben dieses Menschen kurzfristig verbessert. Ich mag die Schlüsse nicht, die das nahe legt.

Es versteht sich von selbst, dass der alte David Partys hasste. Um genau zu sein, er hasste es, Partys zu veranstalten. Um ganz genau zu sein, so genau wie der Ingenieur in den BMW-Fernsehspots, er hasste allein die Vorstellung, Partys zu veranstalten, denn es kam nie soweit, dass wir tatsächlich eine gaben, nicht ein einziges Mal während unserer gemeinsamen zwanzig Jahre. Warum sollte er wollen, dass ein Haufen Leute, die er nicht leiden kann, Kippen auf seinem Teppich austritt? Warum sollte er bis drei Uhr morgens aufbleiben wollen, nur weil Becca oder eine andere meiner dämlichen Freundinnen betrunken ist und nicht nach Hause will? Wie man sich denken kann, sind das rein rhetorische Fragen. Tatsächlich habe ich nie auch nur den Versuch unternommen, alle Gründe vorzubringen, warum er Brandlöcher auf dem Teppich hätte wünschenswert finden können. So wie die rhetorischen Fragen formuliert waren, klang es, als hätte ich keine großen Aussichten, ihm einzureden, dass Partys SPASS machen könnten, dass es GANZ TOLL wäre, alle Freunde einmal gleichzeitig am selben Ort zu sehen. So lief das zwischen uns nicht.

Ich fange an, über alle möglichen Dinge nachzudenken, die früher anders waren als heute, und weiß nicht, was ich davon halte. Nur ein Beispiel: David gab früher viel Geld für CDs und Bücher aus, und manchmal, wenn er nichts Ordentliches arbeitete, stritten wir deswegen, obwohl – oder gerade weil – ich unglücklich darüber bin, ein kulturbereinigter Organismus geworden zu sein. Ich weiß, dass er versucht hat, Neuanschaffungen vor mir zu verbergen, indem er CDs im Regal versteckte, neue nur spielte, wenn ich nicht im Haus war, und Taschenbücher ein wenig knickte, damit ich ihre Neuheit nicht erkannte. Aber jetzt hat er jegliches Interesse verloren. Er geht nicht viel raus, und die Zeitungsseiten mit den Buchkritiken werden ungelesen weggeworfen. Und um ehrlich zu sein, vermisse ich das, was er einbrachte. Ich selbst mag ja unabsichtlich Mitglied einer fundamentalistischen Glaubensgemeinschaft geworden sein, die jedwede Form von Unterhaltung als Frivolität und Sichgehenlassen betrachtet, doch insgeheim gefiel es mir, mit jemandem zusammenzuleben, der wusste, womit Liam Gallagher seinen Lebensunterhalt verdient. Das ist nun vorbei.

Und da ist noch etwas anderes: Er macht keine Witze mehr, jedenfalls keine richtigen. Er versucht, die Kinder in der Art des Kinderfernsehens aus den Sechzigern zum Lachen zu bringen: Er setzt sich irgendwelche Sachen auf den Kopf, die nicht als Hut gedacht sind, was immer einen Brüller garantiert, er nimmt Obst als Bauchrednerpuppen (»Hallo, Mr. Banane«, »Hallo, Mrs. Erdbeere«, so in dem Stil), er tut so, als wäre er ein Spice Girl usw. usw. Molly lacht dann gekünstelt, und Tom sieht ihn an, als würde er ihn nicht belustigen, sondern gerade in die Hose machen. Aber Erwachsene (mit anderen Worten, ich, denn GoodNews sieht nicht so aus, als würde er viel

Zeit in einem lokalen Comedy-Club verbringen) ... ach egal. Davids unerbittliche Suche nach einem Gag in allem und jedem hat mich früher verrückt gemacht, denn dann bekam er, wenn man mit ihm redete, diesen gewissen Gesichtsausdruck, der einen glauben machte, er höre einem zu, und irgendwann schoss ihm ein fein gedrechseltes und in der Regel bösartiges Bonmot aus dem Mund wie Hannibal Lecters Zunge, und ich lachte dann entweder oder verließ, was häufiger geschah, das Zimmer und knallte die Tür hinter mir zu. Aber dann und wann – sagen wir in fünf Prozent aller Fälle – traf er genau meinen Lachnerv, und wie ernst bei der Sache, wie wütend oder außer mir ich auch war, bekam er doch die Reaktion, die er beabsichtigt hatte.

Heute verlasse ich nur noch sehr selten den Raum und knalle die Tür hinter mir zu; andererseits lache ich auch nie. Ich muss gestehen, dass ich dadurch einen Tick schlechter dastehe. Ein Grund, David überhaupt zu heiraten, war, dass er mich zum Lachen brachte, und das tut er nicht mehr, er versucht es nicht mal, und ein Teil in mir möchte da sein Geld zurück. Habe ich ein Recht dazu? Was ist, wenn Humor etwas ist wie Haare – etwas, das viele Männer mit den Jahren verlieren?

Aber wir befinden uns jetzt hier, in der Gegenwart, und in dieser Gegenwart macht David keine Witze mehr und wir schmeißen eine Party, eine Party für die Leute aus unserer Straße. Über viele von ihnen hat David früher aufgrund äußerst dünner Indizien (Mäntel, Autos, Gesichter, Besucher, Einkaufstüten) äußerst rüde hergezogen. Ehe ich mich versehe, klingelt es schon an der Tür, und der erste Gast steht mit einem verwunderten, aber nicht gänzlich unfreundlichen Lächeln und einer Flasche Chardonnay in der Hand auf der Türschwelle.

Das verwunderte Lächeln gehört Simon, der einen Hälfte des schwulen Paars, das gerade in Hausnummer 25 eingezogen ist. Sein Partner Richard, ein Schauspieler, den Tom angeblich in »The Bill« gesehen hat, will später nachkommen.

»Bin ich der Erste?« fragt Simon.

»Einer muss ja der Erste sein«, sage ich, und wir beide lachen und glotzen uns dann an. David gesellt sich zu uns. »Einer muss ja der Erste sein«, sagt David, und wir lachen alle drei. (Das gilt übrigens nicht als Witz. Ja, David hat etwas gesagt, um die Atmosphäre zu lockern, und ja, ich habe lautstark bekundete Heiterkeit zur Kenntnis genommen, aber dies sind besondere, verzweifelte Umstände.)

»Wie lange leben Sie schon hier in der Straße?« frage ich Simon.

»Oh, wie lang ist das jetzt her? Zwei Monate? Lang genug, um sich zu Hause zu fühlen. Nicht lang genug, um schon alle Kisten ausgepackt zu haben.« Erinnert sich jemand an die Folge von »Fawlty Towers«, wo Basils Auto liegen bleibt und er aussteigt und anfängt, mit einem Ast darauf einzuprügeln? Und wie man sich halb totgelacht hat, als man es zum ersten Mal sah? So ungefähr denselben Effekt hatte Simons Kisten-Witz auf David und mich. Man muss wohl dabei gewesen sein.

Molly kommt mit einer Schale Käsestangen und bietet uns allen eine an. »Tom sagt, Sie wären in ›The Bill‹ gewesen«, sagt sie zu Simon.

»Das war ich nicht. Ich bin kein Schauspieler. Das war Richard.«

»Wer ist Richard?«

»Mein Lebensgefährte.«

Man sollte meinen, dass es Simons erste nüchterne Bemerkung seit seinem Eintreffen ist, aber mitnichten, denn wenn etwas jemanden zum Lachen bringt, muss es per definitionem lustig sein, und indem er Richard als seinen Lebensgefährten bezeichnet, bringt er Molly zum Lachen. Und zwar kräftig. Nicht auf Anhieb: Erst errötet sie und starrt ihn scheu an, dann bricht sie in ein unkontrollierbares Kichern und Prusten aus.

»Ihr Lebensgefährte!« wiederholt sie, als sie wieder genügend Luft bekommt. »Ihr Lebensgefährte!«

»Das ist nicht komisch«, sagt David, aber weil er dabei Simon einen mitfühlenden Blick zuwirft, versteht Molly das falsch und glaubt, mit der Bemerkung sei Simon gemeint gewesen.

»Er hat doch nur Quatsch gemacht, Daddy. Sei nicht böse auf ihn.«

»Geh jetzt, Molly«, weise ich sie zurecht. »Andere Leute wollen vielleicht auch eine Käsestange.«

»Es sind keine anderen Leute da.«

»Geh schon.«

»Tut mir schrecklich Leid«, sagen David und ich unisono, auch wenn keiner von uns versucht zu erklären, warum unsere Tochter findet, es sei der beste Witz, den sie je gehört hatte, wenn ein Mann einen Lebensgefährten hat.

»Kein Problem«, sagt Simon. Und dann, nur um das Schweigen zu beenden: »Das hier ist wirklich eine tolle Idee.«

Ich bin so überzeugt davon, dass er es sarkastisch meint, dass ich lospruste.

Es klingelt erneut, und diesmal ist es Nicola, die unfreundliche Frau mit den Missbilligungsfalten, die wegen ihres Selbstverteidigungskurses angeblich nicht kommen konnte. Sie hat keine Flasche dabei.

»Ich habe meinen Selbstverteidigungskurs abgesagt.«

»Schön für Sie.« Ich mache sie mit Simon bekannt und

lasse die beiden in einem Gespräch darüber zurück, ob die Stadtverwaltung in unserem Viertel Anwohnerparkplätze einrichten soll.

Das Zimmer füllt sich. Richard aus »The Bill« trifft ein, und ich verbiete Molly, mit ihm zu reden. Die asiatische Familie zwei Häuser weiter kommt, und GoodNews versucht sie in eine Debatte über Mystizismus zu verwickeln. Auf mich redet der zwielichtig aussehende Bauunternehmer aus Nummer 17 ein, dessen Frau mit Grippe im Bett liegt. Mein Bruder Mark taucht mit verwirrtem Gesicht auf. David muss ihn eingeladen haben. Ich habe keine Ahnung, ob Mark Nutznießer oder edler Spender der zu erwartenden Großzügigkeit sein soll: Er ist genau auf der Grenze.

»Was geht hier vor?« fragt er mich.

»Keine Ahnung«, sage ich.

»Wer sind diese Leute?«

»Keine Ahnung.«

Er schlendert in ein anderes Zimmer.

Bemerkenswerterweise fängt die Party an, wie eine Party auszusehen: Leute lachen, reden, trinken, und es schellt unentwegt an der Tür, schon bald ist nicht mehr genug Platz im Wohnzimmer und die Leute sind bereits in die Küche vorgedrungen. Nach ein paar Gläsern Wein werde ich tatsächlich ein wenig rührselig. Ihr versteht schon – hier sind wir alle, Schwarze, Weiße, Schwule, Heteros, ein Mikrokosmos des multikulturellen, multisexuellen, swingenden London, man isst Käsestangen und unterhält sich über den öffentlichen Nahverkehr und Hypotheken, und man versteht sich, ist das nicht toll? Und dann steht David auf einem Stuhl und schlägt mit einem hölzernen Kochlöffel auf einen Kochtopf, und ich erwache aus meiner kleinen Tagträumerei.

»Guten Abend alle zusammen«, sagt David.

»Guten Abend«, brüllt Mike, der schmierig aussehende Bauunternehmer, der sich, wie das Schicksal es will, als echtes »Original« erweist.

»Als die Einladungen in Ihre Briefkästen fielen, haben Sie sich wahrscheinlich gefragt, wo da der Haken ist. Warum lädt uns dieser Kerl, den wir nicht gerade aus dem Sandkasten kennen, zu einer Party ein?«

»Ich bin nur wegen dem Bier hier«, ruft Mike.

»Unverkennbar – Double Diamond-Bier«, ruft ein anderer.

»Nein, ist es nicht«, ruft Mike zurück. Die beiden Krakeeler schütten sich minutenlang vor Lachen aus.

»Ich würde Ihnen ja gerne sagen, dass es keinen Haken gibt, doch da gibt es einen. Einen großen Haken. Denn heute Abend möchte ich Sie bitten, das Leben anderer Menschen und vielleicht auch ihr eigenes Leben zu ändern.«

»Alle mit dem Rücken an die Wand!« brüllt Mike. Man muss kein Psychiater sein, um sich Sorgen um jemanden zu machen, der glaubt, jede Änderung der eigenen Lebensweise habe etwas mit Homosexualität zu tun.

»Wie viele von Ihnen haben ein Gästezimmer?« fragt David.

»Ja, einmal hier bitte«, brüllt Mike. »Da schlaf ich, wenn meine Alte mich nicht reinlässt.«

»Das wäre also schon mal eins«, sagt David. »Noch mehr?«

Die meisten Leute ziehen es vor, angestrengt in ihr Weinglas oder auf ihre Füße zu gucken.

»Nur keine Hemmungen«, sagt David. »Ich werde Sie nicht bitten, etwas zu tun, was Sie nicht tun wollen. Ich weiß nur, dass diese Straße voller dreistöckiger Häuser ist und darin eine ganze Menge Räume leer stehen müssen, denn nicht alle von Ihnen haben zwei Komma vier Kinder.«

»Was ist, wenn man in einer Wohnung wohnt?« fragt ein junger Typ in Lederjacke.

»Eine Wohnung mit einem Schlafzimmer?«

»Ja.«

»Tja, dann haben Sie kein Gästeschlafzimmer.«

»Kann ich dann nach Hause gehen?«

»Sie können jederzeit nach Hause gehen. Dies ist eine Party, keine Besserungsanstalt.«

»Hätt ich beinah verwechselt«, ruft Mike. Sein Comedy-Partner, der Mann, der den Double-Diamond-Witz gemacht hat, hat sich an seine Seite gesellt und hält ihm die Hand zum Abklatschen hin.

»Tut mir Leid, dass Sie sich nicht gut amüsieren.« Für einen Moment glaube ich eine Spur des alten David zu entdecken, wie einen alten Anstrich, der durch die neue Grundierung scheint: Da ist ein Sarkasmus drin, den zu hören nur ich in der Lage bin. Die alte Vorliebe für verbale Auseinandersetzungen scheint auch aufzuflackern, denn er sagt nichts weiter: Er wartet auf Mikes Entgegnung, seine nächste Stichelei, aber Mike hat keine mehr drauf, denn letztendlich ist er bloß ein kleiner Trottel, jemand, der bei jedem Anlass, bei dem es Alkohol gibt, dummes Zeug rumbrüllt, sei es eine Hochzeit, eine Taufe oder eine Rettet-die-Welt-Party wie bei uns, und er wird sich einiges rausnehmen, aber nicht alles, und jetzt hat David ihn durchschaut.

»Amüsieren Sie sich nicht gut?«

»Doch, ist ganz okay hier«, gibt Mike klein bei.

»Wahrscheinlich fängt gleich ›Eastenders‹ an.« Und das bringt ihm einige Lacher – nicht gerade überwältigend viele, aber besser als das, was Mike bislang zuwege gebracht hat.

›Eastenders‹ gucke ich nicht«, sagt Mike. »Ich gucke überhaupt keine Soaps.« Das ist der bislang größte

Lacherfolg, aber sie lachen über ihn, über die Banalität seines Konters, und das Gelächter wurmt ihn sichtlich.

»Sie bleiben also?«

»Jedenfalls trinke ich noch aus.«

»Freut mich zu hören.«

Noch mal verhaltenes Lachen, und jetzt sind sie auf seiner Seite. David hat einen Störer zur Raison gebracht, und ich empfinde einen vagen, wahrscheinlich nostalgischen Stolz. Wenn ich es recht bedenke, wäre es der perfekte Job für den alten David gewesen, Störenfriede zur Raison zu rufen. Er hatte genau die richtige Mischung aus Streitlust und Schlagfertigkeit. Aus ihm wäre ein schrecklicher Standup-Comedian geworden, denn er nuschelt und verliert auf seine nervende und schusselige Art oft den Faden, und die Gegenstände seines Spotts waren immer obskur und kompliziert (der eiserne Vorhang im Theater, kleine Becher mit Eiskrem et cetera). Aber hätte er sich zum Beispiel mit einem Komiker zusammengetan, hätte er in entscheidenden Momenten hinzugezogen werden können, wie ein Anästhesist. Vielleicht war das seine Bestimmung. (Und ist das das Netteste, was mir zu seinen Talenten einfällt? Dass er perfekt verbale Aufstände bei Trinkanlässen unterbindet? Daran erkennt man kaum den Universalgelehrten. Und es macht auch nicht unbedingt liebenswert.)

Er schweigt einen Moment, bis die Heiterkeit sich legt.

»Also, wo war ich? Ach ja. Gästezimmer. Sehen Sie, ich weiß nicht, wie es Ihnen geht, aber jedesmal, wenn ich den Fernseher anmache oder in eine Zeitung schaue, dann passiert gerade etwas Schreckliches im Kosovo oder in Uganda oder in Äthiopien, und manchmal rufe ich eine Nummer an und spende einen Zehner, und ändern tut das gar nichts. Diese schrecklichen Dinge passieren weiter. Und ich fühle mich mitschuldig und machtlos, und ich fühle mich auch später noch mitschuldig und machtlos, wenn ich ins Kino gehe oder zum Inder oder in den Pub ...«

In den Pub! Den Pub! Welcher »Pub« soll das bitte sein, David? Der an der Ecke? Der »Zum gönnerhaften Arschloch«?

»... Und vielleicht fühle ich mich so mitschuldig und machtlos, dass dieses Gefühl, etwas ändern zu wollen, bleibt, und dann sitzt da neben dem Geldautomaten dieses Kind mit einem Hund auf einer Decke, und ich gebe ihm fünfzig Pence, und auch das ändert nichts, denn wenn ich das nächste Mal zum Geldautomaten gehe, sitzt es immer noch da. Natürlich haben sie nichts genutzt, denn es sind bloß fünfzig Pence, und wenn ich ihm zehnmal fünfzig Pence gegeben hätte, tja, das würde auch nichts ändern, denn das sind nur fünf Pfund. Und ich hasse es, es dort sitzen zu sehen. Ich denke, das geht uns allen so. Wenn man nur für fünf Sekunden darüber nachdenkt, kann man sich halbwegs vorstellen, wie schrecklich es sein muss, draußen in der Kälte zu schlafen, um Kleingeld zu betteln, sich nass regnen zu lassen, von Leuten beschimpft zu werden ...«

Ich blicke mich um. Er schlägt sich wacker, abgesehen von der Stelle mit dem Pub. Die Leute hören zu, der eine oder andere nickt, aber man kann nicht gerade sagen, dass die Flamme der Bekehrung in ihren Augen leuchtet. Er wird noch etwas aus dem Ärmel zaubern müssen, wenn er sie nicht verlieren will.

Glücklicherweise nimmt ihm das jemand ab.

»Ich kann's nicht glauben«, sagt Mike. »Diese Typen, das sind doch alles Arschlöcher.«

»Welche Typen?«

»Diese verdammten Obdachlosen. Und die sind gut

gepolstert, mindestens die Hälfte von denen. Haben Geld wie Heu.«

»Ach«, sagt David, »Geld wie Heu. Und deswegen sitzen sie bettelnd auf dem Bürgersteig?«

»So kommen sie doch an die Kohle, oder? Und dann geben sie alles für Drogen aus. Ich such schon seit sechs Monaten einen Maurer, und hat sich von denen auch bloß einer gemeldet? Natürlich nicht. Die wollen doch gar nicht arbeiten.«

Es gibt ein paar empörte Schnaufer, ein oder zwei missbilligende »aber, aber!« und jede Menge Kopfschütteln und Blickwechsel mit hochgezogenen Augenbrauen. Mike ist von schwulen Schauspielern, Angestellten des staatlichen Gesundheitsdienstes, Lehrern und Psychoanalytikern umgeben, Leuten, denen das Herzblut durch ihre Gap-T-Shirts tropft, und selbst wenn sie sich in tiefster Nacht dabei ertappen sollten zu glauben, dass alle Obdachlosen selber Schuld sind und Drogen nehmen und dickere Konten haben als man selbst, würden sie das unter keinen Umständen am hellichten Tage laut aussprechen, schon gar nicht auf einer Party. Mike hat sein Publikum falsch eingeschätzt, und damit kippt die Stimmung im Raum. Noch vor zwei Minuten sprach David zu Leuten mit abweisenden Mienen; niemand hier wollte ihm übel, aber genauso wenig wollten sie einen beträchtlichen Teil ihres Hauses in den Dienst seiner Sache stellen. Jetzt sieht das anders aus. Auf wessen Seite stehen sie? Wollen sie den Schulterschluss mit den erzkonservativen Kräften der Finsternis, also mit Mike? Oder stellen sie sich auf die Seite der himmlischen (etwas exzentrischen, möglicherweise irregeleiteten, aber dennoch himmlischen) Heerscharen? Eins zu Null für die Engel! rufen die Psychoanalytiker. Nieder mit den erzkonservativen Mächten der Finsternis! schreien die schwulen

Schauspieler. Nicht dass sie wirklich rumbrüllen würden. Dafür sind sie zu zivilisiert. Aber um Mike ist sichtlich ein bisschen mehr Platz als vorher. Die Leute sind von ihm abgerückt, als würde er gleich irgendeine gewagte Tanzfigur aufs Parkett legen.

»Wenn Sie dieser Ansicht sind, interessiert Sie wahrscheinlich nicht, was ich zu sagen habe.«

»Nein. Interessiert mich nicht. Aber ich trinke trotzdem noch aus.«

»Das bleibt Ihnen unbenommen. Aber wenn ich Sie bitten dürfte, Ihre Ansichten für sich zu behalten? Ich bezweifle stark, dass jemand der Anwesenden sie hören möchte.«

»Weil sie alle hochnäsige Schwuchteln sind.«

Der Kreis um Mike wird noch ein wenig weiter. Jetzt könnte er eine Breakdance-Nummer hinlegen, ohne bei irgendwem auf dem Kopf zu landen. Selbst die andere Hälfte seines Comedy-Duos ist von ihm abgerückt. Mike hat David so genannt, wie die meisten in diesem Raum genannt zu werden fürchten; schließlich wollen wir uns einfügen und Teil des Viertels werden. Wir wollen, dass Mike einer von uns ist, und wir wollen, dass Mike es schön findet, neben uns zu wohnen. Wohl wahr, dass er sein Haus wahrscheinlich für einige hundert Pfund bekommen hat, damals Ende der Sechziger, als Leute wie wir hier nicht wohnen wollten, und einige von uns haben vor ein paar Jahren eine Viertelmillion Pfund bezahlt. (Allerdings nicht David und ich! Wir haben vor zehn Jahren einhunderttausend für unser Haus bezahlt!) Aber sind wir darum schon Schwuchteln? Schließlich ist auch Mikes Haus mittlerweile eine Viertelmillion wert. Aber das ist natürlich nicht der Punkt. Der Punkt ist, dass wir zu den Leuten zählen, die es sich leisten können, eine Viertelmillionen für ein Haus zu bezahlen (oder vielmehr zu den Leuten, denen die Banken eine Viertelmillionen für ein Haus leihen); deswegen gehören wir auch zu den Menschen, die Bettlern Geld geben (kein Wunder, wenn wir verrückt genug sind, eine Viertelmillion für ein Haus zu bezahlen); und dann ist da noch der Pub an der Ecke, in dem Mike vielleicht früher mal sein Bier trank, der heute jedoch den Pächter gewechselt hat, spanische Chorizos auf Wasweißichwas-Bett für zehn Pfund anbietet und eigentlich gar kein Pub mehr ist: Machen wir uns nichts vor, die Schwuchteln sind dafür verantwortlich, und ebenso für alles andere, etwa dafür, dass der Tante Emma-Laden jetzt ein Bio-Feinkostladen ist ... Ojeh, wir haben uns einiges vorzuwerfen.

Daher ist Mikes Abgang (er knallt sein Glas auf den Kaminsims und stürmt hinaus) sowohl Erlösung als auch Niederlage, denn wiewohl wir uns wegen der Obdach- losen schuldig fühlen, fühlen wir uns doch auch schuldig, Mike nicht entgegengekommen zu sein, wodurch er sich in seinem eigenen Viertel nicht länger heimisch fühlt, und es ist möglich, dass dieses doppelte Schuldgefühl David zu Gute kommt, weil hier im Raum so viel Kollek- tivschuld versammelt ist, dass die Schwuchteln danach lechzen, sie irgendwie zu kompensieren. Sie wollen etwas Entschlossenes, Schwieriges tun, nur um zu bewei- sen, dass sie keine Schwuchteln sind, sondern gute, be- sonnene Menschen, die vor Schwierigkeiten nicht zu- rückschrecken. Würde David genau in diesem Moment verlangen, dass sie ihr Zuhause aufgeben, würden es ein paar von ihnen vielleicht tun; ein Zimmer – pah! Das ist doch gar nichts!

David spürt die Stimmung und haspelt schnell den Rest seiner Ansprache herunter, während GoodNews mit einem selbstzufriedenen Strahlen im Gesicht neben ihm steht. Wollen diese Leute etwa wie Mike sein? Oder wollen sie etwas tun, das besser ist als alles, was sie bisher im Leben getan haben? Denn David interessiert nicht, was wir derzeit tun; wie gemeinnützig unser Beruf auch immer ist, wie viel wir auch immer für wohltätige Zwecke spenden, nichts davon kann für den Einzelnen so viel bedeuten wie das hier. Sechs Monate Verzicht auf ein unbenutztes Zimmer kann buchstäblich ein Leben retten, denn mit einem Zuhause und einer festen Adresse und einer Gelegenheit, sich zu duschen und zu rasieren, können die Kids sich um einen Job bewerben und Geld verdienen, das Einkommen wiederum schafft Selbstachtung und befähigt sie, sich ein Leben ohne diese Art von Hilfestellung aufzubauen …

»Ich bin einundvierzig Jahre alt«, sagt David, »und ich habe mein halbes Leben lang bedauert, die sechziger Jahre verpasst zu haben. Ich lese von der Aufbruchstimmung damals und stelle mir vor, wie sich die Musik angehört haben mag, als man sie nicht schon tausend Mal gehört hatte, als sie noch wirklich etwas bedeutete, und ich war immer traurig, dass die Welt heutzutage so anders ist. Live Aid konnte mich noch mal kurz vom Hocker reißen, aber dann wird einem klar, dass diese Probleme … Sie sind zu groß. Sie werden nie verschwinden. Die Welt können wir nicht verändern, aber wir können unsere Straße verändern, und wenn wir unsere Straße verändern können, dann möchten vielleicht auch andere Menschen ihre Straße verändern. Wir haben zehn Kids ausgewählt, die auf der Straße leben und Hilfe brauchen. Es sind anständige Kinder. Keine Säufer, Junkies, Diebe oder Verrückte; es sind Menschen, deren Leben ohne eigenes Verschulden total schief gelaufen ist. Sei es, dass ihr Stiefvater sie rausgeschmissen hat, sei es, dass jemand gestorben ist und sie nicht damit zurechtgekommen sind … Aber wir können uns für sie verbürgen. Wenn ich zehn unbenutzte Zimmer für diese Kids finden kann, wäre das für mich das Größte, das ich je erreicht habe.«

»Nehmen Sie auch eins auf?« fragt jemand.

»Natürlich«, sagt David. »Wie könnte ich Sie darum bitten, wenn ich selbst nicht dazu bereit wäre?«

»Darf ich fragen, wo wir ihn oder sie unterbringen?« Das kommt von einer Dame ganz hinten, die bereits zwei Kinder, einen Guru und einen Mann, der nicht mehr arbeiten will, zu ernähren hat.

»Das klären wir, wenn die anderen weg sind«, sagt David. »Möchte jemand jetzt Genaueres erfahren?«

Vier Leute heben die Hand.

»Vier reicht mir nicht. Ich brauche mehr.«

Eine weitere Hand, dann nichts mehr.

»Okay. Eine Hälfte jetzt, die andere später.«

Bizarrerweise bricht das ganze Zimmer in spontanen Applaus aus, und ich habe das Gefühl, als müsste ich Tränen vergießen, wie sie einem am Ende rührseliger Filme kommen.

GoodNews und David nehmen die fünf Freunde mit in Davids Arbeitszimmer (ein Arbeitszimmer, das vermutlich bald in ein Jugendzimmer verwandelt werden wird), während der Rest von uns zusieht. Es ist so wie der Teil bei kirchlichen Trauungen, wo Braut, Bräutigam und noch ein paar andere sich verdrücken, um die Formalitäten zu erledigen, und die Hochzeitsgesellschaft strahlt sie an, ohne recht zu wissen, was sie sonst tun soll. (Wird an dieser Stelle gesungen? Kann sein. Vielleicht sollten wir jetzt »You've Got A Friend« oder »You'll Never Walk Alone« singen, etwas, wo sich Profanes und Spirituelles treffen.)

Für die Akten, die ersten fünf Freiwilligen sind:

1) Simon und Richard, das schwule Paar aus Haus Nr. 25.

2) Jude und Robert, ein Paar Ende Dreißig, das – wie mir mal jemand erzählt hat – selber keine Kinder bekommen kann und ohne viel Erfolg versucht, eins zu adoptieren. Sie wohnen in Haus Nr. 6.
(Also, für alle, die das Bedürfnis haben, zu begreifen, warum jemand das tut, was diese Leute tun, kristallisiert sich da ein Grundmuster heraus …)

3) Ros und Max, aus Haus Nr. 29 schräg gegenüber. Da sie erst kürzlich eingezogen sind, weiß ich nicht viel über sie, außer dass sie erstens eine Tochter in Mollys Alter haben und zweitens dass David kurz vor seiner Verwandlung gesagt hat, er habe Ros im Bus seine Kolumne lesen und lachen sehen, daher ist ihre Bereitschaft, ein Zimmer anzubieten, vielleicht eine Art von Buße.

4) Wendy und Ed, ein älteres Ehepaar aus Haus Nr. 19. Sie sind immer auf einen Plausch stehen geblieben, wenn wir mit den Kindern spazieren gingen; über sie weiß ich auch nicht viel, außer dass sie beide sehr gewichtig sind und ihre Kinder nicht mehr bei ihnen leben.

5) (Schon beängstigend) Martina, eine alte (richtig alte, über siebzig), zerbrechliche osteuropäische Frau, die allein in Haus Nr. 21 lebt. Ihre Englischkenntnisse sind mir immer bemerkenswert dürftig vorgekommen für jemanden, der seit vierzig Jahren hier lebt, also weiß der Himmel, für was sie sich freiwillig gemeldet zu haben glaubt; wahrscheinlich bekommen wir morgen eine Riesentorte, und sie wird konsterniert und entsetzt sein, wenn in einer Woche jemand mit Dreadlocks an ihre Tür klopft.

Eine Frau, die ich noch nie im Leben gesehen habe, kommt auf mich zu. »Sie müssen sehr stolz auf ihn sein«, sagt sie. Ich lächle höflich und sage nichts.

Wir gehen erst nach Mitternacht zu Bett, doch David ist viel zu aufgekratzt zum Schlafen.

»Was meinst du, ist fünf in Ordnung?«

»Es ist erstaunlich«, sage ich zu ihm und meine das auch, denn was ich erwartet hatte, war null, niemand, eine klägliche und erniedrigende Niederlage und damit das Ende der Geschichte.

»Ehrlich?«

»Hast du im Ernst damit gerechnet, dass sich zehn Leute freiwillig melden?«

»Ich weiß nicht. Alles, was ich weiß ist, dass mir, als ich es im Kopf durchgegangen bin, nichts eingefallen ist, was dagegen spräche.«

Da haben wir's. Das ist die ganze David/GoodNews-Misere auf den Punkt gebracht: »Mir ist nichts eingefallen, was dagegen spräche.« Genau das ist mein Problem. Ich möchte Davids ganze Rettet-die-Welt-und-liebet-einander-Kampagne kaputt machen, aber ich möchte es mit Hilfe seiner Logik, Philosophie und Sprache tun, nicht in der Diktion einer mäkeligen, verwöhnten, selbstgefälligen, gleichgültigen, sozialdarwinistischen Revolverblattkolumnistin. Aber natürlich ist das unmöglich, denn David beherrscht seine Sprache fließend, während ich noch Anfängerin bin. Das ist, als würde ich mich mit Plato auf Griechisch streiten.

»Was spricht dagegen?« sagt er. »Ich meine, diese Leute ..«

»Ich weiß, ich weiß. Mit mir musst du nicht streiten. Aber darum geht es doch gar nicht, oder?«

»Tut es nicht?«

»Es gibt gegen nichts, was du tust, irgendwelche Einwände. Menschen hungern, also gib ihnen Essen, wenn du welches hast. Kinder haben nichts zum Spielen, also gib ihnen Spielzeug, wenn du selbst zu viel hast. Mir fällt nie etwas ein, das ich dagegen einwenden könnte. Aber das heißt nicht, dass ich dir zustimme.«

»Aber das müsstest du.«

»So funktioniert die Welt aber nicht.«

»Warum nicht? Okay, ich weiß, warum. Weil die Menschen egoistisch und ängstlich sind, und ... und man ihnen eingeredet hat, sie hätten keine andere Wahl. Aber die haben sie. Die haben sie.«

Was soll ich darauf jetzt sagen? Dass die Leute ein Recht darauf haben, egoistisch zu sein? Dass sie keine andere Wahl haben? Was heißt auf Griechisch: »Halt den Rand und lass mich in Ruhe?«

Am nächsten Morgen sitze ich in der Küche und esse mit Tom Müsli, während GoodNews, Molly und David um mich herum sauber machen. Ich rühre mich nicht. Ich bin egoistisch, und ich habe ein Recht dazu. Im »Guardian« ist ein Artikel über eine Bande von Jugendlichen, die im Victoria Park einen Mann bewusstlos geschlagen und unter einer Hecke liegen gelassen haben, wo er an Unterkühlung starb. Es sei denn, er war bereits vorher tot – der Befund der Autopsie war nicht ganz eindeutig. Okay, ich gebe zu, ich hätte die Story nicht laut vorlesen sollen, da unsere Kinder relativ jung sind und bald ein obdachloser Jugendlicher bei uns einziehen wird (Ich nehme an, dass dem nach wie vor so ist – mir gegenüber hat keiner was gesagt), und sie wochenlang Alpträume wegen des armen und höchstwahrscheinlich harmlosen Jugendlichen haben werden, der unter ihnen schläft. Aber ich bin streitlustig, und die Munition lieg direkt vor mir, oben auf Seite fünf, und wartet darauf, verschossen zu werden.

»Na, großartig«, sagt Tom. »Dad sorgt also dafür, dass wir umgebracht werden.«

»Wieso?« fragt Molly.

»Hast du nicht gehört, was Mum vorgelesen hat? Ein Obdachloser wird hier einziehen, uns ausrauben und dann wahrscheinlich umbringen.« Er scheint es ganz gefasst aufzunehmen; er scheint sogar Gefallen an der Vorstellung zu finden, wahrscheinlich, weil es etwas beweisen und sein Vater es bereuen würde, wenn man ihn ermordete. Ich schätze, das ist recht naiv von ihm, denn sein Vater würde es zwar bedauern und auch traurig sein, aber bereuen würde er nichts. Jedenfalls nicht so, wie Tom es nötig hat.

»Das ist nicht fair«, sagt David wütend zu mir.

»Nein«, sage ich, »fünf gegen einen! Da hatte er keine Chance.«

Er starrt mich an.

»Was ist? Hier steht's doch, in der Zeitung. Das hat mit Fairness nichts zu tun. Es ist ein Bericht. Ein Fakt.«

»Es gibt jede Menge anderer Sachen, die du hättest vorlesen können. Ich wette, da gibt's auch einen Artikel über – was weiß ich – Kürzungen bei den Sozialausgaben. Ich wette, da steht irgendwas über die Verschuldung der Dritten Welt.«

»Die Schulden der Dritten Welt wollen nicht bei uns einziehen, David. Die Schulden der Dritten Welt haben niemanden umgebr …« Ich breche abrupt ab, weil ich weiß, dass ich Unrecht habe, dass ich unterlegen bin, dass die Schulden der Dritten Welt Millionen und Abermillionen umgebracht haben, zig Milliarden Menschen mehr, als alle obdachlosen Jugendlichen je umbringen können, ich weiß ich weiß ich weiß, aber ich werde es trotzdem zu hören kriegen, Stunde um Stunde um Stunde.

Zehn

Die Straßenkinder treffen alle am selben Tag ein, in einem Mini-Bus, den ihre Gastgeber für den Vormittag gemietet haben. Es ist ein sonniger Samstag im Juni, ein bisschen diesig wegen der frühen Hitze und dem Regen der letzten Nacht. Ein paar Leute haben sich vor ihren Häusern versammelt, entweder um zu gaffen oder um ihre neuen Mitbewohner willkommen zu heißen, und plötzlich habe ich das Gefühl, dass unsere Straße letztendlich doch etwas Besonderes ist. Keine andere Straße in London, in England oder auf der Welt erlebt solch einen Morgen, und was auch immer zukünftig geschehen mag, David und GoodNews haben – wie ich jetzt erkenne – tatsächlich etwas erreicht.

Die Kids sind laut und albern, als sie aus dem Bus klettern – »Boah, guck dir die an, ich wette, das ist deine« – aber das ist nur gespielt, und ein paar von ihnen haben eindeutig Angst. Wir alle haben Angst voreinander. David spricht mit allen – drei Jungs, drei Mädchen –, während sie auf dem Bürgersteig herumstehen, und weist jeden einem neuen Heim zu. Er schüttelt einem der Jungs die Hand und zeigt auf mich, und ein paar Minuten später mache ich Tee, während ein Achtzehnjähriger, der mich gebeten hat, ihn Monkey zu nennen, an meinem Küchentisch eine Zigarette dreht.

»Was machst du da?« fragt Molly.

»Ne Zigarette drehen.«

»Rauchst du?« fragt Molly.

»Pfff«, sagt Tom, der prompt in sein Zimmer verschwindet. Molly hingegen staunt ehrfürchtig. Ihr Vater hat »eindeutige Ansichten« zum Rauchen und ihre Mutter ist praktische Ärztin; sie hat gehört, dass manche Menschen rauchen, aber sie hat noch nie gesehen, dass jemand Anstalten macht, es vor ihren Augen zu tun. Was mich anbelangt, ich weiß nicht, ob ich möchte, dass Monkey in meiner Küche raucht, vor den Augen meiner Kinder. Eher nicht. Aber wenn ich Monkey auffordere, draußen im Garten zu rauchen, würde ich ihn vielleicht auf dem falschen Fuß erwischen: Das könnte ihm den Eindruck vermitteln, er sei nicht willkommen oder wir würden seinen Lebensstil nicht respektieren. Oder es könnte die Kluft zwischen uns vertiefen – vielleicht denkt er, dass Passivrauchen eine grundbourgeoise Paranoia ist, die eine Lebensperspektive voraussetzt, die ihm nach seinem Dafürhalten derzeit verweigert wird, weswegen er sich nichts dabei denkt, Selbstgedrehte zu rauchen. Vielleicht macht es ihn einfach wütend, wenn man ihn bittet, nach draußen zu gehen, und seine Wut treibt ihn dann dazu, alles zu stehlen, was wir besitzen, oder uns in unseren Betten zu ermorden. Keine Ahnung. Und weil ich keine Ahnung habe, sage ich nichts außer: »Ich such mal einen Aschenbecher.« Und dann: »Du musst wohl eine Untertasse benutzen.« Als ich mir diesen letzten Satz noch mal durch den Kopf gehen lasse und einen Unterton raushöre, der a) als Gereiztheit gedeutet werden könnte und b) die Andeutung enthält, dass es AUS GUTEM GRUND keine Aschenbecher in diesem Haushalt gibt, was als unausgesprochene Missbilligung interpretiert werden könnte, füge ich hinzu: »Wenn es dir nichts ausmacht.« Es macht Monkey nichts aus.

Er ist sehr groß und sehr mager – überhaupt nicht wie ein Affe, eher wie eine Giraffe. Er trägt (von unten nach oben) Dr. Martens, Camouflage-Hose, eine Khaki-Jacke und einen schwarzen Pullover mit Stehbund, der mit

Schlamm verschmiert ist, zumindest hoffe ich, dass es Schlamm ist. Er hat Pickel, aber sonst kaum was: der Rest seiner Garderobe steckt in einer Plastiktüte.

»Also«, sage ich. Er guckt mich erwartungsvoll an, was nur verständlich ist, da das Wort, das ich gerade benutzt habe, zweifellos Erwartung weckt, aber jetzt hänge ich. Ich versuche mir etwas einfallen zu lassen, was weder gönnerhaft noch kränkend klingt, sondern Anteilnahme und Interesse bekundet. (Übrigens verspüre ich Anteilnahme und Interesse, daher ist die Frage nicht bloß Heuchelei. Es liegt mir was daran. Ehrlich.)

»Wann hast du das letzte Mal bei jemandem in der Küche gesessen?«.

Das ist doch wohl nicht kränkend, oder? Denn wenn man auf der Straße lebt, ist es doch wahrscheinlich schon eine Weile her? Und vielleicht hilft die Frage, ihn aus der Reserve zu locken, ihn zum Sprechen zu bringen, und ich werde dann etwas besser begreifen, was er getrieben hat und wo. Die einzige Gefahr ist wohl, dass es etwas selbstgefällig klingen könnte – haben wir das nicht toll gemacht, wir haben eine Küche, ätsch-bätsch.

»Weiß nich. Ewig her. Wahrscheinlich, als ich das letzte Mal bei meiner Mum war.«

»Wann war das?«

»Vor ein paar Jahren. Ist Ali G wirklich gut?«

»Wer ist Ali G?«

»Der Komiker aus dem Fernsehen.«

»Ich weiß nicht. Ich hab ihn noch nie gesehen.«

»Er ist nicht gut« sagt Molly, die am Tisch sitzt und zeichnet.

»Wann hast du den denn gesehen?« frage ich sie.

»Hab ich gar nicht. Aber ich habe ein Bild von ihm gesehen. Er sieht nicht besonders komisch aus. Er sieht dumm aus. Wieso nennt man dich Monkey?«

»Weiß nicht. So nennen sie mich halt. Warum heißt du Molly?«

»Weil Rebecca Daddy nicht gefallen hat.«

»Oh. Habt ihr einen Decoder?«

»Nein.«

»Kabel?«

»Ja.«

»Sky Sports?«

»Nein.«

»Ach.«

Wie sich herausstellt, sind wir eine ziemliche Enttäuschung für Monkey, und wenn ich ehrlich bin, ist er auch eine ziemliche Enttäuschung für mich. Weder kann ich die Fragen beantworten, die er mir stellt, noch besitzen wir eins von den Dingen, die er sich anscheinend am meisten wünscht (abgesehen von Sky Sports haben wir auch Dreamcast nicht und auch keinen Hund); er hingegen wird mir nicht dabei helfen, zu verstehen, wieso er auf der Straße gelandet ist, was bedeutet, dass ich ihm nicht die Seite von mir zeigen kann, die ich ihm zeigen möchte: Katie die Therapeutin, die Zuhörerin, die einfallsreiche Löserin unlösbarer Probleme. Er geht baden; bedauerlicherweise besitzen wir keine vernünftige Dusche.

Ein paar Tage lang bleibt alles ruhig. Monkey sehen wir nur abends; er spricht nicht darüber, wo er tagsüber hingeht, aber offenkundig sind alte Gewohnheiten schwer abzulegen und alte Freundschaften sind für ihn genauso wichtig, wie für jeden anderen auch. Und außerdem kommt er an einem Abend zurück und will mir Haushaltsgeld aus einem großen Haufen Kleingeld geben, das er auf den Küchentisch kippt; immerhin haben wir jetzt eine recht klare Vorstellung davon, was er tagsüber treibt.

Ich bin fast versucht, das Geld anzunehmen: Schließlich ist er neben mir der Einzige, der Geld nach Hause bringt. Er ist höflich, er bleibt meist für sich, er liest, er sieht fern, er spielt mit Tom am Computer, ihm schmeckt jeder Bissen, den er bekommt, und er hat keine speziellen Ansprüche an die Speisekarte.

Eines Abends lassen wir unsere Kinder in Obhut unserer Gäste (imaginärer Dialog mit meinen Eltern oder dem Jugendamt: »Wer kümmert sich um die Kinder?« »Ach, GoodNews und Monkey.«) und gehen ins nahe Kino. Wir sehen uns einen Film mit Julia Roberts an: Sie spielt eine bitterarme, allein erziehende Mutter, die in einer Anwaltskanzlei arbeitet und herauskriegt, dass ein Wasserwerk Menschen vergiftet, und dann um eine Entschädigung für die Leute kämpft. Ihre Beziehung zu einem gut aussehenden, bärtigen Mann leidet darunter, und sie vernachlässigt sträflich ihre Mutterpflichten, aber sie kämpft den Kampf der Gerechten, und die Wasserwerke sind böse böse böse, und sie hat nur zwei Kinder und einen Freund, aber Hunderte Menschen sind krank, also ist das okay. Es ist kein besonders guter Film, aber mir gefällt er schon deshalb, weil es ein Film ist, ein Farbfilm, mit einer Story, die ohne Raumschiffe, Insekten oder Getöse auskommt, und ich sauge ihn in mich auf ohne abzusetzen, wie schon das Stoppard-Stück. David liebt den Film, weil er meint, es ginge darin um ihn.

»Und?« fragt er anschließend.

»Und was?«

»Hast du nicht gesehen?«

»Hab ich was nicht gesehen?«

»Wenn man solche Dinge tut, hat das seinen Preis.«

»Da gab es keinen Preis. Nicht in dem Film. Alle lebten hinterher glücklich weiter. Außer den Erkrankten vielleicht.«

»Ihr Freund hat sie verlassen.«

»Sie hat sich wieder mit ihm vertragen«, wende ich ein.

»Aber warst du nicht auf ihrer Seite?«

Und er war früher so ein komplizierter, interessanter Kopf. »Nein. Ich war auf der Seite der Wasserwerke. Natürlich war ich auf ihrer Seite. Bleibt mir wohl kaum was anderes übrig. Willst du mir etwa erzählen, du wärst Julia Roberts?«

»Nein, aber ...«

»Bist du nämlich nicht.«

Wir schweigen, während er einem Jugendlichen fünfzig Pence gibt, und gehen dann eine Weile stumm nebeneinander her.

»Warum nicht?«

»Darauf werde ich nun wirklich keine Zeit verschwenden, David.«

»Warum nicht?«

»Warum ich nicht meine Zeit damit vergeuden will, dir zu erklären, warum du nicht Julia Roberts bist?«

»Ja. Das ist wichtig. Erklär mir den Unterschied zwischen dem, was ich tue, und dem, was sie tut.«

»Was tust du denn? Erklär mir das mal.«

»Erst erklärst du mir, was sie macht. Und dann sehen wir, wo die Unterschiede liegen.«

»Du machst mich noch wahnsinnig.«

»Okay, tut mir Leid. Tatsache ist doch, dass sie und ich Dinge ändern wollen. Ein Wasserwerk vergiftet die Menschen. Schlecht. Sie will Gerechtigkeit für die Betroffenen. Jugendliche leben auf der Straße. Schlecht. Ich will ihnen helfen.«

»Warum gerade du?«

»Warum gerade sie?«

»Es war nur ein Film, David.«

»Nach einer wahren Geschichte.«

»Lass mich dir eine Frage stellen: Ist es dir wert, deine Familie dafür zu zerstören?«

»Ich habe nicht vor, meine Familie zu zerstören.«

»Ich weiß, dass du nicht vor hast, deine Familie zu zerstören. Aber zwei von uns sind sehr unglücklich. Und ich weiß nicht, wie viel ich noch ertragen kann.«

»Das tut mir Leid.«

»Mehr hast du nicht dazu zu sagen?«

»Was gibt es da noch zu sagen? Du drohst damit, mich zu verlassen, weil ich versuche, Menschen zu helfen, die sich nicht selbst helfen können. Und ich …«

»Das stimmt nicht, David. Ich drohe damit, dich zu verlassen, weil du unerträglich wirst.«

»Was kannst du nicht ertragen?«

»Alles. Diese … diese salbungsvolle Art. Diese Selbstgefälligkeit. Diese …«

»Da draußen sterben Menschen, Katie. Tut mir Leid, wenn du da meinst, ich wäre selbstgefällig.«

Ich bringe es nicht über mich, noch mehr zu sagen.

Wie das Schicksal es wollte – den einen Sommer ein gebrochenes Bein, den nächsten die Post-Studium-Armut – machten David und ich erst im dritten Jahr unserer Beziehung gemeinsam Urlaub. Da waren wir schon ein richtiges Paar, womit ich sagen will, dass es zwar Kräche gab, dass ich ihn an manchen Tagen nicht besonders mochte und ich ihn nicht besonders vermisste, wenn er oder ich ein paar Tage weg blieben, obwohl ich mich dabei ertappte, mir irrelevantes Zeugs zu notieren, das ich ihm erzählen wollte, doch kein einziges Mal habe ich darüber nachgedacht, ob ich überhaupt mit ihm zusammen sein wollte, denn irgendwas in mir wusste, dass es etwas Dauerhaftes war. Was ich sagen will ist wohl, dass unsere ersten Ferien keine Hochzeitsreise waren und die

Chance eher gering war, dass wir die gesamten vierzehn Tage in den Federn bleiben und nur rauskommen würden, um uns gegenseitig mit exotischen Früchten zu füttern. Es war eher so, dass David nach einem kleinen Disput über seine lockere Auslegung der Scrabble-Regeln, in dessen Verlauf ich ihn als erbärmliches, schummelndes Baby bezeichnet hatte, in eine zweiwöchige Trotzphase verfallen konnte. In diesem Stadium befanden wir uns.

Wir bekamen einen billigen Flug nach Ägypten, wo wir etwas herumreisen wollten, aber an unserem zweiten Tag in Kairo wurde David krank – so schlimm wie nie wieder seither. Er delirierte, er übergab sich alle zwei Stunden, und auf dem Höhepunkt verlor er die Kontrolle über seinen Stuhlgang, und das in einem billigen Hotel ohne Toilette oder Dusche auf dem Zimmer, und ich musste ihn saubermachen.

Einem Teil von mir gefiel das sogar, denn ich hatte mir Jahre zuvor einen Test ausgedacht (wahrscheinlich als ich mir zum ersten Mal vorstellte, Ärztin zu sein, und begriff, dass mein Privatleben mitunter durchaus Ähnlichkeiten mit meinem Berufsleben haben würde): Wäre ich dazu in der Lage, einen Mann in diesem Zustand zu sehen und ihn am nächsten Morgen immer noch zu respektieren? Ich bestand den Test mit Auszeichnung. Es ekelte mich nicht, David sauberzumachen, ich konnte danach immer noch Sex mit ihm haben (nach den Ferien, nach seiner Genesung meine ich, nicht gleich nach seinem Malheur) … alles in allem war ich zu einer reifen Beziehung fähig. Das musste ja wohl Liebe sein?

Aber jetzt begreife ich, dass ich mich geirrt habe. Das war kein Test gewesen. Welche Frau lässt ihren Freund schon in einem fremden Hotel in seinen besudelten Laken verrotten? Das jetzt ist ein Test. Und mein Gott, habe ich den verhauen.

Wendy und Ed, das stattliche Paar, das in Haus Nr. 19 wohnt, kommt uns früh am nächsten Morgen besuchen. Sie haben einen Jungen namens Robbie aufgenommen, der ihnen sympathisch war, wie sie sagten. Gestern Abend sind alle drei zu Hause geblieben und haben über Robbies Leben geredet, und wie es dazu gekommen ist, und als Wendy und Ed dann zu Bett gingen, hatten sie ein gutes Gefühl, weil sie sich entschieden hatten, Robbie bei sich zu behalten. Doch als sie aufstanden, war Robbie verschwunden. Mit ihm verschwunden waren: eine Videokamera, siebzig Pfund in bar, ein Armband, das Wendy nach dem Abwasch neben der Spüle liegen gelassen hatte. GoodNews hört sich die Geschichte mit wachsender Erregung an, was mich überrascht: ich hatte angenommen, dass er den Verlust liebend gern als wertvolle Erfahrung abschreiben würde, dass er argumentieren würde – und da er selber nicht gerade viel besitzt, wäre es für ihn leicht, das zu behaupten –, diese Risiken seien es wert, dass man sie eingeht, alles diene einem höheren Ziel und so weiter. Wie sich jedoch herausstellt, ist es nicht der Diebstahl, der ihn aufgeregt hat, sondern unsere bourgeoise Logik.

»Nein, nein, nein, Leute«, sagt er. »Wir ziehen voreilige Schlüsse. Wir sollten nicht voreilig sein. Wir sollten uns hinsetzen und überlegen, nichts überstürzen.«

»Wie meinen Sie das?« Ed ist ehrlich verblüfft. Genau wie ich fragt er sich, wie der Vorfall anders zu interpretieren wäre.

»Verstehen Sie nicht? Wir zählen eins und eins zusammen und konstruieren das, was wir von vornherein erwarten. Ich meine … Okay, Robbie ist verschwunden. Und okay, ein paar Sachen sind verschwunden. Aber das muss nicht zwangsläufig bedeuten, dass sie einen gemeinsamen Weg genommen haben.«

»Ich bin sicher, das haben sie nicht«, sage ich. »Ich bin sicher, dass sie getrennte Wege gegangen sind. Ich bin sicher, die Videokamera ist in den Gebrauchtwarenladen in der Holloway Road gegangen und Robbie in den Schnapsladen.«

David wirft mir einen Blick zu, der mir zu verstehen gibt, dass ich kontraproduktiv bin, aber ich glaube nicht, dass das stimmt. Wendy und Ed verhalten sich in dieser Sache eigentlich sehr fair. Sie hätten auch herkommen und David aus einem Fenster im oberen Stock schmeißen oder sich auf ihn draufsetzen können, bis er platzt, aber sie wirken nur bestürzt und verletzt. Und jetzt müssen sie sich auch noch mangelndes Urteilsvermögen vorwerfen lassen.

»GoodNews hat Recht«, sagt David mit ermüdender Vorhersehbarkeit. »Wir dürfen diese Kids nicht vorverurteilen. So etwas hat sie ja erst in diese Notlage gebracht.«

Monkey kommt gähnend in abgelegten Sachen von David in die Küche.

»Kennst du Robbie?« frage ich ihn. »Den Typ, der bei Ed und Wendy gewohnt hat?«

»Yeah«, macht Monkey, »das ist ne diebische kleine Fotze. Verzeihen Sie meine Ausdrucksweise.«

»Woher weißt du das?« fragt David.

»Woher ich weiß, dass er ne diebische kleine Fotze ist? Weil er einem alles klaut.« In Verkennung der Stimmung lacht er herzlich über seine witzige Bemerkung.

»Er hat Sachen gestohlen und ist verschwunden«, sagt Ed.

»Yeah, das hätte ich euch vorher sagen können. Was hat er mitgenommen?«

Ed sagt ihm, was fehlt.

»Der kleine Wichser. Alles klar.« Und Monkey verschwindet ebenfalls.

Wir machen Ed und Wendy eine Tasse Tee. David stützt den Kopf in die Hände und starrt betrübt auf den Boden. »Es war ein Spiel mit hohem Risiko, schätze ich. Wenn ich mir das jetzt so überlege.« An dieser letzten Formulierung hätte ich an Eds und Wendys Stelle besonders schwer zu schlucken gehabt. Sie hätten vielleicht doch erwarten können, dass man diese Überlegungen vorher anstellt.

»Sie sollten sich nicht zu viele Gedanken machen«, erklärt ihnen GoodNews optimistisch. »Sie haben das einzig Richtige getan. Egal, wie viel Sie verloren haben. Er hätte Ihnen alles stehlen können, was Sie besitzen, bis auf den letzten Penny, und Sie hätten doch heute abend in dem Bewusstsein zu Bett gehen können, dass Ihr Gewissen rein ist. Mehr als rein. Es ist ...« GoodNews müht sich einen Moment, ein Wort zu finden, das »mehr als rein« bedeutet, gibt dann auf und begnügt sich mit einem strahlenden Lächeln, das Ed und Wendy nicht so viel Trost zu spenden scheint, wie er wohl erwartet hat.

Fünfundvierzig Minuten später ist Monkey wieder da, mit der Kamera, dem Armband, fünfzig von den siebzig Pfund, und mit Robbie, der stark aus einer Platzwunde über dem rechten Auge blutet. David ist wütend, GoodNews verzweifelt.

»Woher hat er das?« fragt David.

Monkey lacht. »Er ist gegen eine Tür gelaufen.«

»Oh, Mann«, sagt GoodNews, »so was möchten wir eigentlich nicht.«

»Ich kann Gewaltanwendung nicht billigen«, sagt David.

»Was soll das heißen?«

»Das soll heißen, ich finde sie nicht richtig.«

»Na gut«, sagt Monkey. »Ich habe ihn höflich gebeten, aber er wollte nicht hören.«

»Ich wollte gerade mit den Sachen zurückkommen«, jammert Robbie. »Er hatte gar keinen Grund, mich zu verprügeln. Ich wollte doch nur ...« Robbie sucht vergeblich nach einer überzeugenden Erklärung, warum er nur vorübergehend eine Videokamera und ein Armband brauchte, und verstummt.

»Ist das wahr, Monkey?« fragt David. »Wollte er wirklich mit den Sachen zurückkommen?«

»Ich will Ihnen meine ehrliche Meinung sagen, David: Nein, das ist nicht wahr. Er wollte nicht mit den Sachen zurückkommen. Er wollte sie verticken.« Das sagt Monkey, um uns zum Lachen zu bringen, und schafft es auch – bei Ed und mir jedenfalls. David und GoodNews lachen allerdings nicht. Sie machen nur bestürzte Gesichter.

Ich bitte Monkey, mit Robbie mal um den Block zu gehen, während wir uns unterhalten.

»Also, wie nun weiter?« frage ich. »Wollt Ihr beiden die Polizei hinzuziehen?«

»Äh, halt mal, das sollte man sich genau überlegen«, sagt GoodNews. »Denn die Polizei, na, wisst Ihr ... Das wär echt heavy. Wenn euch die zwanzig Pfund so viel bedeuten, also dann ...«

Bezeichnenderweise verstummt er, bevor er den Satz auf die Weise beenden kann, die Vernunft und Anstand hier vorschreiben. Aus der Ecke ist offenkundig kein Entschädigungangebot zu erwarten.

»Dann was?« frage ich ihn.

»Na ja, ist irgendwie nicht viel, ein Zwanziger, oder? Ich meine, ein junges Menschenleben sollte doch wohl mehr wert sein.«

»Du willst also sagen, Ed und Wendy wären knickerig. Herzlos.«

»Ich will nur sagen, wenn ich es wäre, der das Geld verloren hätte, na, du weißt schon ...«

»Du hast damit nichts zu tun«, sage ich zu ihm. »Es ist Eds und Wendys Entscheidigung.«

»Wenn wir die Polizei einschalten«, sagt David, »wird es für Robbie sehr schwierig, das Experiment durchzuhalten. Er könnte den Eindruck bekommen, dass Ed und Wendy ihn nicht bei sich haben wollen.«

Ich glaube, noch nicht mal ich habe bis zu diesem Zeitpunkt richtig begriffen, in welchem Maße sich David bereits aus der Realität verabschiedet hatte.

»Wir wollen ihn ja auch nicht«, sagt Ed. »Den kleinen Scheißkerl.«

GoodNews ist baff. »Sie wollen ihn nicht? Wegen dieser Geschichte? Kommt schon, Leute. Uns war doch klar, dass es ein beschwerlicher Weg wird. Ich hatte nicht erwartet, dass Sie beide schon bei der ersten Hürde schlappmachen.«

»Sie haben uns erzählt, Sie hätten jeden überprüft«, sagt Wendy.

»Haben wir auch«, sagt David. »Aber wie das so geht. Es muss eine große Versuchung für ihn gewesen sein. Da liegt Geld rum und Schmuck und Unterhaltungselektronik und ...«

»Also ist es unsere Schuld?« fragt Ed. »Wollen Sie uns das sagen?«

»Nicht direkt Ihre Schuld. Aber vielleicht erfassen wir das ... das Ausmaß der kulturellen Diskrepanz hier nicht richtig.«

Ed und Wendy sehen sich an und gehen.

»Ich bin schwer enttäuscht von ihnen«, sagt David wie zu sich selbst. »Ich dachte, sie wären aus härterem Holz geschnitzt.«

Ich verarzte Robbie und lege ihm nahe, dass es klug wäre, zu verschwinden. Er ist nicht gerade begeistert von dem Vorschlag – wie David und GoodNews scheint er zu glauben, dass ich mich kontraproduktiven Vorurteilen überlasse, und dass man ihm keine faire Chance gegeben hat. Der Disput darüber ist recht lebhaft, wie man sich vorstellen kann. Denn meiner Ansicht nach, die Robbie nicht teilt, hatte er sehr wohl eine faire Chance gehabt und sich ihrer nicht unbedingt würdig erwiesen. Robbie widerspricht. »Die Kamera war doch billiger Scheiß aus Korea«, sagt er. »Und wie GoodNews gesagt hat, es waren doch nur zwanzig Eier.« Das, versuche ich ihm klarzumachen, geht am Kern des Problems vorbei – und ist ein unzulässiger Schluss –, doch damit komme ich bei ihm nicht weiter. Nach einer wesentlich knapperen Unterhaltung mit Monkey beschließt Robbie, dass die Webster Road doch nicht das Richtige für ihn ist. Wir sehen ihn nie wieder.

Die Kunde von dem Missgeschick verbreitet sich wie ein Lauffeuer in der Straße, und wir erhalten im Laufe des Tages mehrere Besuche. Die anderen vier Gastgeber wollen natürlich alle mit David und GoodNews sprechen, aber auch die unmittelbaren Nachbarn von Ed und Wendy – einschließlich Mike, dessen weltanschauliche Opposition zu dem Projekt sich, wie nicht anders zu erwarten, über Nacht noch gefestigt hat – fühlen sich nicht ganz wohl dabei. Mike stattet uns einen Besuch ab.

»Das hat überhaupt nichts mit Ihnen zu tun«, sagt David.

»Ach nee, wenn direkt neben mir ein Langfinger wohnt?«

»Sie wissen doch gar nicht, wer neben Ihnen wohnt«, sagt David. »Sie beurteilen Menschen, ohne sie überhaupt kennen gelernt zu haben.«

»Sie ziehen voreilige Schlüsse ...«, sagt GoodNews, glücklich über seine neue Floskel. »Und voreilige Schlüsse sind nichts für uns.«

»Ach nee, soll ich warten, bis die Hälfte meiner Klamotten verschwunden ist, bevor ich mich beschweren darf?«

»Warum berufen wir nicht eine Nachbarschaftskonferenz ein?« fragt David.

»Wozu soll das gut sein?«

»Ich will die Stimmung sondieren. Mal sehen, was die anderen Leute meinen.«

»Es interessiert mich einen Scheißdreck, was andere Leute meinen.«

»So kann das Leben in einer Gemeinschaft nicht funktionieren, Mike.«

»Ich lebe nicht in einer beschissenen Gemeinschaft. Ich lebe in meinem Haus. Mit meinem Eigentum. Und das will ich behalten.«

»Okay. Dann sollten Sie vielleicht die Gelegenheit bekommen, das auch auszudrücken. Lernen Sie die Kids kennen und sagen Sie ihnen, dass Sie sie nicht in Ihrem Haus sehen möchten.«

»Ihnen sagen!? Ihnen sagen!? Wenn man denen erst sagen muss, dass sie nicht einbrechen sollen, dann dürften sie überhaupt nicht hier sein.«

»Und wo sollten sie sein?«

»In einem Wohnheim, wieder auf der Straße, wen kümmert's?«

»Mich zum Beispiel. Deswegen tue ich das hier ja.«

»Tja, mich aber nicht.«

»Was kümmert Sie denn?« Das ist GoodNews erster Beitrag zu der Debatte, aber der liefert bislang den meisten Zündstoff: Mike ist gefährlich kurz davor, jemandem eine reinzuhauen. Zwei Herzen schlagen in meiner Brust: Ich mag Mike nicht besonders, andererseits brauchen David wie auch GoodNews zweifellos eins auf die Nase.

»Hören Sie«, sagt David. Er ist gerade noch mal davongekommen; jetzt höre ich in seinem Tonfall den Wunsch zu besänftigen. »Ich verstehe, warum Sie besorgt sind. Aber ich versichere Ihnen, da ist nichts, worüber Sie sich Sorgen machen müssen. Bitte lernen Sie die anderen Kids kennen und hören Sie sich an, was sie zu sagen haben. Und wenn noch mal so etwas wie das hier passiert, tja, dann habe ich daneben gelegen und muss das alles noch mal überdenken. Okay?«

Das war haarscharf; Mike regt sich ab und erklärt sich bereit, später wiederzukommen, allerdings fürchte ich, dass es ein ganz schönes Stück Arbeit für David wird, ihn für sein Anliegen zu gewinnen. In der Zwischenzeit bereiten wir – die einen schwereren Herzens als die anderen – noch mehr Käsestangen für ein weiteres Nachbarschaftstreffen in unserem Haus zu.

Niedlicherweise kommen die Kids alle mit ihren Gastgebern und nicht als Gruppe, so als wollten sie ihre neuen Bindungen demonstrieren. Man muss sie mit sanfter Gewalt durch die Tür schubsen, wie kleine Kinder bei einer Geburtstagsparty, und als sie drin sind, schlagen sie die Blicke zu Boden, während die Erwachsenen sie freundlich und, ja, doch, auch stolz vorstellen.

»Dies ist Sas«, sagt Richard, der schwule Schauspieler aus »The Bill«. Sas ist eine krankhaft schüchterne Achtzehnjährige aus Birmingham, die vor zwei Jahren nach London gekommen ist, nachdem sie von ihrem Stiefvater sexuell missbraucht worden war. Sie möchte Krankenschwester werden; zuletzt hat sie als Prostituierte gearbeitet. Einiges an ihr – ihre Körpersprache, die Zöpfe in ihrem Haar – lässt sie wie neun aussehen; ihre Augen lassen sie wie fünfundvierzig aussehen. Niemand, nicht einmal Mike, kann wollen, dass ihr noch mehr Leid widerfährt.

Martina bringt ein Mädchen namens Tiz mit. Tiz hat Pickel und ist dick, und wie ich bemerke, halten sie und Martina einander beim Reinkommen an der Hand. Ros und Max bringen ihre eigene Tochter Holly und deren neue beste Freundin Annie mit, die älter ist als die übrigen, zweiundzwanzig oder so, und unverkennbar Sachen von Rosy trägt – ein langes Kleid mit Blumenmuster und Glitzersandalen. Roberts und Judes Graig trägt einen Anzug, auch etwas Abgelegtes, sein Haar ist noch nass vom Duschen, und er sieht aus wie ein süßer, verängstigter kleiner Junge. Das ist es, was einem am meisten auffällt: Als sie ankamen, sahen sie alle aus, als hätten sie zu jung zu viel gesehen, und es ist, als hätten die Annehmlichkeiten der Webster Road, das Baden und das Duschen, all diese unvorstellbar schmutzigen Erfahrungen von ihren Körpern und Gesichtern gewaschen. Nun sehen sie alle aus, wie sie aussehen sollten – beziehungsweise nicht aussehen sollten, wäre dies eine bessere Welt. Sie sehen wie verängstigte junge Menschen aus, weit entfernt von Heim und Familie und einem Leben, das irgendwer von uns führen wollte.

Mike hat keine Chance – er erhält nicht mal Redeerlaubnis. Max weist darauf hin, dass in den letzten zwei Jahren drei Mal bei ihnen eingebrochen wurde, und dass es wirklich nicht viel ausmacht, ob direkt nebenan Diebe wohnen oder ein paar Straßen weiter. Martina erklärt Mike, sie habe die vergangenen fünfzehn Jahre allein gelebt und fände so viel Freude an der Gesellschaft von Tiz, dass sie am Boden zerstört wäre, wenn sie jetzt verschwinden würde. »Müsste ich gehen und andere Tiz finden«, sagt sie.

Sas spricht als Letzte. Sie ist keine gute Rednerin – sie ist schüchtern, starrt auf ihre Schuhe, unterbricht sich und fängt wieder an, und es versteht sowieso keiner richtig, was sie sagt. Aber es wird klar, dass sie unbedingt diese Chance nutzen will, dass sie unbedingt bei Simon und Richard bleiben möchte, unbedingt auf die Fachhochschule will, um einen Abschluss zu machen, und auf keinen Fall wieder dorthin möchte, wo sie vorher war. Sie würde Robbie am liebsten umbringen, sagt sie, weil sie weiß, was er angerichtet hat und was die Leute nun über den Rest von ihnen denken, und sie erklärt, wenn noch mal etwas während ihrer Anwesenheit in der Straße gestohlen würde, würde sie die Opfer aus eigener Tasche entschädigen, und wenn sie den Rest ihres Lebens dafür bräuchte. Als sie fertig ist, geht Richard unter dem Applaus der anderen zu ihr und nimmt sie in den Arm. Mike geht heim und sieht dabei aus, als würde er gleich sein eigenes Haus ausrauben und auf Nimmerwiedersehen verschwinden.

Richard kommt später zu mir, um sich für den Abend zu bedanken – als hätte ich etwas dazu beigetragen, außer mich über die weitere Störung zu beklagen.

»Ich weiß, dass Sas meint, wir hätten viel für sie getan«, sagt er. »Aber ich kann gar nicht sagen, was sie für uns getan hat. Ich meine, sehen Sie mich an. Ein mieser Schauspieler, der überglücklich ist, wenn er länger als eine Woche in einem Krankenhausbett in ›Casuality‹ überleben würde. Ich habe nicht sehr viel mit meinem Leben angefangen. Und nun schwebe ich die ganze Zeit wie auf Wolken. Wenn Sas irgendwann ihr Schwesternexamen macht, sterbe ich als glücklicher Mann. Und ich werde einen Monat lang heulen. Sie müssen sehr stolz auf David sein.«

»Ich bin Ärztin, wissen Sie«, sage ich. »Das eine oder

andere Leben habe ich auch schon gerettet.« Richard starrt mich an, bis ich flüchte und mich im Klo einschließe.

Es ist nicht ihre Geschichte; es ist meine und Davids. Deshalb schließe ich ihre Geschichte hier ab und berichte nur noch, wie es ihnen allen ergangen ist. Craig und Monkey verschwanden, Monkey nach einigen Tagen, Craig nach ein paar Wochen. Monkey nahm etwas Geld, als er ging, aber es war Geld, das David und ich zum Stehlen bereitgelegt hatten: als wir zu ahnen begannen, dass Monkey unglücklich war, sich nicht wohl fühlte und es ihn reizte, weiterzuziehen, zeigte ich ihm das Marmeladenglas in der Küche, in dem wir unseren Notgroschen aufbewahrten, und dann taten wir fünf Zwanzigpfundnoten rein. Wir wussten, dass sie verschwinden würden, und so war's dann auch. Craig sprach anscheinend davon, seine Mutter zu suchen, und wir hoffen, das hat er auch gemacht. Die Mädchen sind immer noch hier in der Straße, und es macht den Eindruck, als hätten sie nie ein anderes Leben geführt. Also: David hatte zehn Kids retten wollen. Er musste sich mit sechs zufrieden geben. Bei drei von den Sechsen hat er nichts erreicht. Wenn die anderen drei bleiben, Jobs finden und ein eigenes Zuhause und vielleicht Lebenspartner, dann … ach, das kann sich jeder selbst ausrechnen. Ich meine natürlich nicht das Drei-von-Zehn ausrechnen. Ich meine das Übrige. Denn ich kann den Wert nicht mehr einschätzen, von nichts.

Elf

Die einzigen Szenen, die ich in einem der Star Wars-Filme ertragen kann, sind die ruhigen im zweiten Teil, »Das Imperium schlägt zurück«. Um genau zu sein, war es früher der zweite, bevor der vierte der erste wurde und so den zweiten zum dritten machte. Vor ein paar Jahren guckte sich Tom seine Star-Wars-Videos immer wieder der Reihe nach an, und mir gefiel »Das Imperium schlägt zurück« anfangs einfach deswegen am besten, weil es einem gelegentlich Pausen vom ewigen Dröhnen, Krachen und Zischen gönnte. Aber später fand ich Gefallen an der … ich weiß nicht, wie man das nennt, Message? Moral? Haben Star Wars-Filme eine Botschaft? Egal, irgendwas darin brachte jedenfalls ein Glöckchen in mir zum Klingen, und ich wollte Luke Skywalker sein und irgendwo ganz für mich allein lernen, ein Jedi zu werden. Ich wollte eine Auszeit vom Krieg. Ich wollte, dass jemand, der sehr weise ist, mir alle Dinge beibringt, die ich brauche, um den Rest meines Lebens zu überstehen. Ich weiß, es ist erbärmlich, dass gerade ein Science-Fiction-Film für Zehnjährige das bei mir auslöste – es hätte George Eliot sein müssen, Wordsworth oder Virginia Woolf. Andererseits ist es das ja gerade. Für Virginia Woolf habe ich weder die Zeit noch die Energie, und deswegen muss ich Rat und Trost in den Star Wars-Videos meines Sohnes suchen. Ich muss Luke Skywalker sein, weil ich nicht weiß, wer ich sonst sein könnte.

Als Monkey und seine Freunde in die Straße einzogen, wurde mir bewusst, dass ich unbedingt nachdenken musste; ja, mir erschien das Leben ohne Nachdenken untragbar. Ich wusste nicht mehr, was richtig und was falsch war, mein Haus war voller Leute, die ich nicht kannte ... Ich wäre noch verrückt geworden. Also musste ich wohl so handeln, oder? Natürlich ist es egoistisch, bequem und verwerflich, aber zu der Zeit kam es mir so vor, als könnte ich nicht lernen, gut zu sein, ohne böse zu sein. Das muss doch jeder verstehen. Gott, der Erzbischof von Canterbury, Miriam Stoppard, jeder. Oder? Und es bedeutet ja nicht, dass ich meine Kinder weniger liebe, und auch nicht, dass ich meinen Ehemann weniger liebe (glaube ich zumindest, obwohl das auch eins der Dinge ist, über die ich nachdenken muss) ...

Ich bin ausgezogen. In gewisser Weise jedenfalls. Es weiß nur keiner. Na ja, David und GoodNews schon, auch eine Kollegin namens Janet, aus Gründen, die noch erklärt werden, aber nicht Tom und Molly, noch nicht. Ich lebe beziehungsweise übernachte jetzt in einem möblierten Zimmer gleich um die Ecke. Abends bringe ich die Kinder zu Bett, ich stelle den Wecker auf viertel nach sechs am Morgen, dann ziehe ich mich an, marschiere aus dem Haus, kein Tee, kein Müsli, Nachthemd und Morgenrock in einer Plastiktüte, so dass ich um halb sieben in unserem Haus bin. Die Kinder müssen normalerweise erst eine halbe Stunde später geweckt werden, doch für den Fall, dass eins von ihnen früher aufsteht, bin ich schon da. (Nachts werden sie jetzt kaum noch wach, und wenn, war es sowieso immer David, der sich um sie gekümmert hat, einfach weil ich diejenige mit dem richtigen Job war.) Ich ziehe dann wieder Nachthemd und Morgenrock an, um auch den letzten Zweifel zu zerstreuen, den die Kinder haben könnten – obwohl sie schon sehr misstrauisch sein müssten, um ihre Mutter, die sie abends zu Bett bringt und die am nächsten Morgen beim Frühstück anwesend ist, zu verdächtigen, nicht mehr bei ihnen zu wohnen –, und ich verbringe die freie Stunde damit, die Zeitung zu lesen, die ich mitgebracht habe. Theoretisch habe ich eine Stunde weniger Schlaf, aber das ist kein Problem, denn tatsächlich fühle ich mich, als hätte ich eine Stunde länger geschlafen, so erholsam ist es, die Nacht über allein zu sein.

Ich bezahle nichts für das Zimmer; es gehört Janet Walder, der dritten Person, die über meine neuen häuslichen Arrangements im Bilde ist. Janet arbeitet in der Praxis und ist für einen Monat zu Hause in Neuseeland, um ihre neue Nichte kennen zu lernen. Gäbe es Janets neue Nichte nicht, hätte ich den Entschluss auszuziehen überhaupt nicht getroffen. Wie bei den Dieben, die vorher nicht im Traum gedacht hätten, dass sie mal eine Brieftasche stehlen würden, bis sie bei jemandem aus der Tasche geguckt hatte, war es nur auf die Gelegenheit angekommen: Sie erwähnte zufällig, dass sie ihr Zimmer leer stehen lassen würde, und binnen weniger Sekunden hatte ich mich entschieden. Es schien mir, als sei ich machtlos gegen die Versuchung; sie packte mich bei allen Sinnen. Ich konnte die Leere hören und die Stille schmecken und die Einsamkeit riechen, und wollte das mehr, als ich je zuvor etwas gewollt hatte. (Was sagt das über mich aus? Was ist das für eine Hedonistin, die sich nach dem Nichts sehnt?) Und dann entwickelte ich aus dem Stehgreif meinen Nach-der-Schlafenszeit-vor-dem-Frühstück-Plan, denn Not macht erfinderisch. Anschließend ging ich nach Hause und erzählte David, was ich tun wollte, und dann tat ich es.

»Wieso?« fragte David – eine nicht ganz unberechtigte Frage.

Wegen allem, erklärte ich ihm. Wegen GoodNews und wegen Monkey, und weil ich Angst davor habe, was du als nächstes anstellen könntest. Und weil ich langsam verschwinde, das wollte ich ihm sagen. Jeden Tag, wenn ich aufwache, ist wieder ein Stückchen von mir verschwunden. Aber das konnte ich nicht sagen, denn ich wusste nicht, ob ich das Recht dazu hatte, und das werde ich auch nie wissen, nicht, bevor ich meine Jedi-Ausbildung abgeschlossen habe.

»Ehrlich, ich weiß auch nicht«, sagte ich. »Ich brauch nur mal eine Auszeit.«

»Auszeit wovon?«

Auszeit von unserer Ehe, hätte ich sagen müssen. Denn darauf läuft es letztendlich hinaus. Das bleibt übrig, wenn man die Arbeitszeit und die gemeinsamen Abendessen und Frühstücke abzieht: die Zeit, die ich für mich gewinne, ist die Zeit, in der ich normalerweise Ehefrau gewesen wäre, und nicht Mutter oder Ärztin. (Großer Gott, wie beängstigend, wenn das die einzigen Alternativen sind. Die einzige Zeit, in der ich nicht eine dieser drei Rollen spiele, ist, wenn ich auf dem Klo sitze.) Aber natürlich sagte ich auch das nicht; ich deutete mit einer kraftlosen Handbewegung etwas an, das er als kurz vor dem Zerfall stehenden, von Kriegen zerrissenen Planeten erkennen soll, der nicht genügend Sauerstoff produziert, um komplexe Lebensformen zu erhalten.

»Geh bitte nicht«, sagte er, doch aus seiner Stimme konnte ich weder echte Überzeugung noch Verzweiflung heraushören. Vielleicht gab ich mir auch nicht genug Mühe.

»Warum möchtest du nicht, dass ich gehe?« fragte ich ihn. »Welchen Unterschied würde es für dich machen?«

Und dann entstand eine lange, nachdenkliche, fatale Pause, bevor er etwas sagte, eine Pause, die es mir erlaubte, das, was er sich schließlich zusammenstammelte, erst zu ignorieren und anschließend unverzüglich zu vergessen.

Janets Zimmer befindet sich im obersten Stock eines großen Reihenhauses in der Taymor Road, die parallel zur Webster Road verläuft. Die Häuserzeile ist ein bisschen merkwürdig; eigentlich ist sie sehr schön, aber man hat sie verkommen lassen. Jetzt werden die Häuser eins nach dem anderen renoviert, und meins ist das mittlere der drei letzten schmuddeligen.

Unter mir sind noch drei Wohnungen, und ich kenne und mag alle drei Mieter. Gretchen, die PR-Jobs macht und mir alle möglichen Gratisproben versprochen hat, wohnt in der Souterrainwohnung, der größten im Haus; über ihr wohnt Marie, die an der University of North London Philosophie unterrichtet und an den Wochenenden heim nach Glasgow fährt, und über Marie wohnt Dick, ein stiller, ziemlich nervöser Typ, der in einem Plattenladen ganz in der Nähe arbeitet.

Es ist nett hier. Wir treffen gemeinsam Entscheidungen, Entscheidungen, wie wir hier leben wollen und wer wofür verantwortlich ist, und was zum größten Wohl für uns alle wäre. Letzte Woche zum Beispiel war bei Gretchen eine Hausversammlung, und wir stimmten für einen größeren Briefkasten: Marie bestellt nämlich viele Bücher bei Amazon, und der Postbote kriegt sie nicht durch den Türschlitz und hat sich daher angewöhnt, sie draußen auf die Treppe zu legen, wo sie nass werden. Hörst du das, David? Die Größe der Briefkästen! Das sind Dinge, die wir ändern können! (Höchstwahrscheinlich jedenfalls – auch wenn wir bislang noch keinen Kostenvoranschlag haben und gar nicht genau wissen, wer überhaupt Briefkästen montiert oder wie wir das herausfinden könnten.) Es war eine rundum zufriedenstellende

Diskussion, kurz, vernünftig, harmonisch und gerecht: Marie wird zwei Drittel der Einbaukosten tragen, und ich zahle gar nichts. Und wir haben Wein getrunken und Air gehört, die aus Frankreich kommen und hauptsächlich Instrumentals spielen, die klingen, als würde man sie am besten in Aufzügen hören. Air sind meine neue Lieblingsgruppe, auch wenn Dick sie ein bisschen mies macht, auf seine stille, nervöse Art. Er sagt, es gäbe viel besseren französischen Ambient-Pop als diesen hier, und er könne uns ein Tape machen, wenn wir wollten.

Aber für mich klingen Air modern, kinderlos und unverheiratet im Vergleich zu, sagen wir, Dylan, der sich alt, verheiratet und gramgebeugt anhört – der sich wie zu Hause anhört. Wenn Air wie ein Conran-Shop sind, dann ist Dylan wie ein Gemüsehändler. Pilze, Kopfsalat und Tomaten und dann heim, um Spaghetti Bolognese zu kochen und einen Salat zu machen, »… and how does it feeeeel? To be on your oowwwn?« Nur bin ich das nie, sobald Bob singt. Ich kann mir nicht helfen, aber genau darum sollte es doch beim Zusammenleben gehen: coole Musik, Weißwein und Briefkästen und eine verschlossene Tür, wenn einem danach ist. Das nächste Mal werden wir darüber diskutieren, ob wir einen Tisch für die Post im Hausflur brauchen, und ich freue mich schon darauf. (Meiner Meinung nach brauchen wir einen, aber ich werde auch gerne denen zuhören, die anderer Meinung sind.)

Hier sind alle Singles, und auch das gefällt mir. Ich vermute, keiner von ihnen ist freiwillig Single; selbst neulich abend gab es jede Menge sehr bemühte, sehr selbstironische und gut einstudierte Witze über den derzeitigen Stand in Herzensdingen, und ich würde mal annehmen, wenn das Thema schon bei einer Hausversammlung wegen der Briefkästen angeschnitten wird –

Gretchen fragte sich, ob die Größe des Schlitzes Schuld an der mageren Ausbeute von Valentinsgrüßen war, und wir alle hatten pflichtschuldigst und mit geheuchelter Anteilnahme gelacht –, kommt das Thema bei jeder x-beliebigen Diskussion auf. Und obwohl sie mir Leid tun, wenn sie sich selbst Leid tun, ist es mir ganz lieb, dass keiner eine Beziehung hat, denn das verstärkt noch diese ungewisse Das-Imperium-schlägt-zurück-Atmosphäre; es fühlt sich an, als würde ich gerade vor einem neuen Blatt vom Zeichenblock eines anderen sitzen. Meiner war schon aufgebraucht, bis in die letzte Ecke voll gemalt, und das Ergebnis hat mir nicht gefallen.

Ich denke nicht darüber nach, wie lange ich wohl so leben kann. Janet wird in ein paar Wochen zurück sein, aber ich habe mich schon gefragt, ob Marie ihre Wohnung wohl während der Semesterferien braucht, oder ob ich mir mein eigenes Zimmer zusätzlich zu der Hypothek und den zwei Kindern und meinem Mann und GoodNews und den Obdachlosen leisten kann. Dabei denke ich noch gar nicht darüber nach, ob dieses Leben lebenswert ist – ob diese paar Stunden jede Nacht, in der ich entweder allein oder mit den anderen Air höre und mit Dick, Marie und Gretchen über die Briefkastenkapazität diskutiere, mich für die nächsten rund vierzig Jahre ausfüllen würden. Momentan glaube ich, ja, aber es wäre vermutlich unklug von mir, jetzt schon einen Mietvertrag über vierzig Jahre zu unterschreiben.

Aber verdammt noch mal, ich bin glücklich über die beiden kostbaren Stunden. Ich bin so glücklich wie seit Jahren nicht. Ich denke nach. Ich sehe auf Janets winzigem Fernseher fern. Ich habe sogar die Rezensionen in den Zeitungen gelesen und in den zwei Wochen, die ich jetzt hier bin, neunundsiebzig Seiten von Corellis Mandoline geschafft. Ich muss eingestehen, dass ich nachts dafür büße. Für die zwei Stunden zahle ich einen hohen Preis. Während meiner ersten Nacht hier wachte ich nach einem Alptraum schweißnass auf, und begriff, wo ich war und wo nicht. Dann habe ich mich angezogen und ging nach Hause und wieder zurück, nur um die Kinder atmen zu hören. Seitdem bin ich in den meisten Nächten pünktlich um 2.25 Uhr aufgewacht und fühlte mich von allem abgeschnitten, einsam, schuldig und aufgewühlt vor Sorge und Angst, und ich brauche dann immer eine Ewigkeit, um wieder einzuschlafen. Und trotzdem wache ich morgens auf und fühle mich erholt.

Am Anfang meiner dritten Woche in Janets Wohnung komme ich nach Hause und sehe, dass Tom mit einem neuen Freund fernsieht. Der neue Freund ist ein kleines, fettes Kind mit einem Furunkel neben der Nase und einem Boy-Band-Pony, der seine schon fast erstaunliche Unattraktivität noch betont, wenn nicht sogar karikiert. »Kennst du die Gesichter, die ich normalerweise ziere?« scheint der Pony zu fragen. »Und dann guck dir das hier dagegen an!« Toms Freunde sehen normalerweise nicht so aus. Sie sehen hübsch und cool aus. Cool ist für Tom sehr wichtig; Fett und Furunkel (und fusselige braunweiße Pullover) reizen ihn normalerweise noch weniger als jeden anderen.

»Hallo«, sage ich fröhlich, »wen haben wir denn hier?«
Der neue Freund starrt mich an und sucht dann mit wackelndem Kopf nach dem Fremden in unserer Mitte. Herzzerreißenderweise scheint er neben seinen anderen Handicaps auch nicht besonders helle zu sein; selbst nachdem er festgestellt hat, dass außer uns niemand im Raum ist, lehnt er es ab, meine Frage zu beantworten, vermutlich weil er glaubt, er könne dabei einen Fehler machen.
»Christopher«, murmelt Tom.

»Hallo, Christopher.«

»Hallo.«

»Bleibst du zum Tee?«

Er starrt mich wieder an. Nein, er wird es nicht riskieren, sich damit eine Blöße zu geben.

»Sie fragt, ob du zum Tee bleibst«, brüllt Tom.

Plötzlich überkommen mich Reue und Scham. »Ist Christopher schwerhörig?«

»Nein«, sagt Tom verächtlich. »Bloß verblödet.«

Christopher dreht seinen Kopf zu Tom und schubst ihn dann kraftlos vor die Brust. Tom guckt mich an und schüttelt ungläubig, anders kann ich es nicht interpretieren, den Kopf.

»Wo ist dein Vater?«

»In GoodNews Zimmer.«

»Und Molly?«

»Oben. Sie hat auch Besuch.«

Molly hat offenbar das achtjährige weibliche Pendant zu Christopher in ihrem Zimmer. Mollys neue Freundin ist winzig, graugesichtig, bebrillt und riecht unverkennbar übel – Mollys Zimmer hat noch nie derart gerochen. Die Luft im Zimmer ist ein Hexengebräu aus Fürzen, Achselschweiß und Socken.

»Hallo. Ich bin Hope.« Hope, gütiger Himmel. Die fast überirdische Unangemessenheit von Hopes Namen sollte allen Eltern der Welt eine düstere Warnung sein. »Ich bin bei Molly zu Besuch. Wir spielen Karten. Ich bin jetzt dran.« Sie legt vorsichtig eine Karte auf einen Stapel Karten. »Karo-Drei. Jetzt bist du dran, Molly.« Molly legt ein weitere Karte auf den Stapel. »Kreuz-Fünf.« Hope ist so redselig wie Christopher mundfaul ist. Sie beschreibt alles, was sie tut. Und alles, was sie sieht. Und sie hat offenkundig Angst vor Nebensätzen. Daher klingt sie wie Janet aus »Janet und John«.

»Was spielt ihr da?«

»Schnippschnapp. Das ist die dritte Runde. Bis jetzt hat keiner gewonnen.«

»Nein. Verstehst du …« will ich sie über den fatalen Fehler in ihrem Denkansatz aufklären, besinne mich dann aber eines Besseren.

»Kann ich morgen wiederkommen?« fragt Hope.

Ich suche in Mollys Gesicht nach einem Zeichen des Zögerns oder ausgesprochenen Widerwillens, doch es bleibt eine diplomatische Maske.

»Schauen wir mal«, sage ich.

»Es macht mir nichts aus«, sagt Molly schnell. »Ehrlich.«

Es klingt etwas komisch, wenn ein kleines Mädchen zu der Aussicht, dass ihre neue beste Freundin zum Spielen kommt, nichts anderes zu sagen hat, aber ich sage nichts.

»Bleibst du zum Tee, Hope?«

»Das würde mir auch nichts ausmachen«, sagt Molly. »Wenn sie möchte, kann sie ruhig bleiben. Ehrlich. Das wäre schön für mich.«

Dieser letzte Satz, fröhlich und aufrichtig vorgebracht, sagt mir alles, was ich über unsere Gäste wissen muss.

Wie der Zufall es will, bin ich mit Kochen dran; David und GoodNews bleiben oben im Schlafzimmer und schmieden Pläne. Christopher und Hope bleiben zum Tee, der in fast völligem Schweigen eingenommen wird, abgesehen von gelegentlich eingeworfenen Hauptsatz-Kommentaren von Hope – »Ich mag Pizza!«, »Meine Mum trinkt Tee!«, »Das ist ein schöner Teller!«. Da Christopher offenbar nur durch den Mund atmen kann, produziert Essen bei ihm eine beängstigende Kakophonie von

Prusten, Grunzen und schmatzenden Geräuschen, die Tom mit äußerster Verachtung betrachtet. Es heißt ja, es gäbe Gesichter, die nur Mütter lieben könnten, doch Christophers gesamtes Wesen würde mütterliche Gefühle zweifellos überstrapazieren: noch niemals ist mir ein weniger liebenswertes Kind begegnet, auch wenn man zugeben muss, dass Hope, deren eigenartiges persönliches Aroma sich durch die Nähe zu anderen Menschen oder Lebensmitteln keineswegs verflüchtigt hat, dicht dahinter kommt.

Christopher schiebt seinen Teller weg. »Fertig.«

»Möchtest du noch mehr? Es ist noch ein Stück da.«

»Nein. Hat mir nicht geschmeckt.«

»Mir schon«, sagt Tom, der noch nie etwas Gutes über irgendetwas gesagt hat, was ich gekocht habe, wahrscheinlich, weil er bis jetzt nie die Gelegenheit hatte, ein solches Lob aggressiv klingen zu lassen. Christopher dreht den Kopf, um die Quelle der Bemerkung ausfindig zu machen, doch als er sie lokalisiert hat, fällt ihm keine Erwiderung ein.

»Ich mag Pizza«, sagt Hope zum zweiten Mal. Normalerweise könnte man darauf bauen, dass Tom sich so eine Wiederholung nicht entgehen lässt und den Wiederholer in kleine Stücke reißt, aber er scheint kapituliert zu haben: Er verdreht lediglich die Augen.

»Euer Fernseher ist zu klein«, sagt Christopher. »Und richtig laut geht er auch nicht. Als das Ding da explodiert ist, hat sich das scheiße angehört.«

»Warum hast du mir nicht gesagt, ich soll ihn lauter stellen?« fragt Tom. Erneut wendet Christopher ruckend wie ein Roboter den Kopf, um seinen Freund forschend anzusehen; und wieder erfolgt keine Entgegnung. In nur fünfundvierzig Minuten hat Christopher meinen Glauben an das Gesamtschulwesen ins Wanken gebracht: Plötzlich hege ich den Verdacht, dass Dummheit ansteckend ist, und dieser Junge auf der Stelle aus dem Haus geworfen werden muss.

»Wo wohnst du, Christopher?« frage ich ihn in der Hoffnung, einen Gesprächsgegenstand zu finden, zu dem er vielleicht etwas beitragen könnte.

»Suffolk Rise«, sagt er in genau dem herausfordernd-defensiven, quengelnden Ton, den andere Kinder für die Behauptung »War ich nicht« einsetzen.

»Und gefällt es dir dort?« fragt Molly. Bei einem anderen Kind könnte man meinen, dass es sich über die sozialen Verhältnisse lustig macht, aber ich fürchte, dass Molly einfach »ihr Bestes tut«.

»Nicht schlecht. Besser als hier. Hier ist ein Drecksloch.«

Toms Timing ist ungeheuer aufschlussreich. Er zählt bis zehn, vielleicht sogar bis zwanzig oder dreißig, und während er zählt, studiert er Christopher, als habe er ein Schachproblem oder eine besonders komplizierte Krankengeschichte vor sich. Dann steht er auf und haut Christopher in aller Gemütsruhe genau auf den Furunkel, der, wie die anschließende Begutachtung ergibt, dabei aufplatzt und seinen giftgelben Inhalt über die Backe seines früheren Besitzers ergießt.

»Tut mir Leid, Mum«, sagt er traurig, während er rausgeht und damit der ersten Stufe der Bestrafung zuvorkommt, noch ehe sie verhängt wird. »Aber das musst du schon verstehen.«

»Wir leisten Schuldarbeit«, sagt David, nachdem Christopher und Hope nach Hause gegangen sind. (Christophers Mutter, eine große, sympathische und aus wohl verständlichen Gründen vom Leben enttäuschte Frau, wirkt nicht besonders überrascht, als sie erfährt, dass ihr Sohn geschlagen worden ist, und ist folgerichtig auch nicht besonders interessiert an meiner langen und ausführlichen Schilderung der Sanktionen, die wir deswegen zu verhängen gedenken.)

»Was soll das heißen?«

»Wir haben uns alle schuldig gemacht, stimmt's?« wirft GoodNews begeistert ein.

»Das versucht ihr mir jedenfalls immer einzureden.«

»Oh, nein, ich spreche nicht davon, dass wir alle schuldig sind, weil wir einer gefühllosen Gesellschaft angehören. Obwohl das natürlich zutrifft.«

»Selbstredend. Nicht für eine Sekunde hätte ich etwas anderes angenommen.«

»Nein, ich spreche von individueller Schuld. Wir alle haben etwas getan, weswegen wir uns schuldig fühlen. Die Lügen, die wir erzählt haben. Die, na ja, die Affären, die wir hatten. Den Schmerz, den wir verursacht haben. Also haben David und ich mit den Kindern darüber gesprochen, versucht, ein Gespür dafür zu entwickeln, wo ihre eigene, individuelle Schuld liegt, und sie dann gewissermaßen ermutigt, sie umzukehren.«

»Umzukehren.«

»Yeah. Genau. Umkehren. So nennen wir das. Du hast etwas, was du falsch gemacht hast, oder etwas Böses, das du jemandem angetan hast, und kehrst es um. In sein Gegenteil. Wenn du etwas gestohlen hast, gibst du es zurück. Wenn du gemein warst, bist du nett.«

»Weil wir das Private mit dem Politischen verbinden wollen.«

»Danke, David. Das hatte ich vergessen. Genau. Das Private und das Politische. Das Politische hatten wir schon, ja? Mit den Straßenkindern und so weiter.«

»Ach, das wäre dann jetzt erledigt? Obdachlosigkeit beseitigt? Die Welt bereits verbessert?«

»Mach bitte keine Witze, Katie. Wenn GoodNews sagt, wir hätten das ›gehabt‹, meint er damit nicht, wir hätten irgendein Problem gelöst ...«

»Guter Gott, nein. Da draußen gibt es immer noch unheimlich viel zu tun. Puh.« GoodNews fächelt sich mit der Hand Luft zu, wohl um anzudeuten, wie viel Schweiß im Kampf für die Armen dieser Welt noch vergossen werden muss. »Aber weißt du, hier drinnen ist genauso viel zu tun.« Und dann zeigt er auf seinen Schädel. »Oder hier drin, vielleicht.« Sein Finger wandert zu seinem Herzen. »Das ist also die Arbeit, die wir momentan leisten.«

»Und deswegen waren Christopher und Hope zum Tee da?«

»Ganz genau«, sagt David. »Wir haben mit Molly und Tom gesprochen und sie gefragt, was sie gern umkehren würden, und wir haben gewissermaßen diese beiden bedauernswerten Kinder als Ursachen gewisser ... Schuldgefühle ausgemacht. Molly hat sich immer schlecht gefühlt, weil sie Hope nicht zu ihrer letzten Geburtstagsparty eingeladen hat, und ... ja, lach ruhig, aber Tom hat sich schlecht gefühlt, weil er Christopher in der Schule gehauen hat.«

»Was irgendwie eine Ironie des Schicksals ist, oder? Wenn man bedenkt, dass er ihn gerade wieder gehauen hat.«

»Ja, ich verstehe, warum du so etwas sagst.«

»Könnte das, was heute passiert ist, vielleicht vorhersehbar gewesen sein?«

»Meinst du?« David hat offensichtlich nicht damit gerechnet, dass sich die Geschichte wiederholen könnte. »Warum?«

»Denk mal nach.«

»Ich möchte nicht, dass mein Sohn andere Kinder

schikaniert, Katie. Und ich will auch nicht, dass er andere Kinder ablehnt. Ich möchte, dass er das Gute und das ... Liebenswerte in jedem Menschen entdeckt.«

»Und du meinst, ich möchte das nicht?«

»Da bin ich nicht sicher. Möchtest du, dass er das Liebenswerte in Christopher entdeckt?«

»Nun ja. Christopher könnte sich da als Sonderfall erweisen. Eine Lücke im Gesetz universeller Liebe.«

»Also möchtest du nicht, dass er jeden Menschen liebt.«

»In einer perfekten Welt würde ich das natürlich wollen. Aber ...«

»Verstehst du nicht?« sagt GoodNews aufgeregt. »Genau das tun wir ja! Wir schaffen die perfekte Welt in unseren eigenen vier Wänden!«

Eine perfekte Welt in den eigenen vier Wänden ... Ich weiß noch nicht genau, warum mich diese Aussicht so entsetzt, aber tief in mir weiß ich, dass GoodNews Unrecht hat, dass ein Leben ohne Abscheu kein echtes Leben ist, dass meine Kinder ein Recht haben, abzulehnen, wen immer sie wollen. Das wäre mal ein Grundrecht, für das es sich zu kämpfen lohnt.

»Was ist mit dir?« fragt David, nachdem Tom und Molly im Bett sind und ich gerade gehen will.

»Was soll mit mir sein?«

»Was möchtest du umkehren?«

»Nichts. Ich bin der Meinung, dass wir alles, was wir tun, aus einem guten Grund tun. Zum Beispiel, dass Tom Christopher schlägt. Dieser Nachmittag hat es bewiesen. Tom hat ihn zwei Mal geschlagen, weil er nicht anders kann, also ist es das Beste, beide voneinander fern zu halten, und nicht, sie zusammenzustecken.«

»Also glaubst du nicht daran, dass, sagen wir, verfeindete Volksgruppen jemals Seite an Seite in Frieden leben können?« fragt GoodNews bekümmert. »Belfast? Einfach aufgeben? Palästina? Dieses Land mit den, na, du weißt schon, Tutsis und diesen anderen? Einfach abschreiben?«

»Ich bin nicht so sicher, dass Tom und Christopher verfeindete Volksgruppen sind. Sie sind doch wohl eher zwei kleine Jungen als verfeindete Volksgruppen, oder?«

»Man könnte aber auch sagen, dass sie in gewisser Weise repräsentativ sind«, sagt David. »Man könnte beispielsweise sagen, Christopher wäre ein Kosovo-Albaner. Er besitzt nichts und wird von der Mehrheit der ...«

»Nur dass er im Gegensatz zum durchschnittlichen Kosovo-Albaner einfach zu Hause bleiben und alleine vor dem Fernseher sitzen kann, und es wird ihm nicht viel passieren«, wende ich ein. Diesen Einwand erhebe ich in Gedanken auf dem Weg zurück in meine Einzimmerwohnung; gegen die beiden hatte ich schon bei der zweiten Silbe von »Mehrheit« dicht gemacht.

Aber natürlich muss ich doch über diesen ganzen Umkehrungsplan nachdenken. Wie könnte man auch anders? David weiß, dass ich wegen allem und jedem Schuldgefühle habe, deswegen hat er mich mit dieser Idee konfrontiert. Mistkerl. Als ich wieder bei Janet bin, will ich eigentlich lesen und die Air-CD hören, die ich mir unten geliehen habe, aber ich ende dabei, mir im Geiste eine Liste aller Dinge anzulegen, derentwegen ich mich schuldig fühle, und was ich tun könnte, um sie ungeschehen zu machen. Es beunruhigt mich, wie problemlos ich auf Dinge komme, die ich falsch gemacht habe, so als würden sie auf der Oberfläche meines Bewusstseins treiben und ich könnte sie mit einem Löffel einfach abschöpfen. Ich bin Ärztin, ich bin ein guter Mensch, und dennoch sind da all diese Dinge ...

An Nummer eins der Hitparade: hier zu schlafen. Und nur, weil ich mich deswegen so schuldig fühle, habe ich es mir so unbequem gemacht – Aufstehen um Viertel nach sechs und so weiter. Das ist eine Art Buße, schätze ich, und vielleicht kann ich mir deswegen ja verzeihen. (Nur fügt der wahre Grund, aus dem ich um Viertel nach sechs aufstehe, nämlich, dass ich nicht den Mut habe, den Kindern zu erzählen, dass ich zu Hause ausgezogen bin, der Sünde des Möbliert-Wohnens noch die Sünde der Feigheit hinzu. Folglich wäre ich eher doppelt schuldig als gänzlich freigesprochen.)

Nummer zwei: Stephen. Oder vielmehr David. Da gibt es nicht viel zu sagen. Ich bin das Ehegelöbnis eingegangen, ich habe es gebrochen, und ich kann es nicht wieder kitten. (Allerdings gibt es da mildernde Umstände, wie hoffentlich mittlerweile jeder begriffen hat.) (Nur gibt es für solche Sachen nie mildernde Umstände. Jedesmal, wenn ich ›Jerry Springer‹ sehe, sagt die schuldige Partei zu dem völlig am Boden zerstörten Ehepartner: »Ich hab versucht, dir beizubringen, dass wir nicht glücklich sind, aber du wolltest ja nicht hören.« Und ich denke dann jedesmal, das Vergehen, nicht zuzuhören, darf nicht automatisch mit Untreue bestraft werden. In meinem Fall gibt es allerdings stichhaltige Gründe, finde ich. Ganz bestimmt. Wie viele von Jerry Springers Gästen sind zum Beispiel Ärztinnen? Wie viele von diesen Transvestiten und zwanghaften Frauenschwängerern haben je Gutes zu tun versucht?) (Vielleicht alle. Vielleicht bin ich ein ungerechter, überheblicher Mittelschichtsnob. Oh Gott.)

Nummer drei: meine Eltern. Ich rufe sie nie an. Ich besuche sie nie. (Oder vielmehr: ich tue es schon, aber nie ohne böse Gedanken, Aufschieberei usw.) (Allerdings glaube ich, dass meine Eltern schlimmer sind als die aller anderen. Niemals beschweren sie sich, niemals bitten sie um etwas, sie leiden einfach stumm, auf eine Art, die in Wirklichkeit schrecklich aggressiv ist, mal bei Licht betrachtet. Oder, noch provozierender, sie tun so, als hätten sie Verständnis. »Ach, mach dir deswegen keine Gedanken. Du hast so viel um die Ohren, die Arbeit und die Kinder. Meld dich einfach mal, wenn du Zeit hast …« Und ähnlich unverzeihlich Manipulatives.) Hier ergibt sich jedoch ein Paradoxon, ein Paradoxon, das mich ein wenig tröstet: diese Schuldgefühle schaden der seelischen Gesundheit, ja, das stimmt. Aber die, die diesbezüglich keine Schuldgefühle haben müssen, sind meiner Erfahrung nach die seelisch Krankesten von uns allen, denn die einzige Möglichkeit, ein schuldgefühlfreies Verhältnis zu den Eltern zu haben, ist, ständig mit ihnen zu telefonieren und sie dauernd zu besuchen, vielleicht sogar mit ihnen zusammenzuleben. Und das kann ja wohl kaum gesund sein, oder? Wenn das also die Wahlmöglichkeiten sind – Schuldgefühle ohne Ende oder eine Art freudscher Abnormität mit fünf Anrufen pro Tag – dann habe ich eine gesunde und reife Entscheidung getroffen.

Nummer vier: die Arbeit. Das finde ich besonders unfair. Man möchte meinen, dass meine Berufswahl an sich schon ausreichen müsste, um mich von solchen Bedenken freizusprechen; man sollte annehmen, selbst ein schlechter Arzt an einem schlechten Tag müsse sich besser fühlen als ein guter Drogendealer an einem guten Tag, aber ich fürchte, noch nicht mal das trifft zu. Ich fürchte, dass Drogendealer Tage haben, an denen alles prima klappt und der Laden nur so brummt, und sie ihre Geschäfte eins nach dem anderen abhaken und abends mit dem Gefühl nach Hause kommen, etwas geleistet zu haben. Ich hingegen habe Tage, an denen ich gemein zu allen Leuten bin und wenig für sie tun kann und in den

Augen der Patienten erkenne, dass sie sich abgewimmelt, missverstanden, vernachlässigt (Hallo, Mrs Cortenza! Hallo, bekloppter Brian!) fühlen, und meinen Papierkram schaffe ich auch nie, und die ganzen Krankenkassenabrechnungen landen sofort in meinem Eingangsfach, und bei der letzten Praxis-Besprechung habe ich versprochen, ich würde an unseren Abgeordneten schreiben, weil Asylbewerbern medizinische Versorgung vorenthalten wird, und ich habe noch nichts unternommen ...

Es reicht nicht, einfach nur Ärztin zu sein; man muss eine gute Ärztin sein, man muss nett zu den Menschen sein, man muss gewissenhaft, engagiert und klug sein, und obwohl ich jeden Morgen die Praxis mit dem festen Entschluss betrete, genau das zu sein, müssen nur einige meiner Lieblingspatienten kommen – sagen wir ein bekloppter Brian, oder einer von den Sechzig-Zigaretten-am-Tag-Rauchern, die wütend werden, weil ich nichts gegen ihre Atembeschwerden tun kann –, und schon bin ich übellaunig, sarkastisch, gelangweilt.

Nummer fünf: Tom und Molly. Alles nahe liegende Dinge, zu banal, um hier ins Detail zu gehen, und jedem, der jemals Elternteil oder Kind war, bestens bekannt. Plus, siehe oben (Nummer eins): Ich bin aus unserem Haus ausgezogen (wenn auch nur vorübergehend, und weil ich provoziert wurde, und dann auch nur in eine möblierte Wohnung um die Ecke), und ich habe ihnen nichts davon gesagt. Ich schätze, eine ganze Reihe von Müttern würden sich unter diesen speziellen Umständen fragen, ob sie das Richtige getan haben.

Das sind allerdings nur die Gewissensdramen in drei Akten, die tagtäglich in der Carr-Psyche zur Aufführung kommen. Es gibt auch noch jede Menge Einakter, Kram, der genau genommen eher ins Schultheater passt als ins

West End, aber einen gelegentlich vor dem Einschlafen auch ganz schön zu schaffen macht. Da ist mein Bruder (siehe oben, »Eltern«), von dem ich weiß, dass er unglücklich ist, und trotzdem habe ich ihn seit der Party nicht mehr gesehen; verschiedene andere Verwandte einschließlich Joan, der Schwester meiner Mutter, die immer noch auf ein Dankeschön für eine sehr großzügige ... oh Gott, besser gleich Schwamm drüber. Und dann gibt es da noch die alte Schulfreundin, die uns mal ihr Cottage in Devon überlassen hatte, in dem Tom eine ihrer Vasen zerbrach, aber als sie dann mal bei uns übernachten wollte ... vergessen wir auch das besser gleich.

Ich möchte nicht melodramatisch sein: ich weiß, dass ich kein sündiges Leben geführt habe. Aber ich glaube auch nicht, dass ich eine völlig weiße Weste habe: glaubt mir, da kommt schon einiges zusammen. Man braucht es sich nur anzusehen. Ehebruch. Das schamlose Ausnutzen von Freundinnen. Respektlosigkeit gegenüber Eltern, die nichts Schlimmes verbrochen haben, sondern nur versuchen, Kontakt zu mir zu halten. Ich meine, damit sind ja schon zwei von zehn Geboten gebrochen, und wenn man davon ausgeht, dass sich – wie viele, drei, vier? – von den zehn mit Sonntagsarbeit und Götzenbildern befassen, Dingen, die im Holloway des einundzwanzigsten Jahrhunderts kaum noch relevant sind, sehe ich mich bei einer Trefferquote von dreiunddreißig Prozent, und das ist für mich zu viel. Ich weiß noch, wie ich mir mit etwa siebzehn die zehn Gebote angesehen habe und dachte, dass ich nicht allzu viele Probleme damit haben würde, wenn man die ganzen Götzenbild-Verbote abzog und nur die wirklich wichtigen übrig ließ. Im Grunde hätte es mir auch nichts ausgemacht, wenn man die ganzen kleinkarierten Gebote dringelassen hätte. Gott würde doch sicherlich über den einen oder anderen sonntäglichen Hausbesuch bei Notfällen hinwegsehen. Und wie viele Bilder von meinem Gott werde ich in meinem Leben wohl schaffen? Bis heute liege ich bei Null – ich war, was das angeht, nie in Versuchung und wäre sehr überrascht, sollte ich ihr jemals erliegen. Es fehlt mir ja auch jede Zeit dafür.

Wenn ich mir meine Sünden (und wenn ich sie schon als Sünden erachte, dann sind es auch Sünden) so ansehe, verstehe ich, was für wiedergeborene Christen den Reiz ausmacht. Ich vermute, das Verführerische ist gar nicht das Christentum, sondern die Wiedergeburt. Denn wer würde nicht gerne noch mal ganz von vorn beginnen?

Zwölf

Als bei irgendeiner Weltmeisterschaft mal wieder die englischen Fußballfans randalierten, fragte ich David, warum es immer die Engländer wären und nie die Schotten, und er erklärte mir, die Weigerung der schottischen Fans, sich danebenzubenehmen, sei eine besonders verrückte Form der Aggression: Sie hassen uns so sehr, dass sie sich nicht prügeln – auch wenn einige von ihnen wahrscheinlich nicht übel Lust dazu hätten –, nur um zu beweisen, dass sie besser sind als wir. Tja, aus Molly ist eine Schottin geworden. Seit Tom den widerwärtigen Christopher geschlagen hat, hat sie sich darauf versteift, so nett wie irgend möglich zur widerwärtigen Hope zu sein. Jeden Tag nach der Schule kommt Hope zu uns und verpestet die Bude; je mehr sie stinkt, desto versessener ist Molly darauf, dass sie am nächsten Abend wiederkommt, und desto mehr wird Tom an sein schlechtes Betragen gegenüber seinem Hope-Äquivalent erinnert. Ich beginne ernsthaft um Mollys geistige Gesundheit zu fürchten: Wie viele achtjährige Mädchen würden gerne Tag für Tag etwas so Unerfreuliches tun, nur um die moralische Überlegenheit gegenüber ihrem Bruder zu demonstrieren?

Und nun steht Mollys Geburtstag vor der Tür, und sie besteht darauf, keine Party zu feiern; sie will ihren Geburtstag lieber mit uns, ihrem Bruder und ihrer neuen besten Freundin verbringen. Zu unserer nicht geringen Schande sind zwei der fünf betroffenen Menschen gar nicht so scharf darauf.

»Sie wird nie irgendwo eingeladen«, erklärt Molly. Sie sind schon sehr verschieden, mein Sohn und meine Tochter, besonders zurzeit. Mein Sohn würde mit derselben Bemerkung genau das entgegengesetzte Verhalten rechtfertigen. Jemand, der nie irgendwohin eingeladen wird, würde – ipso facto – auch von jeder Party ausgeschlossen bleiben, die Tom möglicherweise zu schmeißen gedenkt.

»Aber sie stinkt«, wendet Tom ein.

»Ja,« sagt Molly beinahe liebevoll. »Aber sie kann nichts dafür.«

»Kann sie wohl.«

»Was denn?«

»Sie könnte mal baden. Und ein Deo benutzen. Und sie muss ja wohl nicht ständig furzen, oder?«

»Ich glaube doch.«

Mir wird plötzlich nicht nur die immanente Bedeutung dieses Streites bewusst (letztendlich geht es um nichts Geringeres als darum, wie viel wir unseren Mitmenschen schulden, und ob es unsere Pflicht ist, jeden zu lieben, ungeachtet seiner individuellen Eigenschaften), sondern auch sein konkreter Gegenstand, – nämlich die Blähungen eines kleinen Kindes. Ich unterdrücke ein Lachen, denn es ist eine ernste Angelegenheit. Die Vorstellung, mit Hope in einem kleinen Auto zu einem Vergnügungspark zu fahren, ist schließlich gar nicht komisch.

»Warum machst du nicht einfach eine große Geburtstagsparty und lädst Hope auch dazu ein?«

»Sie kann selber entscheiden, was sie will«, sagt David.

»Natürlich kann sie selber entscheiden, was sie will. Ich möchte nur sicher gehen, dass es auch wirklich das ist, was sie will. Ich möchte nicht später mal die Fotos von Mollys neuntem Geburtstag angucken und mich fragen, mit wem zum Teufel sie ihn gefeiert hat.«

»Warum nicht? Wir kennen ja auch kaum noch jemanden von unseren Hochzeitsfotos.«

»Eben. Und sieh dir an, was …« Ich kann mich gerade noch zurückhalten. Ein bitteres Resümee des Scherbenhaufens unserer Ehe wäre in diesem Augenblick wohl nicht zweckdienlich. »… gewesen wäre im anderen Fall.« Weil ich den Satz unbedingt nahtlos beenden will, rede ich plötzlich wie ein osteuropäischer Austauschstudent.

Na, jedenfalls, würde man sich den Grund dafür ansehen, könnte man keine anschaulichere Illustration dafür finden, warum aus unserer Ehe ein Trümmerhaufen geworden ist: In den folgenden Jahren hat David jeden einzelnen unserer Hochzeitsgäste, ob Freund, Kollege oder Verwandter, so lange verhöhnt, gehänselt und ausgelacht, Jahr um Jahr, bis sie uns fallen gelassen haben.

»Es ist mein Geburtstag. Ich kann tun, was ich will.«

»Aber das ist doch erst in ein paar Wochen. Warum wartest du nicht, bis du sicher bist, ehe du ihr Bescheid sagst? Schließlich wird sie wohl kaum schon was anderes vorhaben.«

»Das will ich aber nicht.« Und sie geht mit mehr Schadenfreude zum Telefon, als es sich für einen Akt selbstloser Großherzigkeit meiner Meinung nach eigentlich geziemt.

Also, um kurz zu rekapitulieren: Ich möchte, dass mir meine Sünden vergeben werden (dazu zählen Ehebruch, Missachtung der eigenen Eltern, Schroffheit gegenüber Borderline-Fällen wie dem bekloppten Brian und auch, dass ich meine Kinder über meinen momentanen Wohnsitz im Unklaren lasse), aber dennoch bin ich nicht gewillt, jenen zu verzeihen, die sich gegen mich versündigen, selbst wenn es achtjährige Mächen sind, deren einzige wirkliche Sünde darin besteht, schlecht zu riechen. Und einen käsigen Teint zu haben. Und nicht besonders helle zu sein. Na gut. Okay. Ich denke noch mal darüber nach und melde mich dann wieder.

Ich wusste nicht mal, dass ich es sagen würde, bis mir die Worte über die Lippen kamen, und als ich es dann sage, schwindelt mir ein wenig. Vielleicht fühlte ich mich vorher schon schwach – es ist Sonntagmorgen, und ich habe noch nichts gegessen, obwohl ich schon vor ein paar Stunden die Wohnung verlassen habe. Hätte ich sofort eine Schale Müsli gegessen, als ich zu Hause ankam, hätte ich vielleicht gar nichts gesagt.

»Ich gehe in die Kirche. Will jemand mit?«

David und die Kinder sehen mich erstmal interessiert an. So als würde ich, weil ich etwas Exzentrisches gesagt habe, gleich auch etwas Exzentrisches tun, etwa einen Striptease hinlegen oder mit einem Küchenmesser Amok laufen. Plötzlich bin ich froh, dass es nicht meine Aufgabe ist, Menschen davon zu überzeugen, dass Kirchenbesuche ein völlig normaler Freizeitspaß sind.

»Ich hab's dir ja gesagt«, sagt Tom.

»Was hast du mir gesagt? Und wann?«

»Vor Ewigkeiten. Als Dad unsere ganzen Sachen verschenkt hat. Ich sagte, dass wir am Ende noch in die Kirche gehen müssten.«

Das hatte ich vergessen. So hat Tom auf eine Weise Recht behalten, an die er nicht im Traum gedacht hätte.

»Das hat nichts mit deinem Vater zu tun«, sage ich. »Und es wird keiner gezwungen, mitzugehen.«

»Ich komme mit«, sagt Molly.

»In welche Kirche?« fragt David.

Gute Frage.

»Die um die Ecke.« Es muss um die Ecke eine geben. Sie sind wie Wettbüros, die Kirchen, oder? Es gibt immer eins um die nächste Ecke, und man nimmt sie nie zur Kenntnis, wenn man sie nicht braucht.

»Welche Ecke?«

»Wir könnten mit Pauline gehen«, sagt Molly. »Ich weiß, in welche Kirche sie geht.« Pauline ist eine Schulfreundin von Molly. Sie stammt aus der Karibik. Oh, Gott.

»Das war … ich dachte an eine andere Art von Kirche.«

»Pauline sagt, ihre macht Spaß.«

»Ich suche keine Spaß-Kirche.«

»Was suchst du denn?« fragt David, der sich an meinem Unbehagen weidet.

»Einfach … ich möchte hinten sitzen und nicht mitmachen. Ich denke, dass Paulines Kirche eine … naja, eine Mitmach-Kirche ist, oder?«

»Warum willst du überhaupt gehen, wenn du nicht mitmachen willst? Was soll das alles dann?«

»Ich will bloß zuhören.«

»Ich wette, wir können auch in Paulines Kirche zuhören.«

Was ich suche, ist natürlich etwas weniger religiöse Überzeugung. Ich hatte auf einen milden, skeptischen Liberalen gehofft, vielleicht eine jüngere Frau, die eine Predigt über, sagen wir, Asylsuchende und Wirtschaftsflüchtlinge oder die Staatliche Lotterie und die Geldgier hält und sich dann entschuldigt, dass sie das Thema Gott überhaupt anschneidet. Und irgendwie würden mir dabei meine Fehler verziehen, mir würde freigestellt, Hope und den bekloppten Brian nicht zu mögen, und mir würde zu verstehen gegeben, dass ich nicht zwangsläufig böse bin, nur weil ich nicht gut bin. So etwas in der Art. Vielleicht ist Paulines Kirche ja genau so – was weiß ich? Ich unterstelle jedoch, dass sie nicht so ist. Ich unterstelle, dass es in Paulines Kirche keine Zweifel gibt, sondern nur schlichtes, hingebungsvolles Gotteslob, und zwar deshalb, weil es einfacher ist, rassistische Vorurteile zu pflegen, als die Wahrheit herauszufinden. Da hätten wir's also. Ich stehe morgens auf, entschlossen, etwas einigermaßen Gutes zu tun, und finde innerhalb von zwei Stunden etwas Neues, für das ich mich schuldig fühle.

»Die haben eine andere Art von Kirche, nicht wahr, Mum?« sagt Tom.

»Wer sind ›die‹?« frage ich scharf. Wenn ich schon untergehe, dann nehme ich sie mit.

»Paulines Familie«, sagt Tom verdutzt.

»Oh. Ich dachte, du meinst … Vergiss es.«

Denn natürlich war nicht er es, der etwas meinte. Ich war es. Wie immer.

Schließlich kann ich Molly überzeugen, dass wir der anglikanischen Kirche angehören, obwohl auch dieses Argument Schreckensmomente birgt, und dann fahren wir mit dem Wagen im Viertel herum und suchen nach der richtigen Kirche, die zum richtigen Zeitpunkt die richtige Show bietet. Wir haben fast auf Anhieb Glück: Molly sichtet ein paar greise Gemeindemitglieder, die zur St. Stephen's-Church ein paar Straßen weiter hinken, und wir parken direkt davor. (Wenn man zu den Leuten zählt, für die günstige Parkmöglichkeiten das bevorzugte Kriterium für die Wahl des Freizeitvergnügens ist, ist die anglikanische Sonntagsmesse wärmstens zu empfehlen. Man kann um fünf vor zur Messe um zehn ankommen, und um zwei nach elf ist man wieder weg. Jeder, der schon mal nach einem Spice-Girls-Konzert eine Stunde auf dem Parkplatz des Wembley-Stadions gestanden hat, wird das zu schätzen wissen.)

Es wurde alles geboten, was ich wollte. Die Pfarrerin ist tatsächlich eine freundliche ältere Lady, die sich ein wenig für ihre religiöse Überzeugung zu schämen scheint; die spärliche Zahl der versammelten Gemeindemitglieder und ihr offenkundiges Desinteresse an allem und jedem erlaubt es uns, hinten Platz zu nehmen und den Anschein zu erwecken, wir hätten mit nichts und niemandem etwas zu tun. Molly ist natürlich die jüngste in den Bänken auf unserer Seite der Kirche, aber ich bin wahrscheinlich mit zehn oder fünfzehn Jahren Abstand die zweitjüngste, obwohl man es bei einigen von ihnen nur schwer sagen kann: die Zeit ist mit diesen Leuten, wie man wohl ehrlich sagen darf, nicht sehr gnädig umgesprungen. Weiß Gott, was hier Ursache und was Wirkung ist.

Wir singen ›Glorious Things of Thee Are Spoken‹ – ein leichtes, ein kinderleichtes Lied, das einem noch gut aus der Schule und von allerlei Hochzeiten geläufig ist, und sowohl Molly als auch ich stimmen mit Kraft und Können ein, obwohl man sich ja nicht selbst loben darf; und dann wird aus der Bibel gelesen und anschließend gibt es Gemeindenachrichten. Sie veranstalten einen Kirchenbazar. Der Grund dafür, dass diese Woche kein Chor da ist, ist der, dass er von einem anderen Chor irgendwohin eingeladen worden ist, um bei irgendwas mitzumachen … Meine Aufmerksamkeit schwindet. Ich war noch nie zuvor in einer normalen Messe. Ich war schon auf Hochzeiten, Beerdigungen, Taufen, in Christmetten und sogar auf Erntedankfesten, aber noch nie in einer scheißnormalen kein-Mensch-da-Sonntagsmesse.

Von Gott fühlt sich das alles weit weg an – der Kirchenbazar wird vermutlich auch nicht näher dran sein, und viel weiter weg, stelle ich mir vor, als es Mollys Freundin Pauline in diesem Moment ist. Es wirkt traurig, kraft- und hoffnungslos; vielleicht war dies irgendwann mal das Haus Gottes, möchte man den paar Leutchen hier zurufen, aber er ist offensichtlich umgezogen, hat den Laden dichtgemacht und ist irgendwohin, wo es größere Nachfrage nach diesen Dingen gibt. Und dann schaut man sich um und fragt sich, ob Traurigkeit nicht integraler Bestandteil des Ganzen ist: Die, die in der Lage sind, sich einmal die Woche hierhin zu schleppen, zählen eindeutig nicht zu denen, die aus Gründen der Geselligkeit zur Kirche gehen, denn Geselliges findet hier nicht statt. Dies ist kein Ort zum Sehen und Gesehenwerden, es sei denn, man hängt Operngläser an die Kirchenbänke. Man müsste zwanzig Meter laufen, um jemandem die Hand zu geben. Nein, diese Leute sind der harte Kern, die letzten Konservativen von altem Schrot und Korn in Holloway, die Hoffnungslosen, die Einsamen und die Beladenen, und sollte es einen Platz für sie im Himmel geben, dann haben sie ihn sich verdient. Ich hoffe nur, dass es dort wärmer als hier ist und dass es dort mehr Hoffnung und mehr junge Leute gibt, dass kein Bedarf an Kirchenbazaren besteht und der Chor der Engel an dem Tag nicht gerade woanders singt, aber man hat leider den Eindruck, dass das alles doch der Fall sein könnte. Der Himmel der anglikanischen Kirche ist aller Wahrscheinlichkeit nach zu einem Viertel von unglücklichen, alten Damen bevölkert, die formlose, steinharte Plätzchen und verkratzte Mantovani-Platten verkaufen. Jeden Tag der Woche bis in alle Ewigkeit. Und wie steht es um die nette Dame, die uns gerade die Gemeindemitteilungen verliest? Lässt sie sich von ihren hinkenden, abgehärmten Schäfchen entmutigen? Ich meine, einen Anflug von Überdruss, vielleicht sogar Verzweiflung aus der Aufforderung, sich für den Blumenschmuck zu melden, herauszuhören, aber vielleicht liegt das daran, dass Blumenarrangements nicht ihr Ding sind.

Predigen jedenfalls ist ihr Ding – und zwar auf elektrisierende, haarsträubend peinliche Weise. Sie holt tief Luft, fixiert uns mit starrem Blick und brüllt dann »1-2-3-4 GET WITH THE WICKED!«, und wir fahren ängstlich und verwirrt in unseren Kirchenbänken zusammen – alle bis auf Molly, die das Zitat erkennt. »1-2-3-4 Get with the Wicked« ist ihr momentaner Lieblingssong aus den Charts – sie, beziehungsweise wir, haben ihn letzten Samstagnachmittag von ihrem Taschengeld auf der Holloway Road gekauft, und sie hat den ganzen Nachmittag dazu getanzt. Der Rest der Gemeinde allerdings, die Frauen mit den Krampfadern und die Männer mit den Emphysemen, die die Herde der netten Dame bilden … ich wette, von denen hat bislang keiner die CD gekauft, daher wissen sie auch nicht, wieso die nette Dame ihnen das entgegenbrüllt, und alle, die körperlich dazu in der Lage sind, starren konzentriert auf ihre Schuhspitzen.

Die nette Dame macht eine Pause und lächelt. »Ist es das, was Jesus von uns wollte: ›uns unter die Gottlosen zu mischen‹?« fragt sie. »Ich glaube ja.« Plötzlich zeigt sie theatralisch auf uns, als halte sie ein Mikrofon in der Hand. »Denken Sie darüber nach.« Die Aufforderung wird dankend angenommen, denn es bedeutet, dass wir noch länger auf unsere Schuhe gucken können, während wir uns bemühen, die theologische Implikation dieser Textzeile herauszupusseln. Zu wem, um alles in der Welt, glaubt sie zu sprechen? Ich kann nur annehmen, dass sie ein völlig anderes Publikum vor sich wähnt, dass sie irgendwie in ein Paralleluniversum voller junger, trendbewusster Christen geraten ist, die um nichts in der Welt ihre Predigten verpassen möchten und bei jeder Bezugnahme auf ihre Kultur begeistert johlen. Ich würde am liebsten zur Kanzel stürzen und sie kräftig durchschütteln.

»Denken Sie darüber nach«, sagt sie erneut. »Maria Magdalena. Judas Ischariot. Zachäus der Zöllner. Die Frau am Brunnen. Eins zwei drei vier! Da hat Jesus sich unter die Gottlosen gemischt!!« Dann aber haut sie mit einem derartigen Krachen einen anderen Gedankengang rein, dass selbst der hoffnungsloseste Fahrschüler zusammengezuckt wäre, und fragt sich, ob Gott es in gleichem Maße wünscht, dass wir uns mit den Gottesfürchtigen zusammentun, wie er wünscht, dass wir uns unter die Gottlosen mischen. Sie glaubt, eher nicht. Sie glaubt, dass er einfach möchte, dass wir ganz wir selbst sind, denn würden wir die ganze Zeit Frömmigkeit heucheln, könne er uns nicht richtig kennen lernen, und das wolle er ja.

Plötzlich beginnt sie zu singen: ›Getting to Know You‹ aus ›The King and I‹. Jetzt laufe ich knallrot an. Ich spüre, wie das Blut durch jede Ader in meinem Gesicht und meinem Hals pulsiert, und zum ersten Mal frage ich mich, ob die nette Dame tatsächlich verrückt ist. Ich muss aber gerechterweise einräumen, dass nicht alle hier bei der Darbietung derartige Höllenqualen leiden wie ich. Einige wackeln mit dem Kopf und lächeln, und es ist klar, dass ›The King and I‹ uns mehr aus der kollektiven Seele spricht als ›Get With the Wicked.‹

»Das ist eine gute Kirche, nicht wahr, Mum?« flüstert Molly, und ich nicke mit so viel Enthusiasmus, wie ich noch aufbringen kann.

»Gehen wir jetzt jede Woche hierhin?«

Ich zucke mit den Achseln. Wer weiß? Es fällt mir nicht leicht, mir vorzustellen, dass ich zur überzeugten Christin mutiere, indem ich einer Verrückten zuhöre, die mir Auszüge aus Musicals vorsingt, aber andererseits hätte ich auch nie geglaubt, mein Zuhause einmal mit Männern zu teilen, die auf Namen wie GoodNews oder Monkey hören.

»Ich weiß, dieses Lied ist aus ›The King and I‹«, sagt die nette Dame, »aber es könnte Gott gemeint sein. Er möchte Sie näher kennen lernen. Und deswegen liegt ihm nichts daran, wenn Sie sich künstlich gut machen, denn das würde ihn hindern, Sie zu erkennen.«

Ha. Das ist schon eher nach meinem Geschmack. »Künstlich gut machen.« Die Formulierung gefällt mir, und ich werde sie bei der nächstbesten Gelegenheit jemandem auf die Nase binden. Darum bin ich ausgezogen: wegen des Gekünstelten an Davids Verhalten, das Gott daran hindert, ihn zu erkennen. David könnte möglicherweise in der Hölle landen, so paradox und absurd das ist, weil Gott keine Ahnung hat, wer er wirklich ist. Langsam beginnt mir der christliche Standpunkt zu gefallen. Die nette Dame behauptet, nichts zu tun – und ich tue ja nicht mal nichts, bin immerhin Ärztin, ein guter Mensch, aber mein Gutsein ist organisch und biologisch, und nicht künstlich – sei besser, seligmachender, als »etwas zu tun«. Ich beschließe auf der Stelle, Gott in mein Herz zu lassen, in der Hoffnung, dass mein neu entdeckter Glaube sich irgendwie als gemeine Waffe im Ehekrieg benutzen lässt. Sicher, nicht jeder findet auf diesem Weg zum Herrn; manche würden argumentieren, es sei sogar ausgesprochen unchristlich, nur zu konvertieren, um einen anderen damit zu ärgern. Aber Gottes Wege sind ja bekanntermaßen unergründlich.

Als wäre ich nicht schon überzeugt, folgt auf die Predigt eine Lesung aus der Bibel, die mir so gelegen kommt, dass ich am liebsten von meiner Bank aufspringen und begeistert die Faust in die Luft stoßen würde. Die Lesung wird von einem der wenigen Männer in der Gemeinde gehalten, die noch genug Puste haben, um die Stufen zur Kanzel hochzukommen; nachdem er sich von dieser Anstrengung erholt hat, liest er aus einem der Korintherbriefe. Die Stelle ist berühmt, und ich habe sie vorher schon oft gehört (wie? wann?), und da ich glaube, sie zu kennen, schalte ich ab. Das Wort ›Nächstenliebe‹ rüttelt mich wieder wach.»... die Nächstenliebe prahlt nicht, ist nicht aufgeblasen«, meine ich zu hören. Ein Hoch auf den Heiligen Paulus! Genau! Prahlen und Aufblasen! Prahlen und Aufblasen! Wenn man darauf steht, muss man nur bei uns in der Webster Road vorbeischauen, in der der Verein für Prahler und Aufbläser beheimatet ist! Warum habe ich bei diesem Zeug früher nie richtig zugehört?

Ich will mir das merken und während ich mir überlege, wie ich damit einen maximalen Schaden anrichten kann, lasse ich meinen Blick durch den Kirchenraum und in eine, wie ich hoffe, sakrale Leere schweifen, doch er bleibt am Ende nur an jemandem hängen, den ich zuvor nicht bemerkt hatte: Ein Mann etwa in meinem Alter, mit meiner Nase und meiner Gesichtsform, der die alte Lederjacke meines Ehemanns trägt. Ich sehe meinen Bruder an. Meinen Bruder!

Meine erste Reaktion – und die besagt einiges über den aktuellen Zustand des Anglikanismus und erklärt auch, warum mein neu entdeckter Enthusiasmus für die Kirche wahrscheinlich eher kurzlebig sein wird – ist schreckliches Mitleid mit ihm; ich wusste wirklich nicht, dass die Dinge schon so schlimm um ihn stehen. Ich beobachte ihn eine Weile und rede mir ein, dass ihm die Verzweiflung ins Gesicht geschrieben steht. Er hört der alten Dame unverkennbar nicht zu, und einmal stößt er einen Seufzer aus und stützt das Kinn auf die Faust. Ich stupse Molly an und zeige auf ihn, und nachdem sie einige Minuten vergeblich versucht hat, seine Aufmerksamkeit zu erregen, geht sie quer durch die Kirche zu ihm hinüber. Er muss zweimal hinsehen, dann küsst er sie, blickt sich um und entdeckt mich, und wir lächeln uns verblüfft an.

Die nette verrückte Lady erteilt jetzt die Kommunion, und die Gemeinde erhebt sich auf ihre wackligen Beine und schlurft nach vorne. Der Trubel, oder das, was man hier darunter versteht, gestattet mir, die in der Kirche verstreuten Teile meiner Familie einzusammeln und nach draußen zu führen.

»Hallo.« Als wir draußen sind, gebe ich Mark einen Kuss auf die Wange und sehe ihn fragend an.

»Das ist, als würde man jemanden zufällig im Bordell treffen, oder?« sagt er.

»Ist es so?«

»Ja. Ich meine, es ist mir total peinlich, dass du mich erwischt hast. Aber andererseits solltest du eigentlich auch nicht hier sein, oder?«

»Ich habe ein Kind.«

»Das wäre eine Entschuldigung dafür, in ›Toy Story 2‹ zu gehen, aber nicht in die Kirche.«

»Wir gehen jede Woche«, sagt Molly. »Es ist toll, nicht wahr?«

»Tja, Onkel Mark kann dich nächste Woche mitnehmen. Kommst du mit zu uns auf einen Kaffee?«

»Ja, gerne.«

Mark und ich gehen schweigend zum Wagen – dafür brauchen wir ganze dreißig Sekunden! – und hören, wie Molly ›1-2-3-4 Get With the Wicked‹ skandiert und zu dem Rhythmus hüpft. Weder Mark noch ich finden ihre Darbietung komisch oder unterhaltsam, obwohl sie recht komisch und unterhaltsam ist, wenn man solche Sachen mag; ich erinnere mich daran, wie ich, als ich mit Tom schwanger war, immer andere Eltern beobachtete, die entweder gleichgültig oder gereizt auf das Kindische an ihren Kindern reagierten, und mich fragte, ob ich jemals auch fähig sein würde, darin nichts Besonderes mehr zu sehen. Das berauschende Gebräu aus Hoffnung und Hormonen, das einen während der Schwangerschaft durchflutet, hatte mich glauben lassen, ich würde immer vor Glück weinen, wenn mein noch ungeborenes Kind später etwas Fröhliches tun würde. Aber das wird einem schnell ausgetrieben – nicht von den Kindern, sondern vom Leben. Man möchte weinen, aber man hat zu viel damit zu tun, nicht über etwas anderes zu weinen, und jetzt gerade bemühe ich mich, nicht über die Verfassung meines Bruders zu weinen.

Mark sieht alt aus, viel älter als ich es von ihm kenne: Traurigkeit hat ein paar zusätzliche Falten um Augen und Mund eingegraben, und es zeigt sich ein erstes Grau in seinen Sonntagmorgen-Stoppeln. Normalerweise ist er glatt rasiert, darum ist es irgendwie bezeichnend, dass er das Grau so durchkommen lässt – nicht wie jemand, der den Alterungsprozess mit Würde hinnimmt, sondern als habe er aufgegeben, als sei es sinnlos, nach dem Rasierschaum zu greifen, weil Rasieren nur die Eröffnung in einem Spiel ist, das er schon zu oft verloren hat. Vielleicht bin ich dumm und melodramatisch, und vielleicht hätten die Stoppeln und die Müdigkeit mich zu ganz anderen Schlüssen veranlasst, hätte ich ihn erwischt, wie er aus einem Nachtklub (oder einem Bordell) kommt, aber ich habe ihn nicht erwischt, wie er aus einem Nachtklub kommt. Ich habe ihn erwischt, wie er aus einer Kirche kommt, und ich kenne ihn gut genug, um zu vermuten, dass dies kein gutes Zeichen ist.

»Also?«

»Also was?«

»War das eine einmalige Sache?«

»Eine zweimalige.«

»Zweimal hintereinander? Oder insgesamt nur zweimal?«

»Zweimal hintereinander.«

»Und wie war's?«

»Du warst doch dabei. Ich meine, sie hat, du weißt schon … nicht alle Hostien im Tabernakel.

»Warum gehst du dann wieder hin? Warum gehst du nicht in eine andere Kirche?«

»Ich hab Angst, dass ich nicht mehr los komme, wenn ich in eine gute gehe. Die Gefahr besteht hier nicht.«

»Das ist die Logik eines Depressiven.«

»Tja. Hm. Das wird wohl so sein, oder?«

Ich parke vor unserem Haus, und wir gehen hinein. GoodNews und David beugen sich am Küchentisch über ein Blatt Papier.

»Das ist mein Bruder Mark. Ich habe ihn in der Kirche getroffen. Mark, das ist DJ GoodNews.« Sie geben sich die Hand, und GoodNews stiert Mark lange fragend an, was ihn sichtlich irritiert.

»Könnt ihr beide euch jetzt verziehen?« frage ich. »Mark und ich wollen uns unter vier Augen unterhalten.« David wirft mir einen liebenden, gekränkten Blick zu, aber sie nehmen ihren Kram und gehen.

»Darf ich zuhören?« fragt Molly.

»Nein. Tschüss.«

»Der Typ war auch auf der Party«, sagt Mark, »wer ist das?«

»GoodNews? Der Geistheiler meines Ehemanns. Er wohnt jetzt bei uns. Bei ihnen vielmehr. Ich lebe in einer möblierten Wohnung um die Ecke. Das wissen die Kinder aber nicht.«

»Oh. Verstehe. Soso. Sonst noch was passiert?«

»Das wär's in etwa.«

Ich berichte ihm so knapp, wie er es zulässt, von den letzten Wochen, und während des Erzählens, wird mir klar, dass es in erster Linie er ist, dem die Traurigkeit ausgetrieben werden muss.

»Und wie steht's mit dir?«

»Ach, du weißt schon.« Er zuckt die Achseln.

»Was weiß ich?«

»In den letzten vierzehn Tagen war ich zwei Mal in der Kirche. Das sagt wohl alles.«

Er meint damit nicht, dies sei die Summe seiner Aktivitäten; er meint, dass er am Ende ist. Mark nimmt Drogen, geht auf Konzerte, flucht viel, hasst Konservative und hat promiske Phasen. Wenn man bei der ersten Begegnung mit ihm gefragt würde, was er bestimmt nicht macht, dann würde man sicher auf Kirchenbesuche tippen.

»Wie hat das angefangen?«

»Ich war unterwegs zu dir. Ich fühlte mich nicht gut und dachte, die Kinder würden mich aufheitern, und es war Sonntagmorgen und ... weiß auch nicht. Ich hab bloß die Kirche gesehen, und es war gerade die richtige Zeit, und da bin ich einfach reingegangen. Und bei dir?«

»Ich habe Vergebung gesucht.«

»Wofür?«

»Für den ganzen Scheiß, den ich mache«, sage ich.

Mark steht erst seit kurzem auf der Liste meiner Verfehlungen, und wenn ich ihn mir jetzt ansehe, finde ich das so selbstgefällig, dass es schon komisch ist. Er ist ein sehr unglücklicher, vielleicht sogar selbstmordgefährdeter Mensch, und ich hatte keine Ahnung. »All the lonely people« ... wenigstens wissen wir, wo sie herkommen: Surrey. Da kommen Mark und ich nämlich her.

»Du machst keinen Scheiß.«

»Vielen Dank. Aber ich bin ein Mensch. Und das machen Menschen nun mal die meiste Zeit, sie machen beschissene Sachen.«

»Verdammter Mist. Gut, dass ich gekommen bin.«

Ich gebe ihm eine Tasse Kaffee, er zündet sich eine Zigarette an – er hat vor zehn Jahren aufgehört zu rauchen – und ich suche nach Monkeys Untertassen-Aschenbecher, während er mir von seinem tristen Job erzählt, von seinem tristen Liebesleben und all den dummen Fehlern, die er gemacht hat, und wie er angefangen hat, alles und jeden zu hassen, einschließlich seiner Lieben, und deswegen sei er schließlich sonntags um zehn Uhr früh im Publikum einer Frau gelandet, die Passagen aus »The King and I« singt.

GoodNews hat natürlich sofort alles mitgekriegt. Wir setzen uns zu einem rasch improvisierten Mittagsimbiss zusammen, und er watet unaufgefordert in das brackige, übelriechende Sumpfloch, das Marks Leben darstellt.

»Tut mir Leid, wenn du den Eindruck hast, ich wäre etwas, na, du weißt schon,« fängt er an. »Aber als wir uns die Hand gaben ... Mann, du hast mir fast den Arm abgerissen.«

»Tut mir Leid«, sagt Mark entschuldigend, aber verständlicherweise auch überrascht: Ich habe dabei zugesehen, und auf mich hatte es wie ein ganz normaler Handschlag gewirkt; zu keinem Zeitpunkt hatte es ausgesehen, als würde bei irgendwem ein dauerhafter Schaden zurückbleiben. »Habe ich dir weh getan?«

»Hier drin hast du mir weh getan.« GoodNews klopft auf sein Herz. »Denn es tut mir weh, wenn ich erlebe, dass ein Mitmensch in Schwierigkeiten steckt. Und wenn je eine Hand um Hilfe gerufen hat, dann war es deine.«

Mark kann nicht anders: Er guckt sich seine Hand von vorne und hinten an, ob dort Anzeichen von Kummer und Sorge zu sehen sind.

»Nee, da wirst du nichts sehen. Es ist sozusagen nichts Sichtbares. Ich will sagen, ich spüre es körperlich. Autsch. Verstehst du?« Dabei zuckt er zusammen und massiert seine Hand, um zu demonstrieren, welchen Schmerz ihm

Mark vorhin zugefügt hat. »Traurigkeit ist schon ein echtes Aas, weil sie sich immer versteckt. Ein echtes Aas. Aber manchmal muss sie raus, und aus dir strömt sie nur so.«

»Oh«, macht Mark.

Die Kinder mampfen ungerührt weiter. Es deprimiert mich, dass sie Gespräche dieser Art schon so gewöhnt sind, dass sie ihnen nicht mal einen erstaunten Blick abnötigen.

»Ich bin sicher, Mark würde lieber über etwas anderes reden«, sage ich optimistisch.

»Das würde er vielleicht«, sagt GoodNews, »aber ich bin nicht sicher, ob das so gut wäre. Weißt du, warum du traurig bist, Mark?«

»Nun ja …«

»Soweit ich das beurteilen kann, hängt es hauptsächlich mit deinem Beziehungs- und Arbeitsleben zusammen«, sagt GoodNews, offenkundig nicht daran interessiert, was Mark dazu meinen könnte. »Und es nimmt langsam bedrohliche Ausmaße an.«

»Wie bedrohlich?« fragt David besorgt.

»Nun ja«, sagt GoodNews und nickt vielsagend in Richtung der Kinder.

»Eigentlich braucht ihr Mark gar nicht, oder?« sage ich. »Warum klärt ihr beide das nicht unter euch?«

»Oh, das können wir nicht«, sagt GoodNews, »schließlich weiß Mark besser als jeder von uns, was ihn unglücklich macht.«

»Wirklich?« Ich sage das in sarkastischem Tonfall, mache ein sarkastisches Gesicht und versuche mich sogar an einer sarkastischen Pose, doch vergebens.

»Oh, gewiss. Ich kann die Ursachen nur ganz vage erspüren.«

»Ich würde sagen, Arbeit und Beziehungen trifft es in etwa«, sagt Mark.

»Willst du was dagegen tun?« fragt David.

»Nun ja, klar, warum nicht?«

»GoodNews knetet es aus dir raus«, sagt Molly sachlich. »Seine Hände werden ganz warm, und dann bist du nicht mehr traurig. Ich bin auch nicht mehr traurig wegen Grandma Parrot oder Poppy oder Mummys Baby, das gestorben ist.«

Mark verschluckt sich fast. »Mein Gott, Katie ...«

»Du solltest es versuchen, Onkel Mark. Es ist toll.«

»Kann ich noch etwas Schinken haben, Mum?« fragt Tom.

»Wir können wirklich einiges für dich tun, Mark«, sagt David. »Du kannst hier heute viele Dinge loswerden, wenn du willst.«

Mark stößt seinen Stuhl zurück und steht auf.

»Den Scheiß hör ich mir nicht an«, sagt er und geht.

Wenn man heiratet und eine Familie gründet, ist das wie Auswandern. Früher lebte ich im selben Land wie mein Bruder; ich teilte seine Wertvorstellungen, seine Vorlieben und Geisteshaltungen, und dann wanderte ich aus. Und obwohl ich gar nicht merkte, wie es passierte, begann ich allmählich mit einem anderen Akzent zu sprechen und anders zu denken, und obwohl ich mich gerne an mein Heimatland erinnere, sind doch alle Spuren davon in mir getilgt. Jetzt aber will ich heim. Ich sehe ein, dass ich einen großen Fehler begangen habe und die neue Welt doch nicht so toll ist, dass die Menschen zu Hause viel vernünftiger und klüger sind als in meiner Wahlheimat. Ich möchte, dass er mich mitnimmt. Wir könnten gemeinsam wieder zu Mum und Dad ziehen. Wir wären beide glücklicher dort. Er war dort nicht selbstmordgefährdet und ich nicht von Sorgen und Schuldgefühlen gezeichnet. Es würde toll werden. Wahrscheinlich würden wir uns darüber streiten, welches Fernsehprogramm wir gucken, aber abgesehen davon … Und wir würden nicht denselben Fehler wie beim ersten Mal machen. Wir würden nicht auf die Idee kommen, älter zu werden und ein eigenes Leben führen zu wollen. Das haben wir schon ausprobiert und es hat nicht geklappt.

Ich folge ihm nach draußen, und wir setzen uns eine Weile ins Auto.

»Du kannst so nicht weiterleben«, sagt er.

Ich zucke mit den Achseln.

»Unmöglich ist das nicht. Was könnte mir denn passieren, wenn ich es täte?«

»Du wirst durchdrehen. Du wirst die Kinder nicht mehr großziehen können. Du wirst nicht mehr arbeiten können.«

»Vielleicht stelle ich mich ja nur an. Mein Ehemann hat ein neues Hobby und einen Freund eingeladen, bei uns zu wohnen. Okay, das Hobby ist, gequälte Seelen zu retten, aber … Na ja, damit sollte ich umgehen können.«

»Die sind verrückt.«

»Sie haben ein paar ziemlich erstaunliche Sachen getan. Sie haben die ganze Straße dazu gebracht, obdachlose Jugendliche aufzunehmen.«

»Schon, aber …«, Mark verstummt. Er weiß nicht, was er sagen soll. Es heißt immer »Schon, aber …« und dann nichts mehr, wenn das Gespräch auf die Obdachlosen kommt.

»Und überhaupt, was bist du denn für ein Aushängeschild für die Gegenseite? Herrje, du bist achtunddreißig Jahre alt, hast keinen richtigen Beruf, bist depressiv und einsam und rennst neuerdings in die Kirche, weil dir sonst nichts mehr einfällt.«

»Ich bin nicht die Gegenseite. Ich bin bloß … normal.«

Ich lache.

»Genau. Normal. Stimmt. Selbstmordgefährdet und ohne Hoffnung. Der Punkt ist: die sind zwar alle verrückt da drinnen, aber ich habe David noch nie so glücklich gesehen.«

Später am Abend, als ich mich wieder in mein möbliertes Zimmer verkrochen habe, lese ich den Kulturteil der Zeitung, ganz wie die reife Erwachsene mit ausgefülltem Leben, die ich so verzweifelt aus mir zu machen versuche, und in einer Buchkritik schreibt jemand, dass Virginia Woolfs Schwester Vanessa Bell ein »mondänes, ausgefülltes Leben« geführt habe. An der Formulierung bleibe ich prompt hängen. Was könnte damit gemeint sein? Wie kann man in Holloway ein mondänes, ausgefülltes Leben führen? Mit David? Und GoodNews? Und Tom und Molly und Mrs. Cortenza? Mit zwölfhundert Patienten und einem Arbeitstag, der manchmal bis sieben Uhr abends dauert? Wenn man kein mondänes, ausgefülltes Leben führt, bedeutet das dann, man hat versagt? Ist das unsere Schuld? Und wenn David stirbt, wird dann auch über ihn jemand sagen, er habe ein mondänes, ausgefülltes Leben geführt? Ist das vielleicht das Leben, von dem ich ihn abbringen will?

Molly bekommt die Geburtstagsparty, die sie möchte: wir vier und Hope gehen schwimmen, anschließend Hamburger essen und dann ins Kino, um uns »Chicken Run« anzusehen, den Hope nicht richtig kapiert. Nach einer Weile kommt Molly zu dem Schluss, dass Hope in jeder Hinsicht blind ist, und sie versucht, das Geschehen zu erklären, was schließlich eine verärgerte Beschwerde aus der Reihe hinter uns provoziert.

»Oi. Halt den Rand.«

»Sie ist nicht besonders intelligent«, verteidigt sich

Molly gekränkt. »Außerdem hab ich Geburtstag und sie zu meiner Party eingeladen, weil sie keine Freundinnen hat und sie mir Leid tut, und ich möchte, dass sie Spaß daran hat, und den hat sie nicht, wenn sie nicht mitkriegt, was passiert.«

Es folgt ein entsetztes Schweigen – oder was ich in meiner Scham für ein entsetztes Schweigen halte – und dann das Geräusch von jemandem, der übertriebene Kotzgeräusche simuliert.

»Warum hat der Mann so getan, als müsste er brechen?« fragt Molly, nachdem wir Hope nach Hause gebracht haben.

»Weil du ihn krank gemacht hast«, sagt Tom.

»Wieso?«

»Weil du zum Kotzen bist.«

»Das reicht jetzt, Tom«, sagt David.

»Ist sie aber. So superbrav.«

»Und das gefällt dir nicht?«

»Nein. Das tut sie nur, um sich wichtig zu machen.«

»Woher willst du das wissen? Und außerdem, was macht das für einen Unterschied? Es geht doch darum, dass Hope ausnahmsweise mal einen netten Tag hatte. Und wenn das nur daher kommt, weil Molly sich wichtig macht, ist das in Ordnung.«

Und damit hat er Tom zum Schweigen gebracht, wie Davids unwiderlegbar tugendhafte Logik uns alle zum Schweigen bringt.

»Die Nächstenliebe prahlt nicht, sie ist nicht aufgebläht«, sage ich.

»Wie bitte?«

»Du hast mich schon verstanden. Zum Prahlen und Aufblähen ist euch beiden doch jede Gelegenheit recht.«

»Genau«, sagt Tom finster. Er hat keine Ahnung, wovon ich rede, doch er erkennt einen streitsüchtigen Unterton, wenn er ihn hört.

»Wo hast du das denn her?« fragt David. »Wo ist das her, das mit dem Prahlen und Aufblähen?«

»Aus der Bibel. 1. Korintherbrief, 13,4. Das wurde am Sonntag in der Kirche vorgelesen.«

»Die Stelle, die wir auch auf unserer Hochzeit hatten?«

»Was?«

»Korintherbrief, Kapitel 13. Dein Bruder hat sie vorgelesen.«

»Mark hat nichts über Nächstenliebe vorgelesen. Das handelte alles von Liebe. Die abgedroschene Stelle, die jeder aussucht.«

Bitte vergib mir, Heiliger Paulus, ich finde sie ja gar nicht abgedroschen; ich hielt und halte sie noch immer für wunderbar, so wie jeder andere auch, und ich selbst habe die Stelle damals ausgesucht.

»Ich weiß nicht recht. Ich weiß nur, dass wir den 1. Korintherbrief, Kapitel 13 auf unserer Hochzeit hatten.«

»Na gut, habe ich eben die Nummer falsch verstanden. Aber die Stelle, die sie am Sonntag in der Kirche verlesen haben, handelte von Nächstenliebe und davon, dass wahre Nächstenliebe sich nicht aufbläht, und ich dachte dabei an dich und deinen aufgeblähten Freund.«

»Herzlichen Dank.«

»Gern geschehen.«

Wir fahren schweigend weiter, aber dann haut David plötzlich auf das Lenkrad.

»Es ist ein und dasselbe«, sagt er.

»Was?«

»Die Liebe eifert nicht, die Liebe prahlt nicht, sie bläht sich nicht auf. Verstehst du? Mark hat eine andere Übersetzung vorgelesen.«

»Nicht Liebe. Nächstenliebe.«

»Das ist dasselbe Wort. Jetzt weiß ich wieder. Caritas. Das ist Latein oder Griechisch oder so was, und das kann man mit ›Nächstenliebe‹ oder mit ›Liebe‹ übersetzen.«

Deswegen war mir die Stelle seltsam vertraut vorgekommen: weil mein eigener Bruder sie auf meiner eigenen Hochzeit verlesen hat; es ist eine meiner eigenen Lieblingsstellen. Aus irgendeinem Grund wird mir ganz übel und schummerig, als hätte ich etwas Schlimmes getan. Liebe und Nächstenliebe … Wie ist das möglich, wo doch alles aus unserer jüngsten Geschichte darauf hindeutet, dass sie nicht koexistieren können, dass sie einander widersprechen, dass sie, würde man sie zusammen in einen Sack stecken, kratzen, beißen und fauchen würden, bis eins von ihnen in Fetzen gerissen wäre.

»›Und wenn ich allen Glauben habe, so dass ich Berge versetzen kann, habe aber die Liebe nicht, so bin ich nichts‹. Diese Stelle.«

»Das Lied haben wir«, sagt Molly.

»Das ist kein Lied, Idiot«, sagt Tom. »Das ist aus der Bibel.«

»Lauryn Hill singt es. Auf der CD, die Daddy schon ganz lange hat. Ich hab mir das immer in meinem Zimmer angehört. Das letzte Stück, da singt sie das.« Und dann trägt uns Molly eine hübsche, wenn auch mitunter etwas schief klingende Interpretation von Kapitel 13 aus Paulus' 1. Brief an die Korinther vor.

Als wir zu Hause sind, legt Molly das Stück von Lauryn Hill auf, und David verschwindet nach oben, um mit einer Schachtel voller Krimskrams von unserer Hochzeit zurückzukommen, eine Schachtel, von der ich gar nicht wusste, dass wir sie hatten.

»Wo kommt die denn her?«

»Aus dem alten Koffer unter deinem Bett.«

»Hat uns die meine Mutter gegeben?«

»Nein.«

Er kramt in der Schachtel.

»Wer denn dann?«

»Niemand.«

»Wie, ist die aus dem Nichts aufgetaucht?«

»Fällt dir keine andere Erklärung ein?«

»Stell dich nicht so an, David. Es ist eine ganz einfache Frage. Es gibt keinen Grund für diese Geheimnistuerei.«

»Die Antwort ist ganz einfach.«

Und ich komme immer noch nicht drauf, darum gebe ich nur einen frustrierten, entnervten Laut von mir und will gehen.

»Sie gehört mir«, sagt er leise.

»Warum ist das plötzlich deine?« frage ich streitlustig. »Wieso gehört sie nicht uns beiden? Ich war schließlich auch dabei.«

»Nein, klar, natürlich gehört sie auch dir, wenn du willst. Ich meinte bloß ... ich habe die Schachtel gekauft. Ich habe das Zeug gesammelt. So ist es ins Haus gekommen.«

»Wann?« Ich kann immer noch ein Schnauben in meiner Stimme hören, als glaubte ich ihm nicht, als wollte er mich irgendwie drankriegen.

»Ich weiß auch nicht. Als wir von der Hochzeitsreise zurückkamen. Es war ein toller Tag. Ich war wahnsinnig glücklich. Ich wollte das eben nicht vergessen.«

Ich breche in Tränen aus und weine und weine, bis es sich anfühlt, als schösse mir nicht Salz und Wasser aus den Augen, sondern Blut.

Dreizehn

»Without love I am nothing at all«, singt Lauryn Hill zum zwölften, siebzehnten und fünfundzwanzigsten Mal auf Mollys CD-Player, und jedesmal denke ich, ja, das bin ich, das ist aus mir geworden, ein Nichts, und dann heule ich wieder los oder mir ist nur zum Heulen zumute. Deswegen hat mich Davids Schachtel so umgeschmissen, das begreife ich jetzt – nicht bloß, weil ich keine Ahnung hatte, dass meinem Mann unser Hochzeitstag immer noch etwas bedeutet, sondern weil der Teil von mir, der etwas empfinden sollte, krank ist, im Sterben liegt oder bereits tot ist, und ich das bis heute Abend nicht bemerkt hatte.

Ich weiß nicht genau, wann es passiert ist, aber ich weiß, dass es schon weit zurückliegt – noch vor Stephen (sonst hätte es gar keinen Stephen gegeben), lange vor GoodNews (sonst hätte es gar keinen GoodNews gegeben); aber irgendwann nach der Geburt von Tom und Molly, denn dabei war ich noch etwas und jemand, der wichtigste Mensch auf der ganzen Welt. Wenn ich ein Tagebuch geführt hätte, könnte ich es vielleicht genau datieren. Ich könnte einen Eintrag lesen und denken, ach, ja, es war am 23. November 1994, als David dies oder das gesagt oder getan hat. Aber was hätte David tun oder sagen können, das mich veranlasst hätte, derart dicht zu machen? Nein, ich fürchte, ich habe von selbst dicht gemacht, etwas in mir ist kollabiert oder ausgetrocknet oder verkalkt, und ich habe es geschehen lassen, weil es mir so in den Kram passte. Es ist gerade genug für Tom und Molly da, aber das zählt eigentlich nicht, denn das ist ein Reflex, und das gelegentlich aufflackernde Gefühl der

Wärme ist auch nichts anderes als mein gelegentlicher Wunsch zu weinen.

Vielleicht ist es das, was mit uns allen nicht stimmt. Vielleicht glaubte Mark, diese Wärme in der Kirche zu finden, und die Leute aus unserer Straße, die die Straßenkinder aufgenommen haben, dachten, sie fänden sie in ihren Gästezimmern, und David fand sie in GoodNews' Fingerspitzen – er ging auf die Suche danach, weil er sie vor seinem Tod noch einmal spüren wollte. So wie ich.

Oh, ich rede nicht von romantischer Liebe, dem wahnsinnigen Verlangen nach jemandem, den man gar nicht richtig kennt. Und die Gefühle, die meine Arbeitswoche beherrschen – Schuldgefühle natürlich, aber auch Furcht und Verärgerung und ein paar andere schändliche Ablenkungen, die einzig und allein dazu dienen, dass ich mich die Hälfte der Zeit unwohl fühle – genügen weder mir, noch irgendwem sonst. Ich rede von der Liebe, die sich früher wie Optimismus, wie Freundlichkeit anfühlte … Wo ist sie hin? Irgendwo unterwegs scheint mir einfach die Puste ausgegangen zu sein. Am Schluss war ich enttäuscht von meiner Arbeit, meiner Ehe und mir selbst, und ich habe mich in jemanden verwandelt, der nicht mehr weiß, worauf er noch hoffen soll.

Mir scheint, der Trick liegt darin, Reue auszusperren. Darum dreht sich alles. Wir können sie zwar nicht ewig aussperren, weil es unmöglich ist, die Fehler zu vermeiden, die der Reue Tür und Tor öffnen, und die Wackersten schleppen sich bis zum sechzigsten oder siebzigsten Lebensjahr, bevor sie darunter zusammenbrechen. Ich habe es bis etwa siebenunddreißig geschafft, David ebenfalls, und mein Bruder hat den Geist sogar noch früher aufgegeben. Und ich bin mir nicht sicher, ob es gegen Trauer eine Medizin gibt. Ich fürchte nein.

Die neue Patientin kommt mir vage bekannt vor, aber ich fühle mich nicht ganz auf der Höhe: Das kleine türkische Mädchen, das vorher da war, ist vermutlich ernsthaft krank, und ich habe versucht, der Mutter mit Hilfe des türkisch sprechenden Betreuers vom Gesundheitsdienst zu erklären, warum ich eine Computertomografie ihres Gehirns machen lasse. Daher flattern mir noch ein bisschen die Nerven, und ich zeige anfangs nicht so viel Interesse an dem Hautproblem meiner neuen Patientin, wie ich gerne würde.

Ich bitte sie, sich frei zu machen, und sie sagt etwas Scherzhaftes darüber, wie sehr sie es hasst, einer empörend schlanken Ärztin ihren fetten Bauch zu zeigen, und genau in dem Moment, als ihr Pullover ihr Gesicht verdeckt, erkenne ich die Stimme.

Sie steht auf, damit ich mir den Ausschlag auf ihrem Rücken ansehen kann.

»Hatten Sie so etwas schon früher einmal?«

»Schon lange nicht mehr. Es kommt vom Stress.«

»Wie kommen Sie darauf?«

»Weil ich es das letzte Mal hatte, als meine Mutter starb. Und derzeit habe ich große berufliche Probleme.«

»Was für berufliche Probleme?«

Diese Frage ist nicht sehr professionell. Ich bekomme ständig zu hören, dass Leute berufliche Probleme haben, und habe nie zuvor auch nur das geringste Interesse gezeigt, obwohl ich bei besonderer Sympathie schon mal anteilnehmend gluckse. Die nette Dame jedoch … Natürlich will ich wissen, was mit ihrem Job nicht stimmt.

»Es ist alles so sinnlos, und ich hasse mich selbst … ich hasse die Leute, für die ich arbeite. Besonders … nun ja, besonders den Boss.«

»Sie können sich wieder anziehen.«

Ich fange an, ein Rezept auszustellen.

»Ich war letzten Sonntag in Ihrer Messe.«

Sie bekommt einen roten Kopf.

»Oh. Da hätte ich besser nichts gesagt.«

»Das ist in Ordnung. Sie wissen ja, ärztliche Schweige-
pflicht.«

»Na ja, egal, dann wissen Sie ja, was für Probleme ich
habe.«

»Weiß ich das?«

»Ist das nicht offensichtlich?«

Ich halte es für das Beste, nichts zu sagen, weil das, was
für mich offensichtlich ist – ihre Interpretation von »Getting to Know You« war grauenhaft und jede Bezugnahme
auf aktuelle Rap-Hits ist so verfehlt, dass es schon an
Schwachsinn grenzt – für sie vielleicht nicht so offensichtlich ist, und ich damit nur erreiche, dass die knallroten
Flecken auf ihrem Rücken noch schlimmer werden. Ich
stelle ihr ein Rezept aus.

»Mir hat es gefallen«, sage ich.

»Danke. Aber im Grunde glaube ich nicht mehr an das,
was ich tue. Ich halte das alles für Zeitverschwendung,
und mein Körper weiß das. Deswegen fühle ich mich
immer krank.«

»Nun, dagegen kann ich hoffentlich etwas tun.«

»Warum sind Sie in meine Kirche gekommen? Sie
waren vorher noch nie da, oder?«

»Nein. Ich bin nicht religiös. Aber ich hatte eine seelische Krise, und daher ...«

»Haben Ärztinnen seelische Krisen?«

»Es sieht so aus. Meine Ehe ist in einer schwierigen
Phase, und ich bin sehr deprimiert und überlege, was
man dagegen tun kann. Wozu raten Sie mir?«

»Bitte?«

»Was soll ich tun?«

Sie lächelt nervös; sie weiß nicht, ob ich vielleicht nur

scherze – das tue ich nicht. Ich spüre plötzlich den dringenden Wunsch, ihre Meinung dazu zu hören.

»Ich habe Ihnen gesagt, was Sie gegen den Ausschlag tun können. Dafür bin ich da. Sie sagen mir, was ich wegen meiner Ehe tun kann. Dafür sind Sie da.«

»Ich weiß nicht, ob Sie über die Aufgaben der Kirche richtig informiert sind.«

»Welche sind das denn?«

»Mich dürfen Sie da nicht fragen. Ich habe nicht die geringste Ahnung.«

»Wen dann?«

»Haben Sie es schon mit einer Eheberatung versucht?«

»Ich rede hier nicht von Eheberatung. Ich rede von Gut und Böse. Darüber wissen Sie doch sicher Bescheid.«

»Möchten Sie hören, was die Bibel über die Ehe sagt?«

»Nein!« Ich bin mittlerweile laut geworden, ich merke es selbst, kann aber nichts dagegen machen. »Ich will wissen, was SIE meinen. Sagen Sie's mir einfach. Ich werde tun, was immer Sie raten. Soll ich bleiben oder gehen? Na los.« Es ist mir Ernst. Ich kann die Ungewissheit nicht mehr ertragen. Jemand anderer soll das klären.

Die nette Dame wirkt etwas verängstigt, und das mit allem Recht, vermute ich. Ich überlege ernsthaft, ob ich sie als Geisel nehmen soll, bis sie mit einer Antwort rausrückt, mit irgendeiner, allerdings verrate ich ihr noch nichts von diesem Plan.

»Dr. Carr, ich kann Ihnen nicht sagen, was Sie tun sollen.«

»Tut mir Leid, das reicht mir nicht.«

»Möchten Sie mich gerne in meinem Büro aufsuchen?«

»Nein. Kein Bedarf. Reine Zeitverschwendung. Es kann nur ja oder nein heißen. Ich will mich nicht stundenlang mit Ihnen darüber unterhalten. Ich habe mir schon seit Monaten den Kopf zerbrochen. Es reicht jetzt langsam.«

»Haben Sie Kinder?«

»Ja.«

»Ist Ihr Ehemann gemein zu Ihnen?«

»Nein. Nicht mehr. Früher ja, aber jetzt hat er das Licht gesehen. Nicht Ihr Licht. Ein anderes.«

»Nun ja …« Beinahe sagt sie etwas, doch dann steht sie auf. »Das ist ja lächerlich. Ich …«

Ich reiße ihr das Rezept aus der Hand. »In diesem Fall kann ich Ihnen nicht helfen. Sie tun Ihren Job und ich tue meinen.«

»Es ist nicht mein Job. Bitte geben Sie mir mein Rezept.«

»Nein. Ich verlange ja nicht viel. Soll ich bleiben oder gehen, mehr will ich nicht wissen. Gott, warum seid ihr Leute bloß so ängstlich? Kein Wunder, dass die Kirchen leer sind, wenn ihr nicht mal die einfachsten Fragen beantworten könnt. Kapieren Sie das nicht? Das ist es, was wir wollen. Antworten. Wenn wir verquasten Blödsinn wollten, würden wir zu Hause bleiben. In unseren eigenen Köpfen.«

»Ich glaube, Sie werden tun, was Sie tun wollen. Daher macht es keinen Unterschied, was ich sage.«

»Falsch. Ganz falsch. Denn ich blicke überhaupt nichts mehr. Erinnern Sie sich noch an den ›Der Würfler‹, das Buch, das alle an der Uni gelesen haben? Vielleicht nicht an der theologischen Fakultät, aber sonst schon. Also, ich bin die Pfarrersfrau. Ich mache alles, was sie sagen.«

Sie blickt mich an und hebt kapitulierend die Hände. »Bleiben Sie.«

Plötzlich fühle ich mich mutlos, so wie es einem immer geht, wenn aus zwei Alternativen eine Marschrichtung wird. Ich möchte zurück in die Zeit vor nur wenigen

Sekunden, als ich noch nicht wusste, was ich zu tun hatte. Denn es sieht doch so aus: Wenn man sich in so eine Misere manövriert hat, dann ist die Ehe wie ein Messer, das einem im Bauch steckt, und man weiß, dass man sowieso ernste Probleme hat. Leute mit einem Messer im Bauch fragt man nicht, was sie glücklich machen würde; um Glück geht es nicht mehr. Es geht nur noch ums Überleben; es geht nur noch darum, ob man das Messer rauszieht und verblutet, oder ob man es stecken lässt und darauf hofft, dass man Glück hat und das Messer den Blutverlust hemmt. Will jemand wissen, wie der übliche medizinische Rat lautet? Der übliche medizinische Rat lautet, lassen Sie das Messer drin. Ehrlich.

»Ehrlich?«

»Ja. Ich bin Pfarrerin. Ich kann nicht rumlaufen und den Leuten raten, aus einer Laune heraus eine Familie zu zerstören.«

»Sie halten es für eine Laune?«

»Tut mir Leid, aber meine Entscheidung können Sie nicht in Frage stellen. Sie wollten, dass ich etwas sage, und das habe ich getan. Sie werden bleiben. Kann ich nun mein Rezept haben?«

Ich gebe es ihr. Ich schäme mich jetzt ein wenig, was ja wohl auch das Mindeste ist.

»Ich werde niemandem erzählen, was vorgefallen ist«, sagt sie. »Ich will davon ausgehen, dass Sie einen schlechten Tag haben.«

»Und ich erzähle nichts von ›The King and I‹«, sage ich – etwas ungnädig angesichts der Umstände. Die Gerichtsverfahren wegen beruflichen Fehlverhaltens werden, sollte es dazu kommen, in Anbetracht der Schwere unserer jeweiligen Verbrechen wahrscheinlich recht unterschiedlich ausgehen. Sie könnte argumentieren, dass es Teil ihres Auftrages ist, ihre Predigt mit unsterblichen Musical-Melodien aufzuwerten; ich dagegen käme schon in Erklärungsnot, warum ich böswillig die Behandlung verweigere, bis man mir eine ohnehin unzureichende Eheberatung gewährt.

»Viel Glück.«

»Danke sehr.« Ich bin jetzt nicht mehr so ungnädig, und ich klopfe ihr beim Rausgehen auf den Rücken. Sie wird mir fehlen.

»Hast du schon mal ... hast du schon mal eine Patientin bedroht?« frage ich Becca, bevor ich für heute Schluss mache. Becca hat schon viele, viele schlimme Dinge getan, einige davon während der Arbeitszeit.

»Großer Gott, nein«, sagt sie entsetzt. »Wofür hältst du mich?«

Unsere guter Doc/böser Doc-Nummer ist so gut eingespielt, dass sie nicht für eine Sekunde auf die Idee kommt, dass ich gerade etwas gestehe, anstatt sie zu beschuldigen. Deswegen kann man mit Becca so gut reden: Sie hört nie zu.

Ich würde mich gerne mit meinem Mann unterhalten, als ich zu Hause ankomme, aber GoodNews ist jetzt sein Lebenspartner. Die beiden sind unzertrennlich geworden – zwar nicht an der Hüfte zusammengewachsen, aber an der Schläfe, denn jedesmal wenn ich sie sehe, beugen sie sich über ein Blatt Papier, Kopf an Kopf, auf eine Art und Weise, die vermutlich den gegenseitigen Austausch psychischer Energien befördert. In früheren Tagen wäre es nahe liegend gewesen, David zu fragen, was eigentlich auf dem Papier steht; man hätte es sogar unhöflich und desinteressiert nennen können, kein Interesse zu bekunden. Heutzutage wird jedoch vorausgesetzt, dass Molly, Tom und ich zu den Fußtruppen gehören, während sie die Generäle sind, und jede neugierige Frage unsererseits impertinent, vielleicht sogar strafwürdig wäre.

Ich klopfe an die nichtexistente Bürotür.

»Kann ich mal mit dir sprechen, David?«

Er blickt für einen Moment irritiert auf.

»Jetzt?«

»Wenn es geht.«

»Leg los.«

»Wie wär's mit einem Essen heute Abend?«

»Wir essen jeden Abend.«

»Du und ich. Auswärts. GoodNews macht den Babysitter. Wenn das in Ordnung für ihn ist.«

»Heute Abend?« GoodNews zieht seinen geistigen Psion-Organizer zu Rate und stellt fest, dass er zufälligerweise heute Abend tatsächlich Zeit hat.

»Dann in Ordnung. Meinst du, wir müssten was besprechen?«

»Tja, schon.«

»Und was …?«

»Verschiedene Dinge. Wir sollten zum Beispiel über gestern Abend reden. Über mein Verhalten.«

»Ach, mach dir deswegen keine Gedanken. Wir regen uns alle gelegentlich mal auf.«

»Stimmt«, sagt GoodNews. »Kann man nichts gegen machen. Wie ich schon deinem Bruder gesagt hab, Traurigkeit kann ein richtiges Aas sein, weil sie sich erst versteckt und dann plötzlich rauskommt.« Er wedelt großherzig mit der Hand. »Vergiss es. Alles vergeben.«

Sie lächeln selig und wenden sich wieder ihrem Papier zu. Ich bin entlassen. Aber ich möchte nicht entlassen werden.

»Ich möchte keine Absolution. Ich möchte darüber reden. Ich will es erklären. Ich will, dass du und ich gemeinsam ausgehen und versuchen, miteinander zu reden. Als Ehemann und Ehefrau.«

»Oh. Natürlich. Entschuldigung. Das wäre nett, ja, gerne. Und du bist sicher, dass GoodNews nicht mitkommen soll? Er ist sehr gut in solchen Dingen.«

»Ich darf wohl sagen, dass ich gerade eine sehr intuitive Phase erlebe«, sagt GoodNews. »Ich weiß schon, was du immer über Mann und Frau sagst, Intimität und so, aber du wärst verblüfft, was ich von dem mitkriege, was sich zwischen euch abspielt.« Dabei beschreibt er mit dem Finger eine Zickzack-Linie, deren genaue Bedeutung mir verschlossen bleibt, die aber wohl eine nicht ganz funktionierende Kommunikation zwischen Ehepartnern darstellen soll.

»Danke, ich komme schon zurecht«, sage ich. »Sollten wir Schwierigkeiten kriegen, rufen wir dich an.«

Er lächelt geduldig. »Das wird nicht funktionieren. Schon vergessen, dass ich babysitte? Ich kann sie doch nicht einfach hier alleine lassen.«

»Dann lassen wir uns die Reste einpacken und kommen sofort zurück.«

Er zeigt mit dem »Ganz-schön-clever«-Finger auf mich. Ich hab die richtige Lösung gefunden, und wir dürfen ausgehen.

»Also.«

»Also.«

Es ist ein eingespieltes Ritual. Zwei scharf gewürzte Papadams für ihn, ein normales für mich, ein Extrateller mit Mango Chutney und diesen Zwiebelstückchen auf die Mitte des Tisches zum praktischen Eintunken … Wir machen das schon seit fünfzehn Jahren, seit wir es uns leisten können; doch ehe der Eindruck entsteht, Abwechslung und Spontaneität seien aus unserem Leben verschwunden, sollte ich darauf hinweisen, dass wir dieses Restaurant erst seit zehn Jahren besuchen. Unser vorheriges Lieblingsrestaurant hatte den Besitzer gewechselt, und der neue hatte leichte Änderungen an der Speisekarte vorgenommen, daher hatten wir uns auf die Suche nach etwas gemacht, was dem Altvertrauten näher kam.

Wir brauchen Orte wie das »Curry Queen«. Nicht nur David und ich, sondern wir alle. Wie sieht eine Ehe aus? Unsere sieht so aus: ein Tellerchen mit Mango-Chutney. Das unterscheidet sie von allen anderen. Dieses Mango-Chutney ist der weiße Fleck auf der Wange unserer schwarzen Katze, oder die Motornummer eines neuen Wagens, das Namensschildchen im Schul-Sweatshirt eines Kindes; ohne wären wir aufgeschmissen. Ohne dieses Tellerchen mit seinen orangefarbenen Spuren würde ich vielleicht eines Tages von der Toilette kommen und an einer ganz anderen Ehe Platz nehmen. (Und wer weiß, ob diese ganz andere Ehe besser oder schlechter wäre als die, die ich jetzt habe? Plötzlich wird mir die Absurdität meiner Entscheidung klar – nicht der Entscheidung, die mir die Pastorin in der Praxis vorgeschlagen hat und die immer noch so gut oder so schlecht wie irgendeine andere aussieht, sondern die Entscheidung, die ich vor vielen Jahren getroffen habe.)

»Du wolltest reden«, sagt David.

»Du nicht?«

»Na ja, doch, schon. Wenn du willst.«

»Das will ich, ja.«

»Gut.« Schweigen. »Dann leg mal los.«

»Ich werde nicht mehr bei Janet übernachten.«

»Oh. Okay.« Er trinkt einen Schluck von seinem Lager, offenkundig unschlüssig, ob diese Mitteilung irgendeine Bedeutung für sein weiteres Leben hat. »Ziehst du wieder nach Hause? Oder hast du was anderes gefunden?«

»Nein, nein, ich ziehe wieder nach Hause.« Plötzlich tut er mir ein bisschen Leid: Letztendlich war die Frage nicht unberechtigt. Die meisten Beziehungskrisen lassen gewisse Mutmaßungen über ihren positiven oder negativen Ausgang zu: Beispielsweise schlafen die betroffenen Partner wieder miteinander, oder sie gehen mit Küchenmessern aufeinander los, und anhand dieser Symptome kann man gewisse Prognosen stellen. Aber bei uns gab es nichts in der Art. Ich bin ausgezogen, ohne eigentlich zu erklären, warum, und dann hat mir eine nette Pastorin, die überhaupt nichts von mir weiß, nachdem ich massiv geworden bin, gesagt, ich soll zu meiner Familie zurückgehen. Kein Wunder, dass David den Eindruck hat, es könne auf seine Frage verschiedene Antworten geben. Er muss sich vorgekommen sein, als hätte er mich gefragt, wer wohl das Grand National gewinnt.

»Oh, gut. Fein, sehr schön. Gut. Gut. Das freut mich.«

»Tut es das?«

»Ja, natürlich.«

Warum, will ich ihn fragen, und dann seine Antwort diskutieren, doch das werde ich nicht tun. Das ist für mich jetzt beendet. Ich habe mich entschieden – oder besser gesagt, für mich entscheiden lassen – und nicht das Bedürfnis, das wieder auseinander zu klamüsern.

»Kann ich irgendwas tun, um es dir leichter zu machen?«

»Meinst du das ernst?«

»Ja. Ich denke schon.«

»Und was dürfte ich mir da wünschen?«

»Alles, was du willst. Wenn ich es für unzumutbar halte, müssen wir darüber reden.«

»Besteht die Chance, dass GoodNews woanders unterkommen könnte?«

»Stört er dich wirklich so?«

»Ja, natürlich.«

»Gut. Ich werde ihm sagen, dass er ausziehen muss.«

»Einfach so?«

»Einfach so. Allerdings weiß ich nicht, ob das einen großen Unterschied macht. Ich will sagen, er wird ständig da sein. Wir arbeiten zusammen. Wir sind Kollegen. Unser Büro ist bei uns im Haus.«

»Okay.« Ich lasse mir das durch den Kopf gehen und muss gestehen, dass David Recht hat: Es wird keinen großen Unterschied machen. Ich will GoodNews nicht im Haus haben, weil ich GoodNews nicht leiden kann, aber dieses Problem wird nicht dadurch gelöst, dass er nur woanders übernachtet. Einen meiner drei Wünsche habe ich schon vergeudet: »Was macht ihr eigentlich genau?«

»Wie bitte?«

»Du sagst, dass du und GoodNews zusammenarbeitet. Was macht ihr da?«

Eine Frau am Nebentisch sieht mich an, schaut dann wieder weg und dann zu David. Offenkundig versucht sie herauszufinden, in welcher Beziehung ich zu diesem Mann stehe. Ich habe ihm gerade gesagt, dass ich bei ihm einziehe, und nun – das fällt mir ziemlich spät ein, muss sie denken – versuche ich zu erfahren, was er so treibt.

»Ha! Gute Frage!« Wenn normale Menschen eine Frage so beantworten, dann meinen sie das in der Regel komisch. Ihr versteht schon: »Gute Frage! Weiß ich doch selber nicht! Bin ich Jesus?!« und so weiter. Aber David meint: »Puh! Wie kann ich dir das erklären, das ist ganz schön kompliziert!«

»Danke schön.«

Die Frau vom Nebentisch sucht den Augenkontakt zu mir. »Ziehen Sie nicht bei dem ein!« versucht sie mir zu signalisieren. »Der erkennt nicht mal Sarkasmus!« Ich versuche ihr auf ähnliche Weise zu antworten: »Schon okay!

Wir sind schon seit ewig und drei Tagen verheiratet! Aber wir haben in letzter Zeit irgendwie den Draht zueinander verloren! Totale spirituelle Umkehr!« Ich bin nur nicht sicher, ob sie alles richtig mitbekommt. Die Informationsmenge ist schon ziemlich groß, um sie ohne Worte zu übermitteln.

»Wir sind noch eher im Planungsstadium. Wir haben noch keine konkreten Projekte angegangen, aber wir denken darüber nach.«

»Schön. Worüber denkt ihr nach?«

»Wir denken darüber nach, wie wir die Menschen dazu bewegen können, den Teil ihres Verdienstes zu spenden, der über dem nationalen Durchschnittseinkommen liegt. Momentan sind wir erst noch bei den Berechnungen.«

»Und was kommt da so zusammen?«

»Nun ja. Ist verdammt knifflig. Es ist nicht so einfach, wie es sich anhört.«

Das denke ich mir nicht etwa aus. Das ist genau das, was er sagt, im wirklichen Leben, im »Curry Queen«.

»Oh, und dann schreiben wir auch noch an so was wie einem Buch.«

»Ein Buch.«

»Ja. ›How to be Good‹ wollen wir es nennen. Es handelt davon, wie wir alle eigentlich leben sollten. Du weißt schon, Anregungen. Zum Beispiel Obdachlose aufnehmen, unser Geld spenden, oder was man mit Dingen wie Haus- und Grundbesitz und, was weiß ich, der Dritten Welt und so weiter machen soll.«

»Dieses Buch richtet sich also an die Experten des Internationalen Währungsfonds?«

»Nein, nein, es ist für Leute wie du und ich. Weil wir mittlerweile immer weniger durchblicken, stimmt's nicht?«

»Das stimmt.«

»Dann ist es doch eine tolle Idee, meinst du nicht?«

»Es ist eine fantastische Idee.«

»Du meinst das jetzt nicht ironisch?«

»Nein. Ein Buch, das uns verrät, was wir von allem zu halten haben? Ich würd's kaufen.«

»Ich werd dir ein Exemplar schenken.«

»Danke sehr.«

Die Frau vom Nebentisch sucht keinen Augenkontakt mehr zu mir. Wir sind die längste Zeit Schwestern gewesen. Sie hält mich für genau so bescheuert wie David, aber das ist mir egal. Ich will dieses Buch unbedingt, und ich werde jedes Wort darin glauben und jeder Anregung folgen, und sei sie in der Praxis noch so umständlich. ›How to be Good‹ soll für mich das Rezept sein, das die nette Lady mir nicht geben wollte. Ich muss dazu einzig und allein die Zweifel und die Skepsis unterdrücken, die mich zu einem menschlichen Wesen machen.

Als wir nach Hause kommen, ist GoodNews, ein aufgeschlagenes Notizbuch auf der Brust, im Sessel eingeschlafen. Als David Teewasser aufsetzt, nehme ich vorsichtig das Notizbuch und werfe heimlich einen Blick hinein. »VEGETARISCH ODER FLEISCH?????« steht in großen, roten Buchstaben da. »BIOMETZGER ERLAUBT??? – Mglw.« Zweifelsohne wird uns das Buch belehren, wie man eine vierköpfige Familie mit Fleisch vom Biobauern ernährt, nachdem man den Großteil seines Einkommens weggegeben hat. Ich lege das Buch behutsam dahin zurück, wo ich es her habe, doch GoodNews wacht trotzdem auf.

»Hattet ihr einen coolen Abend?«

»Sehr cool«, sage ich, »aber ich hab rasende Kopfschmerzen.«

David kommt mit einem Tablett und drei Tassen Tee ins Wohnzimmer.

»Das tut mir Leid«, sagt er. »Hast du mir gar nicht gesagt.«

»Ich hab sie schon eine Weile. Ein paar Tage. Fällt jemandem dazu was ein?«

David lacht. »Du kennst doch GoodNews. Er steckt voller Einfälle. Aber ich dachte, das würde dich nicht interessieren.«

»Mich interessiert nur, dass meine Kopfschmerzen verschwinden. Das ginge doch jedem so. Und ich kann nicht noch mehr Paracetamol nehmen. Das schlucke ich schon den ganzen Tag.«

»Im Ernst?« fragt GoodNews. »Möchtest du eine Behandlung?«

»Ja. Warum nicht?«

»Und bist du bereit für das, was passieren könnte?«

»Ich bin bereit.«

»Na dann. Gehen wir rauf ins Arbeitszimmer?«

In gewisser Weise wünschte ich, ich hätte Kopfschmerzen, aber ich habe keine; ich habe nur Seelenschmerzen und will, dass sie verschwinden, was immer es mich kostet. Ich habe kapituliert. Ich konnte sie nicht schlagen, also schließe ich mich ihnen an, und wenn das bedeutet, dass ich nie wieder einen vernünftigen Satz von mir gebe oder einen boshaften Gedanken denke oder mich mit Kollegen oder Freunden zoffe, dann soll es so sein. Ich werde alles, von dem ich annahm, dass es mich ausmacht, für meine Ehe und den Zusammenhalt der Familie opfern. Vielleicht setzt die Ehe ja eben dies voraus, den Tod der eigenen Persönlichkeit, und GoodNews ist ganz irrelevant: wie es im Moment aussieht, hätte ich mich schon vor Jahren umbringen sollen. Als ich die Treppe hoch gehe, komme ich mir vor, als erlebte ich mein persönliches Jonestown.

GoodNews lässt mir den Vortritt, und ich setze mich auf Davids Bürostuhl.

»Muss ich irgendwas ablegen?« In der Hinsicht habe ich bei GoodNews keine Befürchtungen. Ich bezweifle, dass er eine Libido hat. Ich glaube, dass sie irgendwie eingekocht wurde, zum Fond für seinen spirituellen Eintopf.

»Oh, nein. Wenn ich nicht durch ein paar Lagen Baumwolle kommen könnte, könnte ich wohl auch nicht zur inneren Katie vordringen, oder?«

»Also, was soll ich tun?«

»Sitz einfach nur da. Wo genau sind die Kopfschmerzen?«

Ich deute auf eine Stelle, wo man normalerweise Kopfschmerzen hat, und GoodNews berührt sie sanft.

»Hier?«

»Ja.«

Er massiert eine Weile. Fühlt sich gut an.

»Ich empfange nichts.«

»Was bedeutet das?«

»Bist du sicher, dass die Kopfschmerzen dort sind?«

»Vielleicht etwas daneben?«

Er bewegt die Finger ein paar Zentimeter weiter und beginnt sanft meine Kopfhaut zu massieren.

»Nee. Auch nichts.«

»Ehrlich? Nicht mal – autsch! – genau da?«

»Nicht mal genau da. Tut mir Leid.«

Sein Tonfall verrät, dass er weiß, dass ich simuliere, aber zu höflich ist, etwas zu sagen.

»Wär's das dann?«

»Ja. Da kann ich nichts tun. Ich finde den Schmerz nicht.«

»Kannst du nicht einfach diese Sache mit den warmen Händen machen?«

»So funktioniert das nicht. Da muss schon irgendwas sein.«

»Was soll das bedeuten?« Ich weiß, dass er nicht nur von den Kopfschmerzen spricht. Er redet von etwas anderem, etwas, von dem er denkt, dass es fehlt, und ich glaube, er hat Recht: etwas fehlt da, und deswegen habe ich überhaupt dieses Zimmer betreten.

»Keine Ahnung. Das ist das, was mir meine Hände verraten. Du bist nicht … tut mir Leid, wenn das unverschämt klingt, aber du bist gar nicht richtig da. Spirituell gesehen.«

»Und David war es?«

»Muss wohl.«

»Aber das ist nicht fair! David war früher ein widerliches, sarkastisches, rücksichtsloses Schwein!«

»Na ja, darüber weiß ich nichts. Aber es war etwas da, womit man arbeiten konnte. Bei dir … es ist wie mit einer leeren Autobatterie. Weißt du, ich drehe immer wieder den Zündschlüssel, und es macht nur … ugch-ugch-ugch-ugch.«

Das Geräusch, das er macht, verdeutlicht auf fast unheimliche Art, wie ich mich fühle.

»Vielleicht brauche ich für dich ein Starthilfekabel«, sagt GoodNews vergnügt. »Sollen wir runter gehen und unseren Tee trinken?«

Vierzehn

Der bekloppte Brian, meine Jammergestalt Nummer eins, ist am Montag der Erste auf meiner Liste, und er sieht nicht gut aus. Ich weiß, dass eine Arztpraxis nicht der Ort ist, an dem Menschen gemeinhin gut aussehen, aber Brian hat dramatisch abgebaut, seit ich ihn vor etwa drei Wochen gesehen habe. Wie es aussieht, trägt er unter seinem Regenmantel einen Schlafanzug, er ist unrasiert, seine Haare stehen wirr vom Kopf, das Gesicht ist grau und seinen Atem würde man unter Alkoholiker/Agrikulturell ablegen.

»Hallo, Brian«, sage ich freundlich. »In Eile heute morgen?«

»Wie kommen Sie darauf?«

»Ist das kein Schlafanzug, was Sie da anhaben?«

»Nein.«

Obwohl mich Brian regelmäßig aufsucht, hegt er doch tiefes Misstrauen gegen mich und glaubt, ich hielte ihn nicht für den, als der er sich ausgibt, und wollte ihn enttarnen. Vielleicht stimmt das sogar – vielleicht ist er in Wirklichkeit Matschbirnen-Mike, der cholerische Colin oder der labile Len – aber ich bin doch die meiste Zeit der Ansicht, dass es ihm, egal wer er nun ist, nicht gut geht, und dass er darum meine Hilfe benötigt. Er sieht das allerdings anders. Er glaubt anscheinend, dass ich ihn aus der Praxis verbannen werde, wenn ich ihn erst mal demaskiert habe.

»Verstehe. Sie tragen einfach nur eine rosablaugestreifte Hose mit passender Jacke.«

»Nein.«

Ich insistiere nicht (Ihr könnt mir glauben, er trägt wirklich einen Schlafanzug und leugnet es nur, weil er glaubt, er gäbe mir sonst etwas Wichtiges preis, das ich lieber nicht erfahren sollte). Es gibt ungeschriebene Gesetze im Umgang mit BB: ein bisschen lustig machen darf man sich – sonst wären wir alle so bekloppt wie er –, aber nicht zu sehr.

»Was kann ich für Sie tun?«

»Mein Bauch tut weh. Ich hab immer so Schmerzen.«

»Wo genau?«

»Hier.«

Er zeigt auf seinen Unterleib. Ich weiß aus Erfahrung, dass es mir nicht gestattet ist, irgendeinen Teil von BBs Körper zu berühren, aber da die meisten von BBs Beschwerden keine körperliche Ursache haben, sondern auf das erste B in seinem Namen zurückzuführen sind, ist das meistens weiter kein Problem.

»War Ihnen übel? Schlecht?«

»Nein.«

»Wie ist es auf dem Klo? Ist da alles in Ordnung?«

»Was meinen Sie?« Der misstrauische Unterton ist wieder da.

»Na, kommen Sie, Brian. Wenn Sie Schmerzen im Unterleib haben, muss ich solche Fragen stellen.« Noch vor ein paar Jahren hat Brian vehement bestritten, überhaupt Stuhlgang zu haben, und lediglich eingeräumt, zu pinkeln. Ich sah mich gezwungen zu beteuern, dass ich selbst mitunter Stuhlgang hätte, aber er hörte mir gar nicht zu und wollte auch keine Geständnisse von anderen Mitarbeitern der Praxis hören.

»Ich hab damit aufgehört.«

»Seit wann?«

»Vor ein paar Wochen.«

»Das könnte Ihr Problem erklären.«

»Tatsächlich?«

»Ja. Zwei Wochen nicht aufs Klo gehen reicht schon, um Bauchweh zu kriegen. Haben sich Ihre Ernährungsgewohnheiten geändert?«

»Wie meinen Sie das?«

»Essen Sie jetzt andere Sachen?«

»Ja, natürlich.« Dabei schnaubt er, um die Dämlichkeit der Frage herauszustellen.

»Wieso?«

»Na, weil meine Mum gestorben ist.«

Wenn GoodNews in diesem Moment meinen Kopf berühren würde, würde er nicht behaupten, meine Batterie wäre leer. Er würde sagen, dass darin alles mögliche vorgeht: Mitleid, Trauer, Panik, Hoffnungslosigkeit. Ich hatte nie gedacht, dass Brian eine Mutter haben könnte – nach meinen Unterlagen ist er einundfünfzig Jahre alt –, aber es leuchtet natürlich ein. Natürlich musste es da eine Mutter geben, und natürlich hielt sie die Brian-Show am Laufen, und jetzt ist sie weg, und die Schlafanzüge und Bauchschmerzen sind da.

»Das tut mir Leid, Brian.«

»Sie war ganz ganz alt. Sie hat gesagt, dass sie irgendwann mal sterben würde. Aber wie hat sie bloß das Essen heiß gemacht? Und woher soll man wissen, was heiß sein soll und was nicht? Denn wir hatten schon mal Schinken. Kalt. Und manchmal hatten wir Speck. Heiss. Aber wenn man's kauft, sagen sie einem nicht, was was ist. Ich dachte, das würden sie. Ich hab ihn gekauft, aber ich weiß nicht, was man damit macht. Und was ist mit Kopfsalat und Kohl? Und mit heißem Hähnchen und kaltem Hähnchen? Und ich weiß genau, dass wir mal kalte Kartoffeln hatten, aber die waren anders als die kalten Kartoffeln, die man im Laden kriegt. Die waren ekelhaft, die ich gekauft hab. Ich dachte, ich hätte aus Versehen heiße gekauft, aber es waren kalte heiße. Ich komm ganz durcheinander. Ich war ganz durcheinander, wie ich sie gegessen hab, und jetzt komme ich durcheinander, wenn ich sie kaufe. Ich bin ganz durcheinander.«

Das ist, glaub ich, eine der traurigsten Ansprachen, die ich je gehört habe, und ich kann mich eben noch bremsen, den armen Brian zu umarmen und an seiner Schulter zu weinen. »Ich bin auch ganz durcheinander«, möchte ich ihm sagen. »Uns allen geht es so. Nicht zu wissen, was man roh essen kann und was man kochen muss, ist halb so wild, wenn man sich ansieht, was andere Leute durcheinander bringen.«

»Ich glaube, Ihre Bauchschmerzen kommen vom Rohe-Kartoffeln-essen«, sage ich schließlich. »Aber das ist nicht schlimm. Da können wir einiges gegen tun.«

Und ich tue was dagegen. Ich verschreibe ihm etwas Paraffinöl und empfehle ihm ein verdauungsförderndes Curry vom Imbiss, und ich verspreche ihm, dass ich an einem Abend mal persönlich für ihn kochen werde. Als er weg ist, rufe ich die Fürsorge an.

Als ich nach Hause komme, verkünden mir David und GoodNews, dass sie nach mehreren Wochen reiflicher Überlegung ihre Kandidaten für die »Umkehrung« herausgefiltert haben – ihre Äquivalente zu Hope und Christopher, die Menschen, denen gegenüber sie sich am meisten schuldig gemacht zu haben glauben. Ich bin müde und hungrig und nicht gerade wahnsinnig neugierig darauf, doch sie bauen sich trotzdem vor mir auf und wollen es mir erzählen.

»Na, dann legt los«, sage ich mit der ganzen Müdigkeit, die ich tatsächlich spüre und dazu noch einer Extradosis, der Wirkung wegen.

»Meiner heißt Nigel Richards«, sagt David stolz.

»Wer ist Nigel Richards?«

»Das ist ein Junge, den ich in der Schule immer verhauen habe. Natürlich ist er jetzt kein Junge mehr. Das war er früher. In den frühen Siebzigern.«

»Du hast noch nie von ihm erzählt.«

»Zu sehr geschämt«, sagt David beinah triumphierend.

Ich kann mich des Gefühls nicht erwehren, dass da noch jemand anderer sein muss, jemand aus der jüngeren Vergangenheit – ein ehemaliger Kollege, ein Familienmitglied, ich ich ich – aber selbst an einem Tag wie diesem, an dem ich deprimiert und erschöpft bin, bin ich nicht so dumm, David eine lange, dornenvolle Liste in die Hand zu geben, mit der er sich die kommenden Monate selbst geißeln kann. Wenn er sich wegen Nigel Richards schuldig fühlt, dann soll es meinetwegen Nigel Richards sein.

GoodNews indessen hat seine Schwester gewählt.

»Was hast du deiner Schwester getan?« frage ich.

»Nichts, ehrlich. Ich kann sie bloß … ich kann sie bloß nicht leiden, mehr nicht. Deswegen treffe ich sie nie. Und sie ist doch meine Schwester. Ich fühl mich schlecht deswegen, verstehst du?«

»Muss ich immer noch mit Hope spielen, Mum?«

»Du hast deine Schuldigkeit getan.«

»Nun ja, eigentlich haben wir unsere Schuldigkeit doch nie getan, hm?« sagt David. »Es ist eine Aufgabe fürs Leben.«

»Also wird Nigel Richards dein neuer bester Freund? Werden wir in Zukunft unsere ganze Freizeit mit Mr. und Mrs. Richards verbringen?«

»Ich bin sicher, Nigel Richards braucht mich nicht als besten Freund. Ich bin sicher, er hat zigtausend gut verlaufende und erfüllende Beziehungen. Aber wenn nicht, doch, dann werde ich für ihn da sein.«

»Du wirst für jemanden, den du nicht kennst, da sein, nur weil du ihn vor fünfundzwanzig Jahren verhauen hast?«

»Ja. Genau. Ich hätte das nicht tun sollen.«

»Und das ist wirklich das Einzige, was dir einfällt, was du nicht hättest tun dürfen?«

»Nicht das Einzige. Das Erste.«

Sieht aus, als würde es ein sehr langes Leben werden.

Ich muss gestehen, es ist meine Idee, sich zusammenzutun – Brian, Nigel und GoodNews Schwester Cantata (denn das ist ihr Name – selbstgewählt im Alter von dreiundzwanzig Jahren, anscheinend nach einem besonders intensiven Erlebnis unter dem Einfluss von Acid in der Royal Festival Hall) am Abendtisch zu vereinen, in der Hoffnung, unsere gesammelten Sünden in einem großen Aufwasch zu sühnen – zumindest verkaufe ich es David so, der darin nichts anderes als die Aussicht auf einen feucht-fröhlichen Abend sehen kann, obwohl Nigel heute Vorsitzender einer multinationalen Bank ist und für den ganzen Abend neben Brian mit seiner maladen Verdauung sitzen soll. In Wahrheit habe ich nur jede Hoffnung auf angenehme oder zumindest erträgliche Geselligkeiten aufgegeben, und die Motive für meinen Vorschlag gründen in Zynismus und einer Art verzweifelter Perversität: Warum sie nicht alle zusammensetzen? Je mehr, desto besser! Je schlimmer, desto besser! So kann der Abend zumindest zu einer Anekdote werden, die meine Bekannten noch auf Jahre hinaus fesseln und erheitern wird; vielleicht ist meine Sehnsucht nach netten Abenden mit Leuten, die ich kenne und mag, ja im Grunde genommen bourgeois, verachtenswert – fast schon degeneriert.

GoodNews fängt an. Er ruft die letzte Nummer an, die er von Cantata hat, bekommt dort eine andere genannt, dann noch eine und spürt sie schließlich in einem besetzten Haus in Brighton auf.

»Cantata? Ich bin's, GoodNews.«

Das hält sie für keine gute Nachricht und hängt auf. GoodNews wählt die Nummer erneut.

»Bevorduwiederauflegsthörmirzu … Danke. Ich habe viel über dich nachgedacht, und wie schlecht ich dich behandelt habe. Und ich möchte …«

»–«

»Ich weiß.«

»–«

»Ich weiß.«

»–«

»Ah, das war aber nicht meine Schuld. Ich hab die Polizei nicht gerufen. Das war Mum.«

»–«

»Tja, ich hab ihn ja wohl nicht überfahren, oder? Und ich hab auch nicht die Tür aufgelassen.«

»–«

»Ach, jetzt komm schon, Cantata. Das hat gerade siebzig Pence gekostet. Und ich bin ziemlich sicher, dass es schon eingerissen war.«

»–«

GoodNews springt auf und hört dann gar nicht mehr auf herumzuhüpfen, wie auf einem Trampolin. Oder vielmehr als versuche er, eine Blutfehde beizulegen – ein Problem, das man nicht durch heilende Hände wegzaubern, auf einem Blatt Papier lösen oder in einem Buch beschreiben kann, sondern nur, indem man immer wieder auf und ab springt, weil das die einzige Reaktion ist, die einem übrig bleibt. Ich wünschte, auf das Auf- und Abspringen wäre ich schon vor Monaten gekommen.

Das wäre genauso brauchbar gewesen wie alles andere.

»Nein!« schreit GoodNews. »Nein, nein, nein! DU verpisst dich! Du verpisst dich!«

Und dann knallt er den Hörer auf und stürmt hinaus.

»Willst du nicht mit ihm reden?« frage ich David.

»Was soll ich ihm sagen?«

»Keine Ahnung. Versuch ihn zu trösten.«

»Er hätte das nicht sagen dürfen. Ich bin sehr enttäuscht von ihm. Wir sollten über so was stehen.«

»Tun wir aber nicht, oder?«

»Ich rede nicht von dir. Ich rede von mir und ihm.«

»Da liegt ja das Problem, Ihr seid auch nur Menschen. Das habt ihr nur vergessen.«

Ich gehe, um mit ihm zu reden. Er liegt grimmig brütend auf dem Bett und starrt an die Decke.

»Tut mir Leid, dass ich vor den Kindern geflucht habe.«

»Kein Problem. Die haben so was schon oft genug von ihrem Vater zu hören bekommen.«

»In den alten Zeiten?«

»Ja, genau. In den alten Zeiten.« Es war mir gar nicht aufgefallen, dass David nicht mehr vor den Kindern flucht. Etwas Gutes hat es also doch, oder? Okay, man könnte einwenden, dass dies ein Pyrrhussieg ist, der nur zustande gekommen ist, weil ein Mann mit Schildkröten statt Augenbrauen bei uns wohnt, seit Jahrzehnten, wie es scheint, und auf Kosten eines normalen Familienlebens, aber ich ziehe es vor, das Positive in den Vordergrund zu stellen.

»Du darfst dir das nicht so übel nehmen«, sage ich zu ihm. »Ich meine, ich habe ja nur deine Seite des Streits mitgehört, aber sie macht doch einen sehr unvernünftigen Eindruck. Was war das für eine Geschichte mit den siebzig Pence?«

»Ihr beknacktes Simon LeBon-Poster. Das hat sie mir nie vergessen.«

»Das hab ich mitbekommen.«

»Katie, ich kann sie nicht ertragen. Sie ist grässlich. Das war sie schon immer und sie wird es immer sein. Cantata! Was für ein Schwachsinn!«

Mit ungeheurer Selbstbeherrschung lasse ich die Gelegenheit zum Vornamen-Zerpflücken verstreichen.

»Das ist schon in Ordnung.«

»Nein, ist es nicht. Sie ist meine Schwester.«

»Aber sie kommt ohne dich zurecht.«

»Da bin ich mir nicht sicher.«

»Wenn sie dich brauchen würde, hättest du schon von ihr gehört. Trotz des unglückseligen Zwischenfalls mit dem Simon LeBon-Poster.«

»Meinst du?«

»Na klar.«

»Ich fühl mich trotzdem wie ein Versager. Du weißt schon, es heißt immer, liebe dies und liebe jenes, aber verdammte Scheiße, ich hasse die Kuh. Entschuldige meine Ausdrucksweise.«

Meiner Meinung nach hat er durchaus Recht. Er ist ein Versager, und in meinem eigenen Interesse sollte ich ihn das wissen lassen. Was sind das für Menschen, die die Welt retten wollen und dann selbst unfähig sind, zu irgendwem eine vernünftige Beziehung aufzubauen? Wie GoodNews schon so eloquent darlegte, immer heißt es, liebe dies und liebe jenes, aber natürlich ist es leicht, jemanden zu lieben, den man nicht kennt, sei es nun George Clooney oder Monkey. Aber sich mit jemandem zu verstehen, mit dem man schon mal den Weihnachtsputer geteilt hat – das nenne ich ein Wunder. Wenn GoodNews das mit seinen warmen Händen hinkriegt, kann er auf ewig bei uns bleiben.

»Aber denk doch an die vielen Menschen, denen du hilfst und die dich brauchen«, sage ich. »Lohnt es sich da nicht, weiterzumachen?«

»Meinst du?«

»Na sicher.«

Und so wird GoodNews von jemandem, der es besser wissen sollte, dazu ermutigt, noch mehr Unheil anzurichten. Aber – Ironie des Schicksals – ich weiß, dass ich das Richtige tue.

Nigel aufzuspüren ist einfach. David ist Mitglied der Old Boys' Association, und innerhalb von wenigen Minuten hat er eine Handy-Nummer. Beim anschließenden Telefonat dürfen wir alle mithören, so sicher ist sich David einer herzlichen und vielleicht gar tränenreichen Begrüßung.

»Hallo, spreche ich mit Nigel?«

»–«

»Hier ist David Grant.« Er setzt ein erwartungsvolles Lächeln auf.

»–«

»David Grant. Von der Schule.«

»–«

»Ja. Stimmt. Ha ha. Wie geht's dir?«

»–«

»Schön, schön.«

»–«

»Kann nicht klagen, danke. Was treibst du so?«

»–«

»Verstehe, verstehe. Klasse.«

»–«

»Mann!«

»–«

»Wow.«

»–«

»Echt? Gut gemacht. Hör mal –«

»–«

»Das sind mächtig viele Megabytes.«

»–«

»Das ist mächtig viel Umsatz.«

»–«

»Das sind mächtig viele Flugkilometer. Hör mal –«

»–«

»Ehrlich? Meinen Glückwunsch.«

»–«

»Nein, fünfzehn Jahre bedeuten heutzutage gar nichts mehr. Guck dir Michael Douglas und …«

»–«

»Ist sie das?«

»–«

»So was macht sie?«

»–«

»Das sind mächtig viele Titelbilder.«

»–«

»Hat sie? Tja, das glaub ich gerne, dass Rod am Boden zerstört ist. Wahrscheinlich spricht er nicht gerne darüber, ha ha … Wie auch immer, ich wollte mich nur mal melden. Und das habe ich jetzt getan. Bye Nigel!«

Und damit hängt er ein. Ich sehe ihn an und erhasche für einen Moment einen Blick auf den Mann, den ich einst kannte: wütend, verächtlich, von Neid und Unzufriedenheit zerfressen.

»Du hast ihn nicht zum Essen eingeladen.«

»Nein. Ich glaube nicht, dass es ihn heute noch belastet, das Rumschubsen.«

»Echt?«

»Nein. Und ich weiß auch nicht, ob er mit dem bekloppten Brian zurechtkommen wird.«

»Verstehe.«

»Und er ist ein dummes Schwein. Wenn er hier vorbei-
käme, würde ich ihm nachher noch eine reinhauen.«

»So wie ich Christopher eine gehauen hab?« fragt Tom
fröhlich.

»Ganz genau«, sagt David.

»Es gibt Menschen, denen muss man einfach eine kle-
ben«, sagt Tom. »Man kann einfach nicht anders.«

David sagt nichts dazu, aber das Ausbleiben einer
bekümmerten Zurechtweisung spricht für sich, ich kann
mir nicht helfen. Es kommt mir schändlich vor, dass ein
so erhebender Moment ausgerechnet im Verlauf eines
Gespräches über Gewaltbereitschaft zwischen meinem
Mann und meinem Sohn eintritt, doch ich feiere die erhe-
benden Momente, wie sie fallen.

»Mit wem willst du es als nächstes versuchen?« frage ich
David, als wir zu Bett gehen.

»Weiß nicht«, sagt er missmutig. »Denn das war ja wohl
nichts, oder?«

»Ich weiß ja nicht genau, was ihr damit erreichen wollt.
Aber anscheinend war's nichts, nein.«

David läßt sich schwer auf die Kann-man-nochmal-
anziehen-Wäsche fallen, die unseren Schlafzimmerstuhl
bedeckt. Es ist ein solcher Berg, dass er schließlich mit
Schlagseite dasitzt, zum Fenster geneigt wie eine licht-
hungrige Zimmerpflanze.

»Ich weiß, du hältst das alles für Blödsinn.«

»Was? Leute anzurufen, die sich nicht an dich erinnern,
um sich für Dinge zu entschuldigen, von denen sie nicht
mehr wissen, dass du sie getan hast?«

»Nicht nur das mit Nigel Richards. Das alles.«

Ich sage nichts. Ich seufze nur, auch nicht die schlech-
teste Art, die Frage zu beantworten.

»Ich schon«, sagt er. »Ich halte es für unglaublich dumm. Sinnlos. Lächerlich.«

»Du bist jetzt nur entmutigt. Du hast einen Rückschlag erlitten. Entschuldige dich bei jemand anderem. Bei diesem armen Kerl, dem du bei der Zeitung das Leben schwer gemacht hast. Bei dieser Freundin deiner Mutter, die du nicht zu unserer Hochzeit eingeladen hast.«

»Ich meine nicht die Entschuldigungen. Ich meine alles. Die Armen zu speisen. Den Leuten zu sagen, sie sollen ihr Geld spenden. Dieses Buch zu schreiben. Das ist alles verrückt, ich weiß. Ich weiß es schon lange. Ich habe es mir nur nicht anmerken lassen.«

Als sich GoodNews und David am frühen Abend ans Telefon begaben, hatte es bloß wie ein weiterer putziger, fehlgeleiteter und absolut hirnrissiger Plan ausgesehen, aber jetzt ist klar, dass es in Wirklichkeit ein Wendepunkt in der Familiengeschichte ist. Es ist wie mit dem Fall der Berliner Mauer: Man hat ihn nicht vorausgesehen, aber im Nachhinein war klar, dass er wegen all dieser inneren Widersprüche unausweichlich war. Es hatte nicht anders kommen können, so wie David letztendlich auch hat einsehen müssen, wie verrückt das alles ist. Es ist ein seltsames Gefühl, zu wissen, dass wir kurz davor stehen, in unser altes Leben zurückzukehren. Sarkasmus, Bitterkeit, schlechte Romane, ein unbenutztes Schlafzimmer und einen Schnabel weniger zu füttern ... wenn ich ehrlich bin, denke ich mit gemischten Gefühlen daran. Eine Zeit lang machte es das Leben interessant, sogar außergewöhnlich.

»GoodNews hat mir von deiner leeren Batterie erzählt«, sagt David. »Tja, meine ist auch leer. Da ist nichts mehr. Dieser erste Überschwang, den ich erlebt hab ... alles weg, und jetzt spüre ich gar nichts. Darum sehe ich jetzt, wie blöd das alles wirken muss. So wie du es siehst. Und auch jeder andere, der depressiv ist und nicht kapiert, was er mit seinem Leben anfangen soll.«

Ich sage nichts. Morgen werde ich vielleicht versuchen, die Telefonnummer dieser Organisation rauszufinden, die Menschen betreut, die in Sekten eine Gehirnwäsche mitgemacht haben; ich bin sicher, dass eine solche Depression eine normale Reaktion ist, wenn einem plötzlich der gesamte Lebenssinn genommen wird.

»Deswegen gebe ich auch nicht auf«, fährt David fort. »Das kann ich mir gar nicht leisten. Was sollte ich dann auch tun? Wieder für die Lokalzeitung giftige Kolumnen über alte Leute in Bussen schreiben? Ha! Das doch eher nicht. Nein, es ist wie … na ja, wie eine Ehe. Man muss daran arbeiten und hoffen, dass das Gefühl wiederkommt. Und selbst wenn nicht, weiß ich doch, dass ich immerhin etwas tue, statt nur jammernd rumzusitzen und gemein zu sein.«

»Du willst also rumlaufen und bei Leuten an die Tür klopfen, um ihnen zu sagen, sie sollten ihre Ersparnisse verschenken, obwohl du gar nicht daran glaubst?«

»Es ist nicht direkt so, dass ich nicht dran glaube. Mehr so, wie soll ich sagen, dass ich nicht nicht dran glaube.«

»Und das reicht aus?«

»Ich weiß nicht. Wohl nicht.« Er blickt mich an. »Sag du es mir.«

»Was versteh ich schon davon?«

»Tun wir beide nicht das Gleiche?«

»Tun wir das?«

»Wie überzeugt bist du noch von unserer Ehe?«

»Wie überzeugt bist du noch von unserer Ehe?«

Ist wohl eine berechtigte Frage, die ich da gerade zu David zurückgespielt habe wie eine Tennisspielerin, die am Netz den Pace und den Spin des Gegners zu ihrem Vorteil ausnutzt. Jeder Eheberater würde mir das Recht auf diese Frage einräumen, aber ich weiß, dass es ein falsches Spiel ist. Das ist das Problem an scheiternden Beziehungen. Man kann sich immer dagegen sperren, eine Frage zu beantworten, indem man sie einfach wiederholt. »Liebst du mich?« »Willst du die Scheidung?« »Bist du glücklich?« Dein Partner befindet sich da unweigerlich in einem ähnlichen Zwiespalt wie du selbst, und wenn er oder sie ein Mensch ist – will sagen, feige, aber zugleich voller Selbstgerechtigkeit – dann wird er oder sie sich nicht durch irgendeinen Ausdruck von Leidenschaft oder Engagement festlegen lassen. Schließlich ist der Mangel an Leidenschaft oder Engagement ja der Grund, weshalb die Beziehung scheitert. Daher ist es aus meiner Erfahrung erstens einfach und zweitens empfehlenswert, jede ernsthafte Diskussion so direkt wie möglich in einem absurden Patt enden zu lassen. Es können Jahre verstreichen, bis man eine endgültige Entscheidung treffen muss.

Was an diesem Fall atypisch und kläglich ist, ist der Umstand, dass David mich ja gar nicht wirklich bittet, ernsthaft über uns zu reden. Er benutzt die Ehe nur rhetorisch, als Analogie, und trotzdem lasse ich mich auf nichts ein. Wie windelweich geht es denn noch?

»Okay, okay«, stoße ich hervor. »Überzeugt bestimmt nicht. Ich habe nur zu viel Angst, alles hinzuschmeißen. Es hängt zu viel dran. Ich will nicht die Böse sein.«

»Genau«, sagt David nüchtern. »Tja, das ist genau …«

»Augenblick, Augenblick. Genau? Das ist alles? Es macht dir nichts aus, wenn ich das sage? Du wusstest das schon?«

»Katie, in den letzten paar Monaten hattest du eine Affäre, und du bist ausgezogen. Du wirkst nicht gerade wie eine hold-errötende Braut, oder? Die Frage ist, was wir machen sollen, wenn wir beide so, so … seelentot sind. Was mich anbelangt, hab ich das Gefühl, ich bin schon zu weit in eine Richtung gegangen, um umzukehren. Und vielleicht empfindest du dasselbe in Bezug auf unsere Ehe. Das bedeutet, dass, was immer wir unternehmen, sehr, sehr schwierig wird, viel schwerer als für Leute, die wissen, was sie wollen und warum. Unsere Batterien haben beide keinen Saft mehr, aber wir müssen den Wagen trotzdem irgendwie ans Laufen kriegen. Und ich habe nicht die geringste Ahnung, wie wir das schaffen sollen. Du vielleicht?«

Ich schüttele den Kopf. Ich mag diese Art von Gesprächen nicht. Ich ziehe die »Liebst du mich?«/»Liebst du mich?«-Gespräche vor, denn die können ewig so weitergehen und führen nie zu etwas, und keiner sagt jemals was, über das man nachdenken muss.

In dieser Nacht lieben wir uns, zum ersten Mal seit Ewigkeiten. Wir beide sind danach der Meinung, dass es angenehm ist, ein wenig Wärme zu spüren, und sei es nur in den Genitalien und nicht in der Seele. Aber vielleicht überträgt sie ja was.

»Wie überzeugt bist du noch von unserer Ehe?« frage ich ihn unmittelbar bevor ich einschlafe. Es ist der richtige Zeitpunkt für diese Frage: Mein Kopf ruht auf seiner Brust, und ich frage ihn, weil ich es wissen will, nicht weil ich einer Antwort ausweichen will.

»Willst du wirklich jetzt darüber reden?«

»Dauert die Antwort lange?«

»Nein, nicht wirklich. Okay, mir fällt kein vernünftiger Grund ein, warum wir aufgeben sollten. Genauso wie mir kein vernünftiger Grund einfällt, warum ich die anderen Sachen aufgeben sollte.«

»Also bin ich ein Fall für die Wohlfahrt?«

»Bist du nicht, nein. Aber unsere Ehe. Die Ehe ist wie

einer dieser Hunde auf den Plakaten des Tierschutzvereins. Abgemagert. Mitleiderregend.«

»Man kann die Haut durch das Fell sehen. Vereiterte Augen. Brandnarben von Zigaretten.«

»Exakt.«

Ich versuche, das Ganze ins Alberne zu ziehen, und einen Moment lang sehne ich mich danach, dass David beim Herumalbern mitmacht, dieses idiotische Bild aufgreift und weiter ausmalt, aber das tut er nicht. Natürlich tut er das nicht.

»Wie dem auch sei. So denke ich jedenfalls über unsere Ehe.«

»Was? Sie soll eingeschläfert werden? Der Besitzer strafrechtlich verfolgt?«

»Nein, nein. Ich meine, du weißt schon: Ich kann sie nicht in diesem Zustand lassen.«

»Also willst du sie wieder aufpäppeln und dann gehen.«

»Oh, nein. Das würde ich nicht tun. Denn wenn sie in einem guten Zustand wäre ...«

»Schon gut. Ich hab nur einen Witz gemacht.«

»Oh. Da schalte ich in letzter Zeit nicht mehr besonders schnell, was?«

»Nicht besonders, nein.«

»Tut mir Leid.«

Es ist komisch, aber von den vielen Entschuldigungen, die während der letzten Monate ausgesprochen wurden, erscheint mir diese als die mitleiderregendste, und das Verbrechen als das unverzeihlichste.

Brian ist in einem betreuten Wohnprojekt untergebracht worden und hasst es dort.

»Da sind alles alte Tanten. Die haben so Alarmknöpfe, und die gehen alle fünf Minuten los. Jedesmal, wenn sie umkippen. Und sie kippen dauernd um. Ich gehör da nicht hin. Ich fall praktisch nie hin. Ich mein, bin ich natürlich schon mal. Ist ja wohl jeder, oder?«

Ich versichere ihm, dass sicherlich jeder schon irgendwann mal hingefallen ist.

»Ich mein, ich wette, Sie sind schon mal hingefallen und Sie sind Doktor. Sie waren wahrscheinlich auf der Universität und so.«

Ich versichere ihm, dass ich tatsächlich auf der Universität war, und sieben Jahre Studium nicht verhindern konnten, dass ich gelegentlich das Gleichgewicht verliere. Damit bestätige ich seinen Verdacht, dass die Fähigkeit, aufrecht zu stehen, eher vom Alter als von der Intelligenz abhängig ist, und er, obwohl er nicht gerade das Zeug zum Professor hat, folglich nicht mit einem Haufen Umfaller untergebracht und betreut sein muss.

»Tja, da haben Sie's.«

»Aber Sie essen jetzt besser.«

»Das Essen ist in Ordnung. Das schicken die vorbei. Essen auf Rädern. Und die wissen, was heiß sein muss und so weiter und so fort.«

»Schön, schön.«

Wir verfallen in Schweigen. Draußen warten mindestens fünfzehn Patienten, aber es ist, als würden wir beide auf den Bus warten. Brian guckt an die Decke und beginnt zu pfeifen.

»Gibt es sonst noch etwas?« Das »sonst« ist eine reine Freundlichkeit meinerseits. Damit tue ich so, als hätte es tatsächlich einen vernünftigen Grund für Brians Anwesenheit gegeben, als würde er nicht bloß meine Zeit vergeuden.

»Eigentlich nicht.« Er pfeift wieder diese Melodie.

»Schön. Es war nett, Sie wiederzusehen, und es freut mich, dass es Ihnen besser geht.«

Um dem mehr Nachdruck zu verleihen, stehe ich auf und lächle.

»Ich bin wegen meinem Essen hier«, sagt Brian geradeheraus. »Haben Sie doch gesagt.«

»Ja, aber…« Es ist elf Uhr morgens. »Ich meinte ein Abendessen. Irgendwann mal.«

»Ich werd warten. Ich werd nicht im Weg sein.«

»Brian, Sie können hier nicht warten. Den Leuten wird es nicht recht sein, dass Sie hier sind, wenn sie sich freimachen müssen.«

»Ach, ja. Daran hab ich gar nicht gedacht. Ich will sie auch nicht ausgezogen sehen. Da kommen auch dicke Leute, was? Die mag ich nicht so. Ich werd draußen warten.«

»Brian … ich werde nicht vor sechs mit der Arbeit fertig sein.«

»Kein Problem.«

Also wartet er sieben Stunden im Wartezimmer und geht dann mit mir nach Hause.

Ich habe David telefonisch vorgewarnt, und als Brian und ich ankommen, schmort bereits ein Hühnchen im Ofen, diverses Gemüse dampft auf dem Herd vor sich hin, der Tisch ist gedeckt, und es stehen sogar Blumen drauf. All meine Lieben wissen, wer der bekloppte Brian ist, so wie sie jede meiner Jammergestalten beim Namen kennen, und ich habe David gesagt, wenn eins meiner Kinder ein Adjektiv – irgendein Adjektiv – vor seinen Vornamen setzt, würde er oder sie für ein gesetzlich festgeschriebenes Minimum von zwei Jahren nicht mehr im Familienkreis essen, Weihnachten und Geburtstage eingeschlossen.

Brian zieht seinen Mantel aus, setzt sich hin und guckt mit den Kindern »Sabrina – Total verhext!«, während ich die Soße zubereite.

»Was läuft denn da?«

»Das ist ›Sabrina – Total verhext!‹«, murmelt Tom.

»Wie meinst du das?«

Tom guckt mich nervös an.

»Die Serie heißt so«, erkläre ich.

»Oh, verstehe. Sag es noch mal.«

»Sabrina – Total verhext!«, artikuliert Tom langsam.

Brian lacht lang und laut.

»Haben Sie noch nie davon gehört?« frage ich ihn.

»Neeee«, sagt er, als zweifle er noch immer, dass eine solche Sendung wirklich existiert. »Und sie ist noch ein Teenager?«

»Ja.«

»Und schon Hexe. Mannomann.«

Wir alle lächeln höflich.

»Sie ist zu jung. Oder etwa nicht?«

»Das ist ja grade irgendwie der Witz dabei«, sagt Tom. »Weil die meisten Hexen keine Teenager sind.«

»Wie meinst du das?«

»Lassen Sie sie in Ruhe fernsehen, Brian.«

»Tut mir sehr Leid. Ich wollte nur ein paar Sachen im Kopf klar kriegen, bevor ich's mir vor dem Fernseher gemütlich mache.«

Und dann macht er es sich vor dem Fernseher gemütlich, und zwar mit beträchtlicher, wenn auch gelegentlich irritierter Begeisterung. Unglücklicherweise läuft die Sendung nur noch eine halbe Stunde, und dann ist Essenszeit.

GoodNews kommt hinzu, als aufgetischt wird.

»Hi«, sagt er zu Brian, »ich bin GoodNews.«

»Wie meinen Sie das?« fragt Brian unsicher.

»Wie meinen Sie das«, sagt GoodNews mit großer Förmlichkeit und gibt Brian die Hand. GoodNews, der darüber informiert wurde, dass er den Abend mit einem

Exzentriker verbringen wird, sitzt offenkundig dem Missverständnis auf, dass ›Wie meinen Sie das‹ Brians exzentrische Grußformel ist, die Spinnerversion von ›Wie geht es Ihnen?‹

»Nein!« brüllt Tom. »Er versteht deinen Namen nicht!«

»Er versteht ihn nicht?«

»Sie müssen einen Namen wie Tom oder Brian oder David oder Dr. Carr haben«, sagt Brian. »Wie ist Ihr solcher Name?«

»Ja«, sage ich, »wie ist dein solcher Name?«

»Das ist wirklich nicht wichtig«, erklärt GoodNews Brian. »Jetzt ist mein Name GoodNews. Denn gute Nachrichten will ich bringen, verstehen Sie?«

»Tja, ich will Brian bringen«, sagt Brian in entschiedenem Ton. »Damit Brian sein Essen bekommt.«

»So ist es richtig«, sagt David.

Wir essen schweigend und, in Brians Fall, mit rasender Geschwindigkeit. Ich habe mir gerade erst Soße genommen, da legt er schon Messer und Gabel auf einen leeren Teller.

»Das«, sagt er, »war das beste Essen meines Lebens.«

»Ehrlich?« fragt Molly.

»Ja. Klar. Wo hätte ich denn jemals ein besseres Essen als das haben können. Meine Mum hätte das nicht kochen können.«

»Und was ist mit dir?«

»Nein. Verstehst du, ich weiß nicht, was man kochen muss und was nicht. Ich komm da ganz durcheinander.«

»Echt?«

»Oh, ja. Total durcheinander.«

»Darf ich dich abfragen?« fragt Molly.

»Wenn du willst. Aber ich werd die Antwort nicht wissen.«

»Iss du mal dein Abendessen, Mol«, erkläre ich ihr. »Möchten Sie noch etwas Brian?«

»Normalerweise gibt es nichts mehr.«

»Hier schon, Sie können also ruhig noch etwas nehmen, wenn Sie wollen.«

»Und das kostet nicht extra?«

Ich glotze ihn an, weil ich für einen Moment vergessen habe, dass Brian gar nicht fähig ist, mich auf den Arm zu nehmen.

»Sie wissen doch wohl, dass Sie hierfür nichts bezahlen müssen, oder, Brian?«

»Wie meinen Sie das?«

»Das ist hier nicht wie in einem Restaurant. Sie sind unser Gast.«

»Also, ich … ich weiß nicht, was ich sagen soll. Sie haben mir gesagt, ich soll dieses Zeug trinken, und dafür musste ich bezahlen. Und dann haben Sie gesagt, ich soll ein Curry essen, und dafür musste ich bezahlen. Und dann haben Sie gesagt, ich soll zum Essen zu Ihnen rüberkommen, und da dachte ich, dafür müsste ich auch bezahlen. Ich hab fünf Pfund mitgebracht. Das Curry hat fünf Pfund gekostet. 4,95.«

»Wir wollen kein Geld von Ihnen, Brian.«

»Das ist ja erstaunlich. Das zahlt also der staatliche Gesundheitsdienst?«

»Das zahlt der staatliche Gesundheitsdienst.«

Molly ist von Brian fasziniert und beginnt, ihn mit Fragen zu löchern – wo er lebe? Was er den ganzen Tag tue? Wer seine Freunde seien? Ob er eine Familie habe?

Jede dieser Fragen ist wie ein Hammer, der die Köpfe der Erwachsenen immer tiefer Richtung Tischplatte schlägt, bis unsere Nasen am Ende von Mollys Verhör beinahe die Bratkartoffeln berühren. Brian macht im Grunde den ganzen Tag über nichts, außer an den Tagen, an denen er zu mir muss; er hat keine Freunde (er meint, er hätte zu Schulzeiten welche gehabt, weiß aber nicht, wo die heute sind); er hat eine Schwester, aber seine Schwester nennt ihn den »bekloppten Brian« und will nichts mit ihm zu tun haben. (Dieser Antwort folgt ein besonders angespanntes Schweigen, und ich bin angenehm überrascht und verblüfft, dass meine Kinder nicht nach dem fetten, saftigen Köder schnappen, der vor ihrer Nase baumelt.)

»Würdest du nicht gerne mit irgendwem zusammenwohnen?« fragt Molly.

»Sehr gerne«, sagt Brian. »Ich dachte immer, ich würd später mal mit meiner Frau zusammenwohnen. Aber dann konnte ich keine finden.«

»Mum«, sagt Molly. Ich fange schrecklich an zu husten, und stehe auf, um mir ein Glas Wasser einzugießen.

»Mum«, sagt Molly, als ich mit dem Wassertrinken und der anschließenden ausführlichen Erklärung, was meiner Meinung nach das Husten ausgelöst haben könnte, fertig bin.

»Möchtest du noch was nach haben?« frage ich sie. Sie ignoriert das.

»Mu-um.«

»Wie steht's mit dir, Tom? David? GoodNews?« Ich weiß, früher oder später werde ich meine Tochter zu Wort kommen lassen müssen. Eines Tages wird es keine Verzögerungstaktiken mehr geben, aber dieser Tag wird hoffentlich erst in ein paar Jahren kommen. »Wollt ihr aufstehen, Kinder?«

»Mu-u-um.«

»Molly, es ist unhöflich zu sprechen, wenn ... wenn ... niemand dir zuhören will.«

»Mum, kann Brian nicht bei uns wohnen?«

»Danke sehr«, sagt Brian, »das würde ich sehr gern. Es

ist sehr einsam, wo ich jetzt bin, weil ich keinen kenne und nichts zu tun hab. Ihr könntet meine Familie sein. Ihr könntet euch um mich kümmern, so wie früher meine Mum.«

»Was ist mit deiner Mum passiert?« fragt Molly.

»Nichts«, fahre ich dazwischen, obwohl mir schon beim Dazwischenfahren klar ist, dass es eine deplazierte, und sicherlich von Panik diktierte Antwort ist.

»Sie ist gestorben«, sagt Brian. »Sie hat gesagt, sie würde nicht sterben, ist sie dann aber doch.«

»Das ist wirklich traurig«, sagt Molly. »Nicht wahr, Mum?«

»Das ist es«, gebe ich zu, »sehr traurig.«

»Deswegen sollte Brian bei uns wohnen.«

»Danke sehr«, sagt Brian, »das würd ich gerne.«

»Brian kann hier nicht wohnen, Molly.«

»Kann er wohl, nicht wahr, Dad?« sagt Molly. »Eine Zeit lang hatten wir Monkey hier wohnen, Brian. Wenn Monkey hier wohnen konnte, kannst du auch hier wohnen.«

»Ich könnte ja nur für eine Weile hier wohnen«, sagt Brian eifrig. »Es müsste nicht für immer sein.«

»Das geht schon«, sagt Molly. »Nicht wahr, Dad? Für immer? So machen wir das hier«, sagt Molly. »Das ist toll. Wir kümmern uns um arme Menschen. Wir sind barmherzig. Alle sagen das.«

»Ich bin nicht arm«, sagt Brian. »Ich habe etwas Geld.«

»Du bist auf eine andere Art arm«, sagt Molly.

Tom, der verdächtig still geblieben ist, steht abrupt auf. Das Zittern seiner Unterlippe kündigt einen Ausbruch an.

»Wenn er hier einzieht …«

»Setz dich, Tom«, sage ich zu ihm. »Ich regele das.«

»Tust du nicht. Weil Dad dir vorschreibt, was du tun sollst, und das tust du dann. Und Dad wird sagen …«

»Geh fernsehen. Los. Hau ab.«

Mir ist vage bewusst, dass jetzt der Moment gekommen ist, der unsere weitere Familiengeschichte bestimmt. Nicht nur, weil der bekloppte Brian vielleicht bis an mein Lebensende, und möglicherweise darüber hinaus, bei uns wohnen bleiben könnte – und das würde uns wirklich bestimmen, so wie die Kreidelinie den Umriss eines Mordopfers bestimmt – aber wenn wir den entgegengesetzten Weg einschlagen, wenn ich Brian erkläre, dass er nicht bei uns wohnen kann, dann könnte die Welt für uns anschließend ganz anders aussehen.

»Molly, Brian ... du kannst hier nicht wohnen.«

»Warum nicht?« fragt Molly.

»Ja, warum nicht?« fragt Brian. »Wieso dürfen Sie eine Familie haben und ich nicht?«

»Ja«, sagt Molly, »das ist nicht fair.«

Sie hat natürlich Recht, das ist nicht fair. Liebe hat, wie sich herausstellt, genauso wenig mit Demokratie zu tun wie Geld und sammelt sich bei Leuten an, die schon haufenweise davon haben: bei den Zurechnungsfähigen, den Gesunden, den Liebenswerten. Ich werde von meinen Kindern geliebt, von meinen Eltern, meinem Bruder, meinem Gemahl, vermute ich, und meinen Freunden; Brian hat keinen Menschen und wird auch nie jemanden haben, und so gern wir auch ein wenig davon abgeben würden, wir können es nicht. Wenn es jemand wirklich nötig hat, dass man sich um ihn kümmert, dann ist das Brian, und wenn Brian nur eine Familie kennt und das zufälligerweise unsere ist, dann sind wir sicherlich die Leute, die ihn gastlich aufnehmen sollten. Ich fange Davids Blick auf: Er weiß, dass das Parkett, auf dem ich mich bewege, spiegelglatt ist, und niemand es betreten kann, ohne fürchterlich auf die Nase zu fallen.

»Das reicht, Molly. Wir wollen diese Diskussion nicht

in Gegenwart von Brian führen. Das ist unhöflich. Und außerdem kann man so etwas nicht in zwei Minuten entscheiden.«

»Ich kann warten«, sagt Brian. »Ich hab heute Abend sonst nichts vor.«

Aber schließlich geht er doch, nach einer Tasse Tee und einem extragroßen Mars-Riegel; ich fahre ihn zurück zu seinem neuen Zuhause (oder besser gesagt, bis zur Straßenecke davor, denn nun, wo wir wieder allein sind, ist er wieder so misstrauisch wie zuvor und will mich nicht sehen lassen, wo er wohnt.)

»Danke sehr«, sagt er beim Aussteigen. »Und wegen der anderen Geschichte sagen Sie mir morgen Bescheid? Denn wenn ich umziehe, dann muss ich denen hier Bescheid sagen. Und ich müsste packen.«

»Brian … Sie können nicht bei uns wohnen.«

»Ich dachte, Sie wollten das noch bereden.«

»Das werden wir auch, aber ich kenne die Entscheidung schon.«

»Oh.«

»Sie sind enttäuscht.«

»Ja, sehr. Ich hatte mich wirklich drauf gefreut. Mir hat die Sendung gefallen, diese Teenager-Sendung.«

»Die können Sie sich auch in Ihrem Fernseher ansehen.«

»Wirklich?«

»Ja.«

»Ganz sicher? Ich hab sie vorher noch nie gesehen.«

»Ich glaube, sie läuft auf ITV.«

»Oh. Gut. Das guck ich nicht so oft. Welche Nummer ist das? Auf meiner Fernbedienung?«

»Drei, vermute ich. Da ist es bei uns.«

»Dann ist es ja nicht so schlimm.«

»Nicht?«

»Nein. Aber was ist mit dem Huhn? Kann ich das noch mal bekommen?«

»Natürlich können Sie das. Jedesmal, wenn es Brathähnchen gibt, können Sie zum Essen kommen.«

»Und das sagen Sie nicht bloß, weil Sie wissen, dass Sie es nie mehr machen? Denn so würd ich es machen. Um Sie reinzulegen.«

»Ich versuche nicht, Sie reinzulegen.«

»Dann okay. Bye.«

Und damit verschwindet er die Straße hinunter.

Ich habe gerade eine meiner Jammergestalten eingeladen, auf immer und ewig alle paar Wochen zu uns zum Essen zu kommen. Noch vor wenigen Monaten wäre das ein untrügliches Zeichen für meine eigene Bekloptheit gewesen, und nun signalisiert es nur eine kaltherzige, pragmatische Vernunft. Am liebsten würde ich aus dem Auto springen und auf seinem Dach herumtanzen. Molly wird die Nachricht viel schlechter aufnehmen als Brian, aber so ist das nun mal mit der Nächstenliebe. Es interessiert nur, was sie uns bringt, nicht, was sie Leuten wie Brian bringt.

Ein Teil der Familie – Tom hat sich bislang noch nicht wieder vom Fernseher wegbewegt – wartet schon auf mich.

»Wir müssen miteinander reden«, sagt Molly ernst. »Wir müssen darüber reden, ob Brian zu uns ziehen kann.«

»Okay.« Ich setze mich an den Tisch. »Darf ich zuerst was sagen?«

»Wenn du willst.«

»Er zieht nicht zu uns. Und das habe ich ihm schon gesagt.«

»Das ist nicht fair!«

Ich werde jetzt nicht sagen, dass das Leben nun mal unfair ist. Da weigere ich mich.

»Ich weiß. Tut mir Leid. Ich habe ihm versprochen, dass er zum Essen kommen kann, wenn es das nächste Mal Brathähnchen gibt.«

»Ich wette, sogar das hast du nicht ernst gemeint.«

»Doch, das habe ich. Und zwar aus ganzem Herzen. Aber mehr gibt es nicht. Das ist das Äußerste an Gastfreundschaft.«

»Aber du hast gesagt …«

»Molly. Da gibt es nichts zu bereden. Brian kann hier nicht wohnen. Er gehört nicht zur Familie.«

»Er könnte aber dazugehören.«

»Nein, könnte er nicht.« Ich schaue David an, der meinen Blick erwidert. Er wird mir da nicht raushelfen. »Molly, das hier ist unsere Familie: Du, ich, Daddy, Tom. Mehr nicht. Nicht GoodNews, nicht Brian, nicht Monkey, niemand sonst. Pech. Du wirst daran nichts ändern können. Das sind die Menschen, um die wir uns in erster Linie kümmern müssen.«

»Warum?« Schließlich kommt doch noch ein Beitrag von meinem Mann. Kein hilfreicher Beitrag, aber immerhin ein Beitrag.

»Warum? Warum? David, wir sind kaum in der Lage, für uns selbst zu sorgen. Wir sind fast pleite, unter anderem, weil du dich weigerst zu arbeiten. Tom hat in der Schule geklaut …« Ich kann spüren, wie sich in mir ein heißer Sturzbach von Worten aufstaut, und kann doch nicht verhindern, dass dieser Sturzbach aus mir herausbricht, genauso wenig, wie ich es verhindern kann, mich zu übergeben, wenn ich krank bin. »Molly verwandelt sich in ein Tugendlamm, ich hatte eine Affäre …«

»Was ist ein Tugendlamm? Was ist eine Affäre?«

»Das heißt, dass Mummy einen Freund hatte«, sagt Tom, ohne eine Sekunde von der Sendung zu verpassen, die er sich ansieht.

»Du und ich haben monatelang kurz vor der Scheidung gestanden, auch wenn wir uns jetzt entschieden haben, uns einzuschließen und den Schlüssel wegzuwerfen und uns damit vielleicht zu lebenslänglichem Frust und gegenseitigem Abscheu verdammen. Und da fragst du, warum wir uns zuerst um uns selbst kümmern müssen? Weil das Scheißleben so schon kompliziert genug ist, deswegen, und ...«

»Katie, hör auf. Du verschreckst die Kinder.«

»Gut. Vielleicht sollten sie auch mal verschreckt werden. Vielleicht sollten sie nicht in dem Glauben durchs Leben laufen, dass alles in Butter ist, alles toll, ja, sogar so toll, dass es nicht darauf ankommt, wem wir Geld geben oder wen wir bei uns aufnehmen, weil es nämlich sehr wohl drauf ankommt. Und eins sag ich dir gratis: mein ganzes Leben lang habe ich Menschen helfen wollen. Deswegen wollte ich auch Ärztin werden. Und deswegen arbeite ich zehn Stunden am Tag und muss mich von Junkies bedrohen lassen und andauernd Leute enttäuschen, denen ich Krankenhaustermine verspreche, die ewig aufgeschoben werden, und Mittel verschreibe, die nicht wirken. Und wenn ich in meinem Beruf versagt habe, komme ich nach Hause und versage als Ehefrau und Mutter. Also, mir fehlt die Energie, auch noch bei irgendwas anderem zu versagen. Und wenn das bedeutet, dass Brian weiterhin in einem betreuten Wohnprojekt leben muss oder Monkey auf der Straße schläft, dann muss es halt so sein. Tut mir schrecklich Leid. Wenn wir in zwanzig Jahren immer noch miteinander reden, Molly nicht an Magersucht leidet und Tom nicht im Knast sitzt und ich nicht tablettensüchtig bin und du kein Alkoholiker bist und wir beide noch zusammenleben, dann wäre das an sich schon ein verdammtes Wunder. Viel mehr verlange ich gar nicht. Und wenn wir es dann noch schaffen, zur Krönung ein paar Nummern von »The Big Issue« zu kaufen und später zum Papiercontainer zu bringen, dann rufen wir ein dreifaches Hurra auf uns. Haben wir das nicht gut hingekriegt? Ein dreifaches Hurra! Hurra! Hurra! Los, macht mit!« Das tut aber niemand.

Jetzt ist es raus. Alles, was mir im Hals steckte, hat sich über meine Familie ergossen, und es nichts mehr da.

»Ihr lasst euch doch nicht wirklich scheiden, oder?« fragt Molly. Sie weint jetzt, aber das war ja auch der Sinn der Übung.

»Nicht, wenn du brav bist«, sage ich zu ihr. Ich weiß, es ist schrecklich, so was zu sagen. Aber es passt, auf eine sonderbare Art.

Fünfzehn

Zum ersten Mal seit Monaten muss ich in eine Buchhandlung, denn ich will ein Geburtstagsgeschenk für meinen Vater kaufen. Ich weiß nicht, was ich ihm kaufen soll, und er weiß nicht, was er möchte, daher schlendere ich ziellos umher. Früher habe ich viel Zeit in Buchhandlungen verbracht; früher kannte ich die meisten Bücher, wusste, worum es darin ging, aber jetzt bin ich einfach ratlos und leicht nervös. Ich nehme den Roman einer jungen Schriftstellerin in die Hand und lese den Klappentext: vielleicht wäre das was für mich, überlege ich. Ich war mit ›Corellis Mandoline‹ gerade halb durch, als ich aus Janets Zimmer wieder auszog, und obwohl ich danach nicht weitergekommen bin, könnte es ja sein, dass ich irgendwann im neuen Jahrtausend noch mal Lust bekomme, mich an einen Roman zu wagen. Aber während ich zu beurteilen versuche, ob er das Richtige für mich sein könnte, muss ich feststellen, dass mir diese Fähigkeit abhanden gekommen ist. Woher soll ich wissen, ob mir dieses Buch gefallen wird oder nicht? Wie beurteilt man das? Eine Rückenmassage könnte mir gefallen. Es würde mir gefallen, eine Woche lang dösend an einem Swimmingpool in der Sonne zu liegen. Ein großer Gin-Tonic würde mir gefallen, sofern ich nichts mehr tun müsste, nachdem ich ihn getrunken habe. Ein Stück Schokolade würde mir gefallen. Aber ein Buch ... Dieses handelt von einer jungen Frau, die als politisch Verfolgte ihr afrikanisches Homeland verlassen musste und nun in Bromley lebt, wo sie einen jungen, weißen, rassistischen Skinhead-Balletttänzer trifft und sich in ihn verliebt. »Als

hätte man ›Billy Elliot‹ mit ›White Swans‹ gekreuzt, um
›Romeo und Julia‹ entstehen zu lesen«, so ein Zitat der
Umschlagrückseite. Ich lege das Buch wieder weg – nicht
weil das schwachsinnig klingt, sondern weil ich nicht
gezwungen war, mein afrikanisches Homeland zu verlassen und nicht in Bromley wohne. Ehrlich! Ehrlich und
ungelogen! Diese Logik bemühe ich, um mich zu entscheiden! Damit unterscheide ich mich natürlich nur
wenig von Poppy, unserer Katze, die wir von der Straße
kratzen mussten – nur bin ich drei- statt zweidimensional
und habe noch alle Eingeweide. Poppy ließ sich gerne
bürsten, so wie ich Rückenmassagen mag; Poppy mochte
gerne Fisch, so wie ich Schokolade mag. Auch Poppy
mochte es, in der Sonne zu dösen, und sie hätte dieses
Buch aus exakt denselben Gründen zurückgelegt, wenn
sie es in einem Buchladen in die Pfote bekommen hätte.
Der Vergleich beunruhigt mich so sehr, dass ich das Buch
auf der Stelle kaufe, noch bevor ich etwas für meinen Dad
gefunden habe. Ich werde mich nicht in ein Haustier ver-
wandeln. Auf keinen Fall.

Biografien. Ob ihm eine Biografie gefallen würde? Hit-
ler? Montgomery? Dickens? Jack Nicklaus? Die Frau aus
»Eastenders«, die den Pub führt. Aber Dad hat's nicht
so mit den Pubs, glaube ich, daher wird er wahrscheinlich … Herrje, Katie. Der Pub war nicht echt. Es geht
darum, dass die Frau in dem Buch bei ›Eastenders‹ mitge-
spielt hat. Dad guckt ›Eastenders‹ nicht. Deswegen wirst
du ihm dieses Buch nicht kaufen. Ich finde eine Biografie
über Gott im unauffälligen Geschenkformat auf dem
Tisch mit den »Tipps der Buchhändler«, und gerade, als
ich damit zur Kasse will, entdecke ich das Buch über
Vanessa Bell, Künstlerin und Schwester von Virginia
Woolf, die laut der Rezension, die ich gelesen habe, ein so
ausgefülltes und mondänes Leben geführt hat. Also kaufe

ich auch das, um zu sehen, wie es geschrieben ist. Wenn David und GoodNews mit ›How to be Good‹ fertig sind, können wir uns zusammensetzen und unsere Notizen vergleichen.

David hat wieder angefangen, Firmenprospekte zu schreiben. Sein Roman interessiert ihn nicht mehr, und selbst wenn er noch zornig wäre – was er nicht mehr ist –, wäre er nicht in der Lage, seinem Ärger in der Lokalzeitung Luft zu machen, denn er ist ersetzt, entthront, überzetert worden: Es gibt jetzt einen neuen und noch zornigeren »Zornigsten Mann von Holloway« – wie sollte es auch anders sein. Wäre der neue Kolumnist nicht zorniger als David in seinen zornigsten Momenten, wäre er ja nur der »Zweitzornigste Mann von Holloway«, und das ginge schlecht. Außerdem werden die Menschen ohnehin immer zorniger. Da wäre es unvermeidbar, dass Davids Zorn-Level irgendwann als typisch für die Spätneunziger belächelt würde. Den Titel hätte er ohnehin nicht für alle Zeiten verteidigen können, genauso wenig, wie Martina für immer Wimbledon-Siegerin bleiben konnte. Jüngere, gemeinere Leute rücken nach. Der Neue hat gerade zur Schließung aller öffentlichen Parks aufgerufen, weil sie Anziehungspunkte für Schwule, Hunde, Alkoholiker und Kinder seien; da können wir uns nur mit erhobenen Händen ergeben. Der bessere Mann hat gewonnen.

In den alten Zeiten hätte es David rasend gemacht, dass er nicht zornig genug geblieben ist, um seinen Job zu behalten – so rasend, dass er wieder zornig genug geworden wäre, um seinen Job zu behalten. Der neue David jedoch schrumpft nur noch ein bisschen weiter in sich zusammen. Er hat der Zeitung eine andere Kolumne angeboten, die auf dem Buch basiert, das er zusammen mit GoodNews schreibt, doch keiner hatte Interesse. Ich glaube, er ist jetzt ziemlich deprimiert, und wenn er zu mir in die Praxis käme, würde ich ihm etwas verschreiben. Aber er kommt nicht. Er verbringt immer noch jede freie Minute mit GoodNews und macht sich Notizen für ›How to be Good‹, doch freie Minuten sind jetzt viel seltener geworden – es warten jede Menge Broschüren darauf, geschrieben zu werden.

Nach eingehender Selbstprüfung haben wir Good-News drei Monate gegeben, um eine neue Bleibe zu finden. Er sagt, er verstehe, dass er für uns eine Last sei; letztendlich wären wir doch eine typisch bürgerliche Kernfamilie, das wüsste er, und er hätte das, äh, irgendwie Kernfamilienhafte an uns respektieren sollen. Wir wissen, dass das beleidigend ist, aber es ~~ka~~ ~~t~~ uns nicht sehr – mich zumindest nicht. David hingegen zermartert sich darüber jeden Abend vorm Schlafengehen den Kopf und fragt sich laut, ob wir weiterhin Kernfamilie sein oder eine kernfamilienfreie Zone werden sollten, aber er hat viel von seiner inneren Überzeugung verloren.

Auch die Kinder machen einen deprimierten Eindruck. Mein Ausbruch hat sie erschüttert, ich musste mit ihnen über meinen Freund reden, und sie beobachten uns jedesmal mit panisch geweiteten Augen, wenn wir essen oder zusammen weggehen. In den letzten Tagen hatten David und ich nur einen einzigen Streit, es ging um eine Bratpfanne, und danach brauchten die Kids eine Therapie. Ich vermute, dass sie nach ein paar Monaten, in denen nichts passiert, unsere Nöte vergessen werden, aber im Moment tun sie mir Leid, und ich wünschte, wir hätten es nicht dazu kommen lassen, dass sie so verunsichert sind.

Was mich anbelangt, ich glaube nicht, dass ich deprimiert bin. Das ist nicht das richtige Wort. Ich bin entmutigt. Ich denke nicht mehr darüber nach, ob ich die Scheidung will oder nicht – die Wahl hat mir die nette Pastorin abgenommen. Es sickert gerade erst in mein Bewusstsein, dass jene Post-Scheidungs-Fantasien, die ich vor der Hochzeit hatte, unrealistisch waren, dass ich wahrscheinlich mindestens so lange verheiratet bleiben werde, bis die Kinder erwachsen sind. Das wäre in also ... fünfzehn Jahren? Dann bin ich Mitte fünfzig und ein Teil des Lebens – der Kris-Kristofferson-Teil – liegt schon lange hinter mir. Aber ich denke, es hat einen gewissen Vorteil, wenn einem keine Wahlmöglichkeiten mehr bleiben. Es macht sicherlich den Kopf frei. Und es gibt immer noch die Möglichkeit, dass David und ich eines Tages zueinander sagen: »Weißt du noch, wie wir mal beinahe alles hingeschmissen hätten?«, und dann über die pure Idiotie der letzten Monate lachen. Die Wahrscheinlichkeit ist zugegeben sehr gering, aber immerhin, sie existiert. Ich bin sicher, die Sache mit dem Messer, das man da lassen soll, wo es steckt, ist richtig. Vielleicht sollte ich das noch mal nachprüfen. Nur so zur Sicherheit.

Wir bereiten das Geburtstagsessen für meinen Vater vor, und meine Mutter hat angerufen, um uns mitzuteilen, dass er kein Rindfleisch mehr isst. David kauft ein Huhn aus intensiver Auslaufhaltung, und es ist fast fertig, als Molly uns fragt, was es zu essen gibt.

»Hurra!« schreit sie mit mehr Begeisterung, als das Essen eigentlich verdient.

»Ich wusste gar nicht, dass du so gerne Hühnchen isst.«

»Tu ich auch nicht. Aber das heißt, dass Brian zum Essen kommen kann.«

»Es ist Grandpas Geburtstag.«

»Ja. Aber Hühnchen. Du hast es versprochen.«

Das hatte ich vergessen. Als ich das Versprechen gab,

erschien es mir als die beste und einfachste Lösung; aber jetzt erscheint es grotesk und unvernünftig, das Geschäft eines Atheisten mit Gott, ausgehandelt in Krisenzeiten und vergessen, nachdem die Krise vorüber war.

»Brian kann heute Abend nicht kommen.«

»Muss er aber. Deswegen wohnt er ja nicht bei uns, weil er dafür immer kommen darf, wenn es Hühnchen gibt.«

»Grandpa würde Brian nicht mögen.«

»Warum hast du es denn versprochen, wenn du dich nicht daran halten willst?«

Weil ich es nicht ernst gemeint habe. Weil ich es getan habe, um mich aus einer Klemme zu befreien. Weil wir schon genug für Brian getan haben, obwohl wir eigentlich gar nichts für ihn getan haben, obwohl er ein trauriger und bemitleidenswerter Mann ist, der jeden Krümel Trost, den man ihm zuwirft, verschlingt wie eine Ente Brot im Winter.

»Geburtstage meinte ich nicht damit.«

»Hast du ihm gesagt, dass Geburtstage nicht zählen?«

»Molly hat Recht«, sagt David. »Wir können nicht hingehen und Menschen wie Brian etwas versprechen und uns einfach nicht daran halten, wenn es uns gerade nicht passt.«

»Brian kommt nicht zum Geburtstag meines Vaters«, sage ich. Natürlich nicht. Das ist doch wohl klar. Das versteht sich doch von selbst.

»Dann bist du eine Lügnerin«, sagt Molly.

»Schön.«

»Dir macht es nicht mal was aus, eine Lügnerin zu sein.«

»Genau.«

»Okay. Dann werde ich auch lügen, wenn ich will.«

Mir dämmert plötzlich, dass David bei diesem Hühnchen-Debakel vielleicht doch nicht ganz unschuldig ist.

»Du hast das Hühnchen bewusst gekauft«, sage ich zu ihm.

»Bewusst? Tja, ich war nicht bewusstlos, falls du das meinst.«

»Du weißt, dass ich das nicht meine.«

»Okay. Ich war mir deines Versprechens gegenüber Brian und Molly nicht gänzlich unbewusst, als ich es in den Einkaufswagen legte.«

»Du wolltest mich also in die Pfanne hauen.«

»Mir ist gar nicht in den Sinn gekommen, dass ich dich damit in die Pfanne haue. Mir ist gar nicht in den Sinn gekommen, dass dein Angebot nicht ernst gemeint gewesen sein könnte.«

»Lügner.«

»Du willst also sagen, ich hätte wissen müssen, dass du es nicht ernst gemeint hast? Obwohl du gesagt hast, es käme von Herzen?«

»Ist das alles, worauf es letztendlich hinausläuft, David? Dass wir wegen eines gebratenen Huhns Spielchen spielen?«

»Sieht ganz so aus. Ich wüsste nicht, was sonst. Ich konnte dich ja zu nichts anderem bewegen. Eigentlich hatte ich gehofft, wir wären uns wenigstens darin einig.«

»Ich möchte bloß, dass mein Dad einen netten Geburtstag hat. Ist das zu viel verlangt?«

»Darum geht es die ganze Zeit. Mehr oder weniger.«

Am Schluss einigen wir uns auf einen Kompromiss. Am Abend nach dem Geburtstagsessen für meinen Vater machen wir noch mal Hühnchen und laden dazu Brian ein: So bleibt der Geist des Brian-Paktes weiter bestehen. Dass wir uns an zwei aufeinanderfolgenden Abenden mit Hähnchen und drei Sorten Gemüse vollstopfen, mag ein eigenartiger Weg sein, die Welt zu verbessern, aber für uns funktioniert er.

Okay, Vanessa Bell. Wissen Sie, sie war Malerin, daher war es für sie einfacher, ein mondänes Leben zu führen, als für jemanden, der mit Mrs. Cortenza, dem bekloppten Brian und den ganzen Junkies von Holloway zurechtkommen muss. Und sie hatte Kinder von verschiedenen Männern, die sie bestimmt ungemein ausgefüllt haben. Und die Männer, mit denen sie was hatte, waren, wenn man ehrlich ist, interessanter und begabter als David und Stephen. Sie waren Schriftsteller, Maler und was weiß ich, nicht Texter von Firmenprospekten. Und obwohl sie kein Geld hatten, waren sie doch aus einem guten Stall, was wir nicht sind. Ein mondänes Leben zu führen ist weitaus einfacher, wenn man aus gutem Stall kommt.

Ich gewinne also langsam den Eindruck – ich habe das Buch erst halb durch, aber es wird sicherlich genauso weitergehen –, dass Vanessa Bell mir nicht viel weiterhelfen kann. Okay, gut möglich, dass sich mein Bruder letztendlich die Taschen voll Steine packt und in den Fluss springt wie ihre Schwester, aber sonst ... Egal, wer von den Leuten, die ich kenne, führt schon ein mondänes und ausgefülltes Leben? Bei jemandem, der für seinen Lebensunterhalt arbeiten muss, in der Stadt lebt, im Supermarkt einkauft oder Fernsehen guckt, Zeitung liest, Auto fährt oder Tiefkühl-Pizza isst, kann daraus ja wohl nichts werden. Ein ganz angenehmes Leben vielleicht – mit viel Glück und dem nötigen Kleingeld. Möglicherweise sogar ein gutes Leben, wenn ... Na ja, lassen wir das. Aber mondäne und ausgefüllte Leben scheinen eine ausgestorbene Spezies zu sein.

Es ist nicht Vanessa Bell, die mir weiterhilft, sondern die Lektüre über Vanessa Bell. Ich will nicht mehr Poppy, die überfahrene Katze sein. Seit ich wieder nach Hause gezogen bin, werde ich das bohrende Gefühl nicht los, dass mir etwas fehlt, ohne genau sagen zu können, was. Es sind nicht meine ehemaligen Mitbewohner oder ein Bett für mich allein, (denn wie ich bereits sagte, passen David und ich zueinander, oder haben es gelernt, zusammenzupassen, und es ist häufiger angenehm als anstrengend, sich eine Decke mit ihm zu teilen), sondern etwas anderes. Etwas, das mir offensichtlich nicht wichtig genug ist, in zweierlei Hinsicht: Es sollte mir wichtiger sein, als es ist, weil es gut für mich ist, allerdings ist es nicht unbedingt lebensnotwendig, da ich auch ohne zurechtkomme – anders gesagt, es ist eine Art seelisches Äquivalent zu Obst, das ich auch zu selten esse. Darauf komme ich erst, nachdem ich zum dritten oder vierten Mal David und die Kinder aus dem Schlafzimmer ausgesperrt habe, um herauszufinden, warum genau Vanessa Bells Leben besser ist als mein eigenes. Es ist der Akt des Lesens selbst, den ich vermisse, die Gelegenheit, mich immer weiter von der Welt zurückzuziehen, bis ich einen Ort gefunden habe, an dem die Luft nicht abgestanden ist, nicht schon tausendmal von meiner Familie ein- und ausgeatmet wurde. Janets Einzimmerwohnung wirkte riesig, als ich dort einzog, riesengroß und still, doch dieses Buch ist um so vieles größer. Und wenn ich es durch habe, werde ich ein anderes anfangen, und das wird vielleicht noch größer sein, und dann ein weiteres, und so wird es mir gelingen, mein Haus immer weiter auszubauen, zu einem Herrenhaus mit ganzen Zimmerfluchten, in denen mich keiner finden kann. Und es ist nicht allein das Lesen, auch das Hören, etwas anderes zu hören, als das Fernsehprogramm meiner Kinder und das fromme Blabla meines Gatten und das endlose Geplapper in meinem Kopf.

Was ist mit mir passiert? Wie bin ich nur auf die Idee gekommen, ich sei für all das zu beschäftigt? Vielleicht kann ich kein mondänes und erfülltes Leben führen, aber um mich herum gibt es bereichernde und erfüllende Dinge zu kaufen, selbst auf der Holloway Road, und das sind keine extravaganten Luxusartikel, denn wenn ich ein paar davon kaufe, komme ich trotzdem über die Runden, glaube ich, und wenn ich sie nicht kaufe, gehe ich wahrscheinlich kaputt. Ich brauche dringend einen Discman, ein paar CDs und ein halbes Dutzend Romane, das macht insgesamt vielleicht dreihundert Pfund. Dreihundert Pfund für ein Herrenhaus! Stellen Sie sich vor, Sie bitten den Manager einer Bausparkasse um dreihundert Pfund! Wahrscheinlich würde er Ihnen das aus der Portokasse geben. Und selbst diesen kläglichen Betrag kann ich noch reduzieren. Ich könnte in die Bücherei gehen, und ich könnte mir die CDs ausleihen … aber den Discman brauche ich. Ich möchte nicht, dass sonst noch jemand hört, was ich höre, und ich möchte noch die letzte Erinnerung an die Welt ausblenden können, in der ich lebe, und sei es auch nur für eine halbe Stunde am Tag. Ja, ja, man bedenke nur, wie viele Grauer-Star-Operationen oder Säcke Reis man mit dreihundert Pfund bezahlen kann. Und man bedenke, wie lange ein zwölf Jahre altes Mädchen in Asien dafür bei irgendeinem Sklaventreiber schuften muss. Kann ich ein guter Mensch sein und gleichzeitig so viel Geld für überteuerte Konsumgüter ausgeben? Ich weiß es nicht. Aber eins weiß ich: ohne wäre mit mir nichts anzufangen.

Seit drei Tagen regnet es ununterbrochen – niemand kann sich erinnern, dass es schon je so geschüttet hat. Es ist ein Regen, wie man ihn nach einem Atomschlag erwarten würde: Überall sind die Flüsse über die Ufer getreten, die Mensch waten über die High Street, verbarrikadieren ihre Häuser mit Sandsäcken, lassen ihre Autos stehen und rudern über die Felder. Der Verkehr in ganz London ist erst immer zäher geflossen und schließlich ganz zum Erliegen gekommen, die Züge fahren nicht und die Busse sehen aus wie Menschen-Sandwiches, an deren Seiten die Arme und Beine überhängen. Den ganzen Tag lang ist es dunkel, und da ist dieses unaufhörliche, schrecklich heulende Geräusch. Wer an Gespenster glaubt, Gespenster, die dazu verdammt sind herumzuspuken, weil sie schreckliche, qualvolle Tode gestorben sind oder ihren Nächsten schreckliche, qualvolle Dinge angetan haben, hat jetzt seine große Stunde, weil alle zuhören würden. Wie sollte man auch nicht zuhören, wenn die Beweise überall sichtbar sind.

Das letzte Mal hat es im Jahr 1947 so geregnet, erfahre ich aus den Nachrichten, aber damals war das nur ein Zufall, eine Laune der Natur; dieses Mal, heißt es, würden wir ertrinken, weil wir Schindluder mit unserem Planeten getrieben haben, ihn mit Füßen getreten und vernachlässigt haben, bis er seine Natur verändert hat und böse geworden ist. Es kommt einem vor wie das Ende der Welt. Und unsere Häuser, Häuser, für die einige von uns eine Viertelmillion Pfund und mehr bezahlt haben, bieten uns nicht genug Schutz, um zu ignorieren, was draußen vorgeht: Sie sind alle zu alt, und in der Nacht flackern die Lampen, und die Fenster klappern. Ich bin mir sicher, dass ich mich nicht als Einzige in diesem Haus frage, wo Monkey und seine Freunde heute Nacht sind.

Wir sind gerade beim Essen, als Wasser unter der Terrassentür hinduch in die Küche strömt; das Abflussrohr, das unfachmännisch in die Senke zwischen Garten und Haus installiert worden ist, ist überfordert. David kramt ein altes Paar Gummistiefel und eine Rohrzange heraus und geht nachsehen, ob er etwas machen kann.

»Ist total verstopft«, ruft er. »Und es kommt auch noch Wasser aus der Regenrinne vor Toms Zimmer.« Er holt mit bloßen Händen soviel Dreck wie er kann aus dem Abflussrohr, und dann gehen wir alle nach oben und gucken, was man wegen der Regenrinne machen kann.

»Laub«, sagt David. Er lehnt sich aus dem Schiebefenster und hält sich am Rahmen fest, der, wie ich jetzt sehe, ganz verrottet ist und schon vor Jahren hätte repariert werden müssen. »Vielleicht komme ich mit einem Stock oder so was dran.«

Molly läuft los und kommt mit einem Besen zurück. David kniet sich auf das Fensterbrett und stochert mit dem Stiel wild in der Regenrinne herum.

»Halt, David«, sage ich. »Das kann abbrechen.«

»Es geht schon.«

Er trägt Jeans, und Tom und ich greifen jeweils in eine seiner Gesäßtaschen, um ihn festzuhalten, während Molly nutzlos aber niedlich versucht, uns zu stützen. Meine Familie, denke ich, nur das. Und dann: Ich schaffe das. Ich kann dieses Leben leben. Ich kann, ich kann. Es ist ein Funken, den ich hegen und pflegen will, das stotternde Lebenszeichen einer leeren Batterie; aber genau im falschen Moment fällt mein Blick auf den Nachthimmel hinter David, und ich kann sehen, dass dort draußen alles leer ist.

John O'Farrell

Für das Beste im Mann

Roman

Schreiende Kinder und eine Frau, deren Leidenschaft sich auf Kuschelabende beschränkt – das ist nichts für einen echten Kerl! Und so legt sich Michael ein fröhliches Zweitleben zu – nicht etwa mit einer anderen Frau, sondern mit drei Männern in einer WG. Dort vertreibt er sich seine Tage meist im Bett: Er sieht fern, spielt Computerspiele und hin und wieder arbeitet er auch.

Als sein Doppelleben auffliegt – und seine Frau ihn mitsamt der Kinder verlässt –, erkennt der Macho, was wirklich das Beste im Leben eines Mannes ist: die Familie, die er liebt. Aber um die zurückzubekommen, muss Michael Himmel und Hölle (und noch ein bißchen mehr) in Bewegung setzen!

Sie suchen guten Lesestoff? Dann müssen Sie nicht gleich Himmel und Hölle in Bewegung setzen, sondern können gleich hier und jetzt eine Kostprobe aus John O'Farrells Roman-Highlight genießen:

Leseprobe

aus

John O'Farrell
Für das Beste im Mann

erschienen bei

Als mein eigener Chef fiel es mir richtig schwer, viel zu arbeiten. Der Chef gab mir nämlich fast jeden Nachmittag frei. Manchmal auch den Vormittag. Manchmal sagte er: »Hör mal, du hast heute ziemlich viel gearbeitet, gönn dir morgen ein bisschen wohlverdiente Ruhe.« Wenn ich verschlafen hatte, rief er mich nie an und fragte, wo ich bliebe, und wenn ich zu spät an meinen Arbeitsplatz kam, tauchte er zufällig auch immer erst genau in diesem Augenblick auf. Meine Ausreden konnten noch so haarsträubend sein, er nahm sie mir ab. Mein eigener Chef zu sein war toll. Mein eigener Angestellter zu sein war die reinste Katastrophe, aber über diese Seite der Gleichung machte ich mir keine Gedanken.

Ich wurde von Kindergeschrei geweckt. Wie ich aus Erfahrung wusste, bedeutete dies entweder, dass es kurz vor neun Uhr morgens war und die Kinder in die gegenüberliegende Schule strömten, oder aber gegen Viertel nach elf – Vormittagspause. Ich drehte mich auf die andere Seite und warf einen Blick auf die Uhr. Die kleinen Ziffern meines Radioweckers teilten mir mit, dass es 13:24 war, Mittagspause. Ich hatte vierzehn Stunden am Stück geschlafen. Absoluter persönlicher Rekord.

Ich bezeichnete das Ding als Radiowecker, aber in Wahrheit war es für mich nichts weiter als eine große, klobige Uhr. Die Weckfunktion benützte ich schon lange nicht mehr; ich hatte keine Lust, mir frühmorgens, wenn ich mit einer Erektion aufwachte, anhören zu müssen, dass sich die Hungersnot im Sudan weiter ausbreite oder Prinzessin Anne sich die Weisheitszähne habe ziehen lassen. Erstaunlich, wie schnell eine Erektion verschwinden kann! Wecker sind etwas für Menschen, die Wichtigeres zu tun haben, als zu schlafen – eine Lebensform, die nachzuvollziehen mir einfach nicht gelang. Manchmal wachte ich auf, entschied, es lohne nicht, sich anzuziehen, und blieb im Bett, bis, nun, bis zur Zu-Bett-Geh-Zeit. Dabei handelte es sich keineswegs um ein apathisches Liegenbleiben nach dem Motto: »Hat doch eh keinen Sinn aufzustehen«, sondern um ein positives Liegenbleiben, das die Lebensqualität erhöhte. Freizeit – zu dieser Überzeugung war ich gelangt – bedeutete schlicht und einfach, freie Zeit zu haben. Wenn es nach mir gegangen wäre, hätte es im Freizeitcenter Balham reihenweise aufgestellte Betten und neben jedem Bett einen Stapel mit sämtlichen Sonntagszeitungen gegeben und sonst gar nichts.

Mein Zimmer hatte sich im Lauf der Zeit dahin gehend verändert, dass die Notwendigkeit, das Bett zu verlassen, auf ein absolutes Minimum reduziert war. Anstelle eines Nachttischs befand sich neben dem Bett ein mit Milch, Brot und Butter gefüllter Kühlschrank, auf dem ein Wasserkocher stand, der sich mit einer Schachtel Teebeutel, mehreren Sorten Frühstücksflocken, einem Toaster, einem mit Henkelbechern voll gestellten Tablett sowie mit einer überforderten Mehrfachsteckdose um die kleine Stellfläche stritt. Ich schaltete den Wasserkocher ein und warf zwei Scheiben Brot in den Toaster. Als ich nach der Tageszeitung griff, fiel zu meiner gelinden Überraschung ein Schlüsselbund von der Titelseite und landete scheppernd auf dem Boden. In diesem Moment wurde mir bewusst, dass ich doch keine vierzehn Stunden am Stück geschlafen hatte: Ich entsann mich vage eines unangenehmen Gesprächs in aller Frühe. Soweit ich mich erinnern konnte, hatte es sich wie folgt abgespielt:

»'tschuldigung.«

»Mh?«, brummte ich unter der Decke.

»Entschuldigung, ich bin's, der Zeitungsjunge.« Der Teenager wirkte nervös, seine Stimme klang brüchig.

»Was ist?«

»Meine Mum sagt, ich darf Ihnen die Zeitung nicht mehr ans Bett bringen.«

»Warum nicht?«, fragte ich aufstöhnend, ohne den Kopf unter der Decke hervorzustecken.

»Sie findet's pervers. Ich konnte gerade noch verhindern, dass sie den Kinderschutzbund anrief.«

»Wie spät ist es?«

»Sieben. Ich hab ihr gesagt, dass Sie mir jede Woche was extra geben, damit ich sie hier raufbringe und so, aber sie findet's pervers, und ich darf sie jetzt nur mehr durch den Briefschlitz werfen wie bei allen andern auch. Die Wohnungsschlüssel leg ich Ihnen hierhin.«

Sollte danach noch etwas gesprochen worden sein, so erinnerte ich mich nicht daran. Ich war wohl sofort wieder eingeschlafen. Die klirrenden Schlüssel brachten das Gespräch zurück wie einen

halb erinnerten Traum, und während ich die Meldungen über Krie-
ge, Gewaltverbrechen und Umweltkatastrophen überflog, packte
mich das heulende Elend. Heute war der letzte Tag in meinem Leben, an dem ich die Zeitung ans Bett geliefert bekam …

Hellbraun geröstete Toastscheiben sprangen hoch, und der
Kocher mit dem sprudelnden Wasser schaltete sich automatisch
ab. Butter und Milch befanden sich stets im obersten Kühlschrank-
fach, damit ich sie herausholen konnte, ohne das Bett zu verlassen.
Nachdem ich den Kühlschrank damals gekauft und in meinem
Zimmer aufgestellt hatte, war ich vor Scham und Fassungslosigkeit
förmlich in die Knie gegangen: Die Tür öffnete sich zur falschen
Seite – ich konnte den Griff vom Bett aus nicht erreichen. Ich stellte
den Kühlschrank verkehrt herum auf, aber das sah ziemlich bescheuert aus. Ich beschloss ihn auf die andere Seite des Betts zu stellen, musste dazu aber mein Keyboard, das Mischpult und das gesamte übrige in meinem Schlafzimmer/Aufnahmestudio angehäuf-
te Musik-Equipment wegräumen. Nachdem ich mehrere Stunden
mit Möbelrücken verbracht hatte, fand ich endlich einen Platz für
das Bett, von dem aus ich mich bequem aus dem Kühlschrank bedienen, mir Frühstück machen sowie telefonieren und fernsehen
konnte, ohne mich der Anstrengung des Aufstehens unterziehen
zu müssen. Hätte Boots einen Do-it-yourself-Katheter vertrieben,
ich wäre der erste Käufer gewesen.

Noch genüsslicher als ein Frühstück im Bett kann nur ein Frühstück im Bett am Mittag sein; die schiere Dekadenz dieser Gepflo-
genheit bewirkt, dass dünn gebutterter Toast plötzlich wie Ambro-
sia schmeckt. Ich trank gemütlich meinen Tee, schaltete mit einer
der zahlreichen Fernbedienungen den Fernseher ein und erwischte
prompt den Anfang eines meiner Lieblingsfilme, *Das Apartment*
von Billy Wilder. Ich seh mir nur die ersten paar Minuten an, sagte
ich mir und schüttelte die Kissen auf. Nur die Sequenz, wo er mit
hunderten anderen, die alle dieselbe monotone Tätigkeit verrich-
ten, in der riesigen Versicherung arbeitet. Vierzig Minuten später
riss mich das Handy aus meiner hypnotischen Trance. Ich drückte
auf die »Ton aus«-Taste der Fernbedienung und nahm das Handy
aus dem Ladegerät.

»Hallo, Michael, Hugo Harrison von DD und G am Apparat. Ich

möchte dich daran erinnern, dass du deine Komposition bis heute Abend bei uns abliefern wolltest. Hast du doch nicht vergessen, oder?«

»Vergessen? Soll das ein Witz sein? Ich habe die ganze Woche daran gearbeitet. Ich bin auch jetzt noch im Studio.«

»Meinst du, du schaffst es bis heute Abend?«

»Habe ich jemals einen Abgabetermin überschritten, Hugo? Ich bin gerade noch beim Abmischen. Zwischen vier und fünf heute Nachmittag hast du es.«

»Na gut.« Hugo klang enttäuscht. »Und früher geht es nicht? Wir hängen hier nämlich rum und würden gern mit dem Dubben loslegen.«

»Ich kann's versuchen. Eigentlich wollte ich gerade irgendwo was zu Mittag essen, aber wenn ihr es so dringend braucht, arbeite ich eben durch.«

»Danke, Michael. Astrein! Also, bis später.«

Ich schaltete das Handy aus, lehnte mich im Bett zurück und sah mir *Das Apartment* zu Ende an.

Dass die Komposition bereits seit vier Tagen fertig war, hatte ich Hugo von DD&G natürlich nicht erzählt. Wenn man tausend Pfund für einen Auftrag bekommt, kann man unmöglich zwei Tage nach der Auftragserteilung abliefern. Die Auftraggeber müssen das Gefühl haben, das Preis-Leistungs-Verhältnis stimmt. Sie hätten meine Arbeit zwar am liebsten so schnell wie möglich gehabt, würden sie aber viel mehr schätzen und weit größeren Gefallen daran finden, wenn ich sie in dem Glauben ließ, ich hätte die ganze Woche dafür gebraucht.

Der Slogan, den die Agentur über meine Komposition legen wollte, lautete: »Die Limousine, die sich für einen Sportwagen hält«. Ich hatte ein gemächliches, eingängiges Intro komponiert, das in kreischende E-Gitarrenklänge überging. Limousine – Sportwagen. Das Schwerfällige stand für das stumpfsinnige Leben der Thirty-Something-Limousinenbesitzer, die E-Gitarre für das rasante, aufregende Leben, das, wie ihnen allmählich dämmert, für immer vorbei ist. Hugo war von meiner Idee so begeistert gewesen, dass er nach kürzester Zeit darüber sprach, als wäre es seine eigene.

Normalerweise erledigte ich meine Aufträge sofort, rief den

Kunden dann in regelmäßigen Abständen an und sagte beispielsweise: »Ich hab da was echt Gutes, es ist allerdings nur dreizehn Sekunden lang. Müssen es unbedingt genau fünfzehn Sekunden sein?« Dann hieß es: »Also, wenn Sie selbst so begeistert davon sind, hören wir es uns auf jeden Fall mal an. Aber fünfzehn Sekunden wären schon besser. Könnten Sie es nicht einfach ein bisschen langsamer machen oder so?«

»Langsamer machen! Was soll das heißen?«

»Keine Ahnung. Ich bin schließlich kein Komponist.«

Ich versprach, eine Lösung zu finden. Der Kunde legte mit dem beruhigenden Gefühl auf, dass ich noch daran arbeiten würde, und freute sich obendrein, weil er bei der Vollendung des Werks maßgeblich mitgeholfen zu haben glaubte. Dabei war der Fünfzehn-Sekunden-Jingle schon längst auf einem DAT in meinem Studio. Bei Agenturaufträgen, die ich sofort abgeliefert hatte, waren meine Auftraggeber anfangs immer begeistert gewesen, hatten mich aber nach einigen Tagen angerufen und Änderungen verlangt. Meiner Erfahrung nach war es wesentlich besser, in letzter Minute abzuliefern, weil ihnen dann nichts übrig blieb, als alles toll zu finden.

Ich war felsenfest davon überzeugt, dass ich nicht wesentlich weniger als die meisten Männer meines Alters arbeitete, nämlich zwei bis drei Stunden am Tag. Der einzige Unterschied war, dass ich keine Lust hatte, den Rest meines Lebens damit zu vergeuden, dass ich zu arbeiten *vorgab*, indem ich das Solitaire-Spiel auf dem Computerbildschirm blitzschnell verschwinden ließ und ein Tabellenkalkulationsprogramm anklickte oder den Tonfall bei Privatgesprächen veränderte, wenn der Chef das Büro betrat. Aus Gesprächen mit einigen Zeitgenossen wusste ich, dass es jede Menge Jobs gab, bei denen man morgens erschien und sich erst mal ein, zwei Stunden unterhielt, zwischen elf und der Mittagspause Arbeit verrichtete, die diesen Namen tatsächlich verdiente, nachmittags zurückkam, eine alberne E-Mail an Gary von der Buchhaltung schickte und den restlichen Nachmittag in scheinbar totaler Konzentration damit zubrachte, das Foto eines nackten Transsexuellen von http://www.titsandcocks.com runterzuladen.

Der Film wurde von Werbepausen unterbrochen, und die Musik der Spots weckte unwillkürlich mein professionelles Interesse. Der

Gilette-Jingle warb mit der Aussage, der neue schwenkbare Doppelklingen-Scherkopf mit Lubrastrip sei »Für das Beste im Mann« – eine ziemlich kühne Behauptung in Anbetracht der Tatsache, dass es um einen Wegwerfrasierer aus Plastik ging. Die meisten Männer würden ihr Bestes wohl eher mit einem neuen Ferrari oder einer Nacht mit Pamela Anderson in Verbindung bringen – nicht so, wenn man diesem Sänger glaubte; ihm zufolge war die tagtägliche gute Rasur der Brüller schlechthin. Als gleich danach *Das Apartment* weiterging, dachte ich: Nein, das Beste im Mann ist seine Fähigkeit, gemütlich im warmen Bett zu liegen, sich einen tollen Film reinzuziehen, dabei Tee zu trinken, Toast zu essen und sich durch nichts aus der Ruhe bringen zu lassen.

Wenn ich gefragt wurde, was ich so machte, antwortete ich meist etwas nuschelnd, ich sei »in der Werbung«. Früher hatte ich immer gesagt, ich sei Komponist oder Musiker, was bei den Leuten aber eine unglaubliche Faszination hervorrief, die dann schwer enttäuscht wurde, wenn herauskam, dass ich die Musik für die Autozubehör-Miller-Werbung geschrieben hatte, die auf Capital Radio lief. Ich war freiberuflicher Jingle-Komponist – auch wenn andere in der Branche zu großkotzig waren, als dass sie einen Jingle einen Jingle genannt hätten – und arbeitete im untersten Segment des Marktes für freiberufliche Jingle-Komponisten. Wenn der Mensch, der die Musik für den Gilette-Spot geschrieben hatte, das Werbe-Pendant zu Paul McCartney war, dann war ich der Drummer der Band, die im vergangenen Jahr beim Europäischen Schlagerwettbewerb den fünften Platz erreicht hatte.

Neugierig geworden? Die ganze Geschichte finden Sie in:

**Für das Beste im Mann
von John O'Farrell**